COLLECTION
FOLIO CLASSIQUE

Alexandre Dumas

Les Trois Mousquetaires

II. Milady

Édition de Gilbert Sigaux

Gallimard

LES TROIS MOUSQUETAIRES

II. Milady

XXX

MILADY[1]

D'ARTAGNAN avait suivi Milady sans être aperçu par elle ; il la vit monter dans son carrosse, et il l'entendit donner à son cocher l'ordre d'aller à Saint-Germain.

Il était inutile d'essayer de suivre à pied une voiture emportée au trot de deux vigoureux chevaux. D'Artagnan revint donc rue Férou.

Dans la rue de Seine, il rencontra Planchet, qui était arrêté devant la boutique d'un pâtissier, et qui semblait en extase devant une brioche de la forme la plus appétissante.

Il lui donna l'ordre d'aller seller deux chevaux dans les écuries de M. de Tréville, un pour lui d'Artagnan, l'autre pour lui Planchet, et de venir le joindre chez Athos — M. de Tréville, une fois pour toutes, ayant mis ses écuries au service de d'Artagnan.

Planchet s'achemina vers la rue du Colombier, et d'Artagnan vers la rue Férou. Athos était chez lui, vidant tristement une des bouteilles de ce fameux vin d'Espagne qu'il avait rapporté de son voyage en Picardie. Il fit signe à Grimaud d'apporter un verre pour d'Artagnan, et Grimaud obéit comme d'habitude.

D'Artagnan raconta alors à Athos tout ce qui s'était passé à l'église entre Porthos et la procureuse, et comment leur camarade était probablement, à cette heure, en voie de s'équiper.

— Quant à moi, répondit Athos à tout ce récit, je suis bien tranquille, ce ne seront pas les femmes qui feront les frais de mon harnais.

— Et cependant, beau, poli, grand seigneur comme vous l'êtes, mon cher Athos, il n'y aurait ni princesse ni reine à l'abri de vos traits amoureux.

— Que ce d'Artagnan est jeune ! dit Athos en haussant les épaules.

Et il fit signe à Grimaud d'apporter une seconde bouteille.

En ce moment, Planchet passa modestement la tête par la porte entrebâillée, et annonça à son maître que les deux chevaux étaient là.

— Quels chevaux ? demanda Athos.

— Deux que M. de Tréville me prête pour la promenade, et avec lesquels je vais aller faire un tour à Saint-Germain.

— Et qu'allez-vous faire à Saint-Germain ? demanda encore Athos.

Alors d'Artagnan lui raconta la rencontre qu'il avait faite dans l'église, et comment il avait retrouvé cette femme qui, avec le seigneur au manteau noir et à la cicatrice près de la tempe, était sa préoccupation éternelle.

— C'est-à-dire que vous êtes amoureux de celle-là, comme vous l'étiez de Mme Bonacieux, dit Athos en haussant dédaigneusement les épaules, comme s'il eût pris en pitié la faiblesse humaine.

— Moi, point du tout ! s'écria d'Artagnan. Je suis seulement curieux d'éclaircir le mystère auquel elle se rattache. Je ne sais pourquoi, je me figure que cette femme, tout inconnue qu'elle m'est et tout inconnu que je lui suis, a une action sur ma vie.

— Au fait, vous avez raison, dit Athos, je ne connais pas une femme qui vaille la peine qu'on la cherche quand elle est perdue. Mme Bonacieux est perdue, tant pis pour elle ! Qu'elle se retrouve !

— Non, Athos, non, vous vous trompez, dit d'Artagnan ; j'aime ma pauvre Constance plus que jamais, et si je savais le lieu où elle est, fût-elle au bout du monde, je partirais pour la tirer des mains de ses ennemis ; mais je l'ignore, toutes mes recherches ont été inutiles. Que voulez-vous, il faut bien se distraire.

— Distrayez-vous donc avec Milady, mon cher d'Artagnan ; je le souhaite de tout mon cœur, si cela peut vous amuser.

— Écoutez, Athos, dit d'Artagnan, au lieu de vous tenir enfermé ici comme si vous étiez aux arrêts, montez à cheval et venez vous promener avec moi à Saint-Germain.

— Mon cher, répliqua Athos, je monte mes chevaux quand j'en ai, sinon je vais à pied.

— Eh bien ! moi, répondit d'Artagnan en souriant de la misanthropie d'Athos, qui dans un autre l'eût certainement blessé, moi, je suis moins fier que vous, je monte ce que je trouve. Ainsi, au revoir, mon cher Athos.

— Au revoir, dit le mousquetaire en faisant signe à Grimaud de déboucher la bouteille qu'il venait d'apporter.

D'Artagnan et Planchet se mirent en selle et prirent le chemin de Saint-Germain.

Tout le long de la route, ce qu'Athos avait dit au jeune homme de Mme Bonacieux lui revenait à l'esprit. Quoique d'Artagnan ne fût pas d'un caractère fort sentimental, la jolie mercière avait fait une impression réelle sur son cœur ; comme il le disait, il était prêt à aller au bout du monde pour la chercher. Mais le monde a bien des bouts, par cela même qu'il est rond ; de sorte qu'il ne savait de quel côté se tourner.

En attendant, il allait tâcher de savoir ce que c'était que Milady. Milady avait parlé à l'homme au manteau noir, donc elle le connaissait. Or, dans l'esprit de d'Artagnan, c'était l'homme au manteau noir qui avait enlevé Mme Bonacieux une seconde fois, comme il l'avait enlevée une première. D'Artagnan ne mentait donc qu'à moitié, ce qui est bien peu mentir, quand il disait qu'en se mettant à la recherche de Milady, il se mettait en même temps à la recherche de Constance.

Tout en songeant ainsi et en donnant de temps en temps un coup d'éperon à son cheval, d'Artagnan avait fait la route et était arrivé à Saint-Germain. Il venait de longer le pavillon où, dix ans plus tard, devait naître Louis XIV[1]. Il traversait une rue fort déserte, regardant à droite et à gauche s'il ne reconnaîtrait pas quelque vestige de sa belle Anglaise, lorsque au rez-de-chaussée d'une jolie maison qui, selon l'usage du temps, n'avait aucune fenêtre sur la rue, il vit apparaître une figure de connaissance. Cette figure se promenait sur une sorte de terrasse garnie de fleurs. Planchet la reconnut le premier.

— Eh ! Monsieur, dit-il, s'adressant à d'Artagnan, ne vous remettez-vous pas ce visage qui baye aux corneilles ?

— Non, dit d'Artagnan ; et cependant je suis certain que ce n'est point la première fois que je le vois, ce visage.

— Je le crois pardieu bien, dit Planchet : c'est ce pauvre Lubin, le laquais du comte de Wardes, celui que vous avez si bien accommodé il y a un mois, à Calais, sur la route de la maison de campagne du gouverneur.

— Ah ! oui bien, dit d'Artagnan, et je le reconnais à cette heure. Crois-tu qu'il te reconnaisse, toi ?

— Ma foi, Monsieur, il était si fort troublé que je doute qu'il ait gardé de moi une mémoire bien nette.

— Eh bien ! va donc causer avec ce garçon, dit d'Artagnan, et informe-toi dans la conversation si son maître est mort.

Planchet descendit de cheval, marcha droit à Lubin, qui en effet ne le reconnut pas, et les deux laquais se mirent à causer dans la meilleure intelligence du monde, tandis que d'Artagnan poussait les deux chevaux dans une ruelle et, faisant le tour d'une maison, s'en revenait assister à la conférence derrière une haie de coudriers.

Au bout d'un instant d'observation derrière la haie, il entendit le bruit d'une voiture, et il vit s'arrêter en face de lui le carrosse de Milady. Il n'y avait pas à s'y tromper, Milady était dedans. D'Artagnan se coucha sur le cou de son cheval, afin de tout voir sans être vu.

Milady sortit sa charmante tête blonde par la

portière, et donna des ordres à sa femme de chambre.

Cette dernière, jolie fille de vingt à vingt-deux ans, alerte et vive, véritable soubrette de grande dame, sauta en bas du marchepied, sur lequel elle était assise selon l'usage du temps, et se dirigea vers la terrasse où d'Artagnan avait aperçu Lubin.

D'Artagnan suivit la soubrette des yeux, et la vit s'acheminer vers la terrasse. Mais, par hasard, un ordre de l'intérieur avait appelé Lubin, de sorte que Planchet était resté seul, regardant de tous côtés par quel chemin avait disparu d'Artagnan.

La femme de chambre s'approcha de Planchet, qu'elle prit pour Lubin, et lui tendant un petit billet :

— Pour votre maître, dit-elle.

— Pour mon maître ? reprit Planchet étonné.

— Oui, et très pressé. Prenez donc vite.

Là-dessus elle s'enfuit vers le carrosse, retourné à l'avance du côté par lequel il était venu ; elle s'élança sur le marchepied, et le carrosse repartit.

Planchet tourna et retourna le billet, puis, accoutumé à l'obéissance passive, il sauta à bas de la terrasse, enfila la ruelle et rencontra au bout de vingt pas d'Artagnan qui, ayant tout vu, allait au-devant de lui.

— Pour vous, Monsieur, dit Planchet, présentant le billet au jeune homme.

— Pour moi ? dit d'Artagnan ; en es-tu bien sûr ?

— Pardieu ! si j'en suis sûr ; la soubrette a dit : « Pour ton maître. » Je n'ai d'autre maître que vous ; ainsi… Un joli brin de fille, ma foi, que cette soubrette !

D'Artagnan ouvrit la lettre, et lut ces mots :

« Une personne qui s'intéresse à vous plus qu'elle ne peut le dire voudrait savoir quel jour vous serez en état de vous promener dans la forêt. Demain, à l'hôtel du Champ du Drap d'Or, un laquais noir et rouge attendra votre réponse. »

— Oh ! oh ! se dit d'Artagnan, voilà qui est un peu vif. Il paraît que Milady et moi nous sommes en peine de la santé de la même personne. Eh bien ! Planchet, comment se porte ce bon M. de Wardes ? Il n'est donc pas mort ?

— Non, Monsieur, il va aussi bien qu'on peut aller avec quatre coups d'épée dans le corps, car vous lui en avez, sans reproche, allongé quatre, à ce cher gentilhomme, et il est encore bien faible, ayant perdu presque tout son sang. Comme je l'avais dit à Monsieur, Lubin ne m'a pas reconnu, et m'a raconté d'un bout à l'autre notre aventure.

— Fort bien, Planchet, tu es le roi des laquais ; maintenant, remonte à cheval et rattrapons le carrosse.

Ce ne fut pas long ; au bout de cinq minutes on aperçut le carrosse arrêté sur le revers de la route ; un cavalier richement vêtu se tenait à la portière.

La conversation entre Milady et le cavalier était tellement animée que d'Artagnan s'arrêta de l'autre côté du carrosse sans que personne autre que la jolie soubrette s'aperçût de sa présence.

La conversation avait lieu en anglais, langue que d'Artagnan ne comprenait pas ; mais, à l'accent, le jeune homme crut deviner que la belle Anglaise était fort en colère ; elle termina par un geste qui ne lui laissa point de doute sur la nature de cette conversation : c'était un coup d'éventail appliqué de telle force que le petit meuble féminin vola en mille morceaux.

Le cavalier poussa un éclat de rire qui parut exaspérer Milady.

D'Artagnan pensa que c'était le moment d'intervenir ; il s'approcha de l'autre portière, et se découvrant respectueusement :

— Madame, dit-il, me permettez-vous de vous offrir mes services ? Il me semble que ce cavalier vous a mise en colère. Dites un mot, Madame, et je me charge de le punir de son manque de courtoisie.

Aux premières paroles, Milady s'était retournée, regardant le jeune homme avec étonnement, et lorsqu'il eut fini :

— Monsieur, dit-elle en très bon français, ce serait de grand cœur que je me mettrais sous votre protection si la personne qui me querelle n'était point mon frère.

— Ah ! excusez-moi, alors, dit d'Artagnan ; vous comprenez que j'ignorais cela, Madame.

— De quoi donc se mêle cet étourneau, s'écria en s'abaissant à la hauteur de la portière le cavalier que Milady avait désigné comme son parent, et pourquoi ne passe-t-il pas son chemin ?

— Étourneau vous-même, dit d'Artagnan en se baissant à son tour sur le cou de son cheval, et en répondant de son côté par la portière ; je ne passe pas mon chemin parce qu'il me plaît de m'arrêter ici.

Le cavalier adressa quelques mots en anglais à sa sœur.

— Je vous parle français, moi, dit d'Artagnan ;

faites-moi donc, je vous prie, le plaisir de me répondre dans la même langue. Vous êtes le frère de Madame, soit, mais vous n'êtes pas le mien, heureusement.

On eût pu croire que Milady, craintive comme l'est ordinairement une femme, allait s'interposer dans ce commencement de provocation, afin d'empêcher que la querelle n'allât plus loin ; mais, tout au contraire, elle se rejeta au fond de son carrosse, et cria froidement au cocher :

— Touche à l'hôtel !

La jolie soubrette jeta un regard d'inquiétude sur d'Artagnan, dont la bonne mine paraissait avoir produit son effet sur elle.

Le carrosse partit et laissa les deux hommes en face l'un de l'autre, aucun obstacle matériel ne les séparant plus.

Le cavalier fit un mouvement pour suivre la voiture ; mais d'Artagnan, dont la colère déjà bouillante s'était encore augmentée en reconnaissant en lui l'Anglais qui, à Amiens, lui avait gagné son cheval et avait failli gagner à Athos son diamant, sauta à la bride et l'arrêta.

— Eh ! Monsieur, dit-il, vous me semblez encore plus étourneau que moi, car vous me faites l'effet d'oublier qu'il y a entre nous une petite querelle engagée.

— Ah ! ah ! dit l'Anglais, c'est vous, mon maître. Il faut donc toujours que vous jouiez un jeu ou un autre ?

— Oui, et cela me rappelle que j'ai une revanche à prendre. Nous verrons, mon cher Monsieur, si vous maniez aussi adroitement la rapière que le cornet.

— Vous voyez bien que je n'ai pas d'épée, dit l'Anglais ; voulez-vous faire le brave contre un homme sans armes ?

— J'espère bien que vous en avez chez vous, répliqua d'Artagnan. En tout cas, j'en ai deux, et si vous le voulez, je vous en jouerai une.

— Inutile, dit l'Anglais, je suis muni suffisamment de ces sortes d'ustensiles.

— Eh bien ! mon digne gentilhomme, reprit d'Artagnan, choisissez la plus longue et venez me la montrer ce soir.

— Où cela, s'il vous plaît.

— Derrière le Luxembourg, c'est un charmant quartier pour les promenades dans le genre de celle que je vous propose.

— C'est bien, on y sera.

— Votre heure ?

— Six heures.

— À propos, vous avez aussi probablement un ou deux amis ?

— Mais j'en ai trois qui seront fort honorés de jouer la même partie que moi.

— Trois ? À merveille ! Comme cela se rencontre ! dit d'Artagnan, c'est juste mon compte.

— Maintenant, qui êtes-vous ? demanda l'Anglais.

— Je suis Monsieur d'Artagnan, gentilhomme gascon, servant aux gardes, compagnie de M. des Essarts. Et vous ?

— Moi, je suis lord de Winter, baron de Sheffield[1].

— Eh bien ! je suis votre serviteur, Monsieur le baron, dit d'Artagnan, quoique vous ayez des noms bien difficiles à retenir.

Et piquant son cheval, il le mit au galop, et reprit le chemin de Paris.

Comme il avait l'habitude de le faire en pareille occasion, d'Artagnan descendit droit chez Athos.

Il trouva Athos couché sur un grand canapé, où il attendait, comme il l'avait dit, que son équipement le vînt trouver.

Il raconta à Athos tout ce qui venait de se passer, moins la lettre de M. de Wardes.

Athos fut enchanté lorsqu'il sut qu'il allait se battre contre un Anglais. Nous avons dit que c'était son rêve.

On envoya chercher à l'instant même Porthos et Aramis par les laquais, et on les mit au courant de la situation.

Porthos tira son épée hors du fourreau et se mit à espadonner contre le mur en se reculant de temps en temps et en faisant des pliés comme un danseur. Aramis, qui travaillait toujours à son poème, s'enferma dans le cabinet d'Athos et pria qu'on ne le dérangeât plus qu'au moment de dégainer.

Athos demanda par signes à Grimaud une bouteille.

Quant à d'Artagnan, il arrangea en lui-même un petit plan dont nous verrons plus tard l'exécution, et qui lui promettait quelque gracieuse aventure, comme on pouvait le voir aux sourires qui, de temps en temps, passaient sur son visage dont ils éclairaient la rêverie.

XXXI

ANGLAIS ET FRANÇAIS[1]

L'HEURE venue, on se rendit avec les quatre laquais, derrière le Luxembourg, dans un enclos abandonné aux chèvres. Athos donna une pièce de monnaie au chevrier pour qu'il s'écartât. Les laquais furent chargés de faire sentinelle.

Bientôt une troupe silencieuse s'approcha du même enclos, y pénétra et joignit les mousquetaires ; puis, selon les habitudes d'outre-mer, les présentations eurent lieu.

Les Anglais étaient tous gens de la plus haute qualité, les noms bizarres de leurs adversaires furent donc pour eux un sujet non seulement de surprise, mais encore d'inquiétude.

— Mais, avec tout cela, dit lord de Winter quand les trois amis eurent été nommés, nous ne savons pas qui vous êtes, et nous ne nous battrons pas avec des noms pareils ; ce sont des noms de bergers, cela.

— Aussi, comme vous le supposez bien, Milord, ce sont de faux noms, dit Athos.

— Ce qui ne nous donne qu'un plus grand désir de connaître les noms véritables, répondit l'Anglais.

— Vous avez bien joué contre nous sans les

connaître, dit Athos, à telle enseigne que vous nous avez gagné nos deux chevaux ?

— C'est vrai, mais nous ne risquions que nos pistoles ; cette fois nous risquons notre sang : on joue avec tout le monde, on ne se bat qu'avec ses égaux.

— C'est juste, dit Athos. Et il prit à l'écart celui des quatre Anglais avec lequel il devait se battre, et lui dit son nom tout bas.

Porthos et Aramis en firent autant de leur côté.

— Cela vous suffit-il, dit Athos à son adversaire, et me trouvez-vous assez grand seigneur pour me faire la grâce de croiser l'épée avec moi ?

— Oui, Monsieur, dit l'Anglais en s'inclinant.

— Eh bien ! maintenant, voulez-vous que je vous dise une chose ? reprit froidement Athos.

— Laquelle ? demanda l'Anglais.

— C'est que vous auriez aussi bien fait de ne pas exiger que je me fisse connaître.

— Pourquoi cela ?

— Parce qu'on me croit mort, que j'ai des raisons pour désirer qu'on ne sache pas que je vis, et que je vais être obligé de vous tuer, pour que mon secret ne coure pas les champs.

L'Anglais regarda Athos, croyant que celui-ci plaisantait ; mais Athos ne plaisantait pas le moins du monde.

— Messieurs, dit-il en s'adressant à la fois à ses compagnons et à leurs adversaires, y sommes-nous ?

— Oui, répondirent tout d'une voix Anglais et Français.

— Alors, en garde, dit Athos.

Et aussitôt huit épées brillèrent aux rayons du soleil couchant, et le combat commença avec un acharnement bien naturel entre gens deux fois ennemis.

Athos s'escrimait avec autant de calme et de méthode que s'il eût été dans une salle d'armes.

Porthos, corrigé sans doute de sa trop grande confiance par son aventure de Chantilly, jouait un jeu plein de finesse et de prudence.

Aramis, qui avait le troisième chant de son poème à finir, se dépêchait en homme très pressé.

Athos, le premier, tua son adversaire : il ne lui avait porté qu'un coup, mais comme il l'en avait prévenu, le coup avait été mortel, l'épée lui traversa le cœur.

Porthos, le second, étendit le sien sur l'herbe : il lui avait percé la cuisse. Alors, comme l'Anglais, sans faire plus longue résistance, lui avait rendu son épée, Porthos le prit dans ses bras et le porta dans son carrosse.

Aramis poussa le sien si vigoureusement, qu'après avoir rompu une cinquantaine de pas, il finit par prendre la fuite à toutes jambes et disparut aux huées des laquais.

Quant à d'Artagnan, il avait joué purement et simplement un jeu défensif ; puis, lorsqu'il avait vu son adversaire bien fatigué, il lui avait, d'une vigoureuse flanconade, fait sauter son épée. Le baron, se voyant désarmé, fit deux ou trois pas en arrière ; mais, dans ce mouvement, son pied glissa, et il tomba à la renverse.

D'Artagnan fut sur lui d'un seul bond, et lui portant l'épée à la gorge :

— Je pourrais vous tuer, Monsieur, dit-il à

l'Anglais, et vous êtes bien entre mes mains, mais je vous donne la vie pour l'amour de votre sœur.

D'Artagnan était au comble de la joie, il venait de réaliser le plan qu'il avait arrêté d'avance, et dont le développement avait fait éclore sur son visage les sourires dont nous avons parlé.

L'Anglais, enchanté d'avoir affaire à un gentilhomme d'aussi bonne composition, serra d'Artagnan entre ses bras, fit mille caresses aux trois mousquetaires, et, comme l'adversaire de Porthos était déjà installé dans la voiture et que celui d'Aramis avait pris la poudre d'escampette, on ne songea plus qu'au défunt.

Comme Porthos et Aramis le déshabillaient dans l'espérance que sa blessure n'était pas mortelle, une grosse bourse s'échappa de sa ceinture. D'Artagnan la ramassa et la tendit à lord de Winter.

— Et que diable voulez-vous que je fasse de cela ? dit l'Anglais.

— Vous la rendrez à sa famille, dit d'Artagnan.

— Sa famille se soucie bien de cette misère : elle hérite de quinze mille louis de rente : gardez cette bourse pour vos laquais.

D'Artagnan mit la bourse dans sa poche.

— Et maintenant, mon jeune ami, car vous me permettrez, je l'espère, de vous donner ce nom, dit lord de Winter, dès ce soir, si vous le voulez bien, je vous présenterai à ma sœur, lady Clarick[1] ; car je veux qu'elle vous prenne à son tour dans ses bonnes grâces, et, comme elle n'est point tout à fait mal en cour, peut-être dans l'avenir un mot dit par elle ne vous serait-il point inutile.

D'Artagnan rougit de plaisir, et s'inclina en signe d'assentiment.

Pendant ce temps, Athos s'était approché de d'Artagnan.

— Que comptez-vous faire de cette bourse ? lui dit-il tout bas à l'oreille.

— Mais je comptais vous la remettre, mon cher Athos.

— À moi ? Et pourquoi cela ?

— Dame, vous l'avez tué : ce sont les dépouilles opimes.

— Moi, hériter d'un ennemi ! dit Athos ; pour qui donc me prenez-vous ?

— C'est l'habitude à la guerre, dit d'Artagnan ; pourquoi ne serait-ce pas l'habitude dans un duel ?

— Même sur le champ de bataille, dit Athos, je n'ai jamais fait cela.

Porthos leva les épaules. Aramis, d'un mouvement de lèvres, approuva Athos.

— Alors, dit d'Artagnan, donnons cet argent aux laquais, comme lord de Winter nous a dit de le faire.

— Oui, dit Athos, donnons cette bourse, non à nos laquais, mais aux laquais anglais.

Athos prit la bourse, et la jeta dans la main du cocher :

— Pour vous et vos camarades.

Cette grandeur de manières dans un homme entièrement dénué frappa Porthos lui-même, et cette générosité française, redite par lord de Winter et son ami, eut partout un grand succès, excepté auprès de MM. Grimaud, Mousqueton, Planchet et Bazin.

Lord de Winter, en quittant d'Artagnan, lui

donna l'adresse de sa sœur ; elle demeurait place Royale, qui était alors le quartier à la mode, au numéro 6[1]. D'ailleurs, il s'engageait à le venir prendre pour le présenter. D'Artagnan lui donna rendez-vous à huit heures, chez Athos.

Cette présentation à Milady occupait fort la tête de notre Gascon. Il se rappelait de quelle façon étrange cette femme avait été mêlée jusque-là dans sa destinée. Selon sa conviction, c'était quelque créature du cardinal, et cependant il se sentait invinciblement entraîné vers elle, par un de ces sentiments dont on ne se rend pas compte. Sa seule crainte était que Milady ne reconnût en lui l'homme de Meung et de Douvres. Alors, elle saurait qu'il était des amis de M. de Tréville, et par conséquent qu'il appartenait corps et âme au roi, ce qui, dès lors, lui ferait perdre une partie de ses avantages, puisque, connu de Milady comme il la connaissait, il jouerait avec elle à jeu égal. Quant à ce commencement d'intrigue entre elle et le comte de Wardes, notre présomptueux ne s'en préoccupait que médiocrement, bien que le marquis fût jeune, beau, riche et fort avant dans la faveur du cardinal. Ce n'est pas pour rien que l'on a vingt ans, et surtout que l'on est né à Tarbes.

D'Artagnan commença par aller faire chez lui une toilette flamboyante ; puis, il s'en revint chez Athos, et, selon son habitude, lui raconta tout. Athos écouta ses projets ; puis, il secoua la tête, et lui recommanda la prudence avec une sorte d'amertume.

— Quoi ! lui dit-il, vous venez de perdre une femme que vous disiez bonne, charmante, parfaite, et voilà que vous courez déjà après une autre !

D'Artagnan sentit la vérité de ce reproche.

— J'aimais Mme Bonacieux avec le cœur, tandis que j'aime Milady avec la tête, dit-il ; en me faisant conduire chez elle, je cherche surtout à m'éclairer sur le rôle qu'elle joue à la cour.

— Le rôle qu'elle joue, pardieu ! il n'est pas difficile à deviner d'après tout ce que vous m'avez dit. C'est quelque émissaire du cardinal : une femme qui vous attirera dans un piège, où vous laisserez votre tête tout bonnement.

— Diable ! mon cher Athos, vous voyez les choses bien en noir, ce me semble.

— Mon cher, je me défie des femmes ; que voulez-vous ! je suis payé pour cela, et surtout des femmes blondes. Milady est blonde, m'avez-vous dit ?

— Elle a les cheveux du plus beau blond qui se puisse voir.

— Ah ! mon pauvre d'Artagnan, fit Athos.

— Écoutez, je veux m'éclairer ; puis, quand je saurai ce que je désire savoir, je m'éloignerai.

— Éclairez-vous, dit flegmatiquement Athos.

Lord de Winter arriva à l'heure dite, mais Athos, prévenu à temps, passa dans la seconde pièce. Il trouva donc d'Artagnan seul, et, comme il était près de huit heures, il emmena le jeune homme.

Un élégant carrosse attendait en bas, et comme il était attelé de deux excellents chevaux, en un instant on fut place Royale.

Milady Clarick reçut gracieusement d'Artagnan. Son hôtel était d'une somptuosité remarquable ;

et, bien que la plupart des Anglais, chassés par la guerre, quittassent la France, ou fussent sur le point de la quitter, Milady venait de faire faire chez elle de nouvelles dépenses : ce qui prouvait que la mesure générale qui renvoyait les Anglais ne la regardait pas.

— Vous voyez, dit lord de Winter en présentant d'Artagnan à sa sœur, un jeune gentilhomme qui a tenu ma vie entre ses mains, et qui n'a point voulu abuser de ses avantages, quoique nous fussions deux fois ennemis, puisque c'est moi qui l'ai insulté, et que je suis Anglais. Remerciez-le donc, Madame, si vous avez quelque amitié pour moi.

Milady fronça légèrement le sourcil ; un nuage à peine visible passa sur son front, et un sourire tellement étrange apparut sur ses lèvres que le jeune homme, qui vit cette triple nuance, en eut comme un frisson.

Le frère ne vit rien ; il s'était retourné pour jouer avec le singe favori de Milady, qui l'avait tiré par son pourpoint.

— Soyez le bienvenu, Monsieur, dit Milady d'une voix dont la douceur singulière contrastait avec les symptômes de mauvaise humeur que venait de remarquer d'Artagnan, vous avez acquis aujourd'hui des droits éternels à ma reconnaissance.

L'Anglais alors se retourna et raconta le combat sans omettre un détail. Milady l'écouta avec la plus grande attention ; cependant on voyait facilement, quelque effort qu'elle fît pour cacher ses impressions, que ce récit ne lui était point agréable. Le sang lui montait à la tête, et son petit pied s'agitait impatiemment sous sa robe.

Lord de Winter ne s'aperçut de rien. Puis, lorsqu'il eut fini, il s'approcha d'une table où étaient servis sur un plateau une bouteille de vin d'Espagne et des verres. Il emplit deux verres et d'un signe invita d'Artagnan à boire.

D'Artagnan savait que c'était fort désobliger un Anglais que de refuser de toaster avec lui. Il s'approcha donc de la table, et prit le second verre. Cependant il n'avait point perdu de vue Milady, et dans la glace il s'aperçut du changement qui venait de s'opérer sur son visage. Maintenant qu'elle croyait n'être plus regardée, un sentiment qui ressemblait à de la férocité animait sa physionomie. Elle mordait son mouchoir à belles dents.

Cette jolie petite soubrette, que d'Artagnan avait déjà remarquée, entra alors ; elle dit en anglais quelques mots à lord de Winter, qui demanda aussitôt à d'Artagnan la permission de se retirer, s'excusant sur l'urgence de l'affaire qui l'appelait, et chargeant sa sœur d'obtenir son pardon.

D'Artagnan échangea une poignée de main avec lord de Winter et revint près de Milady. Le visage de cette femme, avec une mobilité surprenante, avait repris son expression gracieuse, seulement quelques petites taches rouges disséminées sur son mouchoir indiquaient qu'elle s'était mordu les lèvres jusqu'au sang.

Ses lèvres étaient magnifiques, on eût dit du corail.

La conversation prit une tournure enjouée.

Milady paraissait s'être entièrement remise. Elle raconta que lord de Winter n'était que son beau-frère et non son frère : elle avait épousé un cadet de famille qui l'avait laissée veuve avec un enfant. Cet enfant était le seul héritier de lord de Winter, si lord de Winter ne se mariait point[1]. Tout cela laissait voir à d'Artagnan un voile qui enveloppait quelque chose, mais il ne distinguait pas encore sous ce voile.

Au reste, au bout d'une demi-heure de conversation, d'Artagnan était convaincu que Milady était sa compatriote : elle parlait le français avec une pureté et une élégance qui ne laissaient aucun doute à cet égard.

D'Artagnan se répandit en propos galants et en protestations de dévouement. À toutes les fadaises qui échappèrent à notre Gascon, Milady sourit avec bienveillance. L'heure de se retirer arriva. D'Artagnan prit congé de Milady et sortit du salon le plus heureux des hommes.

Sur l'escalier il rencontra la jolie soubrette, laquelle le frôla doucement en passant, et, tout en rougissant jusqu'aux yeux, lui demanda pardon de l'avoir touché, d'une voix si douce, que le pardon lui fut accordé à l'instant même.

D'Artagnan revint le lendemain et fut reçu encore mieux que la veille. Lord de Winter n'y était point, et ce fut Milady qui lui fit cette fois tous les honneurs de la soirée. Elle parut prendre un grand intérêt à lui, lui demanda d'où il était, quels étaient ses amis, et s'il n'avait pas pensé quelquefois à s'attacher au service de M. le cardinal.

D'Artagnan, qui, comme on le sait, était fort prudent pour un garçon de vingt ans, se souvint alors de ses soupçons sur Milady ; il lui fit un grand éloge de Son Éminence, lui dit qu'il n'eût point manqué d'entrer dans les gardes du cardinal au lieu d'entrer dans les gardes du roi, s'il eût connu par exemple M. de Cavois au lieu de connaître M. de Tréville.

Milady changea de conversation sans affectation aucune, et demanda à d'Artagnan de la façon la plus négligée du monde s'il avait jamais été en Angleterre.

D'Artagnan répondit qu'il y avait été envoyé par M. de Tréville pour traiter d'une remonte de chevaux, et qu'il en avait même ramené quatre comme échantillon.

Milady, dans le cours de la conversation, se pinça deux ou trois fois les lèvres : elle avait affaire à un Gascon qui jouait serré.

À la même heure que la veille d'Artagnan se retira. Dans le corridor il rencontra encore la jolie Ketty ; c'était le nom de la soubrette. Celle-ci le regarda avec une expression de mystérieuse bienveillance à laquelle il n'y avait point à se tromper. Mais d'Artagnan était si préoccupé de la maîtresse qu'il ne remarquait absolument que ce qui venait d'elle.

D'Artagnan revint chez Milady le lendemain et le surlendemain, et chaque fois Milady lui fit un accueil plus gracieux.

Chaque fois aussi, soit dans l'antichambre, soit dans le corridor, soit sur l'escalier, il rencontrait la jolie soubrette.

Mais, comme nous l'avons dit, d'Artagnan ne faisait aucune attention à cette persistance de la pauvre Ketty.

XXXII

UN DÎNER DE PROCUREUR[1]

CEPENDANT le duel dans lequel Porthos avait joué un rôle si brillant ne lui avait pas fait oublier le dîner auquel l'avait invité la femme du procureur. Le lendemain, vers une heure, il se fit donner le dernier coup de brosse par Mousqueton, et s'achemina vers la rue aux Ours, du pas d'un homme qui est en double bonne fortune.

Son cœur battait, mais ce n'était pas, comme celui de d'Artagnan, d'un jeune et impatient amour. Non, un intérêt plus matériel lui fouettait le sang, il allait enfin franchir ce seuil mystérieux, gravir cet escalier inconnu qu'avaient monté un à un les vieux écus de Maître Coquenard.

Il allait voir en réalité certain bahut dont vingt fois il avait vu l'image dans ses rêves ; bahut de forme longue et profonde, cadenassé, verrouillé, scellé au sol ; bahut dont il avait si souvent entendu parler, et que les mains un peu sèches, il est vrai, mais non pas sans élégance de la procureuse, allaient ouvrir à ses regards admirateurs.

Et puis lui, l'homme errant sur la terre, l'homme sans fortune, l'homme sans famille, le soldat habitué aux auberges, aux cabarets, aux tavernes, aux posadas, le gourmet forcé pour la plupart du temps de s'en tenir aux lippées de rencontre, il allait tâter des repas de ménage, savourer un intérieur confortable, et se laisser faire à ces petits soins, qui, plus on est dur, plus ils plaisent, comme disent les vieux soudards.

Venir en qualité de cousin s'asseoir tous les jours à une bonne table, dérider le front jaune et plissé du vieux procureur, plumer quelque peu les jeunes clercs en leur apprenant la bassette, le passe-dix et le lansquenet dans leurs plus fines pratiques, et en leur gagnant par manière d'honoraires, pour la leçon qu'il leur donnerait en une heure, leurs économies d'un mois, tout cela souriait énormément à Porthos.

Le mousquetaire se retraçait bien, de-ci de-là, les mauvais propos qui couraient dès ce temps-là sur les procureurs et qui leur ont survécu : la lésine, la rognure, les jours de jeûne, mais comme, après tout, sauf quelques accès d'économie que Porthos avait toujours trouvés fort intempestifs, il avait vu la procureuse assez libérale, pour une procureuse, bien entendu, il espéra rencontrer une maison montée sur un pied flatteur.

Cependant, à la porte, le mousquetaire eut quelques doutes, l'abord n'était point fait pour engager les gens : allée puante et noire, escalier mal éclairé par des barreaux au travers desquels filtrait le jour pris d'une cour voisine ; au premier une porte basse et ferrée d'énormes clous comme la porte principale du Grand Châtelet[1].

Porthos heurta du doigt ; un grand clerc pâle et enfoui sous une forêt de cheveux vierge vint ouvrir et salua de l'air d'un homme forcé de respecter à la fois dans un autre la haute taille qui indique la force, l'habit militaire qui indique l'état, et la mine vermeille qui indique l'habitude de bien vivre.

Autre clerc plus petit derrière le premier, autre clerc plus grand derrière le second, saute-ruisseau de douze ans derrière le troisième.

En tout, trois clercs et demi ; ce qui, pour le temps, annonçait une étude des plus achalandées.

Quoique le mousquetaire ne dût arriver qu'à une heure, depuis midi la procureuse avait l'œil au guet et comptait sur le cœur et peut-être aussi sur l'estomac de son adorateur pour lui faire devancer l'heure.

Mme Coquenard arriva donc par la porte de l'appartement presque en même temps que son convive arrivait par la porte de l'escalier, et l'apparition de la digne dame le tira d'un grand embarras. Les clercs avaient l'œil curieux, et lui, ne sachant trop que dire à cette gamme ascendante et descendante, demeurait la langue muette.

— C'est mon cousin, s'écria la procureuse ; entrez donc, entrez donc, Monsieur Porthos.

Le nom de Porthos fit son effet sur les clercs, qui se mirent à rire ; mais Porthos se retourna, et tous les visages rentrèrent dans leur gravité.

On arriva dans le cabinet du procureur après avoir traversé l'antichambre où étaient les clercs, et l'étude où ils auraient dû être ; cette dernière chambre était une sorte de salle noire et meublée de paperasses. En sortant de l'étude, on laissa la cuisine à droite, et l'on entra dans la salle de réception.

Toutes ces pièces qui se commandaient n'inspirèrent point à Porthos de bonnes idées. Les paroles devaient s'entendre de loin par toutes ces portes ouvertes ; puis, en passant, il avait jeté un regard rapide et investigateur sur la cuisine, et il s'avouait à lui-même, à la honte de la procureuse et à son grand regret, à lui, qu'il n'y avait pas vu ce feu, cette animation, ce mouvement qui, au moment d'un bon repas, règnent ordinairement dans ce sanctuaire de la gourmandise.

Le procureur avait sans doute été prévenu de cette visite, car il ne témoigna aucune surprise à la vue de Porthos, qui s'avança jusqu'à lui d'un air assez dégagé et le salua courtoisement.

— Nous sommes cousins, à ce qu'il paraît, Monsieur Porthos ? dit le procureur en se soulevant à la force des bras sur son fauteuil de canne.

Le vieillard, enveloppé dans un grand pourpoint noir où se perdait son corps fluet, était vert et sec ; ses petits yeux gris brillaient comme des escarboucles, et semblaient, avec sa bouche grimaçante, la seule partie de son visage où la vie fût demeurée. Malheureusement les jambes commençaient à refuser le service à toute cette machine osseuse ; depuis cinq ou six mois que cet affaiblissement s'était fait sentir, le digne procureur était à peu près devenu l'esclave de sa femme.

Le cousin fut accepté avec résignation, voilà tout. Maître Coquenard ingambe eût décliné toute parenté avec M. Porthos.

— Oui, Monsieur, nous sommes cousins, dit sans se déconcerter Porthos, qui, d'ailleurs, n'avait jamais compté être reçu par le mari avec enthousiasme.

— Par les femmes, je crois ? dit malicieusement le procureur.

Porthos ne sentit point cette raillerie et la prit pour une naïveté dont il rit dans sa grosse moustache. Mme Coquenard, qui savait que le procureur naïf était une variété fort rare dans l'espèce, sourit un peu et rougit beaucoup.

Maître Coquenard avait, dès l'arrivée de Porthos, jeté les yeux avec inquiétude sur une grande armoire placée en face de son bureau de chêne. Porthos comprit que cette armoire, quoiqu'elle ne répondît point par la forme à celle qu'il avait vue dans ses songes, devait être le bienheureux bahut, et il s'applaudit de ce que la réalité avait six pieds de plus en hauteur que le rêve.

Maître Coquenard ne poussa pas plus loin ses investigations généalogiques, mais en ramenant son regard inquiet de l'armoire sur Porthos, il se contenta de dire :

— Monsieur notre cousin, avant son départ pour la campagne, nous fera bien la grâce de dîner une fois avec nous, n'est-ce pas, Madame Coquenard !

Cette fois, Porthos reçut le coup en plein estomac et le sentit ; il paraît que de son côté Mme Coquenard non plus n'y fut pas insensible, car elle ajouta :

— Mon cousin ne reviendra pas s'il trouve que nous le traitons mal ; mais, dans le cas contraire, il a trop peu de temps à passer à Paris, et par conséquent à nous voir, pour que nous ne lui demandions pas presque tous les instants dont il peut disposer jusqu'à son départ.

— Oh ! mes jambes, mes pauvres jambes ! où

êtes-vous ? murmura Coquenard. Et il essaya de sourire.

Ce secours qui était arrivé à Porthos au moment où il était attaqué dans ses espérances gastronomiques inspira au mousquetaire beaucoup de reconnaissance pour sa procureuse.

Bientôt l'heure du dîner arriva. On passa dans la salle à manger, grande pièce noire qui était située en face de la cuisine.

Les clercs, qui, à ce qu'il paraît, avaient senti dans la maison des parfums inaccoutumés, étaient d'une exactitude militaire, et tenaient en main leurs tabourets, tout prêts qu'ils étaient à s'asseoir. On les voyait d'avance remuer les mâchoires avec des dispositions effrayantes.

— Tudieu ! pensa Porthos en jetant un regard sur les trois affamés, car le saute-ruisseau n'était pas, comme on le pense bien, admis aux honneurs de la table magistrale ; tudieu ! à la place de mon cousin, je ne garderais pas de pareils gourmands. On dirait des naufragés qui n'ont pas mangé depuis six semaines.

Maître Coquenard entra, poussé sur son fauteuil à roulettes par Mme Coquenard, à qui Porthos, à son tour, vint en aide pour rouler son mari jusqu'à la table.

À peine entré, il remua le nez et les mâchoires à l'exemple de ses clercs.

— Oh ! oh ! dit-il, voici un potage qui est engageant !

— Que diable sentent-ils donc d'extraordinaire dans ce potage ? dit Porthos à l'aspect d'un bouillon pâle, abondant, mais parfaitement aveugle, et sur lequel quelques croûtes nageaient, rares comme les îles d'un archipel.

Mme Coquenard sourit, et, sur un signe d'elle, tout le monde s'assit avec empressement.

Maître Coquenard fut le premier servi, puis Porthos ; ensuite Mme Coquenard emplit son assiette, et distribua les croûtes sans bouillon aux clercs impatients.

En ce moment la porte de la salle à manger s'ouvrit d'elle-même en criant, et Porthos, à travers les battants entrebâillés, aperçut le petit clerc, qui, ne pouvant prendre part au festin, mangeait son pain à la double odeur de la cuisine et de la salle à manger.

Après le potage la servante apporta une poule bouillie ; magnificence qui fit dilater les paupières des convives, de telle façon qu'elles semblaient prêtes à se fendre.

— On voit que vous aimez votre famille, Madame Coquenard, dit le procureur avec un sourire presque tragique ; voilà certes une galanterie que vous faites à votre cousin.

La pauvre poule était maigre et revêtue d'une de ces grosses peaux hérissées que les os ne percent jamais malgré leurs efforts ; il fallait qu'on l'eût cherchée bien longtemps avant de la trouver sur le perchoir où elle s'était retirée pour mourir de vieillesse.

« Diable ! pensa Porthos, voilà qui est fort triste ; je respecte la vieillesse, mais j'en fais peu de cas bouillie ou rôtie. »

Et il regarda à la ronde pour voir si son opinion était partagée ; mais tout au contraire de lui, il ne vit que des yeux flamboyants, qui dévoraient d'avance cette sublime poule, objet de ses mépris.

Mme Coquenard tira le plat à elle, détacha adroitement les deux grandes pattes noires, qu'elle plaça sur l'assiette de son mari ; trancha le cou, qu'elle mit avec la tête à part pour elle-même ; leva l'aile pour Porthos, et remit à la servante, qui venait de l'apporter, l'animal, qui s'en retourna presque intact, et qui avait disparu avant que le mousquetaire eût eu le temps d'examiner les variations que le désappointement amène sur les visages, selon les caractères et les tempéraments de ceux qui l'éprouvent.

Au lieu de poulet, un plat de fèves fit son entrée, plat énorme, dans lequel quelques os de mouton, qu'on eût pu, au premier abord, croire accompagnés de viande, faisaient semblant de se montrer.

Mais les clercs ne furent pas dupes de cette supercherie et les mines lugubres devinrent des visages résignés.

Mme Coquenard distribua ce mets aux jeunes gens avec la modération d'une bonne ménagère.

Le tour du vin était venu. Maître Coquenard versa d'une bouteille de grès fort exiguë le tiers d'un verre à chacun des jeunes gens, s'en versa à lui-même dans des proportions à peu près égales, et la bouteille passa aussitôt du côté de Porthos et de Mme Coquenard.

Les jeunes gens remplissaient d'eau ce tiers de vin, puis, lorsqu'ils avaient bu la moitié du verre, ils le remplissaient encore, et ils faisaient toujours ainsi ; ce qui les amenait à la fin du repas à avaler une boisson qui de la couleur du rubis était passée à celle de la topaze brûlée.

Porthos mangea timidement son aile de poule, et frémit lorsqu'il sentit sous la table le genou de la procureuse qui venait trouver le sien. Il but aussi un demi-verre de ce vin fort ménagé, et qu'il reconnut pour cet horrible cru de Montreuil, la terreur des palais exercés.

Maître Coquenard le regarda engloutir ce vin pur et soupira.

— Mangerez-vous bien de ces fèves, mon cousin Porthos ? dit Mme Coquenard de ce ton qui veut dire : Croyez-moi, n'en mangez pas.

— Du diable si j'en goûte ! murmura tout bas Porthos…

Puis tout haut :

— Merci, ma cousine, dit-il, je n'ai plus faim.

Il se fit un silence. Porthos ne savait quelle contenance tenir. Le procureur répéta plusieurs fois :

— Ah ! Madame Coquenard ! je vous en fais mon compliment, votre dîner était un véritable festin ; Dieu ! ai-je mangé !

Maître Coquenard avait mangé son potage, les pattes noires de la poule et le seul os de mouton où il y eût un peu de viande.

Porthos crut qu'on le mystifiait, et commença à relever sa moustache et à froncer le sourcil ; mais le genou de Mme Coquenard vint tout doucement lui conseiller la patience.

Ce silence et cette interruption de service, qui étaient restés inintelligibles pour Porthos, avaient au contraire une signification terrible pour les clercs : sur un regard du procureur, accompagné d'un sourire de Mme Coquenard, ils se levèrent lentement de table, plièrent leurs serviettes plus lentement encore, puis ils saluèrent et partirent.

— Allez, jeunes gens, allez faire la digestion en travaillant, dit gravement le procureur.

Les clercs partis, Mme Coquenard se leva et tira d'un buffet un morceau de fromage, des confitures de coings et un gâteau qu'elle avait fait elle-même avec des amandes et du miel.

Maître Coquenard fronça le sourcil, parce qu'il voyait trop de mets ; Porthos se pinça les lèvres, parce qu'il voyait qu'il n'y avait pas de quoi dîner.

Il regarda si le plat de fèves était encore là, le plat de fèves avait disparu.

— Festin décidément, s'écria Maître Coquenard en s'agitant sur sa chaise, véritable festin, *epulæ epularum*[1] ; Lucullus dîne chez Lucullus.

Porthos regarda la bouteille qui était près de lui, et il espéra qu'avec du vin, du pain et du fromage il dînerait ; mais le vin manquait, la bouteille était vide ; M. et Mme Coquenard n'eurent point l'air de s'en apercevoir.

— C'est bien, se dit Porthos à lui-même, me voilà prévenu.

Il passa la langue sur une petite cuillerée de confitures, et s'englua les dents dans la pâte collante de Mme Coquenard.

— Maintenant, se dit-il, le sacrifice est consommé. Ah ! si je n'avais pas l'espoir de regarder avec Mme Coquenard dans l'armoire de son mari !

Maître Coquenard, après les délices d'un pareil repas, qu'il appelait un excès, éprouva le besoin de faire sa sieste. Porthos espérait que la chose aurait lieu séance tenante et dans la localité même ; mais le procureur maudit ne voulut entendre à rien : il fallut le conduire dans sa chambre et il cria tant qu'il ne fut pas devant son armoire, sur le rebord de laquelle, pour plus de précaution encore, il posa ses pieds.

La procureuse emmena Porthos dans une chambre voisine et l'on commença de poser les bases de la réconciliation.

— Vous pourrez venir dîner trois fois la semaine, dit Mme Coquenard.

— Merci, dit Porthos, je n'aime pas à abuser ; d'ailleurs, il faut que je songe à mon équipement.

— C'est vrai, dit la procureuse en gémissant… c'est ce malheureux équipement.

— Hélas ! oui, dit Porthos, c'est lui.

— Mais de quoi donc se compose l'équipement de votre corps, Monsieur Porthos ?

— Oh ! de bien des choses, dit Porthos ; les mousquetaires, comme vous savez, sont soldats d'élite, et il leur faut beaucoup d'objets inutiles aux gardes ou aux Suisses.

— Mais encore, détaillez-le-moi.

— Mais cela peut aller à…, dit Porthos, qui aimait mieux discuter le total que le menu.

La procureuse attendait, frémissante.

— À combien ? dit-elle, j'espère bien que cela ne passe point…

Elle s'arrêta, la parole lui manquait.

— Oh ! non, dit Porthos, cela ne passe point deux mille cinq cents livres ; je crois même qu'en y mettant de l'économie, avec deux mille livres je m'en tirerai.

— Bon Dieu, deux mille livres ! s'écria-t-elle, mais c'est une fortune.

Porthos fit une grimace des plus significatives, Mme Coquenard la comprit.

— Je demandais le détail, dit-elle, parce qu'ayant beaucoup de parents et de pratiques dans le commerce, j'étais presque sûre d'obtenir les choses à cent pour cent au-dessous du prix où vous les payeriez vous-même.

— Ah ! ah ! fit Porthos, si c'est cela que vous avez voulu dire !

— Oui, cher Monsieur Porthos ! Ainsi ne vous faut-il pas d'abord un cheval ?

— Oui, un cheval.

— Eh bien ! justement j'ai votre affaire.

— Ah ! dit Porthos rayonnant, voilà donc qui va bien quant à mon cheval ; ensuite il me faut le harnachement complet, qui se compose d'objets qu'un mousquetaire seul peut acheter, et qui ne montera pas, d'ailleurs, à plus de trois cents livres.

— Trois cents livres, alors mettons trois cents livres, dit la procureuse avec un soupir.

Porthos sourit : on se souvient qu'il avait la selle qui lui venait de Buckingham, c'était donc trois cents livres qu'il comptait mettre sournoisement dans sa poche.

— Puis, continua-t-il, il y a le cheval de mon laquais et ma valise ; quant aux armes, il est inutile que vous vous en préoccupiez, je les ai.

— Un cheval pour votre laquais ? reprit en hésitant la procureuse ; mais c'est bien grand seigneur, mon ami.

— Eh, Madame ! dit fièrement Porthos, est-ce que je suis un croquant, par hasard ?

— Non ; je vous disais seulement qu'un joli mulet avait quelquefois aussi bon air qu'un cheval, et qu'il me semble qu'en vous procurant un joli mulet pour Mousqueton…

— Va pour un joli mulet, dit Porthos ; vous avez raison, j'ai vu de très grands seigneurs espagnols dont toute la suite était à mulet. Mais alors, vous comprenez, Madame Coquenard, un mulet avec des panaches et des grelots ?

— Soyez tranquille, dit la procureuse.

— Reste la valise, reprit Porthos.

— Oh ! que cela ne vous inquiète point, s'écria Mme Coquenard, mon mari a cinq ou six valises, vous choisirez la meilleure ; il y en a une surtout qu'il affectionnait dans ses voyages, et qui est grande à tenir un monde.

— Elle est donc vide, votre valise ? demanda naïvement Porthos.

— Assurément qu'elle est vide, répondit naïvement de son côté la procureuse.

— Ah ! mais la valise dont j'ai besoin est une valise bien garnie, ma chère.

Mme Coquenard poussa de nouveaux soupirs. Molière n'avait pas encore écrit sa scène de *L'Avare*[1] ! Mme Coquenard a donc le pas sur Harpagon.

Enfin le reste de l'équipement fut successivement débattu de la même manière ; et le résultat de la scène fut que la procureuse demanderait à son mari un prêt de huit cents livres en argent, et fournirait le cheval et le mulet qui auraient l'honneur de porter à la gloire Porthos et Mousqueton.

Ces conditions arrêtées, et les intérêts stipulés ainsi que l'époque du remboursement, Porthos prit congé de Mme Coquenard. Celle-ci voulait bien le retenir en lui faisant les yeux doux ; mais Porthos prétexta les exigences du service, et il fallut que la procureuse cédât le pas au roi.

Le mousquetaire rentra chez lui avec une faim de fort mauvaise humeur.

XXXIII

SOUBRETTE ET MAÎTRESSE[1]

Cependant, comme nous l'avons dit, malgré les cris de sa conscience et les sages conseils d'Athos, d'Artagnan devenait d'heure en heure plus amoureux de Milady ; aussi ne manquait-il pas tous les jours d'aller lui faire une cour à laquelle l'aventureux Gascon était convaincu qu'elle ne pouvait, tôt ou tard, manquer de répondre.

Un soir qu'il arrivait le nez au vent, léger comme un homme qui attend une pluie d'or, il rencontra la soubrette sous la porte cochère ; mais cette fois la jolie Ketty ne se contenta point de lui sourire en passant, elle lui prit doucement la main.

— Bon ! fit d'Artagnan, elle est chargée de quelque message pour moi de la part de sa maîtresse ; elle va m'assigner quelque rendez-vous qu'on n'aura pas osé me donner de vive voix.

Et il regarda la belle enfant de l'air le plus vainqueur qu'il put prendre.

— Je voudrais bien vous dire deux mots, Monsieur le chevalier..., balbutia la soubrette.

— Parle, mon enfant, parle, dit d'Artagnan, j'écoute.

— Ici, impossible : ce que j'ai à vous dire est trop long et surtout trop secret.

— Eh bien ! mais comment faire alors ?

— Si Monsieur le chevalier voulait me suivre, dit timidement Ketty.

— Où tu voudras, ma belle enfant.

— Alors, venez.

Et Ketty, qui n'avait point lâché la main de d'Artagnan, l'entraîna par un petit escalier sombre et tournant, et, après lui avoir fait monter une quinzaine de marches, ouvrit une porte.

— Entrez, Monsieur le chevalier, dit-elle, ici nous serons seuls et nous pourrons causer.

— Et quelle est donc cette chambre, ma belle enfant ? demanda d'Artagnan.

— C'est la mienne, Monsieur le chevalier ; elle communique avec celle de ma maîtresse par cette porte. Mais soyez tranquille, elle ne pourra entendre ce que nous dirons, jamais elle ne se couche qu'à minuit.

D'Artagnan jeta un coup d'œil autour de lui. La petite chambre était charmante de goût et de propreté ; mais, malgré lui, ses yeux se fixèrent sur cette porte que Ketty lui avait dit conduire à la chambre de Milady.

Ketty devina ce qui se passait dans l'âme du jeune homme, et poussa un soupir.

— Vous aimez donc bien ma maîtresse, Monsieur le chevalier ! dit-elle.

— Oh ! plus que je ne puis dire ! J'en suis fou !

Ketty poussa un second soupir.

— Hélas ! Monsieur, dit-elle, c'est bien dommage !

— Et que diable vois-tu donc là de si fâcheux ? demanda d'Artagnan.

— C'est que, Monsieur, reprit Ketty, ma maîtresse ne vous aime pas du tout.

— Hein ! fit d'Artagnan, t'aurait-elle chargée de me le dire ?

— Oh ! non pas, Monsieur ! mais c'est moi qui, par intérêt pour vous, ai pris la résolution de vous en prévenir.

— Merci, ma bonne Ketty, mais de l'intention seulement, car la confidence, tu en conviendras, n'est point agréable.

— C'est-à-dire que vous ne croyez point à ce que je vous ai dit, n'est-ce pas ?

— On a toujours peine à croire de pareilles choses ma belle enfant, ne fût-ce que par amour-propre.

— Donc vous ne me croyez pas ?

— J'avoue que jusqu'à ce que tu daignes me donner quelques preuves de ce que tu avances...

— Que dites-vous de celle-ci ?

Et Ketty tira de sa poitrine un petit billet.

— Pour moi ? dit d'Artagnan en s'emparant vivement de la lettre.

— Non, pour un autre.

— Pour un autre ?

— Oui.

— Son nom, son nom ! s'écria d'Artagnan.

— Voyez l'adresse.

— M. le comte de Wardes.

Le souvenir de la scène de Saint-Germain se présenta aussitôt à l'esprit du présomptueux Gascon ; par un mouvement rapide comme la pensée, il déchira l'enveloppe malgré le cri que poussa Ketty en voyant ce qu'il allait faire, ou plutôt ce qu'il faisait.

— Oh ! mon Dieu ! Monsieur le chevalier, dit-elle, que faites-vous ?

— Moi, rien ! dit d'Artagnan, et il lut :

« Vous n'avez pas répondu à mon premier billet ; êtes-vous donc souffrant, ou bien auriez-vous oublié quels yeux vous me fîtes au bal de Mme de Guise[1] ? Voici l'occasion, comte, ne la laissez pas échapper ! »

D'Artagnan pâlit ; il était blessé dans son amour-propre, il se crut blessé dans son amour.

— Pauvre cher Monsieur d'Artagnan ! dit Ketty d'une voix pleine de compassion et en serrant de nouveau la main du jeune homme.

— Tu me plains, bonne petite ! dit d'Artagnan.

— Oh ! oui, de tout mon cœur ! car je sais ce que c'est que l'amour, moi !

— Tu sais ce que c'est que l'amour ? dit d'Artagnan la regardant pour la première fois avec une certaine attention.

— Hélas ! oui.

— Eh bien ! au lieu de me plaindre, alors, tu ferais bien mieux de m'aider à me venger de ta maîtresse.

— Et quelle sorte de vengeance voudriez-vous en tirer ?

— Je voudrais triompher d'elle, supplanter mon rival.

— Je ne vous aiderai jamais à cela, Monsieur le chevalier ! dit vivement Ketty.

— Et pourquoi cela ? demanda d'Artagnan.

— Pour deux raisons.

— Lesquelles ?

— La première, c'est que jamais ma maîtresse ne vous aimera.

— Qu'en sais-tu ?

— Vous l'avez blessée au cœur.

— Moi ! En quoi puis-je l'avoir blessée, moi qui, depuis que je la connais, vis à ses pieds comme un esclave ! Parle, je t'en prie.

— Je n'avouerais jamais cela qu'à l'homme... qui lirait jusqu'au fond de mon âme !

D'Artagnan regarda Ketty pour la seconde fois. La jeune fille était d'une fraîcheur et d'une beauté que bien des duchesses eussent achetées de leur couronne.

— Ketty, dit-il, je lirai jusqu'au fond de ton âme quand tu voudras ; qu'à cela ne tienne, ma chère enfant.

Et il lui donna un baiser sous lequel la pauvre enfant devint rouge comme une cerise.

— Oh non ! s'écria Ketty, vous ne m'aimez pas ! C'est ma maîtresse que vous aimez, vous me l'avez dit tout à l'heure.

— Et cela t'empêche-t-il de me faire connaître la seconde raison ?

— La seconde raison, Monsieur le chevalier, reprit Ketty enhardie par le baiser d'abord et ensuite par l'expression des yeux du jeune homme, c'est qu'en amour chacun pour soi.

Alors seulement d'Artagnan se rappela les coups d'œil languissants de Ketty, ses rencontres dans l'antichambre, sur l'escalier, dans le corridor, ses frôlements de main chaque fois qu'elle le rencontrait, et ses soupirs étouffés ; mais, absorbé par le désir de plaire à la grande dame, il avait dédaigné la soubrette : qui chasse l'aigle ne s'inquiète pas du passereau.

Mais cette fois notre Gascon vit d'un seul coup d'œil tout le parti qu'on pouvait tirer de cet amour que Ketty venait d'avouer d'une façon si naïve ou si effrontée : interception des lettres adressées au comte de Wardes, intelligences dans la place, entrée à toute heure dans la chambre de Ketty, contiguë à celle de sa maîtresse. Le perfide, comme on le voit, sacrifiait déjà en idée la pauvre fille pour obtenir Milady de gré ou de force.

— Eh bien ! dit-il à la jeune fille, veux-tu, ma chère Ketty, que je te donne une preuve de cet amour dont tu doutes ?

— De quel amour ? demanda la jeune fille.

— De celui que je suis tout prêt à ressentir pour toi.

— Et quelle est cette preuve ?

— Veux-tu que ce soir je passe avec toi le temps que je passe ordinairement avec ta maîtresse ?

— Oh ! oui, dit Ketty en battant des mains, bien volontiers.

— Eh bien ! ma chère enfant, dit d'Artagnan en s'établissant dans un fauteuil, viens çà que je te dise que tu es la plus jolie soubrette que j'aie jamais vue !

Et il le lui dit tant et si bien, que la pauvre enfant, qui ne demandait pas mieux que de le croire, le crut… Cependant, au grand étonnement de d'Artagnan, la jolie Ketty se défendait avec une certaine résolution.

Le temps passe vite, lorsqu'il se passe en attaques et en défenses.

Minuit sonna, et l'on entendit presque en même temps retentir la sonnette dans la chambre de Milady.

— Grand Dieu ! s'écria Ketty, voici ma maîtresse qui m'appelle ! Partez, partez vite !

D'Artagnan se leva, prit son chapeau comme s'il avait l'intention d'obéir ; puis, ouvrant vivement la porte d'une grande armoire au lieu d'ouvrir celle de l'escalier, il se blottit dedans au milieu des robes et des peignoirs de Milady.

— Que faites-vous donc ? s'écria Ketty.

D'Artagnan, qui d'avance avait pris la clé, s'enferma dans son armoire sans répondre.

— Eh bien ! cria Milady d'une voix aigre, dormez-vous donc que vous ne venez pas quand je sonne ?

Et d'Artagnan entendit qu'on ouvrait violemment la porte de communication.

— Me voici, Milady, me voici, s'écria Ketty en s'élançant à la rencontre de sa maîtresse.

Toutes deux rentrèrent dans la chambre à coucher, et, comme la porte de communication resta ouverte, d'Artagnan put entendre quelque temps encore Milady gronder sa suivante ; puis enfin elle s'apaisa, et la conversation tomba sur lui tandis que Ketty accommodait sa maîtresse.

— Eh bien ! dit Milady, je n'ai pas vu notre Gascon ce soir ?

— Comment, Madame, dit Ketty, il n'est pas venu ! Serait-il volage avant d'être heureux ?

— Oh ! non ! il faut qu'il ait été empêché par M. de Tréville ou par M. des Essarts. Je m'y connais, Ketty et je le tiens, celui-là.

— Qu'en fera Madame ?

— Ce que j'en ferai !... Sois tranquille, Ketty, il y a entre cet homme et moi une chose qu'il ignore... Il a manqué me faire perdre mon crédit près de Son Éminence... Oh ! je me vengerai !

— Je croyais que Madame l'aimait ?

— Moi, l'aimer ! Je le déteste ! Un niais, qui tient la vie de lord de Winter entre ses mains et qui ne le tue pas, et qui me fait perdre trois cent mille livres de rente !

— C'est vrai, dit Ketty, votre fils était le seul héritier de son oncle, et jusqu'à sa majorité vous auriez eu la jouissance de sa fortune.

D'Artagnan frissonna jusqu'à la moelle des os en entendant cette suave créature lui reprocher, avec cette voix stridente qu'elle avait tant de peine à cacher dans la conversation, de n'avoir pas tué un homme qu'il l'avait vu combler d'amitié.

— Aussi, continua Milady, je me serais déjà vengée sur lui-même si, je ne sais pourquoi, le cardinal ne m'avait recommandé de le ménager.

— Oh oui ! mais Madame n'a point ménagé cette petite femme qu'il aimait.

— Oh ! la mercière de la rue des Fossoyeurs, est-ce qu'il n'a pas déjà oublié qu'elle existait ? La belle vengeance, ma foi !

Une sueur froide coulait sur le front de d'Artagnan : c'était donc un monstre que cette femme.

Il se remit à écouter, mais malheureusement la toilette était finie.

— C'est bien, dit Milady, rentrez chez vous et demain tâchez enfin d'avoir une réponse à cette lettre que je vous ai donnée.

— Pour M. de Wardes ? dit Ketty.

— Sans doute, pour M. de Wardes.

— En voilà un, dit Ketty, qui m'a bien l'air d'être tout le contraire de ce pauvre M. d'Artagnan.

— Sortez, Mademoiselle, dit Milady, je n'aime pas les commentaires.

D'Artagnan entendit la porte qui se refermait, puis le bruit de deux verrous que mettait Milady afin de s'enfermer chez elle ; de son côté, mais le plus doucement qu'elle put, Ketty donna à la serrure un tour de clef ; d'Artagnan alors poussa la porte de l'armoire.

— Ô mon Dieu ! dit tout bas Ketty, qu'avez-vous ? et comme vous êtes pâle !

— L'abominable créature ! murmura d'Artagnan.

— Silence ! silence ! sortez, dit Ketty ; il n'y a qu'une cloison entre ma chambre et celle de Milady, on entend de l'une tout ce qui se dit dans l'autre !

— C'est justement pour cela que je ne sortirai pas, dit d'Artagnan.

— Comment ? fit Ketty en rougissant.

— Ou du moins que je sortirai... plus tard.

Et il attira Ketty à lui ; il n'y avait plus moyen de résister — la résistance fait tant de bruit ! — aussi Ketty céda.

C'était un mouvement de vengeance contre Milady. D'Artagnan trouva qu'on avait raison de dire que la vengeance est le plaisir des dieux. Aussi, avec un peu de cœur, se serait-il contenté de cette nouvelle conquête ; mais d'Artagnan n'avait que de l'ambition et de l'orgueil.

Cependant, il faut le dire à sa louange, le premier emploi qu'il avait fait de son influence sur Ketty avait été d'essayer de savoir d'elle ce qu'était devenue Mme Bonacieux ; mais la pauvre fille jura sur le crucifix à d'Artagnan qu'elle l'ignorait complètement, sa maîtresse ne laissant jamais pénétrer que la moitié de ses secrets ; seulement, elle croyait pouvoir répondre qu'elle n'était pas morte.

Quant à la cause qui avait manqué faire perdre à Milady son crédit près du cardinal, Ketty n'en savait pas davantage ; mais cette fois, d'Artagnan était plus avancé qu'elle : comme il avait aperçu Milady sur un bâtiment consigné au moment où lui-même quittait l'Angleterre, il se douta qu'il était question cette fois des ferrets de diamants.

Mais ce qu'il y avait de plus clair dans tout cela, c'est que la haine véritable, la haine profonde, la haine invétérée de Milady lui venait de ce qu'il n'avait pas tué son beau-frère.

D'Artagnan retourna le lendemain chez Milady. Elle était de fort méchante humeur ; d'Artagnan se douta que c'était le défaut de réponse de M. de Wardes qui l'agaçait ainsi. Ketty entra ; mais Milady la reçut fort durement. Un coup d'œil qu'elle lança à d'Artagnan voulait dire : Vous voyez ce que je souffre pour vous.

Cependant, vers la fin de la soirée, la belle lionne s'adoucit, elle écouta en souriant les doux propos de d'Artagnan, elle lui donna même sa main à baiser.

D'Artagnan sortit ne sachant plus que penser ; mais comme c'était un garçon à qui on ne faisait pas facilement perdre la tête, tout en faisant sa cour à Milady il avait bâti dans son esprit un petit plan.

Il trouva Ketty à la porte, et comme la veille il

monta chez elle pour avoir des nouvelles. Ketty avait été fort grondée, on l'avait accusée de négligence. Milady ne comprenait rien au silence du comte de Wardes, et elle lui avait ordonné d'entrer chez elle à neuf heures du matin pour y prendre une troisième lettre.

D'Artagnan fit promettre à Ketty de lui apporter chez lui cette lettre le lendemain matin ; la pauvre fille promit tout ce que voulut son amant : elle était folle.

Les choses se passèrent comme la veille : d'Artagnan s'enferma dans son armoire, Milady appela, fit sa toilette, renvoya Ketty et referma sa porte. Comme la veille d'Artagnan ne rentra chez lui qu'à cinq heures du matin.

À onze heures, il vit arriver Ketty ; elle tenait à la main un nouveau billet de Milady. Cette fois, la pauvre enfant n'essaya pas même de le disputer à d'Artagnan ; elle le laissa faire ; elle appartenait corps et âme à son beau soldat.

D'Artagnan ouvrit le billet et lut ce qui suit :

« Voilà la troisième fois que je vous écris pour vous dire que je vous aime. Prenez garde que je ne vous écrive une quatrième pour vous dire que je vous déteste.

« Si vous vous repentez de la façon dont vous avez agi avec moi, la jeune fille qui vous remettra ce billet vous dira de quelle manière un galant homme peut obtenir son pardon. »

D'Artagnan rougit et pâlit plusieurs fois en lisant ce billet.

— Oh ! vous l'aimez toujours ! dit Ketty, qui n'avait pas détourné un instant les yeux du visage du jeune homme.

— Non, Ketty, tu te trompes, je ne l'aime plus ; mais je veux me venger de ses mépris.

— Oui, je connais votre vengeance ; vous me l'avez dite.

— Que t'importe, Ketty ! tu sais bien que c'est toi seule que j'aime.

— Comment peut-on savoir cela ?

— Par le mépris que je ferai d'elle.

Ketty soupira.

D'Artagnan prit une plume et écrivit :

Madame, jusqu'ici j'avais douté que ce fût bien à moi que vos deux premiers billets eussent été adressés, tant je me croyais indigne d'un pareil honneur ; d'ailleurs j'étais si souffrant que j'eusse en tout cas hésité à y répondre.

Mais aujourd'hui il faut bien que je croie à l'excès de vos bontés, puisque non seulement votre lettre, mais encore votre suivante, m'affirme que j'ai le bonheur d'être aimé de vous.

Elle n'a pas besoin de me dire de quelle manière un galant homme peut obtenir son pardon. J'irai donc vous demander le mien ce soir à onze heures. Tarder d'un jour serait à mes yeux, maintenant, vous faire une nouvelle offense.

Celui que vous avez rendu le plus heureux des hommes.

COMTE DE WARDES.

Ce billet était d'abord un faux, c'était ensuite une indélicatesse ; c'était même, au point de vue de nos mœurs actuelles, quelque chose comme une infamie ; mais on se ménageait moins à cette époque qu'on ne le fait aujourd'hui. D'ailleurs d'Artagnan, par ses propres aveux, savait Milady coupable de trahison à des chefs plus importants, et il n'avait pour elle qu'une estime fort mince. Et cependant malgré ce peu d'estime, il sentait qu'une passion insensée le brûlait pour cette femme. Passion ivre de mépris ; mais passion ou soif, comme on voudra.

L'intention de d'Artagnan était bien simple : par la chambre de Ketty il arrivait à celle de sa maîtresse ; il profitait du premier moment de surprise, de honte, de terreur pour triompher d'elle ; peut-être aussi échouerait-il, mais il fallait bien donner quelque chose au hasard. Dans huit jours la campagne s'ouvrait, et il fallait partir ; d'Artagnan n'avait pas le temps de filer le parfait amour.

— Tiens, dit le jeune homme en remettant à Ketty le billet tout cacheté, donne cette lettre à Milady ; c'est la réponse de M. de Wardes.

La pauvre Ketty devint pâle comme la mort, elle se doutait de ce que contenait le billet.

— Écoute, ma chère enfant, lui dit d'Artagnan, tu comprends qu'il faut que tout cela finisse d'une façon ou de l'autre ; Milady peut découvrir que tu as remis le premier billet à mon valet, au lieu de le remettre au valet du comte ; que c'est moi qui ai décacheté les autres qui devaient être décachetés par M. de Wardes ; alors Milady te chasse, et, tu la connais, ce n'est pas une femme à borner là sa vengeance.

— Hélas ! dit Ketty, pour qui me suis-je exposée à tout cela ?

— Pour moi, je le sais bien, ma toute belle, dit le jeune homme, aussi je t'en suis bien reconnaissant, je te le jure.

— Mais enfin, que contient votre billet ?

— Milady te le dira.

— Ah ! vous ne m'aimez pas ! s'écria Ketty, et je suis bien malheureuse !

À ce reproche il y a une réponse à laquelle les femmes se trompent toujours ; d'Artagnan répondit de manière que Ketty demeurât dans la plus grande erreur.

Cependant elle pleura beaucoup avant de se décider à remettre cette lettre à Milady, mais enfin elle se décida, c'est tout ce que voulait d'Artagnan.

D'ailleurs il lui promit que le soir il sortirait de bonne heure de chez sa maîtresse, et qu'en sortant de chez sa maîtresse il monterait chez elle.

Cette promesse acheva de consoler la pauvre Ketty.

XXXIV

OÙ IL EST TRAITÉ DE L'ÉQUIPEMENT D'ARAMIS ET DE PORTHOS[1]

DEPUIS que les quatre amis étaient chacun à la chasse de son équipement, il n'y avait plus entre eux de réunion arrêtée. On dînait les uns sans les autres, où l'on se trouvait, ou plutôt où l'on pouvait. Le service, de son côté, prenait aussi sa part de ce temps précieux, qui s'écoulait si vite. Seulement on était convenu de se trouver une fois la semaine, vers une heure, au logis d'Athos, attendu que ce dernier, selon le serment qu'il avait fait, ne passait plus le seuil de sa porte.

C'était le jour même où Ketty était venue trouver d'Artagnan chez lui, jour de réunion.

À peine Ketty fut-elle sortie, que d'Artagnan se dirigea vers la rue Férou.

Il trouva Athos et Aramis qui philosophaient. Aramis avait quelques velléités de revenir à la soutane. Athos, selon ses habitudes, ne le dissuadait ni ne l'encourageait. Athos était pour qu'on laissât à chacun son libre arbitre. Il ne donnait jamais de conseils qu'on ne les lui demandât. Encore fallait-il les lui demander deux fois.

— En général, on ne demande de conseils, disait-il, que pour ne les pas suivre ; ou, si on les a suivis, que pour avoir quelqu'un à qui l'on puisse faire le reproche de les avoir donnés.

Porthos arriva un instant après d'Artagnan. Les quatre amis se trouvaient donc réunis.

Les quatre visages exprimaient quatre sentiments différents : celui de Porthos la tranquillité, celui de d'Artagnan l'espoir, celui d'Aramis l'inquiétude, celui d'Athos l'insouciance.

Au bout d'un instant de conversation dans laquelle Porthos laissa entrevoir qu'une personne haut placée avait bien voulu se charger de le tirer d'embarras, Mousqueton entra.

Il venait prier Porthos de passer à son logis, où, disait-il d'un air fort piteux, sa présence était urgente.

— Sont-ce mes équipages ? demanda Porthos.

— Oui et non, répondit Mousqueton.

— Mais enfin, que veux-tu dire ?...

— Venez, Monsieur.

Porthos se leva, salua ses amis et suivit Mousqueton.

Un instant après, Bazin apparut au seuil de la porte.

— Que me voulez-vous, mon ami ? dit Aramis avec cette douceur de langage que l'on remarquait en lui chaque fois que ses idées le ramenaient vers l'Église...

— Un homme attend Monsieur à la maison, répond Bazin.

— Un homme ! Quel homme ?

— Un mendiant.

— Faites-lui l'aumône, Bazin, et dites-lui de prier pour un pauvre pécheur.

— Ce mendiant veut à toute force vous parler, et prétend que vous serez bien aise de le voir.

— N'a-t-il rien dit de particulier pour moi ?

— Si fait. Si M. Aramis, a-t-il dit, hésite à me venir trouver, vous lui annoncerez que j'arrive de Tours.

— De Tours ? s'écria Aramis ; Messieurs, mille pardons, mais sans doute cet homme m'apporte des nouvelles que j'attendais.

Et, se levant aussitôt, il s'éloigna rapidement.

Restèrent Athos et d'Artagnan.

— Je crois que ces gaillards-là ont trouvé leur affaire. Qu'en pensez-vous, d'Artagnan ? dit Athos.

— Je sais que Porthos était en bon train, dit d'Artagnan ; et quant à Aramis, à vrai dire, je n'en ai jamais été sérieusement inquiet, mais vous, mon cher Athos, vous qui avez si généreusement distribué les pistoles de l'Anglais qui étaient votre bien légitime, qu'allez-vous faire ?

— Je suis fort content d'avoir tué ce drôle, mon enfant, vu que c'est pain bénit que de tuer un Anglais, mais si j'avais empoché ses pistoles, elles me pèseraient comme un remords.

— Allons donc, mon cher Athos ! vous avez vraiment des idées inconcevables.

— Passons, passons ! Que me disait donc M. de Tréville, qui me fit l'honneur de me venir voir hier, que vous hantez ces Anglais suspects que protège le cardinal ?

— C'est-à-dire que je rends visite à une Anglaise, celle dont je vous ai parlé.

— Ah ! oui, la femme blonde au sujet de laquelle je vous ai donné des conseils que naturellement vous vous êtes bien gardé de suivre.

— Je vous ai donné mes raisons.

— Oui ; vous voyez là votre équipement, je crois, à ce que vous m'avez dit.

— Point du tout ! J'ai acquis la certitude que cette femme était pour quelque chose dans l'enlèvement de Mme Bonacieux.

— Oui, et je comprends ; pour retrouver une femme, vous faites la cour à une autre : c'est le chemin le plus long, mais le plus amusant.

D'Artagnan fut sur le point de tout raconter à Athos ; mais un point l'arrêta : Athos était un gentilhomme sévère sur le point d'honneur, et il y avait, dans tout ce petit plan que notre amoureux avait arrêté à l'endroit de Milady, certaines choses qui, d'avance, il en était sûr, n'obtiendraient pas l'assentiment du puritain ; il préféra donc garder le silence, et comme Athos était l'homme le moins curieux de la terre, les confidences de d'Artagnan en étaient restées là.

Nous quitterons donc les deux amis, qui n'avaient rien de bien important à se dire, pour suivre Aramis.

À cette nouvelle, que l'homme qui voulait lui parler arrivait de Tours, nous avons vu avec quelle rapidité le jeune homme avait suivi ou plutôt devancé Bazin ; il ne fit donc qu'un saut de la rue Férou à la rue de Vaugirard.

En entrant chez lui, il trouva effectivement un homme de petite taille, aux yeux intelligents, mais couvert de haillons.

— C'est vous qui me demandez ? dit le mousquetaire.

— C'est-à-dire que je demande M. Aramis : est-ce vous qui vous appelez ainsi ?

— Moi-même : vous avez quelque chose à me remettre ?

— Oui, si vous me montrez certain mouchoir brodé.

— Le voici, dit Aramis en tirant une clef de sa poitrine, et en ouvrant un petit coffret de bois d'ébène incrusté de nacre, le voici, tenez.

— C'est bien, dit le mendiant, renvoyez votre laquais.

En effet, Bazin, curieux de savoir ce que le mendiant voulait à son maître, avait réglé son pas sur le sien, et était arrivé presque en même temps que lui ; mais cette célérité ne lui servit pas à grand-chose ; sur l'invitation du mendiant, son maître lui fit signe de se retirer, et force lui fut d'obéir.

Bazin parti, le mendiant jeta un regard rapide autour de lui, afin d'être sûr que personne ne pouvait ni le voir ni l'entendre, et ouvrant sa veste en haillons mal serrée par une ceinture de cuir, il se mit à découdre le haut de son pourpoint, d'où il tira une lettre.

Aramis jeta un cri de joie à la vue du cachet, baisa l'écriture, et avec un respect presque religieux, il ouvrit l'épître qui contenait ce qui suit :

Ami, le sort veut que nous soyons séparés quelque temps encore ; mais les beaux jours de la jeunesse ne sont pas perdus sans retour. Faites votre devoir au camp ; je fais le mien autre part. Prenez ce que le porteur vous remettra ; faites la campagne en beau et bon gentilhomme, et pensez à moi, qui baise tendrement vos yeux noirs.

Adieu, ou plutôt au revoir !

Le mendiant décousait toujours ; il tira une à une de ses sales habits cent cinquante doubles pistoles d'Espagne, qu'il aligna sur la table ; puis, il ouvrit la porte, salua et partit avant que le jeune homme, stupéfait, eût osé lui adresser une parole.

Aramis alors relut la lettre, et s'aperçut que cette lettre avait un post-scriptum.

P.-S. — Vous pouvez faire accueil au porteur, qui est comte et grand d'Espagne.

— Rêves dorés ! s'écria Aramis. Oh ! la belle vie ! Oui, nous sommes jeunes ! Oui, nous aurons encore des jours heureux ! Oh ! à toi, à toi, mon amour, mon sang, ma vie ! tout, tout, tout, ma belle maîtresse !

Et il baisait la lettre avec passion, sans même regarder l'or qui étincelait sur la table.

Bazin gratta à la porte ; Aramis n'avait plus de raison pour le tenir à distance ; il lui permit d'entrer.

Bazin resta stupéfait à la vue de cet or, et oublia qu'il venait annoncer d'Artagnan, qui, curieux de savoir ce que c'était que le mendiant, venait chez Aramis en sortant de chez Athos.

Or, comme d'Artagnan ne se gênait pas avec Aramis, voyant que Bazin oubliait de l'annoncer, il s'annonça lui-même.

— Ah diable ! mon cher Aramis, dit d'Artagnan, si ce sont là les pruneaux qu'on vous envoie de Tours, vous en ferez mon compliment au jardinier qui les récolte.

— Vous vous trompez, mon cher, dit Aramis toujours discret, c'est mon libraire qui vient de m'envoyer le prix de ce poème en vers d'une syllabe que j'avais commencé là-bas.

— Ah ! vraiment ! dit d'Artagnan ; eh bien ! votre libraire est généreux, mon cher Aramis, voilà tout ce que je puis vous dire.

— Comment, Monsieur ! s'écria Bazin, un poème se vend si cher ! C'est incroyable ! Oh ! Monsieur ! vous faites tout ce que vous voulez, vous pouvez devenir l'égal de M. de Voiture et de M. de Benserade. J'aime encore cela, moi. Un poète, c'est presque un abbé. Ah ! Monsieur Aramis, mettez-vous donc poète, je vous en prie.

— Bazin, mon ami, dit Aramis, je crois que vous vous mêlez à la conversation.

Bazin comprit qu'il était dans son tort ; il baissa la tête, et sortit.

— Ah ! dit d'Artagnan avec un sourire, vous vendez vos productions au poids de l'or, vous êtes bien heureux, mon ami ; mais prenez garde, vous allez perdre cette lettre qui sort de votre casaque, et qui est sans doute aussi de votre libraire.

Aramis rougit jusqu'au blanc des yeux, renfonça sa lettre, et reboutonna son pourpoint.

— Mon cher d'Artagnan, dit-il, nous allons, si vous le voulez bien, aller trouver nos amis ; et puisque je suis riche, nous recommencerons aujour-d'hui à dîner ensemble en attendant que vous soyez riches à votre tour.

— Ma foi ! dit d'Artagnan, avec grand plaisir. Il y a longtemps que nous n'avons fait un dîner convenable ; et comme j'ai pour mon compte une expédition quelque peu hasardeuse à faire ce soir, je ne serais pas fâché, je l'avoue, de me monter un peu la tête avec quelques bouteilles de vieux bourgogne.

— Va pour le vieux bourgogne ; je ne le déteste pas non plus, dit Aramis, auquel la vue de l'or avait enlevé comme avec la main ses idées de retraite.

Et ayant mis trois ou quatre doubles pistoles dans sa poche pour répondre aux besoins du moment, il enferma les autres dans le coffre d'ébène incrusté de nacre, où était déjà le fameux mouchoir qui lui avait servi de talisman.

Les deux amis se rendirent d'abord chez Athos, qui, fidèle au serment qu'il avait fait de ne pas sortir, se chargea de faire apporter à dîner chez lui ; comme il entendait à merveille les détails gastronomiques, d'Artagnan et Aramis ne firent aucune difficulté de lui abandonner ce soin important.

Ils se rendaient chez Porthos, lorsque, au coin de la rue du Bac, ils rencontrèrent Mousqueton, qui, d'un air piteux, chassait devant lui un mulet et un cheval.

D'Artagnan poussa un cri de surprise, qui n'était pas exempt d'un mélange de joie.

— Ah ! mon cheval jaune ! s'écria-t-il. Aramis, regardez ce cheval !

— Oh ! l'affreux roussin ! dit Aramis.

— Eh bien ! mon cher, reprit d'Artagnan, c'est le cheval sur lequel je suis venu à Paris.

— Comment, Monsieur connaît ce cheval ? dit Mousqueton.

— Il est d'une couleur originale, fit Aramis ; c'est le seul que j'aie jamais vu de ce poil-là.

— Je le crois bien, reprit d'Artagnan, aussi je l'ai vendu trois écus, et il faut bien que ce soit pour le poil, car la carcasse ne vaut certes pas dix-huit livres. Mais comment ce cheval se trouve-t-il entre tes mains, Mousqueton ?

— Ah ! dit le valet, ne m'en parlez pas, Monsieur, c'est un affreux tour du mari de notre duchesse !

— Comment cela, Mousqueton ?

— Oui, nous sommes vus d'un très bon œil par une femme de qualité, la duchesse de... ; mais pardon ! mon maître m'a recommandé d'être discret. Elle nous avait forcés d'accepter un petit souvenir, un magnifique genet d'Espagne et un mulet andalou, que c'était merveilleux à voir ; le mari a appris la chose, il a confisqué au passage les deux magnifiques bêtes qu'on nous envoyait, et il leur a substitué ces horribles animaux !

— Que tu lui ramènes ? dit d'Artagnan.

— Justement ! reprit Mousqueton ; vous comprenez que nous ne pouvons point accepter de pareilles montures en échange de celles que l'on nous avait promises.

— Non, pardieu, quoique j'eusse voulu voir Porthos sur mon Bouton-d'Or ; cela m'aurait donné une idée de ce que j'étais moi-même, quand je suis arrivé à Paris. Mais que nous ne t'arrêtions pas, Mousqueton ; va faire la commission de ton maître, va. Est-il chez lui ?

— Oui, Monsieur, dit Mousqueton, mais bien maussade, allez !

Et il continua son chemin vers le quai des

Grands-Augustins, tandis que les deux amis allaient sonner à la porte de l'infortuné Porthos. Celui-ci les avait vus traversant la cour, et il n'avait garde d'ouvrir. Ils sonnèrent donc inutilement.

Cependant, Mousqueton continuait sa route, et, traversant le Pont-Neuf, toujours chassant devant lui ses deux haridelles, il atteignit la rue aux Ours. Arrivé là, il attacha, selon les ordres de son maître, cheval et mulet au marteau de la porte du procureur ; puis, sans s'inquiéter de leur sort futur, il s'en revint trouver Porthos et lui annonça que sa commission était faite.

Au bout d'un certain temps, les deux malheureuses bêtes, qui n'avaient pas mangé depuis le matin, firent un tel bruit en soulevant et en laissant retomber le marteau de la porte que le procureur ordonna à son saute-ruisseau d'aller s'informer dans le voisinage à qui appartenaient ce cheval et ce mulet.

Mme Coquenard reconnut son présent, et ne comprit rien d'abord à cette restitution ; mais bientôt la visite de Porthos l'éclaira. Le courroux qui brillait dans les yeux du mousquetaire, malgré la contrainte qu'il s'imposait, épouvanta la sensible amante. En effet, Mousqueton n'avait point caché à son maître qu'il avait rencontré d'Artagnan et Aramis, et que d'Artagnan, dans le cheval jaune, avait reconnu le bidet béarnais sur lequel il était venu à Paris, et qu'il avait vendu trois écus.

Porthos sortit après avoir donné rendez-vous à la procureuse dans le cloître Saint-Magloire. Le procureur, voyant que Porthos partait, l'invita à dîner, invitation que le mousquetaire refusa avec un air plein de majesté.

Mme Coquenard se rendit toute tremblante au cloître Saint-Magloire, car elle devinait les reproches qui l'y attendaient ; mais elle était fascinée par les grandes façons de Porthos.

Tout ce qu'un homme blessé dans son amour-propre peut laisser tomber d'imprécations et de reproches sur la tête d'une femme, Porthos le laissa tomber sur la tête courbée de la procureuse.

— Hélas ! dit-elle, j'ai fait pour le mieux. Un de nos clients est marchand de chevaux, il devait de l'argent à l'étude, et s'est montré récalcitrant. J'ai pris ce mulet et ce cheval pour ce qu'il nous devait ; il m'avait promis deux montures royales.

— Eh bien ! Madame, dit Porthos, s'il vous devait plus de cinq écus, votre maquignon est un voleur.

— Il n'est pas défendu de chercher le bon marché, Monsieur Porthos, dit la procureuse cherchant à s'excuser.

— Non, Madame, mais ceux qui cherchent le bon marché doivent permettre aux autres de chercher des amis plus généreux.

Et Porthos, tournant sur ses talons, fit un pas pour se retirer.

— Monsieur Porthos ! Monsieur Porthos ! s'écria la procureuse, j'ai tort, je le reconnais, je n'aurais pas dû marchander quand il s'agissait d'équiper un cavalier comme vous !

Porthos, sans répondre, fit un second pas de retraite.

La procureuse crut le voir dans un nuage étincelant tout entouré de duchesses et de marquises qui lui jetaient des sacs d'or sous les pieds.

— Arrêtez, au nom du ciel ! Monsieur Porthos, s'écria-t-elle, arrêtez et causons.

— Causer avec vous me porte malheur, dit Porthos.

— Mais, dites-moi, que demandez-vous ?

— Rien, car cela revient au même que si je vous demandais quelque chose.

La procureuse se pendit au bras de Porthos, et, dans l'élan de sa douleur, elle s'écria :

— Monsieur Porthos, je suis ignorante de tout cela, moi ; sais-je ce que c'est qu'un cheval ? Sais-je ce que c'est que des harnais ?

— Il fallait vous en rapporter à moi, qui m'y connais, Madame ; mais vous avez voulu ménager, et, par conséquent, prêter à usure.

— C'est un tort, Monsieur Porthos, et je le réparerai sur ma parole d'honneur.

— Et comment cela ? demanda le mousquetaire.

— Écoutez. Ce soir M. Coquenard va chez M. le duc de Chaulnes[1], qui l'a mandé. C'est pour une consultation qui durera deux heures au moins, venez, nous serons seuls, et nous ferons nos comptes.

— À la bonne heure ! voilà qui est parler, ma chère !

— Vous me pardonnez ?

— Nous verrons, dit majestueusement Porthos.

Et tous deux se séparèrent en se disant : À ce soir.

— Diable ! pensa Porthos en s'éloignant, il me semble que je me rapproche enfin du bahut de Maître Coquenard.

XXXV

LA NUIT TOUS LES CHATS SONT GRIS[1]

Ce soir, attendu si impatiemment par Porthos et par d'Artagnan, arriva enfin.

D'Artagnan, comme d'habitude, se présenta vers les neuf heures chez Milady. Il la trouva d'une humeur charmante ; jamais elle ne l'avait si bien reçu. Notre Gascon vit du premier coup d'œil que son billet avait été remis, et ce billet faisait son effet.

Ketty entra pour apporter des sorbets. Sa maîtresse lui fit une mine charmante, lui sourit de son plus gracieux sourire ; mais hélas ! la pauvre fille était si triste qu'elle ne s'aperçut même pas de la bienveillance de Milady.

D'Artagnan regardait l'une après l'autre ces deux femmes, et il était forcé de s'avouer que la nature s'était trompée en les formant ; à la grande dame elle avait donné une âme vénale et vile, à la soubrette elle avait donné le cœur d'une duchesse.

À dix heures Milady commença à paraître inquiète, d'Artagnan comprit ce que cela voulait dire ; elle regardait la pendule, se levait, se rasseyait, souriait à d'Artagnan d'un air qui voulait dire : Vous êtes fort aimable sans doute, mais vous seriez charmant si vous partiez !

D'Artagnan se leva et prit son chapeau ; Milady lui donna sa main à baiser ; le jeune homme sentit qu'elle la lui serrait et comprit que c'était par un sentiment non pas de coquetterie, mais de reconnaissance à cause de son départ.

— Elle l'aime diablement, murmura-t-il. Puis il sortit.

Cette fois Ketty ne l'attendait aucunement, ni dans l'antichambre, ni dans le corridor, ni sous la grande porte. Il fallut que d'Artagnan trouvât tout seul l'escalier et la petite chambre.

Ketty était assise la tête cachée dans ses mains, et pleurait.

Elle entendit entrer d'Artagnan, mais elle ne releva point la tête ; le jeune homme alla à elle et lui prit les mains, alors elle éclata en sanglots.

Comme l'avait présumé d'Artagnan, Milady, en recevant la lettre, avait, dans le délire de sa joie, tout dit à sa suivante ; puis, en récompense de la manière dont cette fois elle avait fait la commission, elle lui avait donné une bourse. Ketty, en rentrant chez elle, avait jeté la bourse dans un coin, où elle était restée tout ouverte, dégorgeant trois ou quatre pièces d'or sur le tapis.

La pauvre fille, à la voix de d'Artagnan, releva la tête. D'Artagnan lui-même fut effrayé du bouleversement de son visage ; elle joignit les mains d'un air suppliant, mais sans oser dire une parole.

Si peu sensible que fût le cœur de d'Artagnan, il se sentit attendri par cette douleur muette ; mais il tenait trop à ses projets et surtout à celui-ci, pour rien changer au programme qu'il avait fait d'avance. Il ne laissa donc à Ketty aucun espoir de le fléchir, seulement il lui présenta son action comme une simple vengeance.

Cette vengeance, au reste, devenait d'autant plus facile, que Milady, sans doute pour cacher sa rougeur à son amant, avait recommandé à Ketty d'éteindre toutes les lumières dans l'appartement, et même dans sa chambre, à elle. Avant le jour, M. de Wardes devait sortir, toujours dans l'obscurité.

Au bout d'un instant on entendit Milady qui rentrait dans sa chambre. D'Artagnan s'élança aussitôt dans son armoire. À peine y était-il blotti que la sonnette se fit entendre.

Ketty entra chez sa maîtresse, et ne laissa point la porte ouverte ; mais la cloison était si mince que l'on entendait à peu près tout ce qui se disait entre les deux femmes.

Milady semblait ivre de joie, elle se faisait répéter par Ketty les moindres détails de la prétendue entrevue de la soubrette avec de Wardes, comment il avait reçu sa lettre, comment il avait répondu, quelle était l'expression de son visage, s'il paraissait bien amoureux ; et à toutes ces questions la pauvre Ketty forcée de faire bonne contenance, répondait d'une voix étouffée dont sa maîtresse ne remarquait même pas l'accent douloureux, tant le bonheur est égoïste.

Enfin, comme l'heure de son entretien avec le comte approchait, Milady fit en effet tout éteindre chez elle, et ordonna à Ketty de rentrer dans sa chambre, et d'introduire de Wardes aussitôt qu'il se présenterait.

L'attente de Ketty ne fut pas longue. À peine d'Artagnan eut-il vu par le trou de la serrure de son armoire que tout l'appartement était dans l'obscurité, qu'il s'élança de sa cachette au moment même où Ketty refermait la porte de communication.

— Qu'est-ce que ce bruit ? demanda Milady.

— C'est moi, dit d'Artagnan à demi-voix ; moi, le comte de Wardes.

— Oh ! mon Dieu ! mon Dieu ! murmura Ketty, il n'a pas même pu attendre l'heure qu'il avait fixée lui-même !

— Eh bien ! dit Milady d'une voix tremblante, pourquoi n'entre-t-il pas ? Comte, comte, ajouta-t-elle, vous savez bien que je vous attends !

À cet appel, d'Artagnan éloigna doucement Ketty et s'élança dans la chambre de Milady.

Si la rage et la douleur doivent torturer une âme, c'est celle de l'amant qui reçoit sous un nom qui n'est pas le sien des protestations d'amour qui s'adressent à son heureux rival.

D'Artagnan était dans une situation douloureuse qu'il n'avait pas prévue, la jalousie le mordait au cœur, et il souffrait presque autant que la pauvre Ketty, qui pleurait en ce même moment dans la chambre voisine.

— Oui, comte, disait Milady de sa plus douce voix en lui serrant tendrement la main dans les siennes ; oui, je suis heureuse de l'amour que vos regards et vos paroles m'ont exprimé chaque fois que nous nous sommes rencontrés. Moi aussi, je vous aime. Oh ! demain, demain je veux quelque gage de vous qui me prouve que vous pensez à moi, et comme vous pourriez m'oublier, tenez.

Et elle passa une bague de son doigt à celui de d'Artagnan.

D'Artagnan se rappela avoir vu cette bague à la main de Milady : c'était un magnifique saphir entouré de brillants.

Le premier mouvement de d'Artagnan fut de le lui rendre, mais Milady ajouta :

— Non, non ; gardez cette bague pour l'amour de moi. Vous me rendez d'ailleurs, en l'acceptant, ajouta-t-elle d'une voix émue, un service bien plus grand que vous ne sauriez l'imaginer.

« Cette femme est pleine de mystères », murmura en lui-même d'Artagnan.

En ce moment il se sentit prêt à tout révéler. Il ouvrit la bouche pour dire à Milady qui il était, et dans quel but de vengeance il était venu, mais elle ajouta :

— Pauvre ange, que ce monstre de Gascon a failli tuer !

Le monstre, c'était lui.

— Oh ! continua Milady, est-ce que vos blessures vous font encore souffrir ?

— Oui, beaucoup, dit d'Artagnan, qui ne savait trop que répondre.

— Soyez tranquille, murmura Milady, je vous vengerai, moi, et cruellement !

« Peste ! se dit d'Artagnan, le moment des confidences n'est pas encore venu. »

Il fallut quelque temps à d'Artagnan pour se remettre de ce petit dialogue : mais toutes les idées de vengeance qu'il avait apportées s'étaient complètement évanouies. Cette femme exerçait sur lui une incroyable puissance, il la haïssait et l'adorait à la fois ; il n'avait jamais cru que deux sentiments si contraires pussent habiter dans le même cœur, et, en se réunissant, former un amour étrange et en quelque sorte diabolique.

Cependant une heure venait de sonner ; il fallut se séparer, d'Artagnan, au moment de quitter Milady, ne sentit plus qu'un vif regret de s'éloigner, et, dans l'adieu passionné qu'ils s'adressèrent réciproquement, une nouvelle entrevue fut convenue pour la semaine suivante. La pauvre Ketty espérait pouvoir adresser quelques mots à d'Artagnan lorsqu'il passerait dans sa chambre ; mais Milady le reconduisit elle-même dans l'obscurité et ne le quitta que sur l'escalier.

Le lendemain au matin, d'Artagnan courut chez Athos. Il était engagé dans une si singulière aventure qu'il voulait lui demander conseil. Il lui raconta tout. Athos fronça plusieurs fois le sourcil.

— Votre Milady, lui dit-il, me paraît une créature infâme, mais vous n'en avez pas moins eu tort de la tromper ; vous voilà d'une façon ou d'une autre une ennemie terrible sur les bras.

Et tout en lui parlant, Athos regardait avec attention le saphir entouré de diamants qui avait pris au doigt de d'Artagnan la place de la bague de la reine, soigneusement remise dans un écrin.

— Vous regardez cette bague ? dit le Gascon tout glorieux d'étaler aux regards de ses amis un si riche présent.

— Oui, dit Athos, elle me rappelle un bijou de famille.

— Elle est belle, n'est-ce pas ? dit d'Artagnan.

— Magnifique ! répondit Athos ; je ne croyais pas qu'il existât deux saphirs d'une si belle eau. L'avez-vous donc troquée contre votre diamant ?

— Non, dit d'Artagnan ; c'est un cadeau de ma belle Anglaise, ou plutôt de ma belle Française, car, quoique je ne le lui aie point demandé, je suis convaincu qu'elle est née en France.

— Cette bague vous vient de Milady ? s'écria Athos avec une voix dans laquelle il était facile de distinguer une grande émotion.

— D'elle-même ; elle me l'a donnée cette nuit.

— Montrez-moi donc cette bague, dit Athos.

— La voici, répondit d'Artagnan en la tirant de son doigt.

Athos l'examina et devint très pâle, puis il l'essaya à l'annulaire de sa main gauche ; elle allait à ce doigt comme si elle eût été faite pour lui. Un nuage de colère et de vengeance passa sur le front ordinairement calme du gentilhomme.

— Il est impossible que ce soit la même, dit-il ; comment cette bague se trouverait-elle entre les mains de Milady Clarick ? Et cependant il est bien difficile qu'il y ait entre deux bijoux une pareille ressemblance.

— Connaissez-vous cette bague ? demanda d'Artagnan.

— J'avais cru la reconnaître, dit Athos, mais sans doute que je me trompais.

Et il la rendit à d'Artagnan, sans cesser cependant de la regarder.

— Tenez, dit-il au bout d'un instant, d'Artagnan, ôtez cette bague de votre doigt ou tournez-en le chaton en dedans ; elle me rappelle de si cruels souvenirs que je n'aurais pas ma tête pour causer avec vous. Ne veniez-vous pas me demander des conseils, ne me disiez-vous point que vous étiez embarrassé sur ce que vous deviez faire ?...

Mais attendez… rendez-moi ce saphir : celui dont je voulais parler doit avoir une de ses faces éraillée par suite d'un accident.

D'Artagnan tira de nouveau la bague de son doigt et la rendit à Athos.

Athos tressaillit.

— Tenez, dit-il, voyez, n'est-ce pas étrange !

Et il montrait à d'Artagnan cette égratignure qu'il se rappelait devoir exister.

— Mais de qui vous venait ce saphir, Athos ?

— De ma mère, qui le tenait de sa mère à elle. Comme je vous le dis, c'est un vieux bijou… qui ne devait jamais sortir de la famille[1].

— Et vous l'avez… vendu ? demanda avec hésitation d'Artagnan.

— Non, reprit Athos avec un singulier sourire ; je l'ai donné pendant une nuit d'amour, comme il vous a été donné à vous.

D'Artagnan resta pensif à son tour, il lui semblait voir dans l'âme de Milady des abîmes dont les profondeurs étaient sombres et inconnues.

Il remit la bague non pas à son doigt, mais dans sa poche.

— Écoutez, lui dit Athos en lui prenant la main, vous savez si je vous aime, d'Artagnan ; j'aurais un fils que je ne l'aimerais pas plus que vous. Eh bien ! croyez-moi, renoncez à cette femme. Je ne la connais pas, mais une espèce d'intuition me dit que c'est une créature perdue, et qu'il y a quelque chose de fatal en elle.

— Et vous avez raison, dit d'Artagnan. Aussi, je m'en sépare ; je vous avoue que cette femme m'effraye moi-même.

— Aurez-vous ce courage ? dit Athos.

— Je l'aurai, répondit d'Artagnan, et à l'instant même.

— Eh bien ! vrai, mon enfant, vous avez raison, dit le gentilhomme en serrant la main du Gascon avec une affection presque paternelle ; que Dieu veuille que cette femme, qui est à peine entrée dans votre vie, n'y laisse pas une trace funeste !

Et Athos salua d'Artagnan de la tête, en homme qui veut faire comprendre qu'il n'est pas fâché de rester seul avec ses pensées.

En rentrant chez lui d'Artagnan trouva Ketty qui l'attendait. Un mois de fièvre n'eût pas plus changé la pauvre enfant qu'elle ne l'était pour cette nuit d'insomnie et de douleur.

Elle était envoyée par sa maîtresse au faux de Wardes. Sa maîtresse était folle d'amour, ivre de joie ; elle voulait savoir quand le comte lui donnerait une seconde entrevue.

Et la pauvre Ketty, pâle et tremblante, attendait la réponse de d'Artagnan.

Athos avait une grande influence sur le jeune homme ; les conseils de son ami joints aux cris de son propre cœur l'avaient déterminé, maintenant que son orgueil était sauvé et sa vengeance satisfaite, à ne plus revoir Milady. Pour toute réponse il prit donc une plume et écrivit la lettre suivante :

Ne comptez pas sur moi, Madame, pour le prochain rendez-vous : depuis ma convalescence j'ai tant d'occupations de ce genre qu'il m'a fallu y mettre un certain ordre. Quand votre tour viendra, j'aurai l'honneur de vous en faire part.

Je vous baise les mains.

COMTE DE WARDES.

Du saphir pas un mot : le Gascon voulait-il garder une arme contre Milady ? Ou bien, soyons franc, ne conservait-il pas ce saphir comme une dernière ressource pour l'équipement ?

On aurait tort au reste de juger les actions d'une époque au point de vue d'une autre époque. Ce qui aujourd'hui serait regardé comme une honte pour un galant homme était dans ce temps une chose toute simple et toute naturelle, et les cadets des meilleures familles se faisaient en général entretenir par leurs maîtresses.

D'Artagnan passa sa lettre tout ouverte à Ketty, qui la lut d'abord sans la comprendre et qui faillit devenir folle de joie en la relisant une seconde fois.

Ketty ne pouvait croire à ce bonheur. D'Artagnan fut forcé de lui renouveler de vive voix les assurances que la lettre lui donnait par écrit ; et quel que fût, avec le caractère emporté de Milady, le danger que courût la pauvre petite enfant à remettre ce billet à sa maîtresse, elle n'en revint pas moins place Royale de toute la vitesse de ses jambes.

Le cœur de la meilleure femme est impitoyable pour les douleurs d'une rivale.

Milady ouvrit la lettre avec un empressement égal à celui que Ketty avait mis à l'apporter ; mais au premier mot qu'elle lut, elle devint livide ;

puis elle froissa le papier ; puis elle se retourna avec un éclair dans les yeux du côté de Ketty.

— Qu'est-ce que cette lettre ? dit-elle.

— Mais c'est la réponse à celle de Madame, répondit Ketty toute tremblante.

— Impossible ! s'écria Milady ; impossible qu'un gentilhomme ait écrit à une femme une pareille lettre !

Puis tout à coup tressaillant :

— Mon Dieu ! dit-elle, saurait-il... Et elle s'arrêta.

Ses dents grinçaient, elle était couleur de cendre ; elle voulut faire un pas vers la fenêtre pour aller chercher de l'air, mais elle ne put qu'étendre les bras, les jambes lui manquèrent, et elle tomba sur un fauteuil.

Ketty crut qu'elle se trouvait mal et se précipita pour ouvrir son corsage. Mais Milady se releva vivement :

— Que me voulez-vous ? dit-elle, et pourquoi portez-vous la main sur moi ?

— J'ai pensé que Madame se trouvait mal et j'ai voulu lui porter secours, répondit la suivante tout épouvantée de l'expression terrible qu'avait prise la figure de sa maîtresse.

— Me trouver mal, moi ? moi ? Me prenez-vous pour une femmelette ? Quand on m'insulte, je ne me trouve pas mal, je me venge, entendez-vous !

Et de la main elle fit signe à Ketty de sortir.

XXXVI

RÊVE DE VENGEANCE[1]

Ce soir Milady donna l'ordre d'introduire M. d'Artagnan aussitôt qu'il viendrait, selon son habitude. Mais il ne vint pas.

Le lendemain Ketty vint voir de nouveau le jeune homme et lui raconta tout ce qui s'était passé la veille : d'Artagnan sourit ; cette jalouse colère de Milady, c'était sa vengeance.

Le soir Milady fut plus impatiente encore que la veille, elle renouvela l'ordre relatif au Gascon ; mais comme la veille elle l'attendit inutilement.

Le lendemain Ketty se présenta chez d'Artagnan, non plus joyeuse et alerte comme les deux jours précédents, mais au contraire triste à mourir.

D'Artagnan demanda à la pauvre fille ce qu'elle avait ; mais celle-ci, pour toute réponse, tira une lettre de sa poche et la lui remit.

Cette lettre était de l'écriture de Milady, seulement cette fois elle était bien à l'adresse de d'Artagnan et non à celle de M. de Wardes.

Il l'ouvrit et lut ce qui suit :

Cher Monsieur d'Artagnan, c'est mal de négliger ainsi ses amis, surtout au moment où l'on va les quitter pour si longtemps. Mon beau-frère et moi nous avons attendu hier et avant-hier inutilement. En sera-t-il de même ce soir ?

Votre bien reconnaissante,

LADY CLARICK.

— C'est tout simple, dit d'Artagnan, et je m'attendais à cette lettre. Mon crédit hausse de la baisse du comte de Wardes.

— Est-ce que vous irez ? demanda Ketty.

— Écoute, ma chère enfant, dit le Gascon, qui cherchait à s'excuser à ses propres yeux de manquer à la promesse qu'il avait faite à Athos, tu comprends qu'il serait impolitique de ne pas se rendre à une invitation si positive. Milady, en ne me voyant pas revenir, ne comprendrait rien à l'interruption de mes visites, elle pourrait se douter de quelque chose, et qui peut dire jusqu'où irait la vengeance d'une femme de cette trempe ?

— Oh ! mon Dieu ! dit Ketty, vous savez présenter les choses de façon que vous avez toujours raison. Mais vous allez encore lui faire la cour ; et si cette fois vous alliez lui plaire sous votre véritable nom et votre vrai visage, ce serait bien pis que la première fois !

L'instinct faisait deviner à la pauvre fille une partie de ce qui allait arriver.

D'Artagnan la rassura du mieux qu'il put et lui promit de rester insensible aux séductions de Milady.

Il lui fit répondre qu'il était on ne peut plus reconnaissant de ses bontés et qu'il se rendrait à ses ordres ; mais il n'osa lui écrire de peur de ne pouvoir, à des yeux aussi exercés que ceux de Milady, déguiser suffisamment son écriture.

À neuf heures sonnantes, d'Artagnan était place Royale. Il était évident que les domestiques qui attendaient dans l'antichambre étaient prévenus, car aussitôt que d'Artagnan parut, avant même qu'il eût demandé si Milady était visible, un d'eux courut l'annoncer.

— Faites entrer, dit Milady d'une voix brève, mais si perçante que d'Artagnan l'entendit de l'antichambre.

On l'introduisit.

— Je n'y suis pour personne, dit Milady ; entendez-vous, pour personne.

Le laquais sortit.

D'Artagnan jeta un regard curieux sur Milady : elle était pâle et avait les yeux fatigués, soit par les larmes, soit par l'insomnie. On avait avec intention diminué le nombre habituel des lumières, et cependant la jeune femme ne pouvait arriver à cacher les traces de la fièvre qui l'avait dévorée depuis deux jours.

D'Artagnan s'approcha d'elle avec sa galanterie ordinaire ; elle fit alors un effort suprême pour le recevoir, mais jamais physionomie plus bouleversée ne démentit sourire plus aimable.

Aux questions que d'Artagnan lui fit sur sa santé :

— Mauvaise, répondit-elle, très mauvaise.

— Mais alors, dit d'Artagnan, je suis indiscret, vous avez besoin de repos sans doute et je vais me retirer.

— Non pas, dit Milady ; au contraire, restez,

Monsieur d'Artagnan, votre aimable compagnie me distraira.

— Oh ! oh ! pensa d'Artagnan, elle n'a jamais été si charmante, défions-nous.

Milady prit l'air le plus affectueux qu'elle put prendre, et donna tout l'éclat possible à sa conversation. En même temps cette fièvre qui l'avait abandonnée un instant revenait rendre l'éclat à ses yeux, le coloris à ses joues, le carmin à ses lèvres. D'Artagnan retrouva la Circé qui l'avait déjà enveloppé de ses enchantements. Son amour, qu'il croyait éteint et qui n'était qu'assoupi, se réveilla dans son cœur. Milady souriait et d'Artagnan sentait qu'il se damnerait pour ce sourire.

Il y eut un moment où il sentit quelque chose comme un remords de ce qu'il avait fait contre elle.

Peu à peu Milady devint plus communicative. Elle demanda à d'Artagnan s'il avait une maîtresse.

— Hélas ! dit d'Artagnan de l'air le plus sentimental qu'il put prendre, pouvez-vous être assez cruelle pour me faire une pareille question, à moi qui, depuis que je vous ai vue, ne respire et ne soupire que par vous et pour vous !

Milady sourit d'un étrange sourire.

— Ainsi vous m'aimez ? dit-elle.

— Ai-je besoin de vous le dire, et ne vous en êtes-vous point aperçue ?

— Si fait ; mais, vous le savez, plus les cœurs sont fiers, plus ils sont difficiles à prendre.

— Oh ! les difficultés ne m'effrayent pas, dit d'Artagnan ; il n'y a que les impossibilités qui m'épouvantent.

— Rien n'est impossible, dit Milady, à un véritable amour.

— Rien, Madame ?

— Rien, reprit Milady.

« Diable ! reprit d'Artagnan à part lui, la note est changée. Deviendrait-elle amoureuse de moi, par hasard, la capricieuse, et serait-elle disposée à me donner à moi-même quelque autre saphir pareil à celui qu'elle m'a donné me prenant pour de Wardes ? »

D'Artagnan rapprocha vivement son siège de celui de Milady.

— Voyons, dit-elle, que feriez-vous bien pour prouver cet amour dont vous parlez ?

— Tout ce qu'on exigerait de moi. Qu'on ordonne, et je suis prêt.

— À tout ?

— À tout ! s'écria d'Artagnan qui savait d'avance qu'il n'avait pas grand-chose à risquer en s'engageant ainsi.

— Eh bien ! causons un peu, dit à son tour Milady en rapprochant son fauteuil de la chaise de d'Artagnan.

— Je vous écoute, Madame, dit celui-ci.

Milady resta un instant soucieuse et comme indécise ; puis paraissant prendre une résolution :

— J'ai un ennemi, dit-elle.

— Vous, Madame ! s'écria d'Artagnan jouant la surprise, est-ce possible, mon Dieu ? Belle et bonne comme vous l'êtes !

— Un ennemi mortel.

— En vérité ?

— Un ennemi qui m'a insultée si cruellement

que c'est entre lui et moi une guerre à mort. Puis-je compter sur vous comme auxiliaire ?

D'Artagnan comprit sur-le-champ où la vindicative créature en voulait venir.

— Vous le pouvez, Madame, dit-il avec emphase, mon bras et ma vie vous appartiennent comme mon amour.

— Alors, dit Milady, puisque vous êtes aussi généreux qu'amoureux...

Elle s'arrêta.

— Eh bien ? demanda d'Artagnan.

— Eh bien ! reprit Milady après un moment de silence, cessez dès aujourd'hui de parler d'impossibilités.

— Ne m'accablez pas de mon bonheur, s'écria d'Artagnan en se précipitant à genoux et en couvrant de baisers les mains qu'on lui abandonnait.

« Venge-moi de cet infâme de Wardes, murmura Milady entre ses dents, et je saurai bien me débarrasser de toi ensuite, double sot, lame d'épée vivante ! »

« Tombe volontairement entre mes bras après m'avoir raillé si effrontément, hypocrite et dangereuse femme, pensait d'Artagnan de son côté, et ensuite je rirai de toi avec celui que tu veux tuer par ma main. »

D'Artagnan releva la tête.

— Je suis prêt, dit-il.

— Vous m'avez donc comprise, cher Monsieur d'Artagnan ! dit Milady.

— Je devinerais un de vos regards.

— Ainsi vous emploieriez pour moi votre bras, qui s'est déjà acquis tant de renommée ?

— À l'instant même.

— Mais moi, dit Milady, comment payerai-je un pareil service ; je connais les amoureux, ce sont des gens qui ne font rien pour rien ?

— Vous savez la seule réponse que je désire, dit d'Artagnan, la seule qui soit digne de vous et de moi !

Et il l'attira doucement vers lui.

Elle résista à peine.

— Intéressé ! dit-elle en souriant.

— Ah ! s'écria d'Artagnan véritablement emporté par la passion que cette femme avait le don d'allumer dans son cœur, ah ! c'est que mon bonheur me paraît invraisemblable, et qu'ayant toujours peur de le voir s'envoler comme un rêve, j'ai hâte d'en faire une réalité.

— Eh bien ! méritez donc ce prétendu bonheur.

— Je suis à vos ordres, dit d'Artagnan.

— Bien sûr ? fit Milady avec un dernier doute.

— Nommez-moi l'infâme qui a pu faire pleurer vos beaux yeux.

— Qui vous dit que j'ai pleuré ? dit-elle.

— Il me semblait...

— Les femmes comme moi ne pleurent pas, dit Milady.

— Tant mieux ! Voyons, dites-moi comment il s'appelle.

— Songez que son nom c'est tout mon secret.

— Il faut cependant que je sache son nom.

— Oui, il le faut ; voyez si j'ai confiance en vous !

— Vous me comblez de joie. Comment s'appelle-t-il ?

— Vous le connaissez.

— Vraiment ?

— Oui.

— Ce n'est pas un de mes amis ? reprit d'Artagnan en jouant l'hésitation pour faire croire à son ignorance.

— Si c'était un de vos amis, vous hésiteriez donc ? s'écria Milady. Et un éclair de menace passa dans ses yeux.

— Non, fût-ce mon frère ! s'écria d'Artagnan comme emporté par l'enthousiasme.

Notre Gascon s'avançait sans risque ; car il savait où il allait.

— J'aime votre dévouement, dit Milady.

— Hélas ! n'aimez-vous que cela en moi ? demanda d'Artagnan.

— Je vous aime aussi, vous, dit-elle en lui prenant la main.

Et l'ardente pression fit frissonner d'Artagnan, comme si, par le toucher, cette fièvre qui brûlait Milady le gagnait lui-même.

— Vous m'aimez, vous ! s'écria-t-il. Oh ! si cela était, ce serait à en perdre la raison.

Et il l'enveloppa de ses deux bras. Elle n'essaya point d'écarter ses lèvres de son baiser, seulement elle ne le lui rendit pas.

Ses lèvres étaient froides : il sembla à d'Artagnan qu'il venait d'embrasser une statue.

Il n'en était pas moins ivre de joie, électrisé d'amour ; il croyait presque à la tendresse de Milady ; il croyait presque au crime de de Wardes. Si de Wardes eût été en ce moment sous sa main, il l'eût tué.

Milady saisit l'occasion.

— Il s'appelle…, dit-elle à son tour.

— De Wardes, je le sais, s'écria d'Artagnan.

— Et comment le savez-vous ? demanda Milady en lui saisissant les deux mains et en essayant de lire par ses yeux jusqu'au fond de son âme.

D'Artagnan sentit qu'il s'était laissé emporter, et qu'il avait fait une faute.

— Dites, dites, mais dites donc ! répétait Milady, comment le savez-vous !

— Comment je le sais ? dit d'Artagnan.

— Oui.

— Je le sais parce que, hier, de Wardes, dans un salon où j'étais, a montré une bague qu'il a dit tenir de vous.

— Le misérable ! s'écria Milady.

L'épithète, comme on le comprend bien, retentit jusqu'au fond du cœur de d'Artagnan.

— Eh bien ? continua-t-elle.

— Eh bien ! je vous vengerai de ce misérable, reprit d'Artagnan en se donnant des airs de don Japhet d'Arménie[1].

— Merci, mon brave ami ! s'écria Milady ; et quand serai-je vengée ?

— Demain, tout de suite, quand vous voudrez.

Milady allait s'écrier : « Tout de suite » ; mais elle réfléchit qu'une pareille précipitation serait peu gracieuse pour d'Artagnan.

D'ailleurs, elle avait mille précautions à prendre, mille conseils à donner à son défenseur, pour qu'il évitât les explications devant témoins avec le comte. Tout cela se trouva prévu par un mot de d'Artagnan.

— Demain, dit-il, vous serez vengée ou je serai mort.

— Non ! dit-elle, vous me vengerez ; mais vous ne mourrez pas. C'est un lâche.

— Avec les femmes peut-être, mais pas avec les hommes. J'en sais quelque chose, moi.

— Mais il me semble que dans votre lutte avec lui, vous n'avez pas eu à vous plaindre de la fortune.

— La fortune est une courtisane : favorable hier, elle peut me trahir demain.

— Ce qui veut dire que vous hésitez maintenant.

— Non, je n'hésite pas, Dieu m'en garde ; mais serait-il juste de me laisser aller à une mort possible sans m'avoir donné au moins un peu plus que de l'espoir ?

Milady répondit par un coup d'œil qui voulait dire :

— N'est-ce que cela ? Partez donc.

Puis, accompagnant le coup d'œil de paroles explicatives :

— C'est trop juste, dit-elle tendrement.

— Oh ! vous êtes un ange, dit le jeune homme.

— Ainsi, tout est convenu ? dit-elle.

— Sauf ce que je vous demande, chère âme !

— Mais, lorsque je vous dis que vous pouvez vous fier à ma tendresse ?

— Je n'ai pas de lendemain pour attendre.

— Silence ; j'entends mon frère, il est inutile qu'il vous trouve ici.

Elle sonna ; Ketty parut.

— Sortez par cette porte, dit-elle en poussant une petite porte dérobée, et revenez à onze heures ; nous achèverons cet entretien ; Ketty vous introduira chez moi.

La pauvre enfant pensa tomber à la renverse en entendant ces paroles.

— Eh bien ! que faites-vous, Mademoiselle, à

demeurer là immobile comme une statue ? Allons, reconduisez le chevalier ; et ce soir, à onze heures, vous avez entendu !

« Il paraît que ses rendez-vous sont à onze heures, pensa d'Artagnan, c'est une habitude prise. »

Milady lui tendit une main qu'il baisa tendrement.

« Voyons, dit-il en se retirant et en répondant à peine aux reproches de Ketty, voyons, ne soyons pas un sot ; décidément cette femme est une grande scélérate : prenons garde. »

XXXVII

LE SECRET DE MILADY[1]

D'ARTAGNAN était sorti de l'hôtel au lieu de monter tout de suite chez Ketty, malgré les instances que lui avait faites la jeune fille, et cela pour deux raisons : la première, parce que de cette façon il évitait les reproches, les récriminations, les prières ; la seconde, parce qu'il n'était pas fâché de lire un peu dans sa pensée, et, s'il était possible, dans celle de cette femme.

Tout ce qu'il y avait de plus clair là-dedans, c'est que d'Artagnan aimait Milady comme un fou et qu'elle ne l'aimait pas le moins du monde. Un instant d'Artagnan comprit que ce qu'il aurait de mieux à faire serait de rentrer chez lui et d'écrire à Milady une longue lettre dans laquelle il lui avouerait que lui et de Wardes étaient jusqu'à présent absolument le même, que par conséquent il ne pouvait s'engager, sous peine de suicide, à tuer de Wardes. Mais lui aussi était éperonné d'un féroce désir de vengeance ; il voulait posséder à son tour cette femme sous son propre nom ; et comme cette vengeance lui paraissait avoir une certaine douceur, il ne voulait point y renoncer.

Il fit cinq ou six fois le tour de la place Royale, se retournant de dix pas en dix pas pour regarder la lumière de l'appartement de Milady, qu'on apercevait à travers les jalousies ; il était évident que cette fois la jeune femme était moins pressée que la première de rentrer dans sa chambre.

Enfin la lumière disparut.

Avec cette lueur s'éteignit la dernière irrésolution dans le cœur de d'Artagnan ; il se rappela les détails de la première nuit, et, le cœur bondissant, la tête en feu, il rentra dans l'hôtel et se précipita dans la chambre de Ketty.

La jeune fille, pâle comme la mort, tremblant de tous ses membres, voulut arrêter son amant ; mais Milady, l'oreille au guet, avait entendu le bruit qu'avait fait d'Artagnan : elle ouvrit la porte.

— Venez, dit-elle.

Tout cela était d'une si incroyable impudence, d'une si monstrueuse effronterie, qu'à peine si d'Artagnan pouvait croire à ce qu'il voyait et à ce qu'il entendait. Il croyait être entraîné dans quelqu'une de ces intrigues fantastiques comme on en accomplit en rêve.

Il ne s'élança pas moins vers Milady, cédant à cette attraction que l'aimant exerce sur le fer.

La porte se referma derrière eux.

Ketty s'élança à son tour contre la porte.

La jalousie, la fureur, l'orgueil offensé, toutes les passions enfin qui se disputent le cœur d'une femme amoureuse la poussaient à une révélation ; mais elle était perdue si elle avouait avoir donné les mains à une pareille machination ; et, par-dessus tout, d'Artagnan était perdu pour elle. Cette dernière pensée d'amour lui conseilla encore ce dernier sacrifice.

D'Artagnan, de son côté, était arrivé au comble

de tous ses vœux : ce n'était plus un rival qu'on aimait en lui, c'était lui-même qu'on avait l'air d'aimer. Une voix secrète lui disait bien au fond du cœur qu'il n'était qu'un instrument de vengeance que l'on caressait en attendant qu'il donnât la mort, mais l'orgueil, mais l'amour-propre, mais la folie, faisaient taire cette voix, étouffaient ce murmure. Puis notre Gascon, avec la dose de confiance que nous lui connaissons, se comparait à de Wardes et se demandait pourquoi, au bout du compte, on ne l'aimerait pas, lui aussi, pour lui-même.

Il s'abandonna donc tout entier aux sensations du moment. Milady ne fut plus pour lui cette femme aux intentions fatales qui l'avait un instant épouvanté, ce fut une maîtresse ardente et passionnée s'abandonnant tout entière à un amour qu'elle semblait éprouver elle-même. Deux heures à peu près s'écoulèrent ainsi.

Cependant les transports des deux amants se calmèrent ; Milady, qui n'avait point les mêmes motifs que d'Artagnan pour oublier, revint la première à la réalité et demanda au jeune homme si les mesures qui devaient amener le lendemain entre lui et de Wardes une rencontre étaient bien arrêtées d'avance dans son esprit.

Mais d'Artagnan, dont les idées avaient pris un tout autre cours, s'oublia comme un sot et répondit galamment qu'il était bien tard pour s'occuper de duels à coups d'épée.

Cette froideur pour les seuls intérêts qui l'occupassent effraya Milady, dont les questions devinrent plus pressantes.

Alors d'Artagnan, qui n'avait jamais sérieusement pensé à ce duel impossible, voulut détourner la conversation, mais il n'était plus de force.

Milady le contint dans les limites qu'elle avait tracées d'avance avec son esprit irrésistible et sa volonté de fer.

D'Artagnan se crut fort spirituel en conseillant à Milady de renoncer, en pardonnant à de Wardes, aux projets furieux qu'elle avait formés.

Mais aux premiers mots qu'il dit, la jeune femme tressaillit et s'éloigna.

— Auriez-vous peur, cher d'Artagnan ? dit-elle d'une voix aiguë et railleuse qui résonna étrangement dans l'obscurité.

— Vous ne le pensez pas, chère âme ! répondit d'Artagnan ; mais enfin, si ce pauvre comte de Wardes était moins coupable que vous ne le pensez ?

— En tout cas, dit gravement Milady, il m'a trompée, et du moment où il m'a trompée il a mérité la mort.

— Il mourra donc, puisque vous le condamnez ! dit d'Artagnan d'un ton si ferme, qu'il parut à Milady l'expression d'un dévouement à toute épreuve.

Aussitôt elle se rapprocha de lui.

Nous ne pourrions dire le temps que dura la nuit pour Milady ; mais d'Artagnan croyait être près d'elle depuis deux heures à peine lorsque le jour parut aux fentes des jalousies et bientôt envahit la chambre de sa lueur blafarde.

Alors Milady voyant que d'Artagnan allait la quitter, lui rappela la promesse qu'il lui avait faite de la venger de de Wardes.

— Je suis tout prêt, dit d'Artagnan, mais auparavant je voudrais être certain d'une chose.

— De laquelle ? demanda Milady.

— C'est que vous m'aimez.

— Je vous en ai donné la preuve, ce me semble.

— Oui, aussi je suis à vous corps et âme.

— Merci, mon brave amant ! Mais de même que je vous ai prouvé mon amour, vous me prouverez le vôtre à votre tour, n'est-ce pas ?

— Certainement. Mais si vous m'aimez comme vous me le dites, reprit d'Artagnan, ne craignez-vous pas un peu pour moi ?

— Que puis-je craindre ?

— Mais enfin, que je sois blessé dangereusement, tué même.

— Impossible, dit Milady, vous êtes un homme si vaillant et une si fine épée.

— Vous ne préféreriez donc point, reprit d'Artagnan, un moyen qui vous vengerait de même tout en rendant inutile le combat.

Milady regarda son amant en silence : cette lueur blafarde des premiers rayons du jour donnait à ses yeux clairs une expression étrangement funeste.

— Vraiment, dit-elle, je crois que voilà que vous hésitez maintenant.

— Non, je n'hésite pas ; mais c'est que ce pauvre comte de Wardes me fait vraiment peine depuis que vous ne l'aimez plus, et il me semble qu'un homme doit être si cruellement puni par la perte seule de votre amour, qu'il n'a pas besoin d'autre châtiment.

— Qui vous dit que je l'aie aimé ? demanda Milady.

— Au moins puis-je croire maintenant sans trop de fatuité que vous en aimez un autre, dit le jeune homme d'un ton caressant, et je vous le répète, je m'intéresse au comte.

— Vous ? demanda Milady.

— Oui moi.

— Et pourquoi vous ?

— Parce que seul je sais…

— Quoi ?

— Qu'il est loin d'être ou plutôt d'avoir été aussi coupable envers vous qu'il le paraît.

— En vérité ! dit Milady d'un air inquiet ; expliquez-vous, car je ne sais vraiment ce que vous voulez dire.

Et elle regardait d'Artagnan, qui la tenait embrassée, avec des yeux qui semblaient s'enflammer peu à peu.

— Oui, je suis galant homme, moi ! dit d'Artagnan, décidé à en finir ; et depuis que votre amour est à moi, que je suis bien sûr de le posséder, car je le possède, n'est-ce pas ?…

— Tout entier, continuez.

— Eh bien ! je me sens comme transporté, un aveu me pèse.

— Un aveu ?

— Si j'eusse douté de votre amour je ne l'eusse pas fait ; mais vous m'aimez, ma belle maîtresse ? N'est-ce pas, vous m'aimez ?

— Sans doute.

— Alors si par excès d'amour je me suis rendu coupable envers vous, vous me pardonnerez ?

— Peut-être !

D'Artagnan essaya, avec le plus doux sourire

qu'il pût prendre, de rapprocher ses lèvres des lèvres de Milady, mais celle-ci l'écarta.

— Cet aveu, dit-elle en pâlissant, quel est cet aveu ?

— Vous aviez donné rendez-vous à de Wardes, jeudi dernier, dans cette même chambre, n'est-ce pas ?

— Moi, non ! cela n'est pas, dit Milady d'un ton de voix si ferme et d'un visage si impassible que, si d'Artagnan n'eût pas eu une certitude si parfaite, il eût douté.

— Ne mentez pas, mon bel ange, dit d'Artagnan en souriant, ce serait inutile.

— Comment cela ? Parlez donc ! vous me faites mourir !

— Oh ! rassurez-vous, vous n'êtes point coupable envers moi, et je vous ai déjà pardonné !

— Après, après ?

— De Wardes ne peut se glorifier de rien.

— Pourquoi ? Vous m'avez dit vous-même que cette bague...

— Cette bague, mon amour, c'est moi qui l'ai. Le duc de Wardes de jeudi et le d'Artagnan d'aujourd'hui sont la même personne.

L'imprudent s'attendait à une surprise mêlée de pudeur, à un petit orage qui se résoudrait en larmes ; mais il se trompait étrangement, et son erreur ne fut pas longue.

Pâle et terrible, Milady se redressa, et, repoussant d'Artagnan d'un violent coup dans la poitrine, elle s'élança hors du lit.

Il faisait alors presque grand jour.

D'Artagnan la retint par son peignoir de fine toile des Indes pour implorer son pardon ; mais elle, d'un mouvement puissant et résolu, elle essaya de fuir. Alors la batiste se déchira en laissant à nu les épaules, et, sur l'une de ces belles épaules rondes et blanches, d'Artagnan, avec un saisissement inexprimable, reconnut la fleur de lys, cette marque indélébile qu'imprime la main infamante du bourreau.

— Grand Dieu ! s'écria d'Artagnan en lâchant le peignoir.

Et il demeura muet, immobile et glacé sur le lit.

Mais Milady se sentait dénoncée par l'effroi même de d'Artagnan. Sans doute il avait tout vu ; le jeune homme maintenant savait son secret, secret terrible, que tout le monde ignorait, excepté lui.

Elle se retourna, non plus comme une femme furieuse, mais comme une panthère blessée.

— Ah ! misérable, dit-elle, tu m'as lâchement trahie, et de plus tu as mon secret ! Tu mourras !

Et elle courut à un coffret de marqueterie posé sur la toilette, l'ouvrit d'une main fiévreuse et tremblante, en tira un petit poignard à manche d'or, à la lame aiguë et mince, et revint d'un bond sur d'Artagnan à demi nu.

Quoique le jeune homme fût brave, on le sait, il fut épouvanté de cette figure bouleversée, de ces pupilles dilatées horriblement, de ces joues pâles et de ces lèvres sanglantes ; il recula jusqu'à la ruelle, comme il eût fait à l'approche d'un serpent qui eût rampé vers lui, et son épée se rencontrant sous sa main souillée de sueur, il la tira du fourreau.

Mais sans s'inquiéter de l'épée, Milady essaya de remonter sur le lit pour le frapper, et elle ne s'arrêta que lorsqu'elle sentit la pointe aiguë sur sa gorge.

Alors elle essaya de saisir cette épée avec les mains ; mais d'Artagnan l'écarta toujours de ses étreintes, et, la lui présentant tantôt aux yeux, tantôt à la poitrine, il se laissa glisser à bas du lit, cherchant pour faire retraite la porte qui conduisait chez Ketty.

Milady, pendant ce temps, se ruait sur lui avec d'horribles transports, rugissant d'une façon formidable.

Cependant cela ressemblait à un duel, aussi d'Artagnan se remettait petit à petit.

— Bien, belle dame, bien ! disait-il, mais, de par Dieu, calmez-vous, ou je vous dessine une seconde fleur de lys sur l'autre épaule.

— Infâme ! infâme ! hurlait Milady.

Mais d'Artagnan, cherchant toujours la porte, se tenait sur la défensive.

Au bruit qu'ils faisaient, elle renversant les meubles pour aller à lui, lui s'abritant derrière les meubles pour se garantir d'elle, Ketty ouvrit la porte. D'Artagnan, qui avait sans cesse manœuvré pour se rapprocher de cette porte, n'en était plus qu'à trois pas. D'un seul élan il s'élança de la chambre de Milady dans celle de la suivante, et, rapide comme l'éclair, il referma la porte, contre laquelle il s'appuya de tout son poids tandis que Ketty poussait les verrous.

Alors Milady essaya de renverser l'arc-boutant qui l'enfermait dans sa chambre, avec des forces bien au-dessus de celles d'une femme ; puis, lorsqu'elle sentit que c'était chose impossible, elle cribla la porte de coups de poignard, dont quelques-uns traversèrent l'épaisseur du bois.

Chaque coup était accompagné d'une imprécation terrible.

— Vite, vite, Ketty, dit d'Artagnan à demi-voix lorsque les verrous furent mis, fais-moi sortir de l'hôtel ou si nous lui laissons le temps de se retourner, elle me fera tuer par les laquais.

— Mais vous ne pouvez pas sortir ainsi, dit Ketty, vous êtes tout nu.

— C'est vrai, dit d'Artagnan, qui s'aperçut alors seulement du costume dans lequel il se trouvait, c'est vrai ; habille-moi comme tu pourras, mais hâtons-nous ; comprends-tu, il y va de la vie et de la mort !

Ketty ne comprenait que trop ; en un tour de main elle l'affubla d'une robe à fleurs, d'une large coiffe et d'un mantelet ; elle lui donna des pantoufles, dans lesquelles il passa ses pieds nus, puis elle l'entraîna par les degrés. Il était temps, Milady avait déjà sonné et réveillé tout l'hôtel. Le portier tira le cordon à la voix de Ketty au moment même où Milady, à demi nue de son côté, criait par la fenêtre :

— N'ouvrez pas !

XXXVIII

COMMENT, SANS SE DÉRANGER, ATHOS TROUVA SON ÉQUIPEMENT[1]

Le jeune homme s'enfuit tandis qu'elle le menaçait encore d'un geste impuissant. Au moment où elle le perdit de vue, Milady tomba évanouie dans sa chambre.

D'Artagnan était tellement bouleversé, que, sans s'inquiéter de ce que deviendrait Ketty, il traversa la moitié de Paris tout en courant, et ne s'arrêta que devant la porte d'Athos. L'égarement de son esprit, la terreur qui l'éperonnait, les cris de quelques patrouilles qui se mirent à sa poursuite, et les huées de quelques passants qui, malgré l'heure peu avancée, se rendaient à leurs affaires, ne firent que précipiter sa course.

Il traversa la cour, monta les deux étages d'Athos et frappa à la porte à tout rompre.

Grimaud vint ouvrir les yeux bouffis de sommeil. D'Artagnan s'élança avec tant de force dans l'antichambre qu'il faillit le culbuter en entrant.

Malgré le mutisme habituel du pauvre garçon, cette fois la parole lui revint.

— Hé, là, là ! s'écria-t-il, que voulez-vous, coureuse ? Que demandez-vous, drôlesse ?

D'Artagnan releva ses coiffes et dégagea ses mains de dessous son mantelet ; à la vue de ses moustaches et de son épée nue, le pauvre diable s'aperçut qu'il avait affaire à un homme.

Il crut alors que c'était quelque assassin.

— Au secours ! à l'aide ! au secours ! s'écria-t-il.

— Tais-toi, malheureux ! dit le jeune homme, je suis d'Artagnan, ne me reconnais-tu pas ? Où est ton maître ?

— Vous, Monsieur d'Artagnan ! s'écria Grimaud épouvanté. Impossible.

— Grimaud, dit Athos sortant de son appartement en robe de chambre, je crois que vous vous permettez de parler.

— Ah ! Monsieur ! c'est que…

— Silence.

Grimaud se contenta de montrer du doigt d'Artagnan à son maître.

Athos reconnut son camarade, et, tout flegmatique qu'il était, il partit d'un éclat de rire que motivait bien la mascarade étrange qu'il avait sous les yeux : coiffes de travers, jupes tombantes sur les souliers, manches retroussées et moustaches raides d'émotion.

— Ne riez pas, mon ami, s'écria d'Artagnan ; de par le ciel ne riez pas, car, sur mon âme, je vous le dis, il n'y a point de quoi rire.

Et il prononça ces mots d'un air si solennel et avec une épouvante si vraie qu'Athos lui prit aussitôt les mains en s'écriant :

— Seriez-vous blessé, mon ami ? Vous êtes bien pâle !

— Non, mais il vient de m'arriver un terrible événement. Êtes-vous seul, Athos ?

— Pardieu ! qui voulez-vous donc qui soit chez moi à cette heure ?

— Bien, bien.

Et d'Artagnan se précipita dans la chambre d'Athos.

— Hé, parlez ! dit celui-ci en refermant la porte et en poussant les verrous pour n'être pas dérangés. Le roi est-il mort ? Avez-vous tué M. le cardinal ? Vous êtes tout renversé ; voyons, voyons, dites, car je meurs véritablement d'inquiétude.

— Athos, dit d'Artagnan se débarrassant de ses vêtements de femme et apparaissant en chemise, préparez-vous à entendre une histoire incroyable, inouïe.

— Prenez d'abord cette robe de chambre, dit le mousquetaire à son ami.

D'Artagnan passa la robe de chambre, prenant une manche pour une autre tant il était encore ému.

— Eh bien ? dit Athos.

— Eh bien ! répondit d'Artagnan en se courbant vers l'oreille d'Athos et en baissant la voix, Milady est marquée d'une fleur de lys à l'épaule.

— Ah ! cria le mousquetaire comme s'il eût reçu une balle dans le cœur.

— Voyons, dit d'Artagnan, êtes-vous sûr que l'*autre* soit bien morte ?

— L'*autre* ? dit Athos d'une voix si sourde, qu'à peine si d'Artagnan l'entendit.

— Oui, celle dont vous m'avez parlé un jour à Amiens[1].

Athos poussa un gémissement et laissa tomber sa tête dans ses mains.

— Celle-ci, continua d'Artagnan, est une femme de vingt-six à vingt-huit ans.

— Blonde, dit Athos, n'est-ce pas ?

— Oui.

— Des yeux bleu clair, d'une clarté étrange, avec des cils et des sourcils noirs ?

— Oui.

— Grande, bien faite ? Il lui manque une dent près de l'œillère gauche.

— Oui.

— La fleur de lys est petite, rousse de couleur et comme effacée par les couches de pâte qu'on y applique.

— Oui.

— Cependant vous dites qu'elle est Anglaise !

— On l'appelle Milady, mais elle peut être Française. Malgré cela, lord de Winter n'est que son beau-frère.

— Je veux la voir, d'Artagnan.

— Prenez garde, Athos, prenez garde ; vous avez voulu la tuer, elle est femme à vous rendre la pareille et à ne pas vous manquer.

— Elle n'osera rien dire, car ce serait se dénoncer elle-même.

— Elle est capable de tout ! L'avez-vous jamais vue furieuse ?

— Non, dit Athos.

— Une tigresse, une panthère ! Ah ! mon cher Athos, j'ai bien peur d'avoir attiré sur nous deux une vengeance terrible !

D'Artagnan raconta tout alors : la colère insensée de Milady et ses menaces de mort.

— Vous avez raison, et, sur mon âme, je donnerais ma vie pour un cheveu, dit Athos. Heureusement, c'est après-demain que nous quittons Paris ; nous allons, selon toute probabilité, à La Rochelle, et une fois partis…

— Elle vous suivra jusqu'au bout du monde, Athos, si elle vous reconnaît ; laissez donc sa haine s'exercer sur moi seul.

— Ah ! mon cher, que m'importe qu'elle me tue ! dit Athos ; est-ce que par hasard vous croyez que je tiens à la vie ?

— Il y a quelque horrible mystère sous tout cela. Athos ! cette femme est l'espion du cardinal, j'en suis sûr !

— En ce cas, prenez garde à vous. Si le cardinal ne vous a pas dans une haute admiration pour l'affaire de Londres, il vous a en grande haine ; mais comme, au bout du compte, il ne peut rien vous reprocher ostensiblement, et qu'il faut que haine se satisfasse, surtout quand c'est une haine de cardinal, prenez garde à vous ! Si vous sortez, ne sortez pas seul ; si vous mangez, prenez vos précautions ; méfiez-vous de tout enfin, même de votre ombre.

— Heureusement, dit d'Artagnan, qu'il s'agit seulement d'aller jusqu'après-demain soir sans encombre, car une fois à l'armée nous n'aurons plus, je l'espère, que des hommes à craindre.

— En attendant, dit Athos, je renonce à mes projets de réclusion, et je vais partout avec vous ; il faut que vous retourniez rue des Fossoyeurs, je vous accompagne.

— Mais si près que ce soit d'ici, reprit d'Artagnan, je ne puis y retourner comme cela.

— C'est juste, dit Athos. Et il tira la sonnette.

Grimaud entra.

Athos lui fit signe d'aller chez d'Artagnan, et d'en rapporter des habits.

Grimaud répondit par un autre signe qu'il comprenait parfaitement et partit.

— Ah çà ! mais voilà qui ne nous avance pas pour l'équipement, cher ami, dit Athos ; car, si je ne m'abuse, vous avez laissé toute votre défroque chez Milady, qui n'aura sans doute pas l'attention de vous la retourner. Heureusement que vous avez le saphir.

— Le saphir est à vous, mon cher Athos ! Ne m'avez-vous pas dit que c'était une bague de famille ?

— Oui, mon père l'acheta deux mille écus, à ce qu'il me dit autrefois ; il faisait partie des cadeaux de noces qu'il fit à ma mère ; et il est magnifique. Ma mère me le donna, et moi, fou que j'étais, plutôt que de garder cette bague comme une relique sainte, je la donnai à mon tour à cette misérable[1].

— Alors, mon cher, reprenez cette bague, à laquelle je comprends que vous devez tenir.

— Moi, reprendre cette bague, après qu'elle a passé par les mains de l'infâme ! jamais : cette bague est souillée, d'Artagnan.

— Vendez-la donc.

— Vendre un diamant qui vient de ma mère ! Je vous avoue que je regarderais cela comme une profanation.

— Alors engagez-la, on vous prêtera bien dessus un millier d'écus. Avec cette somme vous serez au-dessus de vos affaires, puis, au premier argent qui vous rentrera, vous la dégagerez, et vous la reprendrez lavée de ses anciennes taches, car elle aura passé par les mains des usuriers.

Athos sourit.

— Vous êtes un charmant compagnon, dit-il,

mon cher d'Artagnan ; vous relevez par votre éternelle gaieté les pauvres esprits dans l'affliction. Eh bien ! oui, engageons cette bague, mais à une condition !

— Laquelle !

— C'est qu'il y aura cinq cents écus pour vous et cinq cents écus pour moi.

— Y songez-vous, Athos ? Je n'ai pas besoin du quart de cette somme, moi qui suis dans les gardes, et en vendant ma selle je me la procurerai. Que me faut-il ? Un cheval pour Planchet, voilà tout. Puis vous oubliez que j'ai une bague aussi.

— À laquelle vous tenez encore plus, ce me semble, que je ne tiens, moi, à la mienne ; du moins j'ai cru m'en apercevoir.

— Oui, car dans une circonstance extrême elle peut nous tirer non seulement de quelque grand embarras, mais encore de quelque grand danger ; c'est non seulement un diamant précieux, mais c'est encore un talisman enchanté.

— Je ne vous comprends pas, mais je crois à ce que vous me dites. Revenons donc à ma bague, ou plutôt à la vôtre ; vous toucherez la moitié de la somme qu'on nous donnera sur elle ou je la jette dans la Seine, et je doute que, comme à Polycrate[1], quelque poisson soit assez complaisant pour nous la rapporter.

— Eh bien ! donc, j'accepte ! dit d'Artagnan.

En ce moment Grimaud rentra accompagné de Planchet ; celui-ci, inquiet de son maître et curieux de savoir ce qui lui était arrivé, avait profité de la circonstance et apportait les habits lui-même.

D'Artagnan s'habilla, Athos en fit autant ; puis

quand tous deux furent prêts à sortir, ce dernier fit à Grimaud le signe d'un homme qui met en joue ; celui-ci décrocha aussitôt son mousqueton et s'apprêta à accompagner son maître.

Athos et d'Artagnan suivis de leurs valets arrivèrent sans incident à la rue des Fossoyeurs. Bonacieux était sur la porte, il regarda d'Artagnan d'un air goguenard.

— Eh, mon cher locataire ! dit-il, hâtez-vous donc, vous avez une belle jeune fille qui vous attend chez vous, et les femmes, vous le savez, n'aiment pas qu'on les fasse attendre !

— C'est Ketty ! s'écria d'Artagnan.

Et il s'élança dans l'allée.

Effectivement, sur le carré conduisant à sa chambre, et tapie contre sa porte, il trouva la pauvre enfant toute tremblante. Dès qu'elle l'aperçut :

— Vous m'avez promis votre protection, vous m'avez promis de me sauver de sa colère, dit-elle ; souvenez-vous que c'est vous qui m'avez perdue !

— Oui, sans doute, dit d'Artagnan, sois tranquille, Ketty. Mais qu'est-il arrivé après mon départ ?

— Le sais-je ? dit Ketty. Aux cris qu'elle a poussés les laquais sont accourus, elle était folle de colère ; tout ce qu'il existe d'imprécations elle les a vomies contre vous. Alors j'ai pensé qu'elle se rappellerait que c'était par ma chambre que vous aviez pénétré dans la sienne, et qu'alors elle songerait que j'étais votre complice ; j'ai pris le peu d'argent que j'avais, mes hardes les plus précieuses, et je me suis sauvée.

— Pauvre enfant ! Mais que vais-je faire de toi ? Je pars après-demain.

— Tout ce que vous voudrez, Monsieur le chevalier, faites-moi quitter Paris, faites-moi quitter la France.

— Je ne puis cependant pas t'emmener avec moi au siège de La Rochelle, dit d'Artagnan.

— Non ; mais vous pouvez me placer en province, chez quelque dame de votre connaissance, dans votre pays, par exemple.

— Ah, ma chère amie ! dans mon pays les dames n'ont point de femmes de chambre. Mais attends, j'ai ton affaire. Planchet, va me chercher Aramis, qu'il vienne tout de suite. Nous avons quelque chose de très important à lui dire.

— Je comprends, dit Athos ; mais pourquoi pas Porthos ? Il me semble que sa marquise...

— La marquise de Porthos se fait habiller par les clercs de son mari, dit d'Artagnan en riant. D'ailleurs Ketty ne voudrait pas demeurer rue aux Ours, n'est-ce pas, Ketty ?

— Je demeurerai où l'on voudra, dit Ketty, pourvu que je sois bien cachée et que l'on ne sache pas où je suis.

— Maintenant, Ketty, que nous allons nous séparer, et par conséquent que tu n'es plus jalouse de moi...

— Monsieur le chevalier, de loin ou de près, dit Ketty, je vous aimerai toujours.

— Où diable la constance va-t-elle se nicher ? murmura Athos.

— Moi aussi, dit d'Artagnan, moi aussi, je t'aimerai toujours, sois tranquille. Mais voyons, réponds-moi. Maintenant j'attache une grande importance à la question que je te fais : N'aurais-tu jamais entendu parler d'une jeune dame qu'on aurait enlevée pendant une nuit.

— Attendez donc[1]... Oh, mon Dieu ! Monsieur le chevalier, est-ce que vous aimez encore cette femme ?

— Non, c'est un de mes amis qui l'aime. Tiens, c'est Athos que voilà.

— Moi ! s'écria Athos avec un accent pareil à celui d'un homme qui s'aperçoit qu'il va marcher sur une couleuvre.

— Sans doute, vous ! fit d'Artagnan en serrant la main d'Athos. Vous savez bien l'intérêt que nous prenons tous à cette pauvre petite Mme Bonacieux. D'ailleurs Ketty ne dira rien : n'est-ce pas, Ketty ? Tu comprends, mon enfant, continua d'Artagnan, c'est la femme de cet affreux magot que tu as vu sur le pas de la porte en entrant ici.

— Oh, mon Dieu ! s'écria Ketty, vous me rappelez ma peur ; pourvu qu'il ne m'ait pas reconnue !

— Comment, reconnue ! Tu as donc déjà vu cet homme ?

— Il est venu deux fois chez Milady.

— C'est cela. Vers quelle époque ?

— Mais il y a quinze ou dix-huit jours à peu près.

— Justement.

— Et hier soir il est revenu.

— Hier soir.

— Oui, un instant avant que vous vinssiez vous-même.

— Mon cher Athos, nous sommes enveloppés

dans un réseau d'espions ! Et tu crois qu'il t'a reconnue, Ketty ?

— J'ai baissé ma coiffe en l'apercevant, mais peut-être était-il trop tard.

— Descendez, Athos, vous dont il se méfie moins que de moi, et voyez s'il est toujours sur sa porte.

Athos descendit et remonta bientôt.

— Il est parti, dit-il, et la maison est fermée.

— Il est allé faire son rapport, et dire que tous les pigeons sont en ce moment au colombier.

— Eh bien ! mais, envolons-nous, dit Athos, et ne laissons ici que Planchet pour nous rapporter les nouvelles.

— Un instant ! Et Aramis que nous avons envoyé chercher !

— C'est juste, dit Athos, attendons Aramis.

En ce moment Aramis entra.

On lui exposa l'affaire, et on lui dit comment il était urgent que parmi toutes ses hautes connaissances il trouvât une place à Ketty.

Aramis réfléchit un instant, et dit en rougissant :

— Cela vous rendra-t-il bien réellement service, d'Artagnan.

— Je vous en serai reconnaissant toute ma vie.

— Eh bien, Mme de Bois-Tracy m'a demandé, pour une de ses amies qui habite la province, je crois, une femme de chambre sûre ; et si vous pouvez, mon cher d'Artagnan, me répondre de Mademoiselle...

— Oh ! Monsieur, s'écria Ketty, je serai toute dévouée, soyez-en certain, à la personne qui me donnera les moyens de quitter Paris.

— Alors, dit Aramis, cela va pour le mieux.

Il se mit à une table et écrivit un petit mot qu'il cacheta avec une bague, et donna le billet à Ketty.

— Maintenant, mon enfant, dit d'Artagnan, tu sais qu'il ne fait pas meilleur ici pour nous que pour toi. Ainsi séparons-nous. Nous nous retrouverons dans des jours meilleurs.

— Et dans quelque temps que nous nous retrouvions et dans quelque lieu que ce soit, dit Ketty, vous me retrouverez vous aimant encore comme je vous aime aujourd'hui.

— Serment de joueur, dit Athos pendant que d'Artagnan allait reconduire Ketty sur l'escalier.

Un instant après, les trois jeunes gens se séparèrent en prenant rendez-vous à quatre heures chez Athos et en laissant Planchet pour garder la maison.

Aramis rentra chez lui, et Athos et d'Artagnan s'inquiétèrent du placement du saphir.

Comme l'avait prévu notre Gascon, on trouva facilement trois cents pistoles sur la bague. De plus, le juif annonça que si on voulait la lui vendre, comme elle lui ferait un pendant magnifique pour des boucles d'oreilles, il en donnerait jusqu'à cinq cents pistoles.

Athos et d'Artagnan, avec l'activité de deux soldats et la science de deux connaisseurs, mirent trois heures à peine à acheter tout l'équipement du mousquetaire. D'ailleurs Athos était de bonne composition et grand seigneur jusqu'au bout des ongles. Chaque fois qu'une chose lui convenait, il payait le prix demandé sans essayer même d'en rabattre. D'Artagnan voulait bien là-dessus faire ses observations, mais Athos lui posait la main sur l'épaule en souriant, et d'Artagnan comprenait que c'était bon pour lui, petit gentilhomme gascon, de marchander, mais non pour un homme qui avait les airs d'un prince.

Le mousquetaire trouva un superbe cheval andalou, noir comme du jais, aux narines de feu, aux jambes fines et élégantes, qui prenait six ans. Il l'examina et le trouva sans défaut. On le lui fit mille livres.

Peut-être l'eût-il eu pour moins ; mais tandis que d'Artagnan discutait sur le prix avec le maquignon, Athos comptait les cent pistoles sur la table.

Grimaud eut un cheval picard, trapu et fort, qui coûta trois cents livres.

Mais la selle de ce dernier cheval et les armes de Grimaud achetées, il ne restait plus un sou des cent cinquante pistoles d'Athos. D'Artagnan offrit à son ami de mordre une bouchée dans la part qui lui revenait, quitte à lui rendre plus tard ce qu'il lui aurait emprunté.

Mais Athos, pour toute réponse, se contenta de hausser les épaules.

— Combien le juif donnait-il du saphir pour l'avoir en toute propriété ? demanda Athos.

— Cinq cents pistoles.

— C'est-à-dire deux cents pistoles de plus ; cent pistoles pour vous, cent pistoles pour moi. Mais c'est une véritable fortune cela, mon ami ; retournez chez le juif

— Comment, vous voulez...

— Cette bague, décidément, me rappellerait de trop tristes souvenirs ; puis nous n'aurons jamais trois cents pistoles à lui rendre, de sorte que nous perdrions deux mille livres à ce marché. Allez lui dire que la bague est à lui, d'Artagnan, et revenez avec les deux cents pistoles.

— Réfléchissez, Athos.

— L'argent comptant est cher par le temps qui court, et il faut savoir faire des sacrifices. Allez, d'Artagnan, allez ; Grimaud vous accompagnera avec son mousqueton.

Une demi-heure après, d'Artagnan revint avec les deux mille livres et sans qu'il lui fût arrivé aucun accident.

Ce fut ainsi qu'Athos trouva dans son ménage des ressources auxquelles il ne s'attendait pas.

XXXIX

UNE VISION[1]

À QUATRE heures, les quatre amis étaient donc réunis chez Athos. Leurs préoccupations sur l'équipement avaient tout à fait disparu, et chaque visage ne conservait plus l'expression que de ses propres et secrètes inquiétudes ; car derrière tout bonheur présent est cachée une crainte à venir.

Tout à coup Planchet entra, apportant deux lettres à l'adresse de d'Artagnan.

L'une était un petit billet gentiment plié en long avec un joli cachet de cire verte sur lequel était empreinte une colombe rapportant un rameau vert.

L'autre était une grande épître carrée et resplendissante des armes terribles de Son Éminence le cardinal duc.

À la vue de la petite lettre, le cœur de d'Artagnan bondit, car il avait cru reconnaître l'écriture ; et quoiqu'il n'eût vu cette écriture qu'une fois, la mémoire en était restée au plus profond de son cœur.

Il prit donc la petite épître et la décacheta vivement.

Promenez-vous, lui disait-on, *mercredi prochain, de six heures à sept heures du soir, sur la route de Chaillot, et regardez avec soin dans les carrosses qui passeront, mais si vous tenez à votre vie et à celle des gens qui vous aiment, ne dites pas un mot, ne faites pas un mouvement qui puisse faire croire que vous avez reconnu celle qui s'expose à tout pour vous apercevoir un instant.*

Pas de signature.

— C'est un piège, dit Athos, n'y allez pas, d'Artagnan.

— Cependant, dit d'Artagnan, il me semble bien reconnaître l'écriture.

— Elle est peut-être contrefaite, reprit Athos ; à six ou sept heures, dans ce temps-ci, la route de Chaillot est tout à fait déserte : autant que vous alliez vous promener dans la forêt de Bondy.

— Mais si nous y allions tous ! dit d'Artagnan ; que diable ! on ne nous dévorera point tous les quatre ; plus, quatre laquais ; plus, les chevaux ; plus, les armes.

— Puis ce sera une occasion de montrer nos équipages, dit Porthos.

— Mais si c'est une femme qui écrit, dit Aramis, et que cette femme désire ne pas être vue, songez que vous la compromettez, d'Artagnan, ce qui est mal de la part d'un gentilhomme.

— Nous resterons en arrière, dit Porthos, et lui seul s'avancera.

— Oui, mais un coup de pistolet est bientôt tiré d'un carrosse qui marche au galop.

— Bah ! dit d'Artagnan, on me manquera. Nous rejoindrons alors le carrosse, et nous exterminerons ceux qui se trouveront dedans. Ce sera toujours autant d'ennemis de moins.

— Il a raison, dit Porthos ; bataille ! il faut bien essayer nos armes d'ailleurs.

— Bah ! donnons-nous ce plaisir, dit Aramis de son air doux et nonchalant.

— Comme vous voudrez, dit Athos.

— Messieurs, dit d'Artagnan, il est quatre heures et demie, et nous avons le temps à peine d'être à six heures sur la route de Chaillot.

— Puis, si nous sortions trop tard, dit Porthos, on ne nous verrait pas, ce qui serait dommage. Allons donc nous apprêter, Messieurs.

— Mais cette seconde lettre, dit Athos, vous l'oubliez ; il me semble que le cachet indique cependant qu'elle mérite bien d'être ouverte ; quant à moi, je vous déclare, mon cher d'Artagnan, que je m'en soucie bien plus que du petit brimborion que vous venez tout doucement de glisser sur votre cœur.

D'Artagnan rougit.

— Eh bien ! dit le jeune homme, voyons, Messieurs, ce que me veut Son Éminence.

Et d'Artagnan décacheta la lettre et lut :

M. d'Artagnan, garde du roi, compagnie des Essarts, est attendu au Palais-Cardinal[1] *ce soir à huit heures.*

LA HOUDINIÈRE,
Capitaine des gardes[2].

— Diable ! dit Athos, voici un rendez-vous bien autrement inquiétant que l'autre.

— J'irai au second en sortant du premier, dit d'Artagnan : l'un est pour sept heures, l'autre pour huit ; il y aura temps pour tout.

— Hum ! je n'irais pas, dit Aramis ; un galant chevalier ne peut manquer à un rendez-vous donné par une dame ; mais un gentilhomme prudent peut s'excuser de ne pas se rendre chez Son Éminence, surtout lorsqu'il a quelque raison de croire que ce n'est pas pour y recevoir des compliments.

— Je suis de l'avis d'Aramis, dit Porthos.

— Messieurs, répondit d'Artagnan, j'ai déjà reçu par M. de Cavois pareille invitation de Son Éminence, je l'ai négligée, et le lendemain il m'est arrivé un grand malheur ! Constance a disparu ; quelque chose qui puisse advenir, j'irai.

— Si c'est un parti pris, dit Athos, faites.

— Mais la Bastille ? dit Aramis.

— Bah ! vous m'en tirerez, reprit d'Artagnan.

— Sans doute, reprirent Aramis et Porthos avec un aplomb admirable et comme si c'était la chose la plus simple, sans doute nous vous en tirerons ; mais, en attendant, comme nous devons partir après-demain, vous feriez mieux de ne pas risquer cette Bastille.

— Faisons mieux, dit Athos, ne le quittons pas de la soirée, attendons-le chacun à une porte du Palais avec trois mousquetaires derrière nous ; si nous voyons sortir quelque voiture à portière fermée et à demi suspecte, nous tomberons dessus. Il y a longtemps que nous n'avons eu maille à partir avec les gardes de M. le cardinal et M. de Tréville doit nous croire morts.

— Décidément, Athos, dit Aramis, vous étiez fait pour être général d'armée ; que dites-vous du plan, messieurs ?

— Admirable ! répétèrent en chœur les jeunes gens.

— Eh bien ! dit Porthos, je cours à l'hôtel, je préviens nos camarades de se tenir prêts pour huit heures, le rendez-vous sera sur la place du Palais-Cardinal ; vous, pendant ce temps, faites seller les chevaux par les laquais.

— Mais moi, je n'ai pas de cheval, dit d'Artagnan ; mais je vais en faire prendre un chez M. de Tréville.

— C'est inutile, dit Aramis, vous prendrez un des miens.

— Combien en avez-vous donc ? demanda d'Artagnan.

— Trois, répondit en souriant Aramis.

— Mon cher ! dit Athos, vous êtes très certainement le poète le mieux monté de France et de Navarre.

— Écoutez, mon cher Aramis, vous ne saurez que faire de trois chevaux, n'est-ce pas ? Je ne comprends pas même que vous ayez acheté trois chevaux.

— Aussi, je n'en ai acheté que deux, dit Aramis.

— Le troisième vous est donc tombé du ciel ?

— Non, le troisième m'a été amené ce matin même par un domestique sans livrée qui n'a pas voulu me dire à qui il appartenait et qui m'a affirmé avoir reçu l'ordre de son maître...

— Ou de sa maîtresse, interrompit d'Artagnan.

— La chose n'y fait rien, dit Aramis en rougissant... et qui m'a affirmé, dis-je, avoir reçu l'ordre de sa maîtresse de mettre ce cheval dans mon écurie sans me dire de quelle part il venait.

— Il n'y a qu'aux poètes que ces choses-là arrivent, reprit gravement Athos.

— Eh bien ! en ce cas, faisons mieux, dit

d'Artagnan ; lequel des deux chevaux monterez-vous : celui que vous avez acheté, ou celui qu'on vous a donné ?

— Celui que l'on m'a donné sans contredit ; vous comprenez, d'Artagnan, que je ne puis faire cette injure…

— Au donateur inconnu, reprit d'Artagnan.

— Ou à la donatrice mystérieuse, dit Athos.

— Celui que vous avez acheté vous devient donc inutile ?

— À peu près.

— Et vous l'avez choisi vous-même ?

— Et avec le plus grand soin ; la sûreté du cavalier, vous le savez, dépend presque toujours de son cheval !

— Eh bien ! cédez-le-moi pour le prix qu'il vous a coûté !

— J'allais vous l'offrir, mon cher d'Artagnan, en vous donnant tout le temps qui vous sera nécessaire pour me rendre cette bagatelle.

— Et combien vous coûte-t-il ?

— Huit cents livres.

— Voici quarante doubles pistoles, mon cher ami, dit d'Artagnan en tirant la somme de sa poche ; je sais que c'est la monnaie avec laquelle on vous paye vos poèmes.

— Vous êtes donc en fonds ? dit Aramis.

— Riche, richissime, mon cher !

Et d'Artagnan fit sonner dans sa poche le reste de ses pistoles.

— Envoyez votre selle à l'hôtel des Mousquetaires[1], et l'on vous amènera votre cheval ici avec les nôtres.

— Très bien ; mais il est bientôt cinq heures, hâtons-nous.

Un quart d'heure après, Porthos apparut à un bout de la rue Férou sur un genet magnifique ; Mousqueton le suivait sur un cheval d'Auvergne, petit, mais solide. Porthos resplendissait de joie et d'orgueil.

En même temps Aramis apparut à l'autre bout de la rue monté sur un superbe coursier anglais ; Bazin le suivait sur un cheval rouan, tenant en laisse un vigoureux mecklembourgeois : c'était la monture de d'Artagnan.

Les deux mousquetaires se rencontrèrent à la porte ; Athos et d'Artagnan les regardaient par la fenêtre.

— Diable ! dit Aramis, vous avez là un superbe cheval, mon cher Porthos.

— Oui, répondit Porthos ; c'est celui qu'on devait m'envoyer tout d'abord : une mauvaise plaisanterie du mari lui a substitué l'autre ; mais le mari a été puni depuis et j'ai obtenu toute satisfaction.

Planchet et Grimaud parurent alors à leur tour, tenant en main les montures de leurs maîtres ; d'Artagnan et Athos descendirent, se mirent en selle près de leurs compagnons, et tous quatre se mirent en marche : Athos sur le cheval qu'il devait à sa femme, Aramis sur le cheval qu'il devait à sa maîtresse, Porthos sur le cheval qu'il devait à sa procureuse, et d'Artagnan sur le cheval qu'il devait à sa bonne fortune, la meilleure maîtresse qui soit.

Les valets suivirent.

Comme l'avait pensé Porthos, la cavalcade fit bon effet ; et si Mme Coquenard s'était trouvée sur le chemin de Porthos et eût pu voir quel grand air il avait sur son beau genet d'Espagne, elle n'aurait pas regretté la saignée qu'elle avait faite au coffre-fort de son mari.

Près du Louvre les quatre amis rencontrèrent M. de Tréville qui revenait de Saint-Germain ; il les arrêta pour leur faire compliment sur leur équipage, ce qui en un instant amena autour d'eux quelques centaines de badauds.

D'Artagnan profita de la circonstance pour parler à M. de Tréville de la lettre au grand cachet rouge et aux armes ducales ; il est bien entendu que de l'autre il n'en souffla point mot.

M. de Tréville approuva la résolution qu'il avait prise, et l'assura que, si le lendemain il n'avait pas reparu, il saurait bien le retrouver, lui, partout où il serait.

En ce moment, l'horloge de la Samaritaine sonna six heures ; les quatre amis s'excusèrent sur un rendez-vous, et prirent congé de M. de Tréville.

Un temps de galop les conduisit sur la route de Chaillot ; le jour commençait à baisser, les voitures passaient et repassaient ; d'Artagnan, gardé à quelques pas par ses amis, plongeait ses regards jusqu'au fond des carrosses, et n'y apercevait aucune figure de connaissance.

Enfin, après un quart d'heure d'attente et comme le crépuscule tombait tout à fait, une voiture apparut, arrivant au grand galop par la route de Sèvres ; un pressentiment dit d'avance à d'Artagnan que cette voiture renfermait la personne qui lui avait donné rendez-vous ; le jeune homme fut tout étonné lui-même de sentir son cœur battre si violemment. Presque aussitôt une tête de femme sortit par la portière, deux doigts sur sa bouche, comme pour recommander le silence, ou comme pour envoyer un baiser ; d'Artagnan poussa un léger cri de joie, cette femme, ou plutôt cette apparition, car la voiture était passée avec la rapidité d'une vision, était Mme Bonacieux.

Par un mouvement involontaire, et malgré la recommandation faite, d'Artagnan lança son cheval au galop et en quelques bonds rejoignit la voiture ; mais la glace de la portière était hermétiquement fermée : la vision avait disparu.

D'Artagnan se rappela alors cette recommandation :

« Si vous tenez à votre vie et à celle des personnes qui vous aiment, demeurez immobile et comme si vous n'aviez rien vu. »

Il s'arrêta donc, tremblant non pour lui, mais pour la pauvre femme qui évidemment s'était exposée à un grand péril en lui donnant ce rendez-vous.

La voiture continua sa route toujours marchant à fond de train, s'enfonça dans Paris et disparut.

D'Artagnan était resté interdit à la même place et ne sachant que penser. Si c'était Mme Bonacieux et si elle revenait à Paris, pourquoi ce rendez-vous fugitif, pourquoi ce simple échange d'un coup d'œil, pourquoi ce baiser perdu ? Si d'un autre côté ce n'était pas elle, ce qui était encore bien possible, car le peu de jour qui restait rendait une erreur facile, si ce n'était pas elle, ne serait-ce pas le commencement d'un coup de main monté contre lui avec l'appât de cette femme pour laquelle on connaissait son amour ?

Les trois compagnons se rapprochèrent de lui. Tous trois avaient parfaitement vu une tête de femme apparaître à la portière, mais aucun d'eux, excepté Athos, ne connaissait Mme Bonacieux. L'avis d'Athos, au reste, fut que c'était bien elle ; mais moins préoccupé que d'Artagnan de ce joli visage, il avait cru voir une seconde tête, une tête d'homme au fond de la voiture.

— S'il en est ainsi, dit d'Artagnan, ils la transportent sans doute d'une prison dans une autre. Mais que veulent-ils donc faire de cette pauvre créature, et comment la rejoindrai-je jamais ?

— Ami, dit gravement Athos, rappelez-vous que les morts sont les seuls qu'on ne soit pas exposé à rencontrer sur la terre. Vous en savez quelque chose ainsi que moi, n'est-ce pas ? Or, si votre maîtresse n'est pas morte, si c'est elle que nous venons de voir, vous la retrouverez un jour ou l'autre. Et peut-être, mon Dieu, ajouta-t-il avec un accent misanthropique qui lui était propre, peut-être plus tôt que vous ne voudrez.

Sept heures et demie sonnèrent, la voiture était en retard d'une vingtaine de minutes sur le rendez-vous donné. Les amis de d'Artagnan lui rappelèrent qu'il avait une visite à faire, tout en lui faisant observer qu'il était encore temps de s'en dédire.

Mais d'Artagnan était à la fois entêté et curieux. Il avait mis dans sa tête qu'il irait au Palais-Cardinal, et qu'il saurait ce que voulait dire Son Éminence. Rien ne put le faire changer de résolution.

On arriva rue Saint-Honoré, et place du Palais-Cardinal on trouva les douze mousquetaires convoqués qui se promenaient en attendant leurs camarades. Là seulement, on leur expliqua ce dont il était question.

D'Artagnan était fort connu dans l'honorable corps des mousquetaires du roi, où l'on savait qu'il prendrait un jour sa place ; on le regardait donc d'avance comme un camarade. Il résulta de ces antécédents que chacun accepta de grand cœur la mission pour laquelle il était convié ; d'ailleurs il s'agissait, selon toute probabilité, de jouer un mauvais tour à M. le cardinal et à ses gens, et pour de pareilles expéditions, ces dignes gentilshommes étaient toujours prêts.

Athos les partagea donc en trois groupes, prit le commandement de l'un, donna le second à Aramis et le troisième à Porthos, puis chaque groupe alla s'embusquer en face d'une sortie.

D'Artagnan, de son côté, entra bravement par la porte principale.

Quoiqu'il se sentît vigoureusement appuyé, le jeune homme n'était pas sans inquiétude en montant pas à pas le grand escalier. Sa conduite avec Milady ressemblait tant soit peu à une trahison, et il se doutait des relations politiques qui existaient entre cette femme et le cardinal ; de plus, de Wardes, qu'il avait si mal accommodé, était des fidèles de Son Éminence, et d'Artagnan savait que si Son Éminence était terrible à ses ennemis, elle était fort attachée à ses amis.

— Si de Wardes a raconté toute notre affaire au cardinal, ce qui n'est pas douteux, et s'il m'a reconnu, ce qui est probable, je dois me regarder à peu près comme un homme condamné, disait d'Artagnan en secouant la tête. Mais pourquoi a-t-il attendu jusqu'aujourd'hui ? C'est tout simple, Milady aura porté plainte contre moi avec cette hypocrite douleur qui la rend si intéressante, et ce dernier crime aura fait déborder le vase.

« Heureusement ajouta-t-il, mes bons amis sont en bas, et ils ne me laisseront pas emmener sans me défendre. Cependant la compagnie des mousquetaires de M. de Tréville ne peut pas faire à elle seule la guerre au cardinal, qui dispose des forces de toute la France, et devant lequel la reine est sans pouvoir et le roi sans volonté. D'Artagnan, mon ami, tu es brave, tu as d'excellentes qualités, mais les femmes te perdront ! »

Il en était à cette triste conclusion lorsqu'il entra dans l'antichambre. Il remit sa lettre à l'huissier de service qui le fit passer dans la salle d'attente et s'enfonça dans l'intérieur du Palais.

Dans cette salle d'attente étaient cinq ou six gardes de M. le cardinal, qui, reconnaissant d'Artagnan et sachant que c'était lui qui avait blessé Jussac, le regardèrent en souriant d'un singulier sourire.

Ce sourire parut à d'Artagnan d'un mauvais augure ; seulement, comme notre Gascon n'était pas facile à intimider, ou que plutôt, grâce à un grand orgueil naturel aux gens de son pays, il ne laissait pas voir facilement ce qui se passait dans son âme, quand ce qui s'y passait ressemblait à de la crainte, il se campa fièrement devant MM. les gardes et attendit la main sur la hanche, dans une attitude qui ne manquait pas de majesté.

L'huissier rentra et fit signe à d'Artagnan de le suivre. Il sembla au jeune homme que les gardes, en le regardant s'éloigner, chuchotaient entre eux.

Il suivit un corridor, traversa un grand salon, entra dans une bibliothèque, et se trouva en face d'un homme assis devant un bureau et qui écrivait.

L'huissier l'introduisit et se retira sans dire une parole. D'Artagnan resta debout et examina cet homme.

D'Artagnan crut d'abord qu'il avait affaire à quelque juge, examinant son dossier, mais il s'aperçut que l'homme de bureau écrivait ou plutôt corrigeait des lignes d'inégales longueurs, en scandant des mots sur ses doigts ; il vit qu'il était en face d'un poète. Au bout d'un instant, le poète ferma son manuscrit sur la couverture duquel était écrit : *MIRAME, tragédie en cinq actes*[2] et leva la tête.

D'Artagnan reconnut le cardinal.

XL

LE CARDINAL[1]

LE CARDINAL appuya son coude sur son manuscrit, sa joue sur sa main, et regarda un instant le jeune homme. Nul n'avait l'œil plus profondément scrutateur que le cardinal de Richelieu, et d'Artagnan sentit ce regard courir par ses veines comme une fièvre.

Cependant il fit bonne contenance, tenant son feutre à la main, et attendant le bon plaisir de Son Éminence, sans trop d'orgueil, mais aussi sans trop d'humilité.

— Monsieur, lui dit le cardinal, êtes-vous un d'Artagnan du Béarn ?

— Oui, Monseigneur, répondit le jeune homme.

— Il y a plusieurs branches de d'Artagnan à Tarbes et dans les environs, dit le cardinal, à laquelle appartenez-vous ?

— Je suis le fils de celui qui a fait les guerres de religion avec le grand roi Henri, père de Sa Gracieuse Majesté.

— C'est bien cela. C'est vous qui êtes parti, il y a sept à huit mois à peu près, de votre pays, pour venir chercher fortune dans la capitale ?

— Oui, Monseigneur.

— Vous êtes venu par Meung, où il vous est

arrivé quelque chose, je ne sais plus trop quoi, mais enfin quelque chose.

— Monseigneur, dit d'Artagnan, voici ce qui m'est arrivé...

— Inutile, inutile, reprit le cardinal avec un sourire qui indiquait qu'il connaissait l'histoire aussi bien que celui qui voulait la lui raconter ; vous étiez recommandé à M. de Tréville, n'est-ce pas ?

— Oui, Monseigneur ; mais justement, dans cette malheureuse affaire de Meung...

— La lettre avait été perdue, reprit l'Éminence ; oui, je sais cela ; mais M. de Tréville est un habile physionomiste qui connaît les hommes à la première vue, et il vous a placé dans la compagnie de son beau-frère, M. des Essarts, en vous laissant espérer qu'un jour ou l'autre vous entreriez dans les mousquetaires.

— Monseigneur est parfaitement renseigné, dit d'Artagnan.

— Depuis ce temps-là, il vous est arrivé bien des choses : vous vous êtes promené derrière les Chartreux, un jour qu'il eût mieux valu que vous fussiez ailleurs ; puis vous avez fait avec vos amis un voyage aux eaux de Forges ; eux se sont arrêtés en route ; mais vous, vous avez continué votre chemin. C'est tout simple, vous aviez des affaires en Angleterre.

— Monseigneur, dit d'Artagnan tout interdit, j'allais...

— À la chasse, à Windsor, ou ailleurs, cela ne regarde personne. Je sais cela, moi, parce que mon état est de tout savoir. À votre retour, vous avez été reçu par une auguste personne, et je vois avec plaisir que vous avez conservé le souvenir qu'elle vous a donné.

D'Artagnan porta la main au diamant qu'il tenait de la reine, et en tourna vivement le chaton en dedans ; mais il était trop tard.

— Le lendemain de ce jour, vous avez reçu la visite de Cavois, reprit le cardinal ; il allait vous prier de passer au Palais ; cette visite vous ne la lui avez pas rendue, et vous avez eu tort.

— Monseigneur, je craignais d'avoir encouru la disgrâce de Votre Éminence.

— Eh ! pourquoi cela, Monsieur ? Pour avoir suivi les ordres de vos supérieurs avec plus d'intelligence et de courage que ne l'eût fait un autre, encourir ma disgrâce quand vous méritiez des éloges ! Ce sont les gens qui n'obéissent pas que je punis, et non pas ceux qui, comme vous, obéissent… trop bien… Et, la preuve, rappelez-vous la date du jour où je vous avais fait dire de me venir voir, et cherchez dans votre mémoire ce qui est arrivé le soir même.

C'était le soir même qu'avait eu lieu l'enlèvement de Mme Bonacieux. D'Artagnan frissonna ; et il se rappela qu'une demi-heure auparavant la pauvre femme était passée près de lui, sans doute encore emportée par la même puissance qui l'avait fait disparaître.

— Enfin, continua le cardinal, comme je n'entendais pas parler de vous depuis quelque temps, j'ai voulu savoir ce que vous faisiez. D'ailleurs, vous me devez bien quelque remerciement : vous avez remarqué vous-même combien vous avez été ménagé dans toutes les circonstances.

D'Artagnan s'inclina avec respect.

— Cela, continua le cardinal, partait non seulement d'un sentiment d'équité naturelle, mais encore d'un plan que je m'étais tracé à votre égard.

D'Artagnan était de plus en plus étonné.

— Je voulais vous exposer ce plan le jour où vous reçûtes ma première invitation ; mais vous n'êtes pas venu. Heureusement, rien n'est perdu pour ce retard, et aujourd'hui vous allez l'entendre. Asseyez-vous là, devant moi, Monsieur d'Artagnan : vous êtes assez bon gentilhomme pour ne pas écouter debout.

Et le cardinal indiqua du doigt une chaise au jeune homme, qui était si étonné de ce qui se passait que, pour obéir, il attendit un second signe de son interlocuteur.

— Vous êtes brave, Monsieur d'Artagnan, continua l'Éminence ; vous êtes prudent, ce qui vaut mieux. J'aime les hommes de tête et de cœur, moi ; ne vous effrayez pas, dit-il en souriant, par les hommes de cœur, j'entends les hommes de courage ; mais, tout jeune que vous êtes, et à peine entrant dans le monde, vous avez des ennemis puissants : si vous n'y prenez garde, ils vous perdront !

— Hélas ! Monseigneur, répondit le jeune homme, ils le feront bien facilement, sans doute ; car ils sont forts et bien appuyés, tandis que moi je suis seul !

— Oui, c'est vrai ; mais, tout seul que vous êtes, vous avez déjà fait beaucoup, et vous ferez encore plus, je n'en doute pas. Cependant, vous avez, je le crois, besoin d'être guidé dans l'aventureuse carrière que vous avez entreprise ; car, si je ne me trompe, vous êtes venu à Paris avec l'ambitieuse idée de faire fortune.

— Je suis dans l'âge des folles espérances, Monseigneur, dit d'Artagnan.

— Il n'y a de folles espérances que pour les sots, Monsieur, et vous êtes homme d'esprit. Voyons, que diriez-vous d'une enseigne dans mes gardes, et d'une compagnie après la campagne ?

— Ah ! Monseigneur !

— Vous acceptez, n'est-ce pas ?

— Monseigneur, reprit d'Artagnan d'un air embarrassé.

— Comment, vous refusez ? s'écria le cardinal avec étonnement.

— Je suis dans les gardes de Sa Majesté, Monseigneur, et je n'ai point de raisons d'être mécontent.

— Mais il me semble, dit l'Éminence, que mes gardes, à moi, sont aussi les gardes de Sa Majesté, et que, pourvu qu'on serve dans un corps français, on sert le roi.

— Monseigneur, Votre Éminence a mal compris mes paroles.

— Vous voulez un prétexte, n'est-ce pas ? Je comprends. Eh bien ! ce prétexte, vous l'avez. L'avancement, la campagne qui s'ouvre, l'occasion que je vous offre, voilà pour le monde ; pour vous, le besoin de protections sûres ; car il est bon que vous sachiez, Monsieur d'Artagnan, que j'ai reçu des plaintes graves contre vous, vous ne consacrez pas exclusivement vos jours et vos nuits au service du roi.

D'Artagnan rougit.

— Au reste, continua le cardinal en posant la

main sur une liasse de papiers, j'ai là tout un dossier qui vous concerne ; mais, avant de le lire, j'ai voulu causer avec vous. Je vous sais homme de résolution, et vos services, bien dirigés, au lieu de vous mener à mal, pourraient vous rapporter beaucoup. Allons, réfléchissez, et décidez-vous.

— Votre bonté me confond, Monseigneur, répondit d'Artagnan, et je reconnais dans Votre Éminence une grandeur d'âme qui me fait petit comme un ver de terre ; mais enfin, puisque Monseigneur me permet de lui parler franchement...

D'Artagnan s'arrêta.

— Oui, parlez.

— Eh bien ! je dirai à Votre Éminence que tous mes amis sont aux mousquetaires et aux gardes du roi, et que mes ennemis, par une fatalité inconcevable, sont à Votre Éminence ; je serais donc mal venu ici et mal regardé là-bas si j'acceptais ce que m'offre Monseigneur.

— Auriez-vous déjà cette orgueilleuse idée que je ne vous offre pas ce que vous valez, Monsieur ? dit le cardinal avec un sourire de dédain.

— Monseigneur, Votre Éminence est cent fois trop bonne pour moi, et au contraire je pense n'avoir point encore fait assez pour être digne de ses bontés. Le siège de La Rochelle va s'ouvrir, Monseigneur ; je servirai sous les yeux de Votre Éminence, et si j'ai le bonheur de me conduire à ce siège de telle façon que je mérite d'attirer ses regards, eh bien ! après j'aurai au moins derrière moi quelque action d'éclat pour justifier la protection dont elle voudra bien m'honorer. Toute chose doit se faire à son temps, Monseigneur ;

peut-être plus tard aurai-je le droit de me donner, à cette heure j'aurais l'air de me vendre.

— C'est-à-dire que vous refusez de me servir, Monsieur, dit le cardinal avec un ton de dépit dans lequel perçait cependant une sorte d'estime ; demeurez donc libre et gardez vos haines et vos sympathies.

— Monseigneur…

— Bien, bien, dit le cardinal, je ne vous en veux pas ; mais vous comprenez, on a assez de défendre ses amis et de les récompenser, on ne doit rien à ses ennemis, et cependant je vous donnerai un conseil : tenez-vous bien, Monsieur d'Artagnan, car, du moment que j'aurai retiré ma main de dessus vous, je n'achèterai pas votre vie pour une obole.

— J'y tâcherai, Monseigneur, répondit le Gascon avec une noble assurance.

— Songez plus tard, et à un certain moment, s'il vous arrive malheur, dit Richelieu avec intention, que c'est moi qui ai été vous chercher, et que j'ai fait ce que j'ai pu pour que ce malheur ne vous arrivât pas.

— J'aurai, quoi qu'il arrive, dit d'Artagnan en mettant la main sur sa poitrine et en s'inclinant, une éternelle reconnaissance à Votre Éminence de ce qu'elle fait pour moi en ce moment.

— Eh bien donc ! comme vous l'avez dit, Monsieur d'Artagnan, nous nous reverrons après la campagne ; je vous suivrai des yeux ; car je serai là-bas, reprit le cardinal en montrant du doigt à d'Artagnan une magnifique armure qu'il devait endosser, et à notre retour, eh bien ! nous compterons !

— Ah ! Monseigneur, s'écria d'Artagnan, épargnez-moi le poids de votre disgrâce ; restez neutre, Monseigneur, si vous trouvez que j'agis en galant homme.

— Jeune homme, dit Richelieu, si je puis vous dire encore une fois ce que je vous ai dit aujourd'hui, je vous promets de vous le dire.

Cette dernière parole de Richelieu exprimait un doute terrible ; elle consterna d'Artagnan plus que n'eût fait une menace, car c'était un avertissement. Le cardinal cherchait donc à le préserver de quelque malheur qui le menaçait. Il ouvrit la bouche pour répondre, mais d'un geste hautain, le cardinal le congédia.

D'Artagnan sortit ; mais à la porte le cœur fut prêt à lui manquer, et peu s'en fallut qu'il ne rentrât. Cependant la figure grave et sévère d'Athos lui apparut : s'il faisait avec le cardinal le pacte que celui-ci lui proposait, Athos ne lui donnerait plus la main, Athos le renierait.

Ce fut cette crainte qui le retint, tant est puissante l'influence d'un caractère vraiment grand sur tout ce qui l'entoure.

D'Artagnan descendit par le même escalier qu'il était entré, et trouva devant la porte Athos et les quatre mousquetaires qui attendaient son retour et qui commençaient à s'inquiéter. D'un mot d'Artagnan les rassura, et Planchet courut prévenir les autres postes qu'il était inutile de monter une plus longue garde, attendu que son maître était sorti sain et sauf du Palais-Cardinal.

Rentrés chez Athos, Aramis et Porthos s'informèrent des causes de cet étrange rendez-vous ; mais d'Artagnan se contenta de leur dire que

M. de Richelieu l'avait fait venir pour lui proposer d'entrer dans ses gardes avec le grade d'enseigne, et qu'il avait refusé.

— Et vous avez eu raison, s'écrièrent d'une seule voix Porthos et Aramis.

Athos tomba dans une profonde rêverie et ne répondit rien. Mais lorsqu'il fut seul avec d'Artagnan :

— Vous avez fait ce que vous deviez faire, d'Artagnan, dit Athos, mais peut-être avez-vous eu tort.

D'Artagnan poussa un soupir ; car cette voix répondait à une voix secrète de son âme, qui lui disait que de grands malheurs l'attendaient.

La journée du lendemain se passa en préparatifs de départ ; d'Artagnan alla faire ses adieux à M. de Tréville. À cette heure on croyait encore que la séparation des gardes et des mousquetaires serait momentanée, le roi tenant son parlement le jour même et devant partir le lendemain. M. de Tréville se contenta donc de demander à d'Artagnan s'il avait besoin de lui, mais d'Artagnan répondit fièrement qu'il avait tout ce qu'il lui fallait.

La nuit réunit tous les camarades de la compagnie des gardes de M. des Essarts et de la compagnie des mousquetaires de M. de Tréville, qui avaient fait amitié ensemble. On se quittait pour se revoir quand il plairait à Dieu et s'il plaisait à Dieu. La nuit fut donc des plus bruyantes, comme on peut le penser, car, en pareil cas, on ne peut combattre l'extrême préoccupation que par l'extrême insouciance.

Le lendemain, au premier son des trompettes,

les amis se quittèrent : les mousquetaires coururent à l'hôtel de M. de Tréville, les gardes à celui de M. des Essarts. Chacun des capitaines conduisit aussitôt sa compagnie au Louvre, où le roi passait sa revue.

Le roi était triste et paraissait malade, ce qui lui ôtait un peu de sa haute mine. En effet, la veille, la fièvre l'avait pris au milieu du parlement et tandis qu'il tenait son lit de justice. Il n'en était pas moins décidé à partir le soir même ; et, malgré les observations qu'on lui avait faites, il avait voulu passer sa revue, espérant, par le premier coup de vigueur, vaincre la maladie qui commençait à s'emparer de lui.

La revue passée, les gardes se mirent seuls en marche, les mousquetaires ne devant partir qu'avec le roi, ce qui permit à Porthos d'aller faire, dans son superbe équipage, un tour dans la rue aux Ours.

La procureuse le vit passer dans son uniforme neuf et sur son beau cheval. Elle aimait trop Porthos pour le laisser partir ainsi ; elle lui fit signe de descendre et de venir auprès d'elle. Porthos était magnifique ; ses éperons résonnaient, sa cuirasse brillait, son épée lui battait fièrement les jambes. Cette fois les clercs n'eurent aucune envie de rire, tant Porthos avait l'air d'un coupeur d'oreilles.

Le mousquetaire fut introduit près de M. Coquenard, dont le petit œil gris brilla de colère en voyant son cousin tout flambant neuf. Cependant une chose le consola intérieurement ; c'est qu'on disait partout que la campagne serait rude : il espérait tout doucement, au fond du cœur, que Porthos y serait tué.

Porthos présenta ses compliments à Maître Coquenard et lui fit ses adieux ; Maître Coquenard lui souhaita toutes sortes de prospérités. Quant à Mme Coquenard, elle ne pouvait retenir ses larmes ; mais on ne tira aucune mauvaise conséquence de sa douleur, on la savait fort attachée à ses parents, pour lesquels elle avait toujours eu de cruelles disputes avec son mari.

Mais les véritables adieux se firent dans la chambre de Mme Coquenard : ils furent déchirants.

Tant que la procureuse put suivre des yeux son amant, elle agita un mouchoir en se penchant hors de la fenêtre, à croire qu'elle voulait se précipiter. Porthos reçut toutes ces marques de tendresse en homme habitué à de pareilles démonstrations. Seulement, en tournant le coin de la rue, il souleva son feutre et l'agita en signe d'adieu.

De son côté, Aramis écrivait une longue lettre. À qui ? Personne n'en savait rien. Dans la chambre voisine, Ketty, qui devait partir le soir même pour Tours, attendait cette lettre mystérieuse.

Athos buvait à petits coups la dernière bouteille de son vin d'Espagne.

Pendant ce temps, d'Artagnan défilait avec sa compagnie.

En arrivant au faubourg Saint-Antoine, il se retourna pour regarder gaiement la Bastille ; mais, comme c'était la Bastille seulement qu'il regardait, il ne vit point Milady, qui, montée sur un cheval isabelle, le désignait du doigt à deux hommes de mauvaise mine qui s'approchèrent aussitôt des rangs pour le reconnaître. Sur une interrogation qu'ils firent du regard, Milady répondit par un signe que c'était bien lui. Puis, certaine qu'il ne pouvait plus y avoir de méprise dans l'exécution de ses ordres, elle piqua son cheval et disparut.

Les deux hommes suivirent alors la compagnie, et, à la sortie du faubourg Saint-Antoine, montèrent sur des chevaux tout préparés qu'un domestique sans livrée tenait en main en les attendant.

XLI

LE SIÈGE DE LA ROCHELLE[1]

LE SIÈGE de La Rochelle fut un des grands événements politiques du règne de Louis XIII, et une des grandes entreprises militaires du cardinal. Il est donc intéressant, et même nécessaire, que nous en disions quelques mots ; plusieurs détails de ce siège se liant d'ailleurs d'une manière trop importante à l'histoire que nous avons entrepris de raconter, pour que nous les passions sous silence.

Les vues politiques du cardinal, lorsqu'il entreprit ce siège, étaient considérables. Exposons-les d'abord, puis nous passerons aux vues particulières qui n'eurent peut-être pas sur Son Éminence moins d'influence que les premières.

Des villes importantes données par Henri IV aux huguenots comme places de sûreté, il ne restait plus que La Rochelle. Il s'agissait donc de détruire ce dernier boulevard du calvinisme, levain dangereux, auquel se venaient incessamment mêler des ferments de révolte civile ou de guerre étrangère.

Espagnols, Anglais, Italiens mécontents, aventuriers de toute nation, soldats de fortune de toute secte accouraient au premier appel sous les drapeaux des protestants et s'organisaient comme une vaste association dont les branches divergeaient à loisir sur tous les points de l'Europe.

La Rochelle, qui avait pris une nouvelle importance de la ruine des autres villes calvinistes, était donc le foyer des dissensions et des ambitions. Il y avait plus, son port était la dernière porte ouverte aux Anglais dans le royaume de France ; et en la fermant à l'Angleterre, notre éternelle ennemie, le cardinal achevait l'œuvre de Jeanne d'Arc et du duc de Guise[1].

Aussi Bassompierre[2], qui était à la fois protestant et catholique, protestant de conviction et catholique comme commandeur du Saint-Esprit ; Bassompierre, qui était Allemand de naissance et Français de cœur ; Bassompierre, enfin, qui avait un commandement particulier au siège de La Rochelle, disait-il, en chargeant à la tête de plusieurs autres seigneurs protestants comme lui :

— Vous verrez, Messieurs, que nous serons assez bêtes pour prendre La Rochelle !

Et Bassompierre avait raison ; la canonnade de l'île de Ré lui présageait les dragonnades des Cévennes ; la prise de La Rochelle était la préface de la révocation de l'édit de Nantes.

Mais, nous l'avons dit, à côté de ces vues du ministre niveleur et simplificateur, et qui appartiennent à l'histoire, le chroniqueur est bien forcé de reconnaître les petites visées de l'homme amoureux et du rival jaloux.

Richelieu, comme chacun sait, avait été amoureux de la reine ; cet amour avait-il chez lui un simple but politique ou était-ce tout naturellement une de ces profondes passions comme en inspira Anne d'Autriche à ceux qui l'entouraient, c'est ce que nous ne saurions dire ; mais en tout cas on a vu, par les développements antérieurs de cette histoire, que Buckingham l'avait emporté sur lui, et que, dans deux ou trois circonstances et particulièrement dans celles des ferrets, il l'avait, grâce au dévouement des trois mousquetaires et au courage de d'Artagnan, cruellement mystifié.

Il s'agissait donc pour Richelieu, non seulement de débarrasser la France d'un ennemi, mais de se venger d'un rival ; au reste, la vengeance devait être grande et éclatante, et digne en tout d'un homme qui tient dans sa main, pour épée de combat, les forces de tout un royaume.

Richelieu savait qu'en combattant l'Angleterre il combattait Buckingham, qu'en triomphant de l'Angleterre il triomphait de Buckingham, enfin qu'en humiliant l'Angleterre aux yeux de l'Europe il humiliait Buckingham aux yeux de la reine.

De son côté Buckingham, tout en mettant en avant l'honneur de l'Angleterre, était mû par des intérêts absolument semblables à ceux du cardinal ; Buckingham aussi poursuivait une vengeance particulière : sous aucun prétexte, Buckingham n'avait pu rentrer en France comme ambassadeur, il voulait y rentrer comme conquérant.

Il en résulte que le véritable enjeu de cette partie, que les deux plus puissants royaumes jouaient pour le bon plaisir de deux hommes amoureux, était un simple regard d'Anne d'Autriche.

Le premier avantage avait été au duc de Buckingham : arrivé inopinément en vue de l'île de Ré avec quatre-vingt-dix vaisseaux et vingt mille hommes à peu près, il avait surpris le comte de Toiras[1], qui commandait pour le roi dans l'île ; il avait, après un combat sanglant, opéré son débarquement.

Relatons en passant que dans ce combat avait péri le baron de Chantal ; le baron de Chantal laissait orpheline une petite fille de dix-huit mois.

Cette petite fille fut depuis Madame de Sévigné[2].

Le comte de Toiras se retira dans la citadelle Saint-Martin avec la garnison, et jeta une centaine d'hommes dans un petit fort qu'on appelait le fort de La Prée[3].

Cet événement avait hâté les résolutions du cardinal ; et en attendant que le roi et lui pussent aller prendre le commandement du siège de La Rochelle, qui était résolu, il avait fait partir Monsieur pour diriger les premières opérations, et avait fait filer vers le théâtre de la guerre toutes les troupes dont il avait pu disposer.

C'était de ce détachement envoyé en avant-garde que faisait partie notre ami d'Artagnan.

Le roi, comme nous l'avons dit, devait suivre, aussitôt son lit de justice tenu ; mais en se levant de ce lit de justice, le 28 juin, il s'était senti pris par la fièvre ; il n'en avait pas moins voulu partir, mais, son état empirant, il avait été forcé de s'arrêter à Villeroi.

Or, où s'arrêtait le roi s'arrêtaient les mousquetaires ; il en résultait que d'Artagnan, qui était purement et simplement dans les gardes, se trouvait séparé, momentanément du moins, de ses bons amis Athos, Porthos et Aramis ; cette séparation, qui n'était pour lui qu'une contrariété, fût certes devenue une inquiétude sérieuse s'il eût pu deviner de quels dangers inconnus il était entouré.

Il n'en arriva pas moins sans accident au camp établi devant La Rochelle, vers le 10 du mois de septembre de l'année 1627.

Tout était dans le même état : le duc de Buckingham et ses Anglais, maîtres de l'île de Ré, continuaient d'assiéger, mais sans succès, la citadelle de Saint-Martin et le fort de La Prée, et les hostilités avec La Rochelle étaient commencées depuis deux ou trois jours à propos d'un fort que le duc d'Angoulême[1] venait de faire construire près de la ville.

Les gardes, sous le commandement de M. des Essarts, avaient leur logement aux Minimes[2].

Mais, nous le savons, d'Artagnan, préoccupé de l'ambition de passer aux mousquetaires, avait rarement fait amitié avec ses camarades ; il se trouvait donc isolé et livré à ses propres réflexions.

Ses réflexions n'étaient pas riantes : depuis un an qu'il était arrivé à Paris, il s'était mêlé aux affaires publiques ; ses affaires privées n'avaient pas fait grand chemin comme amour et comme fortune.

Comme amour, la seule femme qu'il eût aimée était Mme Bonacieux, et Mme Bonacieux avait disparu sans qu'il pût découvrir encore ce qu'elle était devenue.

Comme fortune, il s'était fait, lui chétif, ennemi du cardinal, c'est-à-dire d'un homme devant lequel tremblaient les plus grands du royaume, à commencer par le roi.

Cet homme pouvait l'écraser, et cependant il ne l'avait pas fait ; pour un esprit aussi perspicace que l'était d'Artagnan, cette indulgence était un jour par lequel il voyait dans un meilleur avenir.

Puis, il s'était fait encore un autre ennemi moins à craindre, pensait-il, mais que cependant il sentait instinctivement n'être pas à mépriser : cet ennemi, c'était Milady.

En échange de tout cela il avait acquis la protection et la bienveillance de la reine, mais la bienveillance de la reine était, par le temps qui courait, une cause de plus de persécutions ; et sa protection, on le sait, protégeait fort mal : témoins Chalais et Mme Bonacieux.

Ce qu'il avait donc gagné de plus clair dans tout cela, c'était le diamant de cinq ou six mille livres qu'il portait au doigt ; et encore ce diamant, en supposant que d'Artagnan, dans ses projets d'ambition, voulût le garder pour s'en faire un jour un signe de reconnaissance près de la reine, n'avait en attendant, puisqu'il ne pouvait s'en défaire, pas plus de valeur que les cailloux qu'il foulait à ses pieds.

Nous disons que les cailloux qu'il foulait à ses pieds, car d'Artagnan faisait ces réflexions en se promenant solitairement sur un joli petit chemin qui conduisait du camp au village d'Angoutin[1] ; or ces réflexions l'avaient conduit plus loin qu'il ne croyait, et le jour commençait à baisser, lorsqu'au dernier rayon du soleil couchant il lui sembla voir briller derrière une haie le canon d'un mousquet.

D'Artagnan avait l'œil vif et l'esprit prompt, il comprit que le mousquet n'était pas venu là tout seul et que celui qui le portait ne s'était pas caché derrière une haie dans des intentions amicales. Il résolut donc de gagner au large, lorsque de l'autre côté de la route, derrière un rocher, il aperçut l'extrémité d'un second mousquet.

C'était évidemment une embuscade.

Le jeune homme jeta un coup d'œil sur le premier mousquet et vit avec une certaine inquiétude qu'il s'abaissait dans sa direction, mais aussitôt qu'il vit l'orifice du canon immobile il se jeta ventre à terre. En même temps le coup partit, il entendit le sifflement d'une balle qui passait au-dessus de sa tête.

Il n'y avait pas de temps à perdre, d'Artagnan se redressa d'un bond, et au même moment la balle de l'autre mousquet fit voler les cailloux à l'endroit même du chemin où il s'était jeté la face contre terre.

D'Artagnan n'était pas un de ces hommes inutilement braves qui cherchent une mort ridicule pour qu'on dise d'eux qu'ils n'ont pas reculé d'un pas ; d'ailleurs il ne s'agissait plus de courage ici, d'Artagnan était tombé dans un guet-apens.

— S'il y a un troisième coup, se dit-il, je suis un homme perdu !

Et aussitôt, prenant ses jambes à son cou, il s'enfuit dans la direction du camp, avec la vitesse des gens de son pays si renommés pour leur agilité ; mais, quelle que fût la rapidité de sa course, le premier qui avait tiré, ayant eu le temps de recharger son arme, lui tira un second coup si bien ajusté, cette fois, que la balle traversa son feutre et le fit voler à dix pas de lui.

Cependant, comme d'Artagnan n'avait pas d'autre chapeau, il ramassa le sien tout en courant, arriva fort essoufflé et fort pâle dans son logis, s'assit sans rien dire à personne et se mit à réfléchir.

Cet événement pouvait avoir trois causes :

La première et la plus naturelle pouvait être une embuscade des Rochelois, qui n'eussent pas été fâchés de tuer un des gardes de Sa Majesté, d'abord parce que c'était un ennemi de moins, et que cet ennemi pouvait avoir une bourse bien garnie dans sa poche.

D'Artagnan prit son chapeau, examina le trou de la balle, et secoua la tête. La balle n'était pas une balle de mousquet, c'était une balle d'arquebuse ; la justesse du coup lui avait déjà donné l'idée qu'il avait été tiré par une arme particulière : ce n'était donc pas une embuscade militaire, puisque la balle n'était pas de calibre.

Ce pouvait être un bon souvenir de M. le cardinal. On se rappelle qu'au moment même où il avait, grâce à ce bienheureux rayon de soleil, aperçu le canon du fusil, il s'étonnait de la longanimité de Son Éminence à son égard.

Mais d'Artagnan secoua la tête. Pour les gens vers lesquels elle n'avait qu'à étendre la main, Son Éminence recourait rarement à de pareils moyens.

Ce pouvait être une vengeance de Milady.

Ceci, c'était plus probable.

Il chercha inutilement à se rappeler ou les traits ou le costume des assassins ; il s'était éloigné d'eux si rapidement qu'il n'avait eu le loisir de rien remarquer.

« Ah, mes pauvres amis ! murmura d'Artagnan, où êtes-vous ? Et que vous me faites faute ! »

D'Artagnan passa une fort mauvaise nuit. Trois ou quatre fois il se réveilla en sursaut, se figurant qu'un homme s'approchait de son lit pour le poignarder. Cependant le jour parut sans que l'obscurité eût amené aucun incident.

Mais d'Artagnan se douta bien que ce qui était différé n'était pas perdu.

D'Artagnan resta toute la journée dans son logis ; il se donna pour excuse, vis-à-vis de lui-même, que le temps était mauvais.

Le surlendemain, à neuf heures, on battit aux champs. Le duc d'Orléans visitait les postes. Les gardes coururent aux armes, d'Artagnan prit son rang au milieu de ses camarades.

Monsieur passa sur le front de bataille ; puis tous les officiers supérieurs s'approchèrent de lui pour lui faire leur cour, M. des Essarts, le capitaine des gardes, comme les autres.

Au bout d'un instant il parut à d'Artagnan que M. des Essarts lui faisait signe de s'approcher de lui : il attendit un nouveau geste de son supérieur, craignant de se tromper, mais ce geste s'étant renouvelé, il quitta les rangs et s'avança pour prendre l'ordre.

— Monsieur va demander des hommes de bonne volonté pour une mission dangereuse, mais qui fera honneur à ceux qui l'auront accomplie, et je vous ai fait signe afin que vous vous tinssiez prêt.

— Merci, mon capitaine ! répondit d'Artagnan, qui ne demandait pas mieux que de se distinguer sous les yeux du lieutenant général.

En effet, les Rochelois avaient fait une sortie pendant la nuit et avaient repris un bastion dont l'armée royaliste s'était emparée deux jours auparavant ; il s'agissait de pousser une reconnaissance perdue pour voir comment l'armée gardait ce bastion.

Effectivement, au bout de quelques instants, Monsieur éleva la voix et dit :

— Il me faudrait, pour cette mission, trois ou quatre volontaires conduits par un homme sûr.

— Quant à l'homme sûr, je l'ai sous la main, Monseigneur, dit M. des Essarts en montrant d'Artagnan ; et quant aux quatre ou cinq volontaires, Monseigneur n'a qu'à faire connaître ses intentions, et les hommes ne lui manqueront pas.

— Quatre hommes de bonne volonté pour venir se faire tuer avec moi ! dit d'Artagnan en levant son épée.

Deux de ses camarades aux gardes s'élancèrent aussitôt, et deux soldats s'étant joints à eux, il se trouva que le nombre demandé était suffisant ; d'Artagnan refusa donc tous les autres, ne voulant pas faire de passe-droit à ceux qui avaient la priorité.

On ignorait si, après la prise du bastion, les Rochelois l'avaient évacué ou s'ils y avaient laissé garnison ; il fallait donc examiner le lieu indiqué d'assez près pour vérifier la chose.

D'Artagnan partit avec ses quatre compagnons et suivit la tranchée : les deux gardes marchaient au même rang que lui et les soldats venaient parderrière.

Ils arrivèrent ainsi, en se couvrant des revêtements, jusqu'à une centaine de pas du bastion ! Là, d'Artagnan, en se retournant, s'aperçut que les deux soldats avaient disparu.

Il crut qu'ayant eu peur ils étaient restés en arrière et continua d'avancer.

Au détour de la contrescarpe, ils se trouvèrent à soixante pas à peu près du bastion.

On ne voyait personne, et le bastion semblait abandonné.

Les trois enfants perdus délibéraient s'ils iraient plus avant, lorsque tout à coup une ceinture de fumée ceignit le géant de pierre, et une douzaine de balles vinrent siffler autour de d'Artagnan et de ses deux compagnons.

Ils savaient ce qu'ils voulaient savoir : le bastion était gardé. Une plus longue station dans cet endroit dangereux eût donc été une imprudence inutile ; d'Artagnan et les deux gardes tournèrent le dos et commencèrent une retraite qui ressemblait à une fuite.

En arrivant à l'angle de la tranchée qui allait servir de rempart, un des gardes tomba : une balle lui avait traversé la poitrine. L'autre, qui était sain et sauf, continua sa course vers le camp.

D'Artagnan ne voulut pas abandonner ainsi son compagnon, et s'inclina vers lui pour le relever et l'aider à rejoindre les lignes ; mais en ce moment deux coups de fusil partirent : une balle cassa la tête du garde déjà blessé, et l'autre vint s'aplatir sur le roc après avoir passé à deux pouces de d'Artagnan.

Le jeune homme se retourna vivement, car cette attaque ne pouvait venir du bastion, qui était masqué par l'angle de la tranchée. L'idée des deux soldats qui l'avaient abandonné lui revint à l'esprit et lui rappela ses assassins de la surveille ; il résolut donc cette fois de savoir à quoi s'en tenir, et tomba sur le corps de son camarade comme s'il était mort.

Il vit aussitôt deux têtes qui s'élevaient au-dessus d'un ouvrage abandonné qui était à trente pas de là : c'étaient celles de nos deux soldats. D'Artagnan ne s'était pas trompé : ces deux hommes ne l'avaient suivi que pour l'assassiner, espérant que la mort du jeune homme serait mise sur le compte de l'ennemi.

Seulement, comme il pouvait n'être que blessé et dénoncer leur crime, ils s'approchèrent pour l'achever ; heureusement, trompés par la ruse de d'Artagnan, ils négligèrent de recharger leurs fusils.

Lorsqu'ils furent à dix pas de lui, d'Artagnan, qui en tombant avait eu grand soin de ne pas lâcher son épée, se releva tout à coup et d'un bond se trouva près d'eux.

Les assassins comprirent que s'ils s'enfuyaient du côté du camp sans avoir tué leur homme, ils seraient accusés par lui ; aussi leur première idée fut-elle de passer à l'ennemi. L'un d'eux prit son fusil par le canon, et s'en servit comme d'une massue : il en porta un coup terrible à d'Artagnan, qui l'évita en se jetant de côté ; mais par ce mouvement il livra passage au bandit, qui s'élança aussitôt vers le bastion. Comme les Rochelois qui le gardaient ignoraient dans quelle intention cet homme venait à eux, ils firent feu sur lui, et il tomba frappé d'une balle qui lui brisa l'épaule.

Pendant ce temps, d'Artagnan s'était jeté sur le second soldat, l'attaquant avec son épée ; la lutte ne fut pas longue, ce misérable n'avait pour se défendre que son arquebuse déchargée ; l'épée du garde glissa contre le canon de l'arme devenue inutile et alla traverser la cuisse de l'assassin, qui tomba. D'Artagnan lui mit aussitôt la pointe du fer sur la gorge.

— Oh ! ne me tuez pas ! s'écria le bandit ; grâce ! grâce ! mon officier, et je vous dirai tout !

— Ton secret vaut-il la peine que je te garde la vie au moins ? demanda le jeune homme en retenant son bras.

— Oui ; si vous estimez que l'existence soit quelque chose quand on a vingt-deux ans comme vous et qu'on peut arriver à tout, étant beau et brave comme vous l'êtes.

— Misérable ! dit d'Artagnan, voyons, parle vite, qui t'a chargé de m'assassiner ?

— Une femme que je ne connais pas, mais qu'on appelait Milady.

— Mais si tu ne connais pas cette femme, comment sais-tu son nom ?

— Mon camarade la connaissait et l'appelait ainsi, c'est à lui qu'elle a eu affaire et non pas à moi ; il a même dans sa poche une lettre de cette personne qui doit avoir pour vous une grande importance, à ce que je lui ai entendu dire.

— Mais comment te trouves-tu de moitié dans ce guet-apens ?

— Il m'a proposé de faire le coup à nous deux et j'ai accepté.

— Et combien vous a-t-elle donné pour cette belle expédition ?

— Cent louis.

— Eh bien ! à la bonne heure, dit le jeune homme en riant, elle estime que je vaux quelque chose ; cent louis ! c'est une somme pour deux misérables comme vous : aussi je comprends que tu aies accepté, et je te fais grâce, mais à une condition !

— Laquelle ? demanda le soldat inquiet en voyant que tout n'était pas fini.

— C'est que tu vas aller me chercher la lettre que ton camarade a dans sa poche.

— Mais, s'écria le bandit, c'est une autre manière de me tuer ; comment voulez-vous que j'aille chercher cette lettre sous le feu du bastion ?

— Il faut pourtant que tu te décides à l'aller chercher, ou je te jure que tu vas mourir de ma main.

— Grâce ! Monsieur, pitié ! au nom de cette jeune dame que vous aimez, que vous croyez morte peut-être, et qui ne l'est pas ! s'écria le bandit en se mettant à genoux et s'appuyant sur sa main, car il commençait à perdre ses forces avec son sang.

— Et d'où sais-tu qu'il y a une jeune femme que j'aime, et que j'ai cru cette femme morte ? demanda d'Artagnan.

— Par cette lettre que mon camarade a dans sa poche.

— Tu vois bien alors qu'il faut que j'aie cette lettre, dit d'Artagnan ; ainsi donc plus de retard, plus d'hésitation, ou quelle que soit ma répugnance à tremper une seconde fois mon épée dans le sang d'un misérable comme toi, je le jure par ma foi d'honnête homme...

Et à ces mots d'Artagnan fit un geste si menaçant que le blessé se releva.

— Arrêtez ! arrêtez ! s'écria-t-il reprenant courage à force de terreur, j'irai... j'irai... !

D'Artagnan prit l'arquebuse du soldat, le fit passer devant lui et le poussa vers son compagnon en lui piquant les reins de la pointe de son épée.

C'était une chose affreuse que de voir ce malheureux, laissant sur le chemin qu'il parcourait une longue trace de sang, pâle de sa mort prochaine, essayant de se traîner sans être vu jusqu'au corps de son complice qui gisait à vingt pas de là !

La terreur était tellement peinte sur son visage couvert d'une froide sueur, que d'Artagnan en eut pitié ; et que, le regardant avec mépris :

— Eh bien ! lui dit-il, je vais te montrer la différence qu'il y a entre un homme de cœur et un lâche comme toi ; reste, j'irai.

Et d'un pas agile, l'œil au guet, observant les mouvements de l'ennemi, s'aidant de tous les accidents de terrain, d'Artagnan parvint jusqu'au second soldat.

Il y avait deux moyens d'arriver à son but : le fouiller sur la place, ou l'emporter en se faisant un bouclier de son corps, et le fouiller dans la tranchée.

D'Artagnan préféra le second moyen et chargea l'assassin sur ses épaules au moment même où l'ennemi faisait feu.

Une légère secousse, le bruit mat de trois balles qui trouaient les chairs, un dernier cri, un frémissement d'agonie prouvèrent à d'Artagnan que celui qui avait voulu l'assassiner venait de lui sauver la vie.

D'Artagnan regagna la tranchée et jeta le cadavre auprès du blessé aussi pâle qu'un mort.

Aussitôt il commença l'inventaire : un portefeuille de cuir, une bourse où se trouvait évidemment une partie de la somme que le bandit avait reçue, un cornet et des dés formaient l'héritage du mort.

Il laissa le cornet et les dés où ils étaient tombés, jeta la bourse au blessé et ouvrit avidement le portefeuille.

Au milieu de quelques papiers sans importance, il trouva la lettre suivante ; c'était celle qu'il était allé chercher au risque de sa vie :

Puisque vous avez perdu la trace de cette femme et qu'elle est maintenant en sûreté dans ce couvent où vous n'auriez jamais dû la laisser arriver, tâchez au moins de ne pas manquer l'homme ; sinon, vous savez que j'ai la main longue et que vous payeriez cher les cent louis que vous avez à moi.

Pas de signature. Néanmoins il était évident que la lettre venait de Milady. En conséquence, il la garda comme pièce à conviction, et, en sûreté derrière l'angle de la tranchée, il se mit à interroger le blessé. Celui-ci confessa qu'il s'était chargé avec son camarade, le même qui venait d'être tué, d'enlever une jeune femme qui devait sortir de Paris par la barrière de La Villette, mais que, s'étant arrêtés à boire dans un cabaret, ils avaient manqué la voiture de dix minutes.

— Mais qu'eussiez-vous fait de cette femme ? demanda d'Artagnan avec angoisse.

— Nous devions la remettre dans un hôtel de la place Royale, dit le blessé.

— Oui ! oui ! murmura d'Artagnan, c'est bien cela, chez Milady elle-même.

Alors le jeune homme comprit en frémissant quelle terrible soif de vengeance poussait cette femme à le perdre, ainsi que ceux qui l'aimaient, et combien elle en savait sur les affaires de la cour, puisqu'elle avait tout découvert. Sans doute elle devait ces renseignements au cardinal.

Mais, au milieu de tout cela, il comprit, avec un sentiment de joie bien réel, que la reine avait fini par découvrir la prison où la pauvre Mme Bonacieux expiait son dévouement, et qu'elle l'avait tirée de cette prison. Alors la lettre qu'il avait reçue de la jeune femme et son passage sur la route de Chaillot, passage pareil à une apparition, lui furent expliqués.

Dès lors, ainsi qu'Athos l'avait prédit, il était possible de retrouver Mme Bonacieux, et un couvent n'était pas imprenable.

Cette idée acheva de lui remettre la clémence au cœur. Il se retourna vers le blessé qui suivait avec anxiété toutes les expressions diverses de son visage, et lui tendant le bras :

— Allons, lui dit-il, je ne veux pas t'abandonner ainsi. Appuie-toi sur moi et retournons au camp.

— Oui, dit le blessé, qui avait peine à croire à tant de magnanimité, mais n'est-ce point pour me faire pendre ?

— Tu as ma parole, dit-il, et pour la seconde fois je te donne la vie.

Le blessé se laissa glisser à genoux et baisa de

nouveau les pieds de son sauveur ; mais d'Artagnan, qui n'avait plus aucun motif de rester si près de l'ennemi, abrégea lui-même les témoignages de sa reconnaissance.

Le garde qui était revenu à la première décharge des Rochelois avait annoncé la mort de ses quatre compagnons. On fut donc à la fois fort étonné et fort joyeux dans le régiment, quand on vit reparaître le jeune homme sain et sauf.

D'Artagnan expliqua le coup d'épée de son compagnon par une sortie qu'il improvisa. Il raconta la mort de l'autre soldat et les périls qu'ils avaient courus. Ce récit fut pour lui l'occasion d'un véritable triomphe. Toute l'armée parla de cette expédition pendant un jour, et Monsieur lui en fit faire ses compliments.

Au reste, comme toute belle action porte avec elle sa récompense, la belle action de d'Artagnan eut pour résultat de lui rendre la tranquillité qu'il avait perdue. En effet, d'Artagnan croyait pouvoir être tranquille, puisque de ses deux ennemis, l'un était tué et l'autre dévoué à ses intérêts.

Cette tranquillité prouvait une chose, c'est que d'Artagnan ne connaissait pas encore Milady.

XLII

LE VIN D'ANJOU[1]

APRÈS des nouvelles presque désespérées du roi, le bruit de sa convalescence commençait à se répandre dans le camp ; et comme il avait grande hâte d'arriver en personne au siège, on disait qu'aussitôt qu'il pourrait remonter à cheval, il se remettrait en route.

Pendant ce temps, Monsieur, qui savait que, d'un jour à l'autre, il allait être remplacé dans son commandement, soit par le duc d'Angoulême, soit par Bassompierre ou par Schomberg[2], qui se disputaient le commandement, faisait peu de chose, perdait ses journées en tâtonnements, et n'osait risquer quelque grande entreprise pour chasser les Anglais de l'île de Ré, où ils assiégeaient toujours la citadelle Saint-Martin et le fort de La Prée, tandis que, de leur côté, les Français assiégeaient La Rochelle.

D'Artagnan, comme nous l'avons dit, était redevenu plus tranquille, comme il arrive toujours après un danger passé, et quand le danger semble évanoui ; il ne lui restait qu'une inquiétude, c'était de n'apprendre aucune nouvelle de ses amis.

Mais, un matin du commencement du mois de

novembre, tout lui fut expliqué par cette lettre, datée de Villeroi[1] :

Monsieur d'Artagnan,

MM. Athos, Porthos et Aramis, après avoir fait une bonne partie chez moi, et s'être égayés beaucoup, ont mené si grand bruit, que le prévôt du château, homme très rigide, les a consignés pour quelques jours ; mais j'accomplis les ordres qu'ils m'ont donnés, de vous envoyer douze bouteilles de mon vin d'Anjou, dont ils ont fait grand cas : ils veulent que vous buviez à leur santé avec leur vin favori.

Je l'ai fait, et suis, monsieur, avec un grand respect.

Votre serviteur très humble et très obéissant,

GODEAU,

Hôtelier de Messieurs les Mousquetaires.

— À la bonne heure ! s'écria d'Artagnan, ils pensent à moi dans leurs plaisirs comme je pensais à eux dans mon ennui ; bien certainement que je boirai à leur santé et de grand cœur ; mais je n'y boirai pas seul.

Et d'Artagnan courut chez deux gardes, avec lesquels il avait fait plus amitié qu'avec les autres, afin de les inviter à boire avec lui le délicieux petit vin d'Anjou qui venait d'arriver de Villeroi. L'un des deux gardes était invité pour le soir même, et l'autre invité pour le lendemain ; la réunion fut donc fixée au surlendemain.

D'Artagnan, en rentrant, envoya les douze bouteilles de vin à la buvette des gardes, en recommandant qu'on les lui gardât avec soin ; puis, le jour de la solennité, comme le dîner était fixé pour l'heure de midi, d'Artagnan envoya, dès neuf heures, Planchet pour tout préparer.

Planchet, tout fier d'être élevé à la dignité de maître d'hôtel, songea à tout apprêter en homme intelligent ; à cet effet il s'adjoignit le valet d'un des convives de son maître, nommé Fourreau, et ce faux soldat qui avait voulu tuer d'Artagnan, et qui, n'appartenant à aucun corps, était entré à son service ou plutôt à celui de Planchet, depuis que d'Artagnan lui avait sauvé la vie.

L'heure du festin venue, les deux convives arrivèrent, prirent place et les mets s'alignèrent sur la table. Planchet servait la serviette au bras, Fourreau débouchait les bouteilles, et Brisemont, c'était le nom du convalescent transvasait dans des carafons de verre le vin qui paraissait avoir déposé par l'effet des secousses de la route. De ce vin, la première bouteille était un peu trouble vers la fin, Brisemont versa cette lie dans un verre et d'Artagnan lui permit de la boire ; car le pauvre diable n'avait pas encore beaucoup de forces.

Les convives, après avoir mangé le potage, allaient porter le premier verre à leurs lèvres, lorsque tout à coup le canon retentit au fort Louis[1] et au fort Neuf[2] ; aussitôt les gardes, croyant qu'il s'agissait de quelque attaque imprévue, soit des assiégés, soit des Anglais, sautèrent sur leurs épées ; d'Artagnan, non moins leste, fit comme eux, et tous trois sortirent en courant, afin de se rendre à leurs postes.

Mais à peine furent-ils hors de la buvette, qu'ils se trouvèrent fixés sur la cause de ce grand bruit ; les cris de Vive le roi ! Vive M. le cardinal ! retentissaient de tous côtés, et les tambours battaient dans toutes les directions.

En effet, le roi, impatient comme on l'avait dit, venait de doubler deux étapes, et arrivait à l'instant même avec toute sa maison et un renfort de dix mille hommes de troupes ; ses mousquetaires le précédaient et le suivaient. D'Artagnan, placé en haie avec sa compagnie, salua d'un geste expressif ses amis, qui lui répondirent des yeux, et M. de Tréville, qui le reconnut tout d'abord.

La cérémonie de réception achevée, les quatre amis furent bientôt dans les bras l'un de l'autre.

— Pardieu ! s'écria d'Artagnan, il n'est pas possible de mieux arriver, et les viandes n'auront pas encore eu le temps de refroidir ! N'est-ce pas, messieurs ? ajouta le jeune homme en se tournant vers les deux gardes, qu'il présenta à ses amis.

— Ah ! ah ! il paraît que nous banquetions, dit Porthos.

— J'espère, dit Aramis, qu'il n'y a pas de femmes à votre dîner !

— Est-ce qu'il y a du vin potable dans votre bicoque ? demanda Athos.

— Mais, pardieu ! il y a le vôtre, cher ami, répondit d'Artagnan.

— Notre vin ? fit Athos étonné.

— Oui, celui que vous m'avez envoyé.

— Nous vous avons envoyé du vin ?

— Mais vous savez bien, de ce petit vin des coteaux d'Anjou ?

— Oui, je sais bien de quel vin vous voulez parler.

— Le vin que vous préférez.

— Sans doute, quand je n'ai ni champagne ni chambertin.

— Eh bien ! à défaut de champagne et de chambertin, vous vous contenterez de celui-là.

— Nous avons donc fait venir du vin d'Anjou, gourmet que nous sommes ? dit Porthos.

— Mais non, c'est le vin qu'on m'a envoyé de votre part.

— De notre part ? firent les trois mousquetaires.

— Est-ce vous, Aramis, dit Athos, qui avez envoyé du vin ?

— Non, et vous, Porthos ?

— Non, et vous, Athos ?

— Non.

— Si ce n'est pas vous, dit d'Artagnan, c'est votre hôtelier.

— Notre hôtelier ?

— Eh oui ! votre hôtelier, Godeau, hôtelier des mousquetaires.

— Ma foi, qu'il vienne d'où il voudra, n'importe, dit Porthos, goûtons-le, et, s'il est bon, buvons-le.

— Non pas, dit Athos, ne buvons pas le vin qui a une source inconnue.

— Vous avez raison, Athos, dit d'Artagnan. Personne de vous n'a chargé l'hôtelier Godeau de m'envoyer du vin ?

— Non ! et cependant il vous en a envoyé de notre part ?

— Voici la lettre ! dit d'Artagnan.

Et il présenta le billet à ses camarades.

— Ce n'est pas son écriture ! s'écria Athos, je la connais, c'est moi qui, avant de partir, ai réglé les comptes de la communauté.

— Fausse lettre, dit Porthos ; nous n'avons pas été consignés.

— D'Artagnan, demanda Aramis d'un ton de reproche, comment avez-vous pu croire que nous avions fait du bruit ?...

D'Artagnan pâlit, et un tremblement convulsif secoua tous ses membres.

— Tu m'effrayes, dit Athos, qui ne le tutoyait que dans les grandes occasions, qu'est-il donc arrivé ?

— Courons, courons, mes amis ! s'écria d'Artagnan, un horrible soupçon me traverse l'esprit ! Serait-ce encore une vengeance de cette femme ?

Ce fut Athos qui pâlit à son tour.

D'Artagnan s'élança vers la buvette, les trois mousquetaires et les deux gardes l'y suivirent.

Le premier objet qui frappa la vue de d'Artagnan en entrant dans la salle à manger, fut Brisemont étendu par terre et se roulant dans d'atroces convulsions.

Planchet et Fourreau, pâles comme des morts, essayaient de lui porter secours ; mais il était évident que tout secours était inutile : tous les traits du moribond étaient crispés par l'agonie.

— Ah ! s'écria-t-il en apercevant d'Artagnan, ah ! c'est affreux, vous avez l'air de me faire grâce et vous m'empoisonnez !

— Moi ! s'écria d'Artagnan, moi, malheureux ! Mais que dis-tu donc là ?

— Je dis que c'est vous qui m'avez donné ce vin, je dis que c'est vous qui m'avez dit de le boire, je dis que vous avez voulu vous venger de moi, je dis que c'est affreux !

— N'en croyez rien, Brisemont, dit d'Artagnan, n'en croyez rien ; je vous jure, je vous proteste...

— Oh ! mais Dieu est là ! Dieu vous punira ! Mon Dieu ! qu'il souffre un jour ce que je souffre !

— Sur l'Évangile, s'écria d'Artagnan en se précipitant vers le moribond, je vous jure que j'ignorais que ce vin fût empoisonné et que j'allais en boire comme vous.

— Je ne vous crois pas, dit le soldat.

Et il expira dans un redoublement de tortures.

— Affreux ! affreux ! murmurait Athos, tandis que Porthos brisait les bouteilles et qu'Aramis donnait des ordres un peu tardifs pour qu'on allât chercher un confesseur.

— Ô mes amis ! dit d'Artagnan, vous venez encore une fois de me sauver la vie, non seulement à moi, mais à ces Messieurs. Messieurs, continua-t-il en s'adressant aux gardes, je vous demanderai le silence sur toute cette aventure ; de grands personnages pourraient avoir trempé dans ce que vous avez vu, et le mal de tout cela retomberait sur nous.

— Ah ! Monsieur ! balbutiait Planchet plus mort que vif ; ah ! Monsieur ! que je l'ai échappé belle !

— Comment, drôle, s'écria d'Artagnan, tu allais donc boire mon vin ?

— À la santé du roi, Monsieur, j'allais en boire un pauvre verre, si Fourreau ne m'avait pas dit qu'on m'appelait

— Hélas ! dit Fourreau, dont les dents claquaient de terreur, je voulais l'éloigner pour boire tout seul !

— Messieurs, dit d'Artagnan en s'adressant aux gardes, vous comprenez qu'un pareil festin ne pourrait être que fort triste après ce qui vient de se passer ; ainsi recevez toutes mes excuses et remettez la partie à un autre jour, je vous prie.

Les deux gardes acceptèrent courtoisement les excuses de d'Artagnan, et, comprenant que les quatre amis désiraient demeurer seuls, ils se retirèrent.

Lorsque le jeune garde et les trois mousquetaires furent sans témoins, ils se regardèrent d'un air qui voulait dire que chacun comprenait la gravité de la situation.

— D'abord, dit Athos, sortons de cette chambre ; c'est une mauvaise compagnie qu'un mort, mort de mort violente.

— Planchet, dit d'Artagnan, je vous recommande le cadavre de ce pauvre diable. Qu'il soit enterré en terre sainte. Il avait commis un crime, c'est vrai, mais il s'en était repenti.

Et les quatre amis sortirent de la chambre, laissant à Planchet et à Fourreau le soin de rendre les honneurs mortuaires à Brisemont.

L'hôte leur donna une autre chambre dans laquelle il leur servit des œufs à la coque et de l'eau, qu'Athos alla puiser lui-même à la fontaine. En quelques paroles Porthos et Aramis furent mis au courant de la situation.

— Eh bien ! dit d'Artagnan à Athos, vous le voyez, cher ami, c'est une guerre à mort.

Athos secoua la tête.

— Oui, oui, dit-il, je le vois bien ; mais croyez-vous que ce soit elle ?

— J'en suis sûr.

— Cependant je vous avoue que je doute encore.

— Mais cette fleur de lys sur l'épaule ?

— C'est une Anglaise qui aura commis quelque méfait en France, et qu'on aura flétrie à la suite de son crime.

— Athos, c'est votre femme, vous dis-je, répétait d'Artagnan, ne vous rappelez-vous donc pas comme les deux signalements se ressemblent ?

— J'aurais cependant cru que l'autre était morte, je l'avais si bien pendue.

Ce fut d'Artagnan qui secoua la tête à son tour.

— Mais enfin que faire ? dit le jeune homme.

— Le fait est qu'on ne peut rester ainsi avec une épée éternellement suspendue au-dessus de sa tête, dit Athos, et qu'il faut sortir de cette situation.

— Mais comment ?

— Écoutez, tâchez de la rejoindre et d'avoir une explication avec elle ; dites-lui : La paix ou la guerre ! ma parole de gentilhomme de ne jamais rien dire de vous, de ne jamais rien faire contre vous ; de votre côté serment solennel de rester neutre à mon égard ; sinon, je vais trouver le chancelier, je vais trouver le roi, je vais trouver le bourreau, j'ameute la cour contre vous, je vous dénonce comme flétrie, je vous fais mettre en jugement, et si l'on vous absout, eh bien, je vous tue, foi de gentilhomme ! au coin de quelque borne, comme je tuerais un chien enragé.

— J'aime assez ce moyen, dit d'Artagnan, mais comment la joindre ?

— Le temps, cher ami, le temps amène l'occasion, l'occasion c'est la martingale de l'homme :

plus on a engagé, plus l'on gagne quand on sait attendre.

— Oui, mais attendre entouré d'assassins et d'empoisonneurs...

— Bah ! dit Athos, Dieu nous a gardés jusqu'à présent, Dieu nous gardera encore.

— Oui, nous ; nous d'ailleurs, nous sommes des hommes, et, à tout prendre, c'est notre état de risquer notre vie ; mais elle ! ajouta-t-il à demi-voix.

— Qui elle ? demanda Athos.

— Constance.

— Mme Bonacieux ! ah ! c'est juste, fit Athos ; pauvre ami ! j'oubliais que vous étiez amoureux.

— Eh bien ! mais, dit Aramis, n'avez-vous pas vu par la lettre même que vous avez trouvée sur le misérable mort qu'elle était dans un couvent ? On est très bien dans un couvent, et aussitôt le siège de La Rochelle terminé, je vous promets que pour mon compte...

— Bon ! dit Athos, bon ! oui, mon cher Aramis, nous savons que vos vœux tendent à la religion.

— Je ne suis mousquetaire que par intérim, dit humblement Aramis.

— Il paraît qu'il y a longtemps qu'il n'a reçu des nouvelles de sa maîtresse, dit tout bas Athos ; mais ne faites pas attention, nous connaissons cela.

— Eh bien ! dit Porthos, il me semble qu'il y aurait un moyen bien simple.

— Lequel ? demanda d'Artagnan.

— Elle est dans un couvent, dites-vous ? reprit Porthos.

— Oui.

— Eh bien ! aussitôt le siège fini, nous l'enlevons de ce couvent.

— Mais encore faut-il savoir dans quel couvent elle est.

— C'est juste, dit Porthos.

— Mais, j'y pense, dit Athos, ne prétendez-vous pas, cher d'Artagnan, que c'est la reine qui a fait choix de ce couvent pour elle ?

— Oui, je le crois du moins.

— Eh bien ! mais Porthos nous aidera là-dedans.

— Et comment cela, s'il vous plaît ?

— Mais par votre marquise, votre duchesse, votre princesse ; elle doit avoir le bras long.

— Chut ! dit Porthos en mettant un doigt sur ses lèvres, je la crois cardinaliste et elle ne doit rien savoir.

— Alors, dit Aramis, je me charge, moi, d'en avoir des nouvelles.

— Vous, Aramis, s'écrièrent les trois amis, vous, et comment cela ?

— Par l'aumônier de la reine, avec lequel je suis fort lié..., dit Aramis en rougissant.

Et sur cette assurance, les quatre amis, qui avaient achevé leur modeste repas, se séparèrent avec promesse de se revoir le soir même : d'Artagnan retourna aux Minimes, et les trois mousquetaires rejoignirent le quartier du roi, où ils avaient à faire préparer leur logis.

XLIII

L'AUBERGE DU COLOMBIER-ROUGE[1]

À PEINE arrivé au camp, le roi, qui avait si grande hâte de se trouver en face de l'ennemi, et qui, à meilleur droit que le cardinal, partageait sa haine contre Buckingham, voulut faire toutes les dispositions, d'abord pour chasser les Anglais de l'île de Ré, ensuite pour presser le siège de La Rochelle ; mais, malgré lui, il fut retardé par les dissensions qui éclatèrent entre MM. de Bassompierre et Schomberg, contre le duc d'Angoulême.

MM. de Bassompierre et Schomberg étaient maréchaux de France, et réclamaient leur droit de commander l'armée sous les ordres du roi ; mais le cardinal, qui craignait que Bassompierre, huguenot au fond du cœur, ne pressât faiblement les Anglais et les Rochelois, ses frères en religion, poussait au contraire le duc d'Angoulême, que le roi, à son instigation, avait nommé lieutenant général. Il en résulta que, sous peine de voir MM. de Bassompierre et Schomberg déserter l'armée, on fut obligé de faire à chacun un commandement particulier : Bassompierre prit ses quartiers au nord de la ville, depuis La Leu jusqu'à Dompierre ; le duc d'Angoulême à l'est, depuis

Dompierre jusqu'à Périgny ; et M. de Schomberg au midi, depuis Périgny jusqu'à Angoutin.

Le logis de Monsieur était à Dompierre.

Le logis du roi était tantôt à Etré, tantôt à La Jarrie.

Enfin le logis du cardinal était sur les dunes, au pont de La Pierre, dans une simple maison sans aucun retranchement.

De cette façon, Monsieur surveillait Bassompierre ; le roi, le duc d'Angoulême, et le cardinal, M. de Schomberg.

Aussitôt cette organisation établie, on s'était occupé de chasser les Anglais de l'île.

La conjoncture était favorable : les Anglais, qui ont, avant toute chose, besoin de bons vivres pour être de bons soldats, ne mangeant que des viandes salées et de mauvais biscuits, avaient force malades dans leur camp ; de plus, la mer, fort mauvaise à cette époque de l'année sur toutes les côtes de l'Océan, mettait tous les jours quelque petit bâtiment à mal ; et la plage, depuis la pointe de l'Aiguillon jusqu'à la tranchée, était littéralement, à chaque marée, couverte des débris de pinasses, de roberges et de felouques ; il en résultait que, même les gens du roi se tinssent-ils dans leur camp, il était évident qu'un jour ou l'autre Buckingham, qui ne demeurait dans l'île de Ré que par entêtement, serait obligé de lever le siège.

Mais, comme M. de Toiras fit dire que tout se préparait dans le camp ennemi pour un nouvel assaut, le roi jugea qu'il fallait en finir et donna les ordres nécessaires pour une affaire décisive.

Notre intention n'étant pas de faire un journal

de siège, mais au contraire de n'en rapporter que les événements qui ont trait à l'histoire que nous racontons, nous nous contenterons de dire en deux mots que l'entreprise réussit au grand étonnement du roi et à la grande gloire de M. le cardinal. Les Anglais, repoussés pied à pied, battus dans toutes les rencontres, écrasés au passage de l'île de Loix, furent obligés de se rembarquer, laissant sur le champ de bataille deux mille hommes parmi lesquels cinq colonels, trois lieutenants-colonels, deux cent cinquante capitaines et vingt gentilshommes de qualité, quatre pièces de canon et soixante drapeaux qui furent apportés à Paris par Claude de Saint-Simon, et suspendus en grande pompe aux voûtes de Notre-Dame.

Des *Te Deum* furent chantés au camp, et de là se répandirent par toute la France.

Le cardinal resta donc maître de poursuivre le siège sans avoir, du moins momentanément, rien à craindre de la part des Anglais.

Mais, comme nous venons de le dire, le repos n'était que momentané.

Un envoyé du duc de Buckingham, nommé Montaigu[1], avait été pris, et l'on avait acquis la preuve d'une ligue entre l'Empire, l'Espagne, l'Angleterre et la Lorraine.

Cette ligue était dirigée contre la France.

De plus, dans le logis de Buckingham, qu'il avait été forcé d'abandonner plus précipitamment qu'il ne l'avait cru, on avait trouvé des papiers qui confirmaient cette ligue, et qui, à ce qu'assure M. le cardinal dans ses Mémoires[2], compromettaient fort Mme de Chevreuse, et par conséquent la reine.

C'était sur le cardinal que pesait toute la responsabilité, car on n'est pas ministre absolu sans être responsable ; aussi toutes les ressources de son vaste génie étaient-elles tendues nuit et jour, et occupées à écouter le moindre bruit qui s'élevait dans un des grands royaumes de l'Europe.

Le cardinal connaissait l'activité et surtout la haine de Buckingham ; si la ligue qui menaçait la France triomphait, toute son influence était perdue : la politique espagnole et la politique autrichienne avaient leurs représentants dans le cabinet du Louvre, où elles n'avaient encore que des partisans ; lui, Richelieu, le ministre français, le ministre national par excellence, était perdu. Le roi, qui, tout en lui obéissant comme un enfant, le haïssait comme un enfant hait son maître, l'abandonnait aux vengeances réunies de Monsieur et de la reine ; il était donc perdu, et peut-être la France avec lui. Il fallait parer à tout cela.

Aussi vit-on les courriers, devenus à chaque instant plus nombreux, se succéder nuit et jour dans cette petite maison du pont de La Pierre, où le cardinal avait établi sa résidence.

C'étaient des moines qui portaient si mal le froc qu'il était facile de reconnaître qu'ils appartenaient surtout à l'Église militante ; des femmes un peu gênées dans leurs costumes de pages, et dont les larges trousses ne pouvaient entièrement dissimuler les formes arrondies ; enfin des paysans aux mains noircies, mais à la jambe fine, et qui sentaient l'homme de qualité à une lieue à la ronde.

Puis encore d'autres visites moins agréables, car deux ou trois fois le bruit se répandit que le cardinal avait failli être assassiné.

Il est vrai que les ennemis de Son Éminence disaient que c'était elle-même qui mettait en campagne les assassins maladroits, afin d'avoir le cas échéant le droit d'user de représailles ; mais il ne faut croire ni à ce que disent les ministres ni à ce que disent leurs ennemis.

Ce qui n'empêchait pas, au reste, le cardinal, à qui ses plus acharnés détracteurs n'ont jamais contesté la bravoure personnelle, de faire force courses nocturnes tantôt pour communiquer au duc d'Angoulême des ordres importants, tantôt pour aller se concerter avec le roi, tantôt pour aller conférer avec quelque messager qu'il ne voulait pas qu'on laissât entrer chez lui.

De leur côté les mousquetaires, qui n'avaient pas grand-chose à faire au siège, n'étaient pas tenus sévèrement et menaient joyeuse vie. Cela leur était d'autant plus facile, à nos trois compagnons surtout, qu'étant des amis de M. de Tréville, ils obtenaient facilement de lui de s'attarder et de rester après la fermeture du camp avec des permissions particulières.

Or, un soir que d'Artagnan, qui était de tranchée, n'avait pu les accompagner, Athos, Porthos et Aramis, montés sur leurs chevaux de bataille, enveloppés de manteaux de guerre, une main sur la crosse de leurs pistolets, revenaient tous trois d'une buvette qu'Athos avait découverte deux jours auparavant sur la route de La Jarrie, et qu'on appelait le Colombier-Rouge, suivant le chemin qui conduisait au camp, tout en se tenant sur leurs gardes, comme nous l'avons dit, de peur d'embuscade, lorsque, à un quart de lieue à peu près du village de Boisnau, ils crurent entendre le pas d'une cavalcade qui venait à eux ; aussitôt tous trois s'arrêtèrent, serrés l'un contre l'autre, et attendirent, tenant le milieu de la route. Au bout d'un instant, et comme la lune sortait justement d'un nuage, ils virent apparaître au détour d'un chemin deux cavaliers qui, en les apercevant, s'arrêtèrent à leur tour, paraissant délibérer s'ils devaient continuer leur route ou retourner en arrière. Cette hésitation donna quelques soupçons aux trois amis, et Athos, faisant quelques pas en avant, cria de sa voix ferme :

— Qui vive ?

— Qui vive vous-même ? répondit un de ces deux cavaliers.

— Ce n'est pas répondre, cela ! dit Athos. Qui vive ? Répondez, ou nous chargeons.

— Prenez garde à ce que vous allez faire, Messieurs ! dit alors une voix vibrante qui paraissait avoir l'habitude du commandement.

— C'est quelque officier supérieur qui fait sa ronde de nuit, dit Athos, que voulez-vous faire, Messieurs ?

— Qui êtes-vous ? dit la même voix du même ton de commandement ; répondez à votre tour, ou vous pourriez vous mal trouver de votre désobéissance.

— Mousquetaires du roi, dit Athos, de plus en plus convaincu que celui qui les interrogeait en avait le droit.

— Quelle compagnie ?

— Compagnie de Tréville.

— Avancez à l'ordre, et venez me rendre compte de ce que vous faites ici, à cette heure.

Les trois compagnons s'avancèrent, l'oreille un

peu basse, car tous trois maintenant étaient convaincus qu'ils avaient affaire à plus fort qu'eux ; on laissa, au reste, à Athos le soin de porter la parole.

Un des deux cavaliers, celui qui avait pris la parole en second lieu, était à dix pas en avant de son compagnon ; Athos fit signe à Porthos et à Aramis de rester de leur côté en arrière, et s'avança seul.

— Pardon, mon officier ! dit Athos ; mais nous ignorions à qui nous avions affaire, et vous pouvez voir que nous faisions bonne garde.

— Votre nom ? dit l'officier, qui se couvrait une partie du visage avec son manteau.

— Mais vous-même, Monsieur, dit Athos qui commençait à se révolter contre cette inquisition ; donnez-moi, je vous prie, la preuve que vous avez le droit de m'interroger.

— Votre nom ? reprit une seconde fois le cavalier en laissant tomber son manteau de manière à avoir le visage découvert.

— Monsieur le cardinal ! s'écria le mousquetaire stupéfait.

— Votre nom ? reprit pour la troisième fois Son Éminence.

— Athos, dit le mousquetaire.

Le cardinal fit un signe à l'écuyer, qui se rapprocha.

— Ces trois mousquetaires nous suivront, dit-il à voix basse, je ne veux pas qu'on sache que je suis sorti du camp, et, en nous suivant, nous serons sûrs qu'ils ne le diront à personne.

— Nous sommes gentilshommes, Monseigneur, dit Athos ; demandez-nous donc notre parole et ne vous inquiétez de rien. Dieu merci, nous savons garder un secret.

Le cardinal fixa ses yeux perçants sur ce hardi interlocuteur.

— Vous avez l'oreille fine, Monsieur Athos, dit le cardinal ; mais maintenant, écoutez ceci : ce n'est point par défiance que je vous prie de me suivre, c'est pour ma sûreté. Sans doute vos deux compagnons sont MM. Porthos et Aramis ?

— Oui, Votre Éminence, dit Athos, tandis que les deux mousquetaires restés en arrière, s'approchaient, le chapeau à la main.

— Je vous connais, Messieurs, dit le cardinal, je vous connais ; je sais que vous n'êtes pas tout à fait de mes amis, et j'en suis fâché, mais je sais que vous êtes de braves et loyaux gentilshommes, et qu'on peut se fier à vous. Monsieur Athos, faites-moi donc l'honneur de m'accompagner, vous et vos deux amis, et alors j'aurai une escorte à faire envie à Sa Majesté, si nous la rencontrons.

Les trois mousquetaires s'inclinèrent jusque sur le cou de leurs chevaux.

— Eh bien ! sur mon honneur, dit Athos, Votre Éminence a raison de nous emmener avec elle : nous avons rencontré sur la route des visages affreux, et nous avons même eu avec quatre de ces visages une querelle au Colombier-Rouge.

— Une querelle, et pourquoi, Messieurs ? dit le cardinal ; je n'aime pas les querelleurs, vous le savez !

— C'est justement pour cela que j'ai l'honneur de prévenir Votre Éminence de ce qui vient d'arriver ; car elle pourrait l'apprendre par d'autres que par nous, et, sur un faux rapport, croire que nous sommes en faute.

— Et quels ont été les résultats de cette querelle ? demanda le cardinal en fronçant le sourcil.

— Mais mon ami Aramis, que voici, a reçu un petit coup d'épée dans le bras, ce qui ne l'empêchera pas, comme Votre Éminence peut le voir, de monter à l'assaut demain, si Votre Éminence ordonne l'escalade.

— Mais vous n'êtes pas hommes à vous laisser donner des coups d'épée ainsi, dit le cardinal : voyons, soyez francs, Messieurs, vous en avez bien rendu quelques-uns ; confessez-vous, vous savez que j'ai le droit de donner l'absolution.

— Moi, Monseigneur, dit Athos, je n'ai pas même mis l'épée à la main, mais j'ai pris celui à qui j'avais affaire à bras-le-corps et je l'ai jeté par la fenêtre ; il paraît qu'en tombant, continua Athos avec quelque hésitation, il s'est cassé la cuisse.

— Ah ! ah ! fit le cardinal, et vous, Monsieur Porthos ?

— Moi, Monseigneur, sachant que le duel est défendu, j'ai saisi un banc, et j'en ai donné à l'un de ces brigands un coup qui, je crois, lui a brisé l'épaule.

— Bien, dit le cardinal ; et vous, Monsicur Aramis ?

— Moi, Monseigneur, comme je suis d'un naturel très doux et que, d'ailleurs, ce que Monseigneur ne sait peut-être pas, je suis sur le point de rentrer dans les ordres, je voulais séparer mes camarades, quand un de ces misérables m'a donné traîtreusement un coup d'épée à travers le bras gauche. Alors la patience m'a manqué, j'ai tiré mon épée à mon tour, et comme il revenait à la charge, je crois avoir senti qu'en se jetant sur moi il se l'était passée au travers du corps ; je sais bien qu'il est tombé seulement, et il m'a semblé qu'on l'emportait avec ses deux compagnons.

— Diable, Messieurs ! dit le cardinal, trois hommes hors de combat pour une dispute de cabaret, vous n'y allez pas de mainmorte ; et à propos de quoi était venue la querelle ?

— Ces misérables étaient ivres, dit Athos, et sachant qu'il y avait une femme qui était arrivée le soir dans le cabaret, ils voulaient forcer la porte.

— Forcer la porte ! dit le cardinal, et pourquoi faire ?

— Pour lui faire violence sans doute, dit Athos ; j'ai eu l'honneur de dire à Votre Éminence que ces misérables étaient ivres.

— Et cette femme était jeune et jolie ? demanda le cardinal avec une certaine inquiétude.

— Nous ne l'avons pas vue, Monseigneur, dit Athos.

— Vous ne l'avez pas vue ; ah ! très bien, reprit vivement le cardinal ; vous avez bien fait de défendre l'honneur d'une femme, et, comme c'est à l'auberge du Colombier-Rouge que je vais moi-même, je saurai si vous m'avez dit la vérité.

— Monseigneur, dit fièrement Athos, nous sommes gentilshommes, et pour sauver notre tête, nous ne ferions pas un mensonge.

— Aussi je ne doute pas de ce que vous me dites, Monsieur Athos, je n'en doute pas un seul instant mais, ajouta-t-il pour changer la conversation, cette dame était donc seule ?

— Cette dame avait un cavalier enfermé avec elle, dit Athos ; mais, comme malgré le bruit ce cavalier ne s'est pas montré, il est à présumer que c'est un lâche.

— Ne jugez pas témérairement, dit l'Évangile, répliqua le cardinal.

Athos s'inclina.

— Et maintenant, Messieurs, c'est bien, continua Son Éminence, je sais ce que je voulais savoir ; suivez-moi.

Les trois mousquetaires passèrent derrière le cardinal, qui s'enveloppa de nouveau le visage de son manteau et remit son cheval en marche, se tenant à huit ou dix pas en avant de ses quatre compagnons.

On arriva bientôt à l'auberge silencieuse et solitaire ; sans doute l'hôte savait quel illustre visiteur il attendait, et en conséquence il avait renvoyé les importuns.

Dix pas avant d'arriver à la porte, le cardinal fit signe à son écuyer et aux trois mousquetaires de faire halte, un cheval tout sellé était attaché au contrevent, le cardinal frappa trois coups et de certaine façon.

Un homme enveloppé d'un manteau sortit aussitôt et échangea quelques rapides paroles avec le cardinal ; après quoi il remonta à cheval et repartit dans la direction de Surgères, qui était aussi celle de Paris.

— Avancez, Messieurs, dit le cardinal.

— Vous m'avez dit la vérité, mes gentilshommes, dit-il en s'adressant aux trois mousquetaires, il ne tiendra pas à moi que notre rencontre de ce soir ne vous soit avantageuse ; en attendant, suivez-moi.

Le cardinal mit pied à terre, les trois mousquetaires en firent autant ; le cardinal jeta la bride de son cheval aux mains de son écuyer, les trois mousquetaires attachèrent les brides des leurs aux contrevents.

L'hôte se tenait sur le seuil de la porte ; pour lui, le cardinal n'était qu'un officier venant visiter une dame.

— Avez-vous quelque chambre au rez-de-chaussée où ces Messieurs puissent m'attendre près d'un bon feu ? dit le cardinal.

L'hôte ouvrit la porte d'une grande salle, dans laquelle justement on venait de remplacer un mauvais poêle par une grande et excellente cheminée.

— J'ai celle-ci, répondit-il.

— C'est bien, dit le cardinal ; entrez là, Messieurs, et veuillez m'attendre ; je ne serai pas plus d'une demi-heure.

Et tandis que les trois mousquetaires entraient dans la chambre du rez-de-chaussée, le cardinal, sans demander plus amples renseignements, monta l'escalier en homme qui n'a pas besoin qu'on lui indique son chemin.

XLIV

DE L'UTILITÉ DES TUYAUX DE POÊLE[1]

Il était évident que, sans s'en douter, et mus seulement par leur caractère chevaleresque et aventureux, nos trois amis venaient de rendre service à quelqu'un que le cardinal honorait de sa protection particulière.

Maintenant quel était ce quelqu'un ? C'est la question que se firent d'abord les trois mousquetaires ; puis, voyant qu'aucune des réponses que pouvait leur faire leur intelligence n'était satisfaisante, Porthos appela l'hôte et demanda des dés.

Porthos et Aramis se placèrent à une table et se mirent à jouer. Athos se promena en réfléchissant.

En réfléchissant et en se promenant, Athos passait et repassait devant le tuyau du poêle rompu par la moitié et dont l'autre extrémité donnait dans la chambre supérieure ; et à chaque fois qu'il passait et repassait, il entendait un murmure de paroles qui finit par fixer son attention. Athos s'approcha, et il distingua quelques mots qui lui parurent sans doute mériter un si grand intérêt qu'il fit signe à ses compagnons de se taire, restant lui-même courbé, l'oreille tendue à la hauteur de l'orifice inférieur.

— Écoutez, Milady, disait le cardinal, l'affaire est importante ; asseyez-vous là et causons.

— Milady ! murmura Athos.

— J'écoute Votre Éminence avec la plus grande attention, répondit une voix de femme qui fit tressaillir le mousquetaire.

— Un petit bâtiment avec équipage anglais, dont le capitaine est à moi, vous attend à l'embouchure de la Charente, au fort de La Pointe[1] ; il mettra à la voile demain matin.

— Il faut alors que je m'y rende cette nuit ?

— À l'instant même, c'est-à-dire lorsque vous aurez reçu mes instructions. Deux hommes que vous trouverez à la porte en sortant vous serviront d'escorte ; vous me laisserez sortir le premier, puis, une demi-heure après moi, vous sortirez à votre tour.

— Oui, Monseigneur. Maintenant revenons à la mission dont vous voulez bien me charger ; et, comme je tiens à continuer de mériter la confiance de Votre Éminence, daignez me l'exposer en termes clairs et précis, afin que je ne commette aucune erreur.

Il y eut un instant de profond silence entre les deux interlocuteurs ; il était évident que le cardinal mesurait d'avance les termes dans lesquels il allait parler, et que Milady recueillait toutes ses facultés intellectuelles pour comprendre les choses qu'il allait dire et les graver dans sa mémoire quand elles seraient dites.

Athos profita de ce moment pour dire à ses deux compagnons de fermer la porte en dedans et pour leur faire signe de venir écouter avec lui.

Les deux mousquetaires, qui aimaient leurs

aises, apportèrent une chaise pour chacun d'eux, et une chaise pour Athos. Tous trois s'assirent alors, leurs têtes rapprochées et l'oreille au guet.

— Vous allez partir pour Londres, continua le cardinal. Arrivée à Londres, vous irez trouver Buckingham.

— Je ferai observer à Son Éminence, dit Milady, que depuis l'affaire des ferrets de diamants, pour laquelle le duc m'a toujours soupçonnée, Sa Grâce se défie de moi.

— Aussi cette fois-ci, dit le cardinal, ne s'agit-il plus de capter sa confiance, mais de se présenter franchement et loyalement à lui comme négociatrice.

— Franchement et loyalement, répéta Milady avec une indicible expression de duplicité.

— Oui, franchement et loyalement, reprit le cardinal du même ton ; toute cette négociation doit être faite à découvert.

— Je suivrai à la lettre les instructions de Son Éminence, et j'attends qu'elle me les donne.

— Vous irez trouver Buckingham de ma part, et vous lui direz que je sais tous les préparatifs qu'il fait, mais que je ne m'en inquiète guère, attendu qu'au premier mouvement qu'il risquera, je perds la reine.

— Croira-t-il que Votre Éminence est en mesure d'accomplir la menace qu'elle lui fait ?

— Oui, car j'ai des preuves.

— Il faut que je puisse présenter ces preuves à son appréciation.

— Sans doute, et vous lui direz que je publie le rapport de Bois-Robert[1] et du marquis de Beautru[2] sur l'entrevue que le duc a eue chez Mme la connétable avec la reine, le soir que Mme la connétable a donné une fête masquée ; vous lui direz, afin qu'il ne doute de rien, qu'il y est venu sous le costume du Grand Mogol que devait porter le chevalier de Guise[1], et qu'il a acheté à ce dernier moyennant la somme de trois mille pistoles.

— Bien, Monseigneur.

— Tous les détails de son entrée au Louvre et de sa sortie pendant la nuit où il s'est introduit au Palais sous le costume d'un diseur de bonne aventure italien me sont connus ; vous lui direz, pour qu'il ne doute pas encore de l'authenticité de mes renseignements, qu'il avait sous son manteau une grande robe blanche semée de larmes noires, de têtes de mort et d'os en sautoir ; car, en cas de surprise, il devait se faire passer pour le fantôme de la Dame blanche qui, comme chacun le sait, revient au Louvre chaque fois que quelque grand événement va s'accomplir[2].

— Est-ce tout, Monseigneur ?

— Dites-lui que je sais encore tous les détails de l'aventure d'Amiens, que j'en ferai faire un petit roman, spirituellement tourné, avec un plan du jardin et les portraits des principaux acteurs de cette scène nocturne.

— Je lui dirai cela.

— Dites-lui encore que je tiens Montaigu, que Montaigu est à la Bastille, qu'on n'a surpris aucune lettre sur lui, c'est vrai, mais que la torture peut lui faire dire ce qu'il sait, et même... ce qu'il ne sait pas.

— À merveille.

— Enfin ajoutez que Sa Grâce, dans la précipitation qu'elle a mise à quitter l'île de Ré, oublia dans son logis certaine lettre de Mme de Chevreuse qui compromet singulièrement la reine, en ce qu'elle prouve non seulement que Sa Majesté peut aimer les ennemis du roi, mais encore qu'elle conspire avec ceux de la France. Vous avez bien retenu tout ce que je vous ai dit, n'est-ce pas ?

— Votre Éminence va en juger : le bal de Mme la connétable ; la nuit du Louvre ; la soirée d'Amiens ; l'arrestation de Montaigu ; la lettre de Mme de Chevreuse.

— C'est cela, dit le cardinal, c'est cela : vous avez une bienheureuse mémoire, Milady.

— Mais, reprit celle à qui le cardinal venait d'adresser ce compliment flatteur, si malgré toutes ces raisons le duc ne se rend pas et continue de menacer la France ?

— Le duc est amoureux comme un fou, ou plutôt comme un niais, reprit Richelieu avec une profonde amertume ; comme les anciens paladins, il n'a entrepris cette guerre que pour obtenir un regard de sa belle. S'il sait que cette guerre peut coûter l'honneur et peut-être la liberté à la dame de ses pensées, comme il dit, je vous réponds qu'il y regardera à deux fois.

— Et cependant, dit Milady avec une persistance qui prouvait qu'elle voulait voir clair jusqu'au bout dans la mission dont elle allait être chargée, cependant s'il persiste ?

— S'il persiste, dit le cardinal..., ce n'est pas probable.

— C'est possible, dit Milady.

— S'il persiste... Son Éminence fit une pause et reprit : S'il persiste, eh bien ! j'espérerai dans un de ces événements qui changent la face des États.

— Si Son Éminence voulait me citer dans l'histoire quelques-uns de ces événements, dit Milady, peut-être partagerais-je sa confiance dans l'avenir.

— Eh bien, tenez ! par exemple, dit Richelieu, lorsqu'en 1610, pour une cause à peu près pareille à celle qui fait mouvoir le duc, le roi Henri IV, de glorieuse mémoire, allait à la fois envahir les Flandres et l'Italie[1] pour frapper à la fois l'Autriche des deux côtés, eh bien ! n'est-il pas arrivé un événement qui a sauvé l'Autriche ? Pourquoi le roi de France n'aurait-il pas la même chance que l'empereur ?

— Votre Éminence veut parler du coup de couteau de la rue de la Ferronnerie ?

— Justement, dit le cardinal.

— Votre Éminence ne craint-elle pas que le supplice de Ravaillac épouvante ceux qui auraient un instant l'idée de l'imiter ?

— Il y aura en tout temps et dans tous les pays, surtout si ces pays sont divisés de religion, des fanatiques qui ne demanderont pas mieux que de se faire martyrs. Et tenez, justement il me revient à cette heure que les puritains sont furieux contre le duc de Buckingham et que leurs prédicateurs le désignent comme l'Antéchrist[2].

— Eh bien ? fit Milady.

— Eh bien ! continua le cardinal d'un air indifférent, il ne s'agirait, pour le moment, par exemple, que de trouver une femme, belle, jeune, adroite, qui eût à se venger elle-même du duc. Une pareille femme peut se rencontrer : le duc est homme à bonnes fortunes, et, s'il a semé bien des amours par ses promesses de constance éternelle, il a dû semer bien des haines aussi par ses éternelles infidélités.

— Sans doute, dit froidement Milady, une pareille femme peut se rencontrer.

— Eh bien ! une pareille femme, qui mettrait le couteau de Jacques Clément[1] ou de Ravaillac aux mains d'un fanatique, sauverait la France.

— Oui, mais elle serait la complice d'un assassinat.

— A-t-on jamais connu les complices de Ravaillac ou de Jacques Clément ?

— Non, car peut-être étaient-ils placés trop haut pour qu'on osât les aller chercher là où ils étaient : on ne brûlerait pas le Palais de Justice pour tout le monde, Monseigneur.

— Vous croyez donc que l'incendie du Palais de Justice[2] a une cause autre que celle du hasard ? demanda Richelieu du ton dont il eût fait une question sans aucune importance.

— Moi, Monseigneur, répondit Milady, je ne crois rien, je cite un fait, voilà tout ; seulement, je dis que si je m'appelais Mlle de Montpensier[3] ou la reine Marie de Médicis, je prendrais moins de précautions que j'en prends, m'appelant tout simplement lady Clarick.

— C'est juste, dit Richelieu, et que voudriez-vous donc ?

— Je voudrais un ordre qui ratifiât d'avance tout ce que je croirai devoir faire pour le plus grand bien de la France.

— Mais il faudrait d'abord trouver la femme que j'ai dit, et qui aurait à se venger du duc.

— Elle est trouvée, dit Milady.

— Puis il faudrait trouver ce misérable fanatique qui servira d'instrument à la justice de Dieu.

— On le trouvera.

— Eh bien ! dit le duc, alors il sera temps de réclamer l'ordre que vous demandiez tout à l'heure.

— Votre Éminence a raison, dit Milady, et c'est moi qui ai eu tort de voir dans la mission dont elle m'honore autre chose que ce qui est réellement, c'est-à-dire d'annoncer à Sa Grâce, de la part de Son Éminence, que vous connaissez les différents déguisements à l'aide desquels il est parvenu à se rapprocher de la reine pendant la fête donnée par Mme la connétable ; que vous avez les preuves de l'entrevue accordée au Louvre par la reine à certain astrologue italien qui n'est autre que le duc de Buckingham ; que vous avez commandé un petit roman, des plus spirituels, sur l'aventure d'Amiens, avec plan du jardin où cette aventure s'est passée et portraits des acteurs qui y ont figuré ; que Montaigu est à la Bastille, et que la torture peut lui faire dire des choses dont il se souvient et même des choses qu'il aurait oubliées ; enfin, que vous possédez certaine lettre de Mme de Chevreuse, trouvée dans le logis de Sa Grâce, qui compromet singulièrement, non seulement celle qui l'a écrite, mais encore celle au nom de qui elle a été écrite. Puis, s'il persiste malgré tout cela, comme c'est à ce que je viens de dire que se borne ma mission, je n'aurai plus qu'à prier Dieu de faire un miracle pour sauver la France. C'est bien cela n'est-ce pas, Monseigneur, et je n'ai pas autre chose à faire ?

— C'est bien cela, reprit sèchement le cardinal.

— Et maintenant, dit Milady sans paraître remarquer le changement de ton du duc à son égard, maintenant que j'ai reçu les instructions de Votre Éminence à propos de ses ennemis, Monseigneur me permettra-t-il de lui dire deux mots des miens ?

— Vous avez donc des ennemis ? demanda Richelieu.

— Oui, Monseigneur ; des ennemis contre lesquels vous me devez tout votre appui, car je me les suis faits en servant Votre Éminence.

— Et lesquels ? répliqua le duc.

— D'abord une petite intrigante du nom de Bonacieux.

— Elle est dans la prison de Mantes.

— C'est-à-dire qu'elle y était, reprit Milady, mais la reine a surpris un ordre du roi, à l'aide duquel elle l'a fait transporter dans un couvent.

— Dans un couvent ? dit le duc.

— Oui, dans un couvent.

— Et dans lequel ?

— Je l'ignore, le secret a été bien gardé.

— Je le saurai, moi !

— Et Votre Éminence me dira dans quel couvent est cette femme ?

— Je n'y vois pas d'inconvénient, dit le cardinal.

— Bien ; maintenant j'ai un autre ennemi bien autrement à craindre pour moi que cette petite Mme Bonacieux.

— Et lequel ?

— Son amant.

— Comment s'appelle-t-il ?

— Oh ! Votre Éminence le connaît bien, s'écria

Milady emportée par la colère, c'est notre mauvais génie à tous deux ; c'est celui qui, dans une rencontre avec les gardes de Votre Éminence, a décidé la victoire en faveur des mousquetaires du roi ; c'est celui qui a donné trois coups d'épée à de Wardes, votre émissaire, et qui a fait échouer l'affaire des ferrets ; c'est celui enfin qui, sachant que c'était moi qui lui avais enlevé Mme Bonacieux, a juré ma mort.

— Ah ! ah ! dit le cardinal, je sais de qui vous voulez parler.

— Je veux parler de ce misérable d'Artagnan.

— C'est un hardi compagnon, dit le cardinal.

— Et c'est justement parce que c'est un hardi compagnon qu'il n'en est que plus à craindre.

— Il faudrait, dit le duc, avoir une preuve de ses intelligences avec Buckingham.

— Une preuve ! s'écria Milady, j'en aurai dix.

— Eh bien, alors ! c'est la chose la plus simple du monde, ayez-moi cette preuve et je l'envoie à la Bastille.

— Bien, Monseigneur ! Mais ensuite ?

— Quand on est à la Bastille, il n'y a pas d'ensuite, dit le cardinal d'une voix sourde. Ah ! pardieu, continua-t-il, s'il m'était aussi facile de me débarrasser de mon ennemi qu'il m'est facile de me débarrasser des vôtres, et si c'était contre de pareilles gens que vous me demandiez l'impunité !...

— Monseigneur, reprit Milady, troc pour troc, existence pour existence, homme pour homme ; donnez-moi celui-là, je vous donne l'autre.

— Je ne sais pas ce que vous voulez dire, reprit le cardinal, et ne veux même pas le savoir ; mais j'ai le désir de vous être agréable et ne vois aucun inconvénient à vous donner ce que vous demandez à l'égard d'une si infime créature ; d'autant plus, comme vous me le dites, que ce petit d'Artagnan est un libertin, un duelliste, un traître.

— Un infâme, Monseigneur, un infâme !

— Donnez-moi donc du papier, une plume et de l'encre, dit le cardinal.

— En voici, Monseigneur.

Il se fit un instant de silence qui prouvait que le cardinal était occupé à chercher les termes dans lesquels devait être écrit le billet, ou même à l'écrire. Athos, qui n'avait pas perdu un mot de la conversation, prit ses deux compagnons chacun par une main et les conduisit à l'autre bout de la chambre.

— Eh bien ! dit Porthos, que veux-tu, et pourquoi ne nous laisses-tu pas écouter la fin de la conversation ?

— Chut ! dit Athos parlant à voix basse, nous en avons entendu tout ce qu'il est nécessaire que nous entendions ; d'ailleurs je ne vous empêche pas d'écouter le reste, mais il faut que je sorte.

— Il faut que tu sortes ! dit Porthos ; mais si le cardinal te demande, que répondrons-nous ?

— Vous n'attendrez pas qu'il me demande, vous lui direz les premiers que je suis parti en éclaireur parce que certaines paroles de notre hôte m'ont donné à penser que le chemin n'était pas sûr ; j'en toucherai d'abord deux mots à l'écuyer du cardinal ; le reste me regarde, ne vous en inquiétez pas.

— Soyez prudent, Athos ! dit Aramis.

— Soyez tranquille, répondit Athos, vous le savez, j'ai du sang-froid.

Porthos et Aramis allèrent reprendre leur place près du tuyau de poêle.

Quant à Athos, il sortit sans aucun mystère, alla prendre son cheval attaché avec ceux de ses deux amis aux tourniquets des contrevents, convainquit en quatre mots l'écuyer de la nécessité d'une avant-garde pour le retour, visita avec affectation l'amorce de ses pistolets, mit l'épée aux dents et suivit, en enfant perdu, la route qui conduisait au camp.

XLV

SCÈNE CONJUGALE[1]

COMME l'avait prévu Athos, le cardinal ne tarda point à descendre ; il ouvrit la porte de la chambre où étaient entrés les mousquetaires, et trouva Porthos faisant une partie de dés acharnée avec Aramis. D'un coup d'œil rapide, il fouilla tous les coins de la salle, et vit qu'un de ses hommes lui manquait.

— Qu'est devenu M. Athos ? demanda-t-il.

— Monseigneur, répondit Porthos, il est parti en éclaireur sur quelques propos de notre hôte, qui lui ont fait croire que la route n'était pas sûre.

— Et vous, qu'avez-vous fait, Monsieur Porthos ?

— J'ai gagné cinq pistoles à Aramis.

— Et maintenant, vous pouvez revenir avec moi ?

— Nous sommes aux ordres de Votre Éminence.

— À cheval donc, Messieurs, car il se fait tard.

L'écuyer était à la porte, et tenait en bride le cheval du cardinal. Un peu plus loin, un groupe de deux hommes et de trois chevaux apparaissait dans l'ombre ; ces deux hommes étaient ceux qui devaient conduire Milady au fort de La Pointe, et veiller à son embarquement.

L'écuyer confirma au cardinal ce que les deux mousquetaires lui avaient déjà dit à propos d'Athos. Le cardinal fit un geste approbateur, et reprit la route, s'entourant au retour des mêmes précautions qu'il avait prises au départ.

Laissons-le suivre le chemin du camp, protégé par l'écuyer et les deux mousquetaires, et revenons à Athos.

Pendant une centaine de pas, il avait marché de la même allure ; mais, une fois hors de vue, il avait lancé son cheval à droite, avait fait un détour, et était revenu à une vingtaine de pas, dans le taillis, guetter le passage de la petite troupe ; ayant reconnu les chapeaux bordés de ses compagnons et la frange dorée du manteau de M. le cardinal, il attendit que les cavaliers eussent tourné l'angle de la route, et, les ayant perdus de vue, il revint au galop à l'auberge, qu'on lui ouvrit sans difficulté.

L'hôte le reconnut.

— Mon officier, dit Athos, a oublié de faire à la dame du premier une recommandation importante, il m'envoie pour réparer son oubli.

— Montez, dit l'hôte, elle est encore dans sa chambre.

Athos profita de la permission, monta l'escalier de son pas le plus léger, arriva sur le carré, et, à travers la porte entrouverte, il vit Milady qui attachait son chapeau.

Il entra dans la chambre, et referma la porte derrière lui.

Au bruit qu'il fit en repoussant le verrou, Milady se retourna.

Athos était debout devant la porte, enveloppé

dans son manteau, son chapeau rabattu sur ses yeux.

En voyant cette figure muette et immobile comme une statue, Milady eut peur.

— Qui êtes-vous ? Et que demandez-vous ? s'écria-t-elle.

— Allons, c'est bien elle ! murmura Athos.

Et, laissant tomber son manteau, et relevant son feutre, il s'avança vers Milady.

— Me reconnaissez-vous, Madame ? dit-il.

Milady fit un pas en avant, puis recula comme à la vue d'un serpent.

— Allons, dit Athos, c'est bien, je vois que vous me reconnaissez.

— Le comte de La Fère ! murmura Milady en pâlissant et en reculant jusqu'à ce que la muraille l'empêchât d'aller plus loin.

— Oui, Milady, répondit Athos, le comte de La Fère en personne, qui revient tout exprès de l'autre monde pour avoir le plaisir de vous voir. Asseyons-nous donc, et causons, comme dit Monseigneur le cardinal.

Milady, dominée par une terreur inexprimable, s'assit sans proférer une seule parole.

— Vous êtes donc un démon envoyé sur la terre ? dit Athos. Votre puissance est grande, je le sais ; mais vous savez aussi qu'avec l'aide de Dieu les hommes ont souvent vaincu les démons les plus terribles. Vous vous êtes déjà trouvée sur mon chemin, je croyais vous avoir terrassée, Madame ; mais, ou je me trompais ou l'enfer vous a ressuscitée.

Milady, à ces paroles qui lui rappelaient des

souvenirs effroyables, baissa la tête avec un gémissement sourd.

— Oui, l'enfer vous a ressuscitée, reprit Athos, l'enfer vous a faite riche, l'enfer vous a donné un autre nom, l'enfer vous a presque refait même un autre visage ; mais il n'a effacé ni les souillures de votre âme ni la flétrissure de votre corps.

Milady se leva comme mue par un ressort, et ses yeux lancèrent des éclairs. Athos resta assis.

— Vous me croyiez mort, n'est-ce pas, comme je vous croyais morte ? Et ce nom d'Athos avait caché le comte de La Fère, comme le nom de Milady Clarick avait caché Anne de Breuil ! N'était-ce pas ainsi que vous vous appeliez quand votre honoré frère nous a mariés ? Notre position est vraiment étrange, poursuivit Athos en riant ; nous n'avons vécu jusqu'à présent l'un et l'autre que parce que nous nous croyions morts, et qu'un souvenir gêne moins qu'une créature, quoique ce soit chose dévorante parfois qu'un souvenir !

— Mais enfin, dit Milady d'une voix sourde, qui vous ramène vers moi ? Et que me voulez-vous ?

— Je veux vous dire que, tout en restant invisible à vos yeux, je ne vous ai pas perdue de vue, moi !

— Vous savez ce que j'ai fait ?

— Je puis vous raconter jour par jour vos actions, depuis votre entrée au service du cardinal jusqu'à ce soir.

Un sourire d'incrédulité passa sur les lèvres pâles de Milady.

— Écoutez : c'est vous qui avez coupé les deux ferrets de diamants sur l'épaule du duc de

Buckingham ; c'est vous qui avez fait enlever Mme Bonacieux ; c'est vous qui, amoureuse de de Wardes, et croyant passer la nuit avec lui, avez ouvert votre porte à M. d'Artagnan ; c'est vous qui, croyant que de Wardes vous avait trompée, avez voulu le faire tuer par son rival ; c'est vous qui, lorsque ce rival eut découvert votre infâme secret, avez voulu le faire tuer à son tour par deux assassins que vous avez envoyés à sa poursuite ; c'est vous qui, voyant que les balles avaient manqué leur coup, avez envoyé du vin empoisonné avec une fausse lettre, pour faire croire à votre victime que ce vin venait de ses amis ; c'est vous, enfin, qui venez là, dans cette chambre, assise sur cette chaise où je suis, de prendre avec le cardinal de Richelieu l'engagement de faire assassiner le duc de Buckingham, en échange de la promesse qu'il vous a faite de vous laisser assassiner d'Artagnan.

Milady était livide.

— Mais vous êtes donc Satan ? dit-elle.

— Peut-être, dit Athos ; mais, en tout cas, écoutez bien ceci : assassinez ou faites assassiner le duc de Buckingham, peu m'importe ! je ne le connais pas, d'ailleurs c'est un Anglais ; mais ne touchez pas du bout du doigt à un seul cheveu de d'Artagnan, qui est un fidèle ami que j'aime et que je défends, ou, je vous le jure par la tête de mon père, le crime que vous aurez commis sera le dernier.

— M. d'Artagnan m'a cruellement offensée, dit Milady d'une voix sourde, M. d'Artagnan mourra.

— En vérité, cela est-il possible qu'on vous

offense, Madame ? dit en riant Athos ; il vous a offensée, et il mourra ?

— Il mourra, reprit Milady ; elle d'abord, lui ensuite.

Athos fut saisi comme d'un vertige : la vue de cette créature, qui n'avait rien d'une femme, lui rappelait des souvenirs terribles ; il pensa qu'un jour, dans une situation moins dangereuse que celle où il se trouvait, il avait déjà voulu la sacrifier à son honneur ; son désir de meurtre lui revint brûlant et l'envahit comme une fièvre ardente : il se leva à son tour, porta la main à sa ceinture, en tira un pistolet et l'arma.

Milady, pâle comme un cadavre, voulut crier, mais sa langue glacée ne put proférer qu'un son rauque qui n'avait rien de la parole humaine et qui semblait le râle d'une bête fauve ; collée contre la sombre tapisserie, elle apparaissait, les cheveux épars, comme l'image effrayante de la terreur.

Athos leva lentement son pistolet, étendit le bras de manière que l'arme touchât presque le front de Milady, puis, d'une voix d'autant plus terrible qu'elle avait le calme suprême d'une inflexible résolution :

— Madame, dit-il, vous allez à l'instant même me remettre le papier que vous a signé le cardinal, ou, sur mon âme, je vous fais sauter la cervelle.

Avec un autre homme Milady aurait pu conserver quelque doute, mais elle connaissait Athos ; cependant elle resta immobile.

— Vous avez une seconde pour vous décider, dit-il.

Milady vit à la contraction de son visage que le

coup allait partir ; elle porta vivement la main à sa poitrine, en tira un papier et le tendit à Athos.

— Tenez, dit-elle, et soyez maudit !

Athos prit le papier, repassa le pistolet à sa ceinture, s'approcha de la lampe pour s'assurer que c'était bien celui-là, le déplia et lut :

C'est par mon ordre et pour le bien de l'État que le porteur du présent a fait ce qu'il a fait.

3 décembre 1627[1].

RICHELIEU.

— Et maintenant, dit Athos en reprenant son manteau et en replaçant son feutre sur sa tête, maintenant que je t'ai arraché les dents, vipère, mords si tu peux.

Et il sortit de la chambre sans même regarder en arrière.

À la porte il trouva les deux hommes et le cheval qu'ils tenaient en main.

— Messieurs, dit-il, l'ordre de Monseigneur, vous le savez, est de conduire cette femme, sans perdre de temps, au fort de La Pointe et de ne la quitter que lorsqu'elle sera à bord.

Comme ces paroles s'accordaient effectivement avec l'ordre qu'ils avaient reçu, ils inclinèrent la tête en signe d'assentiment.

Quant à Athos, il se mit légèrement en selle et partit au galop ; seulement, au lieu de suivre la route, il prit à travers champs, piquant avec vigueur son cheval et de temps en temps s'arrêtant pour écouter.

Dans une de ces haltes, il entendit sur la route

le pas de plusieurs chevaux. Il ne douta point que ce ne fût le cardinal et son escorte. Aussitôt il fit une nouvelle pointe en avant, bouchonna son cheval avec de la bruyère et des feuilles d'arbres, et vint se mettre en travers de la route à deux cents pas du camp à peu près.

— Qui vive ? cria-t-il de loin quand il aperçut les cavaliers.

— C'est notre brave mousquetaire, je crois, dit le cardinal.

— Oui, Monseigneur, répondit Athos, c'est lui-même.

— Monsieur Athos, dit Richelieu, recevez tous mes remerciements pour la bonne garde que vous nous avez faite ; Messieurs, nous voici arrivés : prenez la porte à gauche, le mot d'ordre est *Roi et Ré*.

En disant ces mots, le cardinal salua de la tête les trois amis, et prit à droite suivi de son écuyer ; car, cette nuit-là, lui-même couchait au camp.

— Eh bien ! dirent ensemble Porthos et Aramis lorsque le cardinal fut hors de la portée de la voix, eh bien ! il a signé le papier qu'elle demandait.

— Je le sais, dit tranquillement Athos, puisque le voici.

Et les trois amis n'échangèrent plus une seule parole jusqu'à leur quartier, excepté pour donner le mot d'ordre aux sentinelles.

Seulement, on envoya Mousqueton dire à Planchet que son maître était prié, en relevant de tranchée, de se rendre à l'instant même au logis des mousquetaires.

D'un autre côté, comme l'avait prévu Athos, Milady, en retrouvant à la porte les hommes qui l'attendaient, ne fit aucune difficulté de les suivre ; elle avait bien eu l'envie un instant de se faire reconduire devant le cardinal et de lui tout raconter, mais une révélation de sa part amenait une révélation de la part d'Athos : elle dirait bien qu'Athos l'avait pendue, mais Athos dirait qu'elle était marquée ; elle pensa qu'il valait donc encore mieux garder le silence, partir discrètement, accomplir avec son habileté ordinaire la mission difficile dont elle s'était chargée, puis, toutes les choses accomplies à la satisfaction du cardinal, venir lui réclamer sa vengeance.

En conséquence, après avoir voyagé toute la nuit, à sept heures du matin elle était au fort de La Pointe, à huit heures elle était embarquée, et à neuf heures le bâtiment, qui, avec des lettres de marque du cardinal, était censé être en partance pour Bayonne, levait l'ancre et faisait voile pour l'Angleterre.

XLVI

LE BASTION SAINT-GERVAIS[1]

En arrivant chez ses trois amis, d'Artagnan les trouva réunis dans la même chambre : Athos réfléchissait, Porthos frisait sa moustache, Aramis disait ses prières dans un charmant petit livre d'heures relié en velours bleu.

— Pardieu, Messieurs ! dit-il, j'espère que ce que vous avez à me dire en vaut la peine, sans cela je vous préviens que je ne vous pardonnerai pas de m'avoir fait venir, au lieu de me laisser reposer après une nuit passée à prendre et à démanteler un bastion. Ah ! que n'étiez-vous là, Messieurs ? Il y a fait chaud !

— Nous étions ailleurs, où il ne faisait pas froid non plus ! répondit Porthos tout en faisant prendre à sa moustache un pli qui lui était particulier.

— Chut ! dit Athos.

— Oh ! oh ! fit d'Artagnan comprenant le léger froncement de sourcils du mousquetaire, il paraît qu'il y a du nouveau ici.

— Aramis, dit Athos, vous avez été déjeuner avant-hier à l'auberge du Parpaillot, je crois ?

— Oui.

— Comment est-on là ?

— Mais, j'y ai fort mal mangé pour mon compte, avant-hier était un jour maigre, et ils n'avaient que du gras.

— Comment ! dit Athos, dans un port de mer ils n'ont pas de poisson ?

— Ils disent, reprit Aramis en se remettant à sa pieuse lecture, que la digue que fait bâtir M. le cardinal le chasse en pleine mer.

— Mais, ce n'est pas cela que je vous demandais, Aramis, reprit Athos ; je vous demandais si vous aviez été bien libre, et si personne ne vous avait dérangé ?

— Mais il me semble que nous n'avons pas eu trop d'importuns ; oui, au fait, pour ce que vous voulez dire, Athos, nous serons assez bien au Parpaillot.

— Allons donc au Parpaillot, dit Athos, car ici les murailles sont comme des feuilles de papier.

D'Artagnan, qui était habitué aux manières de faire de son ami, et qui reconnaissait tout de suite à une parole, à un geste, à un signe de lui, que les circonstances étaient graves, prit le bras d'Athos et sortit avec lui sans rien dire ; Porthos suivit en devisant avec Aramis.

En route, on rencontra Grimaud, Athos lui fit signe de suivre ; Grimaud, selon son habitude, obéit en silence ; le pauvre garçon avait à peu près fini par désapprendre de parler.

On arriva à la buvette du Parpaillot : il était sept heures du matin, le jour commençait à paraître ; les trois amis commandèrent à déjeuner, et entrèrent dans une salle où, au dire de l'hôte, ils ne devaient pas être dérangés.

Malheureusement l'heure était mal choisie pour

un conciliabule ; on venait de battre la diane, chacun secouait le sommeil de la nuit, et, pour chasser l'air humide du matin, venait boire la goutte à la buvette : dragons, Suisses, gardes, mousquetaires, chevau-légers se succédaient avec une rapidité qui devait très bien faire les affaires de l'hôte, mais qui remplissait fort mal les vues des quatre amis. Aussi répondaient-ils d'une manière fort maussade aux saluts, aux toasts et aux lazzi de leurs compagnons.

— Allons ! dit Athos, nous allons nous faire quelque bonne querelle, et nous n'avons pas besoin de cela en ce moment. D'Artagnan, racontez-nous votre nuit ; nous vous raconterons la nôtre après.

— En effet, dit un chevau-léger qui se dandinait en tenant à la main un verre d'eau-de-vie qu'il dégustait lentement ; en effet, vous étiez de tranchée cette nuit, Messieurs les gardes, et il me semble que vous avez eu maille à partir avec les Rochelois ?

D'Artagnan regarda Athos pour savoir s'il devait répondre à cet intrus qui se mêlait à la conversation.

— Eh bien, dit Athos, n'entends-tu pas M. de Busigny qui te fait l'honneur de t'adresser la parole ? Raconte ce qui s'est passé cette nuit, puisque ces Messieurs désirent le savoir.

— N'avre-bous bas bris un pastion ? demanda un Suisse qui buvait du rhum dans un verre à bière.

— Oui, Monsieur, répondit d'Artagnan en s'inclinant, nous avons eu cet honneur ; nous avons même, comme vous avez pu l'entendre, introduit sous un des angles un baril de poudre qui, en éclatant, a fait une fort jolie brèche ; sans compter que, comme le bastion n'était pas d'hier, tout le reste de la bâtisse s'en est trouvé fort ébranlé.

— Et quel bastion est-ce ? demanda un dragon qui tenait enfilée à son sabre une oie qu'il apportait pour qu'on la fît cuire.

— Le bastion Saint-Gervais, répondit d'Artagnan, derrière lequel les Rochelois inquiétaient nos travailleurs.

— Et l'affaire a été chaude ?

— Mais, oui ; nous y avons perdu cinq hommes, et les Rochelois huit ou dix[1].

— Balzampleu ! fit le Suisse, qui, malgré l'admirable collection de jurons que possède la langue allemande, avait pris l'habitude de jurer en français.

— Mais il est probable, dit le chevau-léger, qu'ils vont, ce matin, envoyer des pionniers pour remettre le bastion en état.

— Oui, c'est probable, dit d'Artagnan.

— Messieurs, dit Athos, un pari !

— Ah ! woui ! un bari ! dit le Suisse.

— Lequel ? demanda le chevau-léger.

— Attendez, dit le dragon en posant son sabre comme une broche sur les deux grands chenets de fer qui soutenaient le feu de la cheminée, j'en suis. Hôtelier de malheur ! une lèche-frite tout de suite, que je ne perde pas une goutte de la graisse de cette estimable volaille.

— Il avre raison, dit le Suisse, la graisse t'oie, il est très ponne avec des gonfitures.

— Là ! dit le dragon. Maintenant, voyons le pari ! Nous écoutons, Monsieur Athos !

— Oui, le pari ! dit le chevau-léger.

— Eh bien ! Monsieur de Busigny, je parie avec vous, dit Athos, que mes trois compagnons, MM. Porthos, Aramis, d'Artagnan et moi, nous allons déjeuner dans le bastion Saint-Gervais et que nous y tenons une heure, montre à la main, quelque chose que l'ennemi fasse pour nous déloger.

Porthos et Aramis se regardèrent, ils commençaient à comprendre.

— Mais, dit d'Artagnan en se penchant à l'oreille d'Athos, tu vas nous faire tuer sans miséricorde.

— Nous sommes bien plus tués, répondit Athos, si nous n'y allons pas.

— Ah ! ma foi ! Messieurs, dit Porthos en se renversant sur sa chaise et frisant sa moustache, voici un beau pari, j'espère.

— Aussi je l'accepte, dit M. de Busigny ; maintenant il s'agit de fixer l'enjeu.

— Mais vous êtes quatre, Messieurs, dit Athos, nous sommes quatre ; un dîner à discrétion pour huit, cela vous va-t-il ?

— À merveille, reprit M. de Busigny.

— Parfaitement, dit le dragon.

— Ça me fa, dit le Suisse.

Le quatrième auditeur, qui, dans toute cette conversation, avait joué un rôle muet, fit un signe de la tête en signe qu'il acquiesçait à la proposition.

— Le déjeuner de ces Messieurs est prêt, dit l'hôte.

— Eh bien ! apportez-le, dit Athos.

L'hôte obéit. Athos appela Grimaud, lui montra un grand panier qui gisait dans un coin et fit le geste d'envelopper dans les serviettes les viandes apportées.

Grimaud comprit à l'instant même qu'il s'agissait d'un déjeuner sur l'herbe, prit le panier, empaqueta les viandes, y joignit les bouteilles et prit le panier à son bras.

— Mais où allez-vous manger mon déjeuner ? dit l'hôte.

— Que vous importe, dit Athos, pourvu qu'on vous le paye ?

Et il jeta majestueusement deux pistoles sur la table.

— Faut-il vous rendre, mon officier ? dit l'hôte.

— Non ; ajoute seulement deux bouteilles de vin de Champagne et la différence sera pour les serviettes.

L'hôte ne faisait pas une aussi bonne affaire qu'il l'avait cru d'abord, mais il se rattrapa en glissant aux quatre convives deux bouteilles de vin d'Anjou au lieu de deux bouteilles de vin de Champagne.

— Monsieur de Busigny, dit Athos, voulez-vous bien régler votre montre sur la mienne, ou me permettre de régler la mienne sur la vôtre ?

— À merveille, Monsieur ! dit le chevau-léger en tirant de son gousset une fort belle montre entourée de diamants ; sept heures et demie, dit-il.

— Sept heures trente-cinq minutes, dit Athos ; nous saurons que j'avance de cinq minutes sur vous, Monsieur.

Et, saluant les assistants ébahis, les quatre jeunes gens prirent le chemin du bastion Saint-Gervais, suivis de Grimaud, qui portait le panier, ignorant où il allait, mais, dans l'obéissance passive dont il avait pris l'habitude avec Athos, ne songeait pas même à le demander.

Tant qu'ils furent dans l'enceinte du camp, les quatre amis n'échangèrent pas une parole ; d'ailleurs ils étaient suivis par les curieux, qui, connaissant le pari engagé, voulaient savoir comment ils s'en tireraient.

Mais une fois qu'ils eurent franchi la ligne de circonvallation et qu'ils se trouvèrent en plein air, d'Artagnan, qui ignorait complètement ce dont il s'agissait, crut qu'il était temps de demander une explication.

— Et maintenant, mon cher Athos, dit-il, faites-moi l'amitié de m'apprendre où nous allons ?

— Vous le voyez bien, dit Athos, nous allons au bastion.

— Mais qu'y allons-nous faire ?

— Vous le savez bien, nous y allons déjeuner.

— Mais pourquoi n'avons-nous pas déjeuné au Parpaillot ?

— Parce que nous avons des choses fort importantes à nous dire, et qu'il était impossible de causer cinq minutes dans cette auberge avec tous ces importuns qui vont, qui viennent, qui saluent, qui accostent ; ici, du moins, continua Athos en montrant le bastion, on ne viendra pas nous déranger.

— Il me semble, dit d'Artagnan avec cette prudence qui s'alliait si bien et si naturellement chez lui à une excessive bravoure, il me semble que nous aurions pu trouver quelque endroit écarté dans les dunes, au bord de la mer.

— Où l'on nous aurait vus conférer tous les quatre ensemble, de sorte qu'au bout d'un quart d'heure le cardinal eût été prévenu par ses espions que nous tenions conseil.

— Oui, dit Aramis, Athos a raison : *Animadvertuntur in desertis*[1].

— Un désert n'aurait pas été mal, dit Porthos, mais il s'agissait de le trouver.

— Il n'y a pas de désert où un oiseau ne puisse passer au-dessus de la tête, où un poisson ne puisse sauter au-dessus de l'eau, où un lapin ne puisse partir de son gîte, et je crois qu'oiseau, poisson, lapin, tout s'est fait espion du cardinal. Mieux vaut donc poursuivre notre entreprise, devant laquelle d'ailleurs nous ne pouvons plus reculer sans honte ; nous avons fait un pari, un pari qui ne pouvait être prévu, et dont je défie qui que ce soit de deviner la véritable cause : nous allons, pour le gagner, tenir une heure dans le bastion. Ou nous serons attaqués, ou nous ne le serons pas. Si nous ne le sommes pas, nous aurons tout le temps de causer et personne ne nous entendra, car je réponds que les murs de ce bastion n'ont pas d'oreilles ; si nous le sommes, nous causerons de nos affaires tout de même, et, de plus, tout en nous défendant, nous nous couvrons de gloire. Vous voyez bien que tout est bénéfice.

— Oui, dit d'Artagnan, mais nous attraperons indubitablement une balle.

— Eh ! mon cher, dit Athos, vous savez bien que les balles les plus à craindre ne sont pas celles de l'ennemi.

— Mais il me semble que pour une pareille expédition, nous aurions dû au moins emporter nos mousquets.

— Vous êtes un niais, ami Porthos ; pourquoi nous charger d'un fardeau inutile ?

— Je ne trouve pas inutile en face de l'ennemi un bon mousquet de calibre, douze cartouches et une poire à poudre.

— Oh, bien ! dit Athos, n'avez-vous pas entendu ce qu'a dit d'Artagnan ?

— Qu'a dit d'Artagnan ? demanda Porthos.

— D'Artagnan a dit que dans l'attaque de cette nuit il y avait eu huit ou dix Français de tués et autant de Rochelois.

— Après ?

— On n'a pas eu le temps de les dépouiller, n'est-ce pas ? Attendu qu'on avait autre chose pour le moment de plus pressé à faire.

— Eh bien ?

— Eh bien ! nous allons trouver leurs mousquets, leurs poires à poudre et leurs cartouches, et au lieu de quatre mousquetons et de douze balles, nous allons avoir une quinzaine de fusils et une centaine de coups à tirer.

— Ô Athos ! dit Aramis, tu es véritablement un grand homme !

Porthos inclina la tête en signe d'adhésion.

D'Artagnan seul ne paraissait pas convaincu.

Sans doute Grimaud partageait les doutes du jeune homme ; car, voyant que l'on continuait de marcher vers le bastion, chose dont il avait douté jusqu'alors, il tira son maître par le pan de son habit.

— Où allons-nous ? demanda-t-il par gestes.

Athos lui montra le bastion.

— Mais, dit toujours dans le même dialecte le silencieux Grimaud, nous y laisserons notre peau.

Athos leva les yeux et le doigt vers le ciel.

Grimaud posa son panier à terre et s'assit en secouant la tête.

Athos prit à sa ceinture un pistolet, regarda s'il était bien amorcé, l'arma et approcha le canon de l'oreille de Grimaud.

Grimaud se retrouva sur ses jambes comme par un ressort.

Athos alors lui fit signe de prendre le panier et de marcher devant.

Grimaud obéit.

Tout ce qu'avait gagné le pauvre garçon à cette pantomime d'un instant, c'est qu'il était passé de l'arrière-garde à l'avant-garde.

Arrivés au bastion, les quatre amis se retournèrent.

Plus de trois cents soldats de toutes armes étaient assemblés à la porte du camp, et dans un groupe séparé on pouvait distinguer M. de Busigny, le dragon, le Suisse et le quatrième parieur.

Athos ôta son chapeau, le mit au bout de son épée et l'agita en l'air.

Tous les spectateurs lui rendirent son salut, accompagnant cette politesse d'un grand hourra qui arriva jusqu'à eux.

Après quoi, ils disparurent tous quatre dans le bastion, où les avait déjà précédés Grimaud.

XLVII

LE CONSEIL DES MOUSQUETAIRES[1]

COMME l'avait prévu Athos, le bastion n'était occupé que par une douzaine de morts tant Français que Rochelois.

— Messieurs, dit Athos, qui avait pris le commandement de l'expédition, tandis que Grimaud va mettre la table, commençons par recueillir les fusils et les cartouches ; nous pouvons d'ailleurs causer tout en accomplissant cette besogne. Ces Messieurs, ajouta-t-il en montrant les morts, ne nous écoutent pas.

— Mais nous pourrions toujours les jeter dans le fossé, dit Porthos, après toutefois nous être assurés qu'ils n'ont rien dans leurs poches.

— Oui, dit Aramis, c'est l'affaire de Grimaud.

— Ah bien alors, dit d'Artagnan, que Grimaud les fouille et les jette par-dessus les murailles.

— Gardons-nous-en bien, dit Athos, ils peuvent nous servir.

— Ces morts peuvent nous servir ? dit Porthos. Ah çà ! vous devenez fou, cher ami.

— Ne jugez pas témérairement, disent l'Évangile et M. le cardinal, répondit Athos ; combien de fusils, Messieurs ?

— Douze, répondit Aramis.

— Combien de coups à tirer ?

— Une centaine.

— C'est tout autant qu'il nous en faut ; chargeons les armes.

Les quatre mousquetaires se mirent à la besogne. Comme ils achevaient de charger le dernier fusil, Grimaud fit signe que le déjeuner était servi.

Athos répondit, toujours par gestes, que c'était bien, et indiqua à Grimaud une espèce de poivrière où celui-ci comprit qu'il se devait tenir en sentinelle. Seulement, pour adoucir l'ennui de la faction, Athos lui permit d'emporter un pain, deux côtelettes et une bouteille de vin.

— Et maintenant, à table, dit Athos.

Les quatre amis s'assirent à terre, les jambes croisées, comme les Turcs ou comme les tailleurs.

— Ah ! maintenant, dit d'Artagnan, que tu n'as plus la crainte d'être entendu, j'espère que tu vas nous faire part de ton secret, Athos.

— J'espère que je vous procure à la fois de l'agrément et de la gloire, Messieurs, dit Athos. Je vous ai fait faire une promenade charmante ; voici un déjeuner des plus succulents, et cinq cents personnes là-bas, comme vous pouvez les voir à travers les meurtrières, qui nous prennent pour des fous ou pour des héros, deux classes d'imbéciles qui se ressemblent assez.

— Mais ce secret ? demanda d'Artagnan.

— Le secret, dit Athos, c'est que j'ai vu Milady hier soir.

D'Artagnan portait son verre à ses lèvres : mais à ce nom de Milady, la main lui trembla si fort qu'il le posa à terre pour ne pas en répandre le contenu.

— Tu as vu ta fem…

— Chut donc ! interrompit Athos ; vous oubliez, mon cher, que ces Messieurs ne sont pas initiés comme vous dans le secret de mes affaires de ménage ; j'ai vu Milady.

— Et où cela ? demanda d'Artagnan.

— À deux lieues d'ici à peu près à l'auberge du Colombier-Rouge.

— En ce cas je suis perdu, dit d'Artagnan.

— Non, pas tout à fait encore, reprit Athos ; car à cette heure, elle doit avoir quitté les côtes de France.

D'Artagnan respira.

— Mais au bout du compte, demanda Porthos, qu'est-ce donc que cette Milady ?

— Une femme charmante, dit Athos en dégustant un verre de vin mousseux. Canaille d'hôtelier ! s'écria-t-il, qui nous donne du vin d'Anjou pour du vin de Champagne, et qui croit que nous nous y laisserons prendre ! Oui, continua-t-il, une femme charmante qui a eu des bontés pour notre ami d'Artagnan, qui lui a fait je ne sais quelle noirceur dont elle a essayé de se venger, il y a un mois en voulant le faire tuer à coups de mousquet, il y a huit jours en essayant de l'empoisonner, et hier en demandant sa tête au cardinal.

— Comment ! en demandant ma tête au cardinal ? s'écria d'Artagnan, pâle de terreur.

— Ça, dit Porthos, c'est vrai comme l'Évangile ; je l'ai entendu de mes deux oreilles.

— Moi aussi, dit Aramis.

— Alors, dit d'Artagnan en laissant tomber son bras avec découragement, il est inutile de lutter plus longtemps ; autant vaut que je me brûle la cervelle et que tout soit fini !

— C'est la dernière sottise qu'il faut faire, dit Athos, attendu que c'est la seule à laquelle il n'y ait pas de remède.

— Mais je n'en réchapperai jamais, dit d'Artagnan, avec des ennemis pareils. D'abord mon inconnu de Meung ; ensuite de Wardes, à qui j'ai donné trois coups d'épée ; puis Milady, dont j'ai surpris le secret ; enfin le cardinal, dont j'ai fait échouer la vengeance.

— Eh bien ! dit Athos, tout cela ne fait que quatre, et nous sommes quatre, un contre un. Pardieu ! si nous en croyons les signes que nous fait Grimaud, nous allons avoir affaire à un bien plus grand nombre de gens. Qu'y a-t-il, Grimaud ? Considérant la gravité de la circonstance je vous permets de parler, mon ami, mais soyez laconique je vous prie. Que voyez-vous ?

— Une troupe.

— De combien de personnes ?

— De vingt hommes.

— Quels hommes ?

— Seize pionniers, quatre soldats.

— À combien de pas sont-ils ?

— À cinq cents pas.

— Bon, nous avons encore le temps d'achever cette volaille et de boire un verre de vin à ta santé, d'Artagnan !

— À ta santé ! répétèrent Porthos et Aramis.

— Eh bien donc, à ma santé ! Quoique je ne croie pas que vos souhaits me servent à grand-chose.

— Bah ! dit Athos, Dieu est grand, comme

disent les sectateurs de Mahomet, et l'avenir est dans ses mains.

Puis, avalant le contenu de son verre, qu'il posa près de lui, Athos se leva nonchalamment, prit le premier fusil venu et s'approcha d'une meurtrière.

Porthos, Aramis et d'Artagnan en firent autant. Quant à Grimaud, il reçut l'ordre de se placer derrière les quatre amis afin de recharger les armes.

Au bout d'un instant on vit paraître la troupe ; elle suivait une espèce de boyau de tranchée qui établissait une communication entre le bastion et la ville.

— Pardieu ! dit Athos, c'était bien la peine de nous déranger pour une vingtaine de drôles armés de pioches, de hoyaux et de pelles ! Grimaud n'aurait eu qu'à leur faire signe de s'en aller, et je suis convaincu qu'ils nous eussent laissés tranquilles.

— J'en doute, observa d'Artagnan, car ils avancent fort résolument de ce côté. D'ailleurs, il y a avec les travailleurs quatre soldats et un brigadier armés de mousquets.

— C'est qu'ils ne nous ont pas vus, reprit Athos.

— Ma foi ! dit Aramis, j'avoue que j'ai répugnance à tirer sur ces pauvres diables de bourgeois.

— Mauvais prêtre, répondit Porthos, qui a pitié des hérétiques !

— En vérité, dit Athos, Aramis a raison, je vais les prévenir.

— Que diable faites-vous donc ? s'écria d'Artagnan, vous allez vous faire fusiller, mon cher.

Mais Athos ne tint aucun compte de l'avis, et, montant sur la brèche, son fusil d'une main et son chapeau de l'autre :

— Messieurs, dit-il en s'adressant aux soldats et aux travailleurs, qui, étonnés de son apparition, s'arrêtaient à cinquante pas environ du bastion, et en les saluant courtoisement, Messieurs, nous sommes, quelques amis et moi, en train de déjeuner dans ce bastion. Or, vous savez que rien n'est désagréable comme d'être dérangé quand on déjeune ; nous vous prions donc, si vous avez absolument affaire ici, d'attendre que nous ayons fini notre repas, ou de repasser plus tard ; à moins qu'il ne vous prenne la salutaire envie de quitter le parti de la rébellion et de venir boire avec nous à la santé du roi de France.

— Prends garde, Athos ! s'écria d'Artagnan ; ne vois-tu pas qu'ils te mettent en joue ?

— Si fait, si fait, dit Athos, mais ce sont des bourgeois qui tirent fort mal, et qui n'ont garde de me toucher.

En effet, au même instant quatre coups de fusil partirent, et les balles vinrent s'aplatir autour d'Athos, mais sans qu'une seule le touchât.

Quatre coups de fusil leur répondirent presque en même temps, mais ils étaient mieux dirigés que ceux des agresseurs, trois soldats tombèrent tués raide, et un des travailleurs fut blessé.

— Grimaud, un autre mousquet ! dit Athos toujours sur la brèche.

Grimaud obéit aussitôt. De leur côté, les trois amis avaient chargé leurs armes ; une seconde décharge suivit la première : le brigadier et deux pionniers tombèrent morts, le reste de la troupe prit la fuite.

— Allons, Messieurs, une sortie, dit Athos.

Et les quatre amis, s'élançant hors du fort, parvinrent jusqu'au champ de bataille, ramassèrent les quatre mousquets des soldats et la demi-pique du brigadier ; et, convaincus que les fuyards ne s'arrêteraient qu'à la ville, reprirent le chemin du bastion, rapportant les trophées de leur victoire.

— Rechargez les armes, Grimaud, dit Athos, et nous, Messieurs, reprenons notre déjeuner et continuons. Où en étions-nous ?

— Je me le rappelle, dit d'Artagnan, qui se préoccupait fort de l'itinéraire que devait suivre Milady.

— Elle va en Angleterre, répondit Athos.

— Et dans quel but ?

— Dans le but d'assassiner ou de faire assassiner Buckingham.

D'Artagnan poussa une exclamation de surprise et d'indignation.

— Mais c'est infâme ! s'écria-t-il.

— Oh ! quant à cela, dit Athos, je vous prie de croire que je m'en inquiète fort peu. Maintenant que vous avez fini, Grimaud, continua Athos, prenez la demi-pique de notre brigadier, attachez-y une serviette et plantez-la au haut de notre bastion, afin que ces rebelles de Rochelois voient qu'ils ont affaire à de braves et loyaux soldats du roi.

Grimaud obéit sans répondre. Un instant après le drapeau blanc flottait au-dessus de la tête des quatre amis ; un tonnerre d'applaudissements salua son apparition ; la moitié du camp était aux barrières.

— Comment ! reprit d'Artagnan, tu t'inquiètes fort peu qu'elle tue ou qu'elle fasse tuer Buckingham ? Mais le duc est notre ami.

— Le duc est Anglais, le duc combat contre nous ; qu'elle fasse du duc ce qu'elle voudra, je m'en soucie comme d'une bouteille vide.

Et Athos envoya à quinze pas de lui une bouteille qu'il tenait, et dont il venait de transvaser jusqu'à la dernière goutte dans son verre.

— Un instant, dit d'Artagnan, je n'abandonne pas Buckingham ainsi ; il nous avait donné de fort beaux chevaux.

— Et surtout de fort belles selles, ajouta Porthos, qui, à ce moment même, portait à son manteau le galon de la sienne.

— Puis, observa Aramis, Dieu veut la conversion et non la mort du pécheur.

— *Amen*, dit Athos, et nous reviendrons là-dessus plus tard, si tel est votre plaisir ; mais ce qui, pour le moment, me préoccupait le plus, et je suis sûr que tu me comprendras, d'Artagnan, c'était de reprendre à cette femme une espèce de blanc-seing qu'elle avait extorqué au cardinal, et à l'aide duquel elle devait impunément se débarrasser de toi et peut-être de nous.

— Mais c'est donc un démon que cette créature ? dit Porthos en tendant son assiette à Aramis, qui découpait une volaille.

— Et ce blanc-seing, dit d'Artagnan, ce blanc-seing est-il resté entre ses mains ?

— Non, il est passé dans les miennes ; je ne dirai pas que ce fut sans peine, par exemple, car je mentirais.

— Mon cher Athos, dit d'Artagnan, je ne compte plus les fois que je vous dois la vie.

— Alors c'était donc pour venir près d'elle que vous nous avez quittés ? demanda Aramis.

— Justement.

— Et tu as cette lettre du cardinal ? dit d'Artagnan.

— La voici, dit Athos.

Et il tira le précieux papier de la poche de sa casaque.

D'Artagnan le déplia d'une main dont il n'essayait pas même de dissimuler le tremblement et lut :

C'est par mon ordre et pour le bien de l'État que le porteur du présent a fait ce qu'il a fait.

5 décembre 1627.

RICHELIEU.

— En effet, dit Aramis, c'est une absolution dans toutes les règles.

— Il faut déchirer ce papier, s'écria d'Artagnan, qui semblait lire sa sentence de mort.

— Bien au contraire, dit Athos, il faut le conserver précieusement, et je ne donnerais pas ce papier quand on le couvrirait de pièces d'or.

— Et que va-t-elle faire maintenant ? demanda le jeune homme.

— Mais, dit négligemment Athos, elle va probablement écrire au cardinal qu'un damné mousquetaire, nommé Athos, lui a arraché de force son sauf-conduit ; elle lui donnera dans la même lettre le conseil de se débarrasser, en même temps que de lui, de ses deux amis, Porthos et Aramis ; le cardinal se rappellera que ce sont les mêmes hommes qu'il rencontre toujours sur son chemin ; alors, un beau matin, il fera arrêter d'Artagnan, et, pour qu'il ne s'ennuie pas tout seul, il nous enverra lui tenir compagnie à la Bastille.

— Ah çà mais ! dit Porthos, il me semble que vous faites là de tristes plaisanteries, mon cher.

— Je ne plaisante pas, répondit Athos.

— Savez-vous, dit Porthos, que tordre le cou à cette damnée Milady serait un péché moins grand que de le tordre à ces pauvres diables de huguenots, qui n'ont jamais commis d'autres crimes que de chanter en français des psaumes que nous chantons en latin ?

— Qu'en dit l'abbé ? demanda tranquillement Athos.

— Je dis que je suis de l'avis de Porthos, répondit Aramis.

— Et moi donc ! fit d'Artagnan.

— Heureusement qu'elle est loin, observa Porthos ; car j'avoue qu'elle me gênerait fort ici.

— Elle me gêne en Angleterre aussi bien qu'en France, dit Athos.

— Elle me gêne partout, continua d'Artagnan.

— Mais puisque vous la teniez, dit Porthos, que ne l'avez-vous noyée, étranglée, pendue ? Il n'y a que les morts qui ne reviennent pas.

— Vous croyez cela, Porthos ? répondit le mousquetaire avec un sombre sourire que d'Artagnan comprit seul.

— J'ai une idée, dit d'Artagnan.

— Voyons, dirent les mousquetaires.

— Aux armes ! cria Grimaud.

Les jeunes gens se levèrent vivement et coururent aux fusils.

Cette fois, une petite troupe s'avançait composée de vingt ou vingt-cinq hommes ; mais ce n'étaient plus des travailleurs, c'étaient des soldats de la garnison.

— Si nous retournions au camp ? dit Porthos, il me semble que la partie n'est pas égale.

— Impossible pour trois raisons, répondit Athos : la première, c'est que nous n'avons pas fini de déjeuner ; la seconde, c'est que nous avons encore des choses d'importance à dire ; la troisième, c'est qu'il s'en manque encore de dix minutes que l'heure ne soit écoulée.

— Voyons, dit Aramis, il faut cependant arrêter un plan de bataille.

— Il est bien simple, répondit Athos : aussitôt que l'ennemi est à portée de mousquet, nous faisons feu ; s'il continue d'avancer, nous faisons feu encore, nous faisons feu tant que nous avons des fusils chargés ; si ce qui reste de la troupe veut encore monter à l'assaut, nous laissons les assiégeants descendre jusque dans le fossé, et alors nous leur poussons sur la tête ce pan de mur qui ne tient plus que par un miracle d'équilibre.

— Bravo ! s'écria Porthos ; décidément, Athos, vous étiez né pour être général, et le cardinal, qui se croit un grand homme de guerre, est bien peu de chose auprès de vous.

— Messieurs, dit Athos, pas de double emploi, je vous prie ; visez bien chacun votre homme.

— Je tiens le mien, dit d'Artagnan.

— Et moi le mien, dit Porthos.

— Et moi idem, dit Aramis.

— Alors feu ! dit Athos.

Les quatre coups de fusil ne firent qu'une détonation, et quatre hommes tombèrent.

Aussitôt le tambour battit, et la petite troupe s'avança au pas de charge.

Alors les coups de fusil se succédèrent sans régularité, mais toujours envoyés avec la même justesse. Cependant, comme s'ils eussent connu la faiblesse numérique des amis, les Rochelois continuaient d'avancer au pas de course.

Sur trois autres coups de fusil, deux hommes tombèrent ; mais cependant la marche de ceux qui restaient debout ne se ralentissait pas.

Arrivés au bas du bastion, les ennemis étaient encore douze ou quinze ; une dernière décharge les accueillit, mais ne les arrêta point : ils sautèrent dans le fossé et s'apprêtèrent à escalader la brèche.

— Allons, mes amis, dit Athos, finissons-en d'un coup : à la muraille ! à la muraille !

Et les quatre amis, secondés par Grimaud, se mirent à pousser avec le canon de leurs fusils un énorme pan de mur, qui s'inclina comme si le vent le poussait, et, se détachant de sa base, tomba avec un bruit horrible dans le fossé : puis on entendit un grand cri, un nuage de poussière monta vers le ciel, et tout fut dit.

— Les aurions-nous écrasés depuis le premier jusqu'au dernier ? demanda Athos.

— Ma foi, cela m'en a l'air, dit d'Artagnan.

— Non, dit Porthos, en voilà deux ou trois qui se sauvent tout éclopés.

En effet, trois ou quatre de ces malheureux, couverts de boue et de sang, fuyaient dans le chemin creux et regagnaient la ville : c'était tout ce qui restait de la petite troupe.

Athos regarda à sa montre.

— Messieurs, dit-il, il y a une heure que nous sommes ici, et maintenant le pari est gagné ; mais il faut être beaux joueurs, d'ailleurs d'Artagnan ne nous a pas dit son idée.

Et le mousquetaire, avec son sang-froid habituel, alla s'asseoir devant les restes du déjeuner.

— Mon idée ? dit d'Artagnan.

— Oui, vous disiez que vous aviez une idée, répliqua Athos.

— Ah ! j'y suis, reprit d'Artagnan : je passe en Angleterre une seconde fois, je vais trouver M. de Buckingham et je l'avertis du complot tramé contre sa vie.

— Vous ne ferez pas cela, d'Artagnan, dit froidement Athos.

— Et pourquoi cela ? Ne l'ai-je pas fait déjà ?

— Oui, mais à cette époque nous n'étions pas en guerre ; à cette époque, M. de Buckingham était un allié et non un ennemi : ce que vous voulez faire serait taxé de trahison.

D'Artagnan comprit la force de ce raisonnement et se tut.

— Mais, dit Porthos, il me semble que j'ai une idée à mon tour.

— Silence pour l'idée de M. Porthos ! dit Aramis.

— Je demande un congé à M. de Tréville, sous un prétexte quelconque que vous trouverez : je ne suis pas fort sur les prétextes, moi. Milady ne me connaît pas, je m'approche d'elle sans qu'elle me redoute, et lorsque je trouve ma belle, je l'étrangle.

— Eh bien ! dit Athos, je ne suis pas très éloigné d'adopter l'idée de Porthos.

— Fi donc ! dit Aramis, tuer une femme ! Non, tenez, moi, j'ai la véritable idée.

— Voyons votre idée, Aramis ! demanda Athos, qui avait beaucoup de déférence pour le jeune mousquetaire.

— Il faut prévenir la reine.

— Ah ! ma foi, oui, s'écrièrent ensemble Porthos et d'Artagnan ; je crois que nous touchons au moyen.

— Prévenir la reine ! dit Athos, et comment cela ? Avons-nous des relations à la cour ? Pouvons-nous envoyer quelqu'un à Paris sans qu'on le sache au camp ? D'ici à Paris, il y a cent quarante lieues ; notre lettre ne sera pas à Angers que nous serons au cachot, nous.

— Quant à ce qui est de faire remettre sûrement une lettre à Sa Majesté, proposa Aramis en rougissant, moi, je m'en charge ; je connais à Tours une personne adroite...

Aramis s'arrêta en voyant sourire Athos.

— Eh bien ! vous n'adoptez pas ce moyen, Athos ? dit d'Artagnan.

— Je ne le repousse pas tout à fait, dit Athos, mais je voulais seulement faire observer à Aramis qu'il ne peut quitter le camp ; que tout autre qu'un de nous n'est pas sûr ; que, deux heures après que le messager sera parti, tous les capucins, tous les alguazils, tous les bonnets noirs du cardinal sauront votre lettre par cœur, et qu'on arrêtera vous et votre adroite personne.

— Sans compter, objecta Porthos, que la reine sauvera M. de Buckingham, mais ne nous sauvera pas du tout, nous autres.

— Messieurs, dit d'Artagnan, ce qu'objecte Porthos est plein de sens.

— Ah ! ah ! que se passe-t-il donc dans la ville ? dit Athos.

— On bat la générale.

Les quatre amis écoutèrent, et le bruit du tambour parvint effectivement jusqu'à eux.

— Vous allez voir qu'ils vont nous envoyer un régiment tout entier, dit Athos.

— Vous ne comptez pas tenir contre un régiment tout entier ? dit Porthos.

— Pourquoi pas ? dit le mousquetaire, je me sens en train ; et je tiendrais devant une armée, si nous avions seulement eu la précaution de prendre une douzaine de bouteilles en plus.

— Sur ma parole, le tambour se rapproche, dit d'Artagnan.

— Laissez-le se rapprocher, dit Athos ; il y a pour un quart d'heure de chemin d'ici à la ville, et par conséquent de la ville ici. C'est plus de temps qu'il ne nous en faut pour arrêter notre plan ; si nous nous en allons d'ici, nous ne retrouverons jamais un endroit aussi convenable. Et tenez, justement, Messieurs, voilà la vraie idée qui me vient.

— Dites alors.

— Permettez que je donne à Grimaud quelques ordres indispensables.

Athos fit signe à son valet d'approcher.

— Grimaud, dit Athos, en montrant les morts qui gisaient dans le bastion, vous allez prendre ces Messieurs, vous allez les dresser contre la muraille, vous leur mettrez leur chapeau sur la tête et leur fusil à la main.

— Ô grand homme ! s'écria d'Artagnan, je te comprends.

— Vous comprenez ? dit Porthos.

— Et toi, comprends-tu, Grimaud ? demanda Aramis.

Grimaud fit signe que oui.

— C'est tout ce qu'il faut, dit Athos, revenons à mon idée.

— Je voudrais pourtant bien comprendre, observa Porthos.

— C'est inutile.

— Oui, oui, l'idée d'Athos, dirent en même temps d'Artagnan et Aramis.

— Cette Milady, cette femme, cette créature, ce démon, a un beau-frère, à ce que vous m'avez dit, je crois, d'Artagnan.

— Oui, je le connais beaucoup même, et je crois aussi qu'il n'a pas une grande sympathie pour sa belle-sœur.

— Il n'y a pas de mal à cela, répondit Athos, et il la détesterait que cela n'en vaudrait que mieux.

— En ce cas nous sommes servis à souhait.

— Cependant, dit Porthos, je voudrais bien comprendre ce que fait Grimaud.

— Silence, Porthos ! dit Aramis.

— Comment se nomme ce beau-frère ?

— Lord de Winter.

— Où est-il maintenant ?

— Il est retourné à Londres au premier bruit de guerre.

— Eh bien ! voilà justement l'homme qu'il nous faut, dit Athos, c'est celui qu'il nous convient de prévenir ; nous lui ferons savoir que sa belle-sœur est sur le point d'assassiner quelqu'un, et nous le prierons de ne pas la perdre de vue. Il y a bien à Londres, je l'espère, quelque établissement dans le genre des Madelonnettes ou des Filles repenties[1] ; il y fait mettre sa belle-sœur, et nous sommes tranquilles.

— Oui, dit d'Artagnan, jusqu'à ce qu'elle en sorte.

— Ah ! ma foi, reprit Athos, vous en demandez trop, d'Artagnan, je vous ai donné tout ce que j'avais et je vous préviens que c'est le fond de mon sac.

— Moi, je trouve que c'est ce qu'il y a de mieux, dit Aramis ; nous prévenons à la fois la reine et lord de Winter.

— Oui, mais par qui ferons-nous porter la lettre à Tours et la lettre à Londres ?

— Je réponds de Bazin, dit Aramis.

— Et moi de Planchet, continua d'Artagnan.

— En effet, dit Porthos, si nous ne pouvons nous absenter du camp, nos laquais peuvent le quitter.

— Sans doute, dit Aramis, et dès aujourd'hui nous écrivons les lettres, nous leur donnons de l'argent, et ils partent.

— Nous leur donnons de l'argent ? reprit Athos, vous en avez donc, de l'argent ?

Les quatre amis se regardèrent, et un nuage passa sur les fronts qui s'étaient un instant éclaircis.

— Alerte ! cria d'Artagnan, je vois des points noirs et des points rouges qui s'agitent là-bas ; que disiez-vous donc d'un régiment, Athos ? c'est une véritable armée.

— Ma foi, oui, dit Athos, les voilà. Voyez-vous

les sournois qui venaient sans tambour ni trompette. Ah ! ah ! tu as fini, Grimaud ?

Grimaud fit signe que oui, et montra une douzaine de morts qu'il avait placés dans les attitudes les plus pittoresques : les uns au port d'armes, les autres ayant l'air de mettre en joue, les autres l'épée à la main.

— Bravo ! reprit Athos, voilà qui fait honneur à ton imagination.

— C'est égal, dit Porthos, je voudrais cependant bien comprendre.

— Décampons d'abord, interrompit d'Artagnan, tu comprendras après.

— Un instant, Messieurs, un instant ! Donnons le temps à Grimaud de desservir.

— Ah ! dit Aramis, voici les points noirs et les points rouges qui grandissent fort visiblement et je suis de l'avis de d'Artagnan ; je crois que nous n'avons pas de temps à perdre pour regagner notre camp.

— Ma foi, dit Athos, je n'ai plus rien contre la retraite : nous avions parié pour une heure, nous sommes restés une heure et demie ; il n'y a rien à dire ; partons, Messieurs, partons.

Grimaud avait déjà pris les devants avec le panier et la desserte.

Les quatre amis sortirent derrière lui et firent une dizaine de pas.

— Eh ! s'écria Athos, que diable faisons-nous, Messieurs ?

— Avez-vous oublié quelque chose ? demanda Aramis.

— Et le drapeau, morbleu ! Il ne faut pas laisser un drapeau aux mains de l'ennemi, même quand ce drapeau ne serait qu'une serviette.

Et Athos s'élança dans le bastion, monta sur la plate-forme, et enleva le drapeau ; seulement comme les Rochelois étaient arrivés à portée de mousquet, ils firent un feu terrible sur cet homme, qui, comme par plaisir, allait s'exposer aux coups.

Mais on eût dit qu'Athos avait un charme attaché à sa personne, les balles passèrent en sifflant tout autour de lui, pas une ne le toucha.

Athos agita son étendard en tournant le dos aux gens de la ville et en saluant ceux du camp. Des deux côtés de grands cris retentirent, d'un côté des cris de colère, de l'autre des cris d'enthousiasme.

Une seconde décharge suivit la première, et trois balles, en la trouant, firent réellement de la serviette un drapeau. On entendit les clameurs de tout le camp qui criait :

— Descendez, descendez !

Athos descendit ; ses camarades, qui l'attendaient avec anxiété, le virent paraître avec joie.

— Allons, Athos, allons, dit d'Artagnan, allongeons, allongeons ; maintenant que nous avons tout trouvé, excepté l'argent, il serait stupide d'être tués.

Mais Athos continua de marcher majestueusement, quelque observation que pussent lui faire ses compagnons, qui, voyant toute observation inutile, réglèrent leur pas sur le sien.

Grimaud et son panier avaient pris les devants et se trouvaient tous deux hors d'atteinte.

Au bout d'un instant on entendit le bruit d'une fusillade enragée.

— Qu'est-ce que cela ? demanda Porthos, et sur quoi tirent-ils ? Je n'entends pas siffler les balles et je ne vois personne.

— Ils tirent sur nos morts, répondit Athos.

— Mais nos morts ne répondront pas.

— Justement ; alors ils croiront à une embuscade, ils délibéreront ; ils enverront un parlementaire, et quand ils s'apercevront de la plaisanterie, nous seront hors de la portée des balles. Voilà pourquoi il est inutile de gagner une pleurésie en nous pressant.

— Oh ! je comprends, s'écria Porthos émerveillé.

— C'est bien heureux ! dit Athos en haussant les épaules.

De leur côté, les Français, en voyant revenir les quatre amis au pas, poussaient des cris d'enthousiasme.

Enfin une nouvelle mousquetade se fit entendre, et cette fois les balles vinrent s'aplatir sur les cailloux autour des quatre amis et siffler lugubrement à leurs oreilles. Les Rochelois venaient enfin de s'emparer du bastion.

— Voici des gens bien maladroits, dit Athos ; combien en avons-nous tué ? Douze ?

— Ou quinze.

— Combien en avons-nous écrasé ?

— Huit ou dix.

— Et en échange de tout cela pas une égratignure ? Ah ! si fait ! Qu'avez-vous donc là à la main, d'Artagnan ? Du sang, ce me semble ?

— Ce n'est rien, dit d'Artagnan.

— Une balle perdue ?

— Pas même.

— Qu'est-ce donc alors ?

Nous l'avons dit, Athos aimait d'Artagnan comme son enfant, et ce caractère sombre et inflexible avait parfois pour le jeune homme des sollicitudes de père.

— Une écorchure, reprit d'Artagnan ; mes doigts ont été pris entre deux pierres, celle du mur et celle de ma bague ; alors la peau s'est ouverte.

— Voilà ce que c'est que d'avoir des diamants, mon maître, dit dédaigneusement Athos.

— Ah çà mais, s'écria Porthos, il y a un diamant en effet, et pourquoi diable alors, puisqu'il y a un diamant, nous plaignons-nous de ne pas avoir d'argent ?

— Tiens, au fait ! dit Aramis.

— À la bonne heure, Porthos ; cette fois-ci voilà une idée.

— Sans doute, dit Porthos, en se rengorgeant sur le compliment d'Athos, puisqu'il y a un diamant, vendons-le.

— Mais, dit d'Artagnan, c'est le diamant de la reine.

— Raison de plus, reprit Athos, la reine sauvant M. de Buckingham son amant, rien de plus juste ; la reine nous sauvant, nous ses amis, rien de plus moral : vendons le diamant. Qu'en pense Monsieur l'abbé ? Je ne demande pas l'avis de Porthos, il est donné.

— Mais je pense, dit Aramis en rougissant, que sa bague ne venant pas d'une maîtresse, et par conséquent n'étant pas un gage d'amour, d'Artagnan peut la vendre.

— Mon cher, vous parlez comme la théologie en personne. Ainsi votre avis est ?...

— De vendre le diamant, répondit Aramis.

— Eh bien ! dit gaiement d'Artagnan, vendons le diamant et n'en parlons plus.

La fusillade continuait, mais les amis étaient hors de portée, et les Rochelois ne tiraient plus que pour l'acquit de leur conscience.

— Ma foi, dit Athos, il était temps que cette idée vînt à Porthos ; nous voici au camp. Ainsi, Messieurs, pas un mot de plus sur cette affaire. On nous observe, on vient à notre rencontre, nous allons être portés en triomphe.

En effet, comme nous l'avons dit, tout le camp était en émoi ; plus de deux mille personnes avaient assisté, comme à un spectacle, à l'heureuse forfanterie des quatre amis, forfanterie dont on était bien loin de soupçonner le véritable motif. On n'entendait que le cri de : Vive les gardes ! Vive les mousquetaires ! M. de Busigny était venu le premier serrer la main à Athos et reconnaître que le pari était perdu. Le dragon et le Suisse l'avaient suivi, tous les camarades avaient suivi le dragon et le Suisse. C'étaient des félicitations, des poignées de main, des embrassades à n'en plus finir, des rires inextinguibles à l'endroit des Rochelois ; enfin, un tumulte si grand que M. le cardinal crut qu'il y avait émeute et envoya La Houdinière, son capitaine des gardes, s'informer de ce qui se passait.

La chose fut racontée au messager avec toute l'efflorescence de l'enthousiasme.

— Eh bien ? demanda le cardinal en voyant La Houdinière.

— Eh bien ! Monseigneur, dit celui-ci, ce sont trois mousquetaires et un garde qui ont fait le pari avec M. de Busigny d'aller déjeuner au bastion Saint-Gervais, et qui, tout en déjeunant, ont tenu là deux heures contre l'ennemi, et ont tué je ne sais combien de Rochelois.

— Vous êtes-vous informé du nom de ces trois mousquetaires ?

— Oui, Monseigneur.

— Comment les appelle-t-on ?

— Ce sont MM. Athos, Porthos et Aramis.

— Toujours mes trois braves ! murmura le cardinal. Et le garde ?

— M. d'Artagnan.

— Toujours mon jeune drôle ! Décidément il faut que ces quatre hommes soient à moi.

Le soir même, le cardinal parla à M. de Tréville de l'exploit du matin, qui faisait la conversation de tout le camp. M. de Tréville, qui tenait le récit de l'aventure de la bouche même de ceux qui en étaient les héros, la raconta dans tous ses détails à Son Éminence, sans oublier l'épisode de la serviette.

— C'est bien, Monsieur de Tréville, dit le cardinal, faites-moi tenir cette serviette, je vous prie. J'y ferai broder trois fleurs de lys d'or, et je la donnerai pour guidon à votre compagnie.

— Monseigneur, dit M. de Tréville, il y aura injustice pour les gardes : M. d'Artagnan n'est pas à moi, mais à M. des Essarts.

— Eh bien ! prenez-le, dit le cardinal ; il n'est pas juste que, puisque ces quatre braves militaires s'aiment tant, ils ne servent pas dans la même compagnie[1].

Le même soir, M. de Tréville annonça cette bonne nouvelle aux trois mousquetaires et à d'Artagnan, en les invitant tous les quatre à déjeuner le lendemain.

D'Artagnan ne se possédait pas de joie. On le sait, le rêve de toute sa vie avait été d'être mousquetaire.

Les trois amis étaient fort joyeux.

— Ma foi ! dit d'Artagnan à Athos, tu as eu une triomphante idée, et, comme tu l'as dit, nous y avons acquis de la gloire, et nous avons pu lier une conversation de la plus haute importance.

— Que nous pourrons reprendre maintenant, sans que personne nous soupçonne ; car, avec l'aide de Dieu, nous allons passer désormais pour des cardinalistes.

Le même soir, d'Artagnan alla présenter ses hommages à M. des Essarts, et lui faire part de l'avancement qu'il avait obtenu.

M. des Essarts, qui aimait beaucoup d'Artagnan, lui fit alors ses offres de service : ce changement de corps amenant des dépenses d'équipement.

D'Artagnan refusa ; mais, trouvant l'occasion bonne, il le pria de faire estimer le diamant qu'il lui remit, et dont il désirait faire de l'argent.

Le lendemain, à huit heures du matin, le valet de M. des Essarts entra chez d'Artagnan, et lui remit un sac d'or contenant sept mille livres.

C'était le prix du diamant de la reine.

XLVIII

AFFAIRE DE FAMILLE[1]

Athos avait trouvé le mot : *affaire de famille.* Une affaire de famille n'était point soumise à l'investigation du cardinal ; une affaire de famille ne regardait personne ; on pouvait s'occuper devant tout le monde d'une affaire de famille.

Ainsi, Athos avait trouvé le mot : affaire de famille.

Aramis avait trouvé l'idée : les laquais.

Porthos avait trouvé le moyen : le diamant.

D'Artagnan seul n'avait rien trouvé, lui ordinairement le plus inventif des quatre ; mais il faut dire aussi que le nom seul de Milady le paralysait.

Ah ! si, nous nous trompons : il avait trouvé un acheteur pour le diamant.

Le déjeuner chez M. de Tréville fut d'une gaieté charmante. D'Artagnan avait déjà son uniforme ; comme il était à peu près de la même taille qu'Aramis, et qu'Aramis, largement payé, comme on se le rappelle, par le libraire qui lui avait acheté son poème, avait fait faire tout en double, il avait cédé à son ami un équipement complet.

D'Artagnan eût été au comble de ses vœux, s'il n'eût point vu pointer Milady comme un nuage sombre à l'horizon.

Après déjeuner, on convint qu'on se réunirait le soir au logis d'Athos, et que là on terminerait l'affaire.

D'Artagnan passa la journée à montrer son habit de mousquetaire dans toutes les rues du camp.

Le soir, à l'heure dite, les quatre amis se réunirent ; il ne restait plus que trois choses à décider :

Ce qu'on écrirait au frère de Milady ;

Ce qu'on écrirait à la personne adroite de Tours ;

Et quels seraient les laquais qui porteraient les lettres.

Chacun offrait le sien : Athos parlait de la discrétion de Grimaud, qui ne parlait que lorsque son maître lui décousait la bouche ; Porthos vantait la force de Mousqueton, qui était de taille à rosser quatre hommes de complexion ordinaire ; Aramis, confiant dans l'adresse de Bazin, faisait un éloge pompeux de son candidat ; enfin, d'Artagnan avait foi entière dans la bravoure de Planchet, et rappelait de quelle façon il s'était conduit dans l'affaire épineuse de Boulogne[1].

Ces quatre vertus disputèrent longtemps le prix, et donnèrent lieu à de magnifiques discours, que nous ne rapporterons pas ici, de peur qu'ils ne fassent longueur.

— Malheureusement, dit Athos, il faudrait que celui qu'on enverra possédât en lui seul les quatre qualités réunies.

— Mais où rencontrer un pareil laquais ?

— Introuvable ! dit Athos ; je le sais bien : prenez donc Grimaud.

— Prenez Mousqueton.

— Prenez Bazin.

— Prenez Planchet ; Planchet est brave et adroit : c'est déjà deux qualités sur quatre.

— Messieurs, dit Aramis, le principal n'est pas de savoir lequel de nos quatre laquais est le plus discret, le plus fort, le plus adroit ou le plus brave ; le principal est de savoir lequel aime le plus l'argent.

— Ce que dit Aramis est plein de sens, reprit Athos ; il faut spéculer sur les défauts des gens et non sur leurs vertus : Monsieur l'abbé, vous êtes un grand moraliste !

— Sans doute, répliqua Aramis ; car non seulement nous avons besoin d'être bien servis pour réussir, mais encore pour ne pas échouer ; car, en cas d'échec, il y va de la tête, non pas pour les laquais...

— Plus bas, Aramis ! dit Athos.

— C'est juste, non pas pour les laquais, reprit Aramis, mais pour le maître, et même pour les maîtres ! Nos valets nous sont-ils assez dévoués pour risquer leur vie pour nous ? Non.

— Ma foi, dit d'Artagnan, je répondrais presque de Planchet, moi.

— Eh bien ! mon cher ami, ajoutez à son dévouement naturel une bonne somme qui lui donne quelque aisance, et alors, au lieu d'en répondre une fois, répondez-en deux.

— Eh ! bon Dieu ! vous serez trompés tout de même, dit Athos, qui était optimiste quand il s'agissait des choses, et pessimiste quand il s'agissait des hommes. Ils promettront tout pour avoir de l'argent, et en chemin la peur les empêchera d'agir. Une fois pris, on les serrera ; serrés, ils avoueront. Que diable ! nous ne sommes pas des enfants ! Pour aller en Angleterre (Athos baissa la voix), il faut traverser toute la France, semée d'espions et de créatures du cardinal ; il faut une passe pour s'embarquer ; il faut savoir l'anglais pour demander son chemin à Londres. Tenez, je vois la chose bien difficile.

— Mais point du tout, dit d'Artagnan, qui tenait fort à ce que la chose s'accomplît ; je la vois facile, au contraire, moi. Il va sans dire, parbleu ! que si l'on écrit à lord de Winter des choses par-dessus les maisons, des horreurs du cardinal...

— Plus bas ! dit Athos.

— Des intrigues et des secrets d'État, continua d'Artagnan en se conformant à la recommandation, il va sans dire que nous serons tous roués vifs ; mais, pour Dieu, n'oubliez pas, comme vous l'avez dit vous-même, Athos, que nous lui écrivons pour affaire de famille ; que nous lui écrivons à cette seule fin qu'il mette Milady, dès son arrivée à Londres, hors d'état de nous nuire. Je lui écrirai donc une lettre à peu près en ces termes :

— Voyons, dit Aramis, en prenant par avance un visage de critique.

— « Monsieur et cher ami... »

— Ah ! oui ; cher ami, à un Anglais, interrompit Athos ; bien commencé ! Bravo, d'Artagnan ! Rien qu'avec ce mot-là vous serez écartelé, au lieu d'être roué vif.

— Eh bien ! soit ; je dirai donc, « Monsieur », tout court.

— Vous pouvez même dire, « Milord », reprit Athos qui tenait fort aux convenances.

— « Milord, vous souvient-il du petit enclos aux chèvres du Luxembourg ? »

— Bon ! le Luxembourg à présent ! On croira que c'est une allusion à la reine mère[1] ! Voilà qui est ingénieux, dit Athos.

— Eh bien ! nous mettrons tout simplement : « Milord vous souvient-il de certain petit enclos où l'on vous sauva la vie ? »

— Mon cher d'Artagnan, dit Athos, vous ne serez jamais qu'un fort mauvais rédacteur : « Où l'on vous sauva la vie ! » Fi donc ! ce n'est pas digne. On ne rappelle pas ces services-là à un galant homme. Bienfait reproché, offense faite.

— Ah ! mon cher, dit d'Artagnan, vous êtes insupportable, et s'il faut écrire sous votre censure, ma foi, j'y renonce.

— Et vous faites bien. Maniez le mousquet et l'épée, mon cher, vous vous tirez galamment des deux exercices ; mais passez la plume à M. l'abbé, cela le regarde.

— Ah ! oui, au fait, dit Porthos, passez la plume à Aramis, qui écrit des thèses en latin, lui.

— Eh bien ! soit, dit d'Artagnan, rédigez-nous cette note, Aramis ; mais, de par notre Saint-Père le pape ! tenez-vous serré, car je vous épluche à mon tour, je vous en préviens.

— Je ne demande pas mieux, dit Aramis avec cette naïve confiance que tout poète a en lui-même ; mais qu'on me mette au courant : j'ai bien ouï dire, de-ci de-là, que cette belle-sœur était une coquine, j'en ai même acquis la preuve en écoutant sa conversation avec le cardinal.

— Plus bas donc, sacrebleu ! dit Athos.

— Mais, continua Aramis, le détail m'échappe.

— Et à moi aussi, dit Porthos.

D'Artagnan et Athos se regardèrent quelque temps en silence. Enfin Athos, après s'être recueilli, et en devenant plus pâle encore qu'il n'était de coutume, fit un signe d'adhésion, d'Artagnan comprit qu'il pouvait parler.

— Eh bien ! voici ce qu'il y a à dire, reprit d'Artagnan : « Milord, votre belle-sœur est une scélérate, qui a voulu vous faire tuer pour hériter de vous. Mais elle ne pouvait épouser votre frère, étant déjà mariée en France, et ayant été… »

D'Artagnan s'arrêta comme s'il cherchait le mot, en regardant Athos.

— Chassée par son mari, dit Athos.

— Parce qu'elle avait été marquée, continua d'Artagnan.

— Bah ! s'écria Porthos, impossible ! Elle a voulu faire tuer son beau-frère ?

— Oui.

— Elle était mariée ? demanda Aramis.

— Oui.

— Et son mari s'est aperçu qu'elle avait une fleur de lys sur l'épaule ? s'écria Porthos.

— Oui.

Ces trois *oui* avaient été dits par Athos, chacun avec une intonation plus sombre.

— Et qui l'a vue, cette fleur de lys ? demanda Aramis.

— D'Artagnan et moi, ou plutôt, pour observer l'ordre chronologique, moi et d'Artagnan, répondit Athos.

— Et le mari de cette affreuse créature vit encore ? dit Aramis.

— Il vit encore.

— Vous en êtes sûr ?

— J'en suis sûr.

Il y eut un instant de froid silence, pendant lequel chacun se sentit impressionné selon sa nature.

— Cette fois, reprit Athos, interrompant le premier le silence, d'Artagnan nous a donné un excellent programme, et c'est cela qu'il faut écrire d'abord.

— Diable ! vous avez raison, Athos, reprit Aramis, et la rédaction est épineuse, M. le chancelier[1] lui-même serait embarrassé pour rédiger une épître de cette force, et cependant M. le chancelier rédige très agréablement un procès-verbal. N'importe ! taisez-vous, j'écris.

Aramis en effet prit la plume, réfléchit quelques instants, se mit à écrire huit ou dix lignes d'une charmante petite écriture de femme, puis, d'une voix douce et lente, comme si chaque mot eût été scrupuleusement pesé, il lut ce qui suit :

Milord,

La personne qui vous écrit ces quelques lignes a eu l'honneur de croiser l'épée avec vous dans un petit enclos de la rue d'Enfer. Comme vous avez bien voulu, depuis, vous dire plusieurs fois l'ami de cette personne, elle vous doit de reconnaître cette amitié par un bon avis. Deux fois vous avez failli être victime d'une proche parente que vous croyez votre héritière, parce que vous ignorez qu'avant de contracter mariage en Angleterre, elle était déjà mariée en France. Mais la troisième fois, qui est celle-ci, vous pouvez y succomber. Votre parente est partie de La Rochelle pour l'Angleterre pendant la nuit. Surveillez son arrivée, car elle a de grands et terribles projets. Si vous tenez absolument à savoir ce dont elle est capable, lisez son passé sur son épaule gauche.

— Eh bien ! voilà qui est à merveille, dit Athos, et vous avez une plume de secrétaire d'État, mon cher Aramis. Lord de Winter fera bonne garde maintenant, si toutefois l'avis lui arrive ; et tombât-il aux mains de Son Éminence elle-même, nous ne saurions être compromis. Mais comme le valet qui partira pourrait nous faire accroire qu'il a été à Londres et s'arrêter à Châtellerault, ne lui donnons avec la lettre que la moitié de la somme en lui promettant l'autre moitié en échange de la réponse. Avez-vous le diamant ? continua Athos.

— J'ai mieux que cela, j'ai la somme.

Et d'Artagnan jeta le sac sur la table : au son de l'or, Aramis leva les yeux ; Porthos tressaillit ; quant à Athos, il resta impassible.

— Combien dans ce petit sac ? dit-il.

— Sept mille livres en louis de douze francs.

— Sept mille livres ! s'écria Porthos, ce mauvais petit diamant valait sept mille livres ?

— Il paraît, dit Athos, puisque les voilà ; je ne présume pas que notre ami d'Artagnan y ait mis du sien.

— Mais, Messieurs, dans tout cela, dit d'Artagnan, nous ne pensons pas à la reine. Soignons un peu la santé de son cher Buckingham. C'est le moins que nous lui devions.

— C'est juste, dit Athos, mais ceci regarde Aramis.

— Eh bien ! répondit celui-ci en rougissant, que faut-il que je fasse ?

— Mais, répliqua Athos, c'est tout simple : rédiger une seconde lettre pour cette adroite personne qui habite Tours.

Aramis reprit la plume, se mit à réfléchir de nouveau, et écrivit les lignes suivantes, qu'il soumit à l'instant même à l'approbation de ses amis :

« Ma chère cousine… »

— Ah ! dit Athos, cette personne adroite est votre parente !

— Cousine germaine, dit Aramis.

— Va donc pour cousine !

Aramis continua :

Ma chère cousine, Son Éminence le cardinal, que Dieu conserve pour le bonheur de la France et la confusion des ennemis du royaume, est sur le point d'en finir avec les rebelles hérétiques de La Rochelle : il est probable que le secours de la flotte anglaise n'arrivera pas même en vue de la place ; j'oserai même dire que je suis certain que M. de Buckingham sera empêché de partir par quelque grand événement. Son Éminence est le plus illustre politique des temps passés, du temps présent et probablement des temps à venir. Il éteindrait le soleil si le soleil le gênait. Donnez ces heureuses nouvelles à votre sœur, ma chère cousine. J'ai rêvé que cet Anglais maudit était mort. Je ne puis me rappeler si c'était par le fer ou par le poison ; seulement ce dont je suis sûr, c'est que j'ai rêvé qu'il était mort, et, vous le savez, mes rêves ne me trompent jamais. Assurez-vous donc de me voir revenir bientôt.

— À merveille ! s'écria Athos, vous êtes le roi des poètes ; mon cher Aramis, vous parlez comme l'Apocalypse et vous êtes vrai comme l'Évangile.

Il ne vous reste maintenant que l'adresse à mettre sur cette lettre.

— C'est bien facile, dit Aramis.

Il plia coquettement la lettre, la reprit et écrivit :

« À Mademoiselle Marie Michon[1], lingère à Tours. »

Les trois amis se regardèrent en riant : ils étaient pris.

— Maintenant, dit Aramis, vous comprenez, Messieurs, que Bazin seul peut porter cette lettre à Tours ; ma cousine ne connaît que Bazin et n'a confiance qu'en lui : tout autre ferait échouer l'affaire. D'ailleurs Bazin est ambitieux et savant ; Bazin a lu l'histoire, Messieurs, il sait que Sixte-Quint est devenu pape après avoir gardé les pourceaux[2] ; eh bien ! comme il compte se mettre d'Église en même temps que moi, il ne désespère pas à son tour de devenir pape ou tout au moins cardinal. Vous comprenez qu'un homme qui a de pareilles visées ne se laissera pas prendre, ou, s'il est pris, subira le martyre plutôt que de parler.

— Bien, bien, dit d'Artagnan, je vous passe de grand cœur Bazin ; mais passez-moi Planchet : Milady l'a fait jeter à la porte, certain jour, avec force coups de bâton ; or Planchet a bonne mémoire, et, je vous en réponds, s'il peut supposer une vengeance possible, il se fera plutôt échiner que d'y renoncer. Si vos affaires de Tours sont vos affaires, Aramis, celles de Londres sont les miennes. Je prie donc qu'on choisisse Planchet, lequel d'ailleurs a déjà été à Londres avec moi et sait dire très correctement : *London, sir, if you please* et *my master lord d'Artagnan* ; avec cela soyez tranquilles, il fera son chemin en allant et en revenant.

— En ce cas, dit Athos, il faut que Planchet reçoive sept cents livres pour aller et sept cents livres pour revenir, et Bazin, trois cents livres pour aller et trois cents livres pour revenir ; cela réduira la somme à cinq mille livres ; nous prendrons mille livres chacun pour les employer comme bon nous semblera, et nous laisserons un fonds de mille livres que gardera l'abbé pour les cas extraordinaires ou les besoins communs. Cela vous va-t-il ?

— Mon cher Athos, dit Aramis, vous parlez comme Nestor, qui était, comme chacun sait, le plus sage des Grecs.

— Eh bien ! c'est dit, reprit Athos, Planchet et Bazin partiront ; à tout prendre, je ne suis pas fâché de conserver Grimaud : il est accoutumé à mes façons et j'y tiens ; la journée d'hier a déjà dû l'ébranler, ce voyage le perdrait.

On fit venir Planchet, et on lui donna des instructions ; il avait été prévenu déjà par d'Artagnan, qui, du premier coup, lui avait annoncé la gloire, ensuite l'argent, puis le danger.

— Je porterai la lettre dans le parement de mon habit, dit Planchet, et je l'avalerai si l'on me prend.

— Mais alors tu ne pourras pas faire la commission, dit d'Artagnan.

— Vous m'en donnerez ce soir une copie que je saurai par cœur demain.

D'Artagnan regarda ses amis comme pour leur dire :

« Eh bien ! que vous avais-je promis ? »

— Maintenant, continua-t-il en s'adressant à Planchet, tu as huit jours pour arriver près de lord de Winter, tu as huit autres jours pour revenir ici, en tout seize jours ; si le seizième jour de ton départ, à huit heures du soir, tu n'es pas arrivé, pas d'argent, fût-il huit heures cinq minutes.

— Alors, Monsieur, dit Planchet, achetez-moi une montre.

— Prends celle-ci, dit Athos, en lui donnant la sienne avec une insouciante générosité, et sois brave garçon. Songe que, si tu parles, si tu bavardes, si tu flânes, tu fais couper le cou à ton maître, qui a si grande confiance dans ta fidélité qu'il nous a répondu de toi. Mais songe aussi que s'il arrive, par ta faute, malheur à d'Artagnan, je te retrouverai partout, et ce sera pour t'ouvrir le ventre.

— Oh ! Monsieur ! dit Planchet, humilié du soupçon et surtout effrayé de l'air calme du mousquetaire.

— Et moi, dit Porthos en roulant ses gros yeux, songe que je t'écorche vif.

— Ah ! Monsieur !

— Et moi, continua Aramis de sa voix douce et mélodieuse, songe que je te brûle à petit feu comme un sauvage,

— Ah ! Monsieur !

Et Planchet se mit à pleurer ; nous n'oserions dire si ce fut de terreur, à cause des menaces qui lui étaient faites, ou d'attendrissement de voir quatre amis si étroitement unis.

D'Artagnan lui prit la main, et l'embrassa.

— Vois-tu, Planchet, lui dit-il, ces messieurs te

disent tout cela par tendresse pour moi, mais au fond ils t'aiment.

— Ah ! Monsieur ! dit Planchet, ou je réussirai, ou l'on me coupera en quatre ; me coupât-on en quatre, soyez convaincu qu'il n'y a pas un morceau qui parlera.

Il fut décidé que Planchet partirait le lendemain à huit heures du matin, afin, comme il l'avait dit, qu'il pût, pendant la nuit, apprendre la lettre par cœur. Il gagna juste douze heures à cet arrangement ; il devait être revenu le seizième jour, à huit heures du soir.

Le matin, au moment où il allait monter à cheval, d'Artagnan, qui se sentait au fond du cœur un faible pour le duc, prit Planchet à part.

— Écoute, lui dit-il, quand tu auras remis la lettre à lord de Winter et qu'il l'aura lue, tu lui diras encore : « Veillez sur Sa Grâce lord Buckingham, car on veut l'assassiner. » Mais ceci, Planchet, vois-tu, c'est si grave et si important, que je n'ai pas même voulu avouer à mes amis que je te confierais ce secret, et que pour une commission de capitaine je ne voudrais pas te l'écrire.

— Soyez tranquille, Monsieur, dit Planchet, vous verrez si l'on peut compter sur moi.

Et monté sur un excellent cheval, qu'il devait quitter à vingt lieues de là pour prendre la poste, Planchet partit au galop, le cœur un peu serré par la triple promesse que lui avaient faite les mousquetaires, mais du reste dans les meilleures dispositions du monde.

Bazin partit le lendemain matin pour Tours, et eut huit jours pour faire sa commission.

Les quatre amis, pendant toute la durée de ces

deux absences, avaient, comme on le comprend bien, plus que jamais l'œil au guet, le nez au vent et l'oreille aux écoutes. Leurs journées se passaient à essayer de surprendre ce qu'on disait, à guetter les allures du cardinal et à flairer les courriers qui arrivaient. Plus d'une fois un tremblement insurmontable les prit, lorsqu'on les appela pour quelque service inattendu. Ils avaient d'ailleurs à se garder pour leur propre sûreté ; Milady était un fantôme qui, lorsqu'il était apparu une fois aux gens, ne les laissait pas dormir tranquillement.

Le matin du huitième jour, Bazin, frais comme toujours et souriant selon son habitude, entra dans le cabaret de Parpaillot, comme les quatre amis étaient en train de déjeuner, en disant, selon la convention arrêtée :

— Monsieur Aramis, voici la réponse de votre cousine.

Les quatre amis échangèrent un coup d'œil joyeux : la moitié de la besogne était faite ; il est vrai que c'était la plus courte et la plus facile.

Aramis prit, en rougissant malgré lui, la lettre, qui était d'une écriture grossière et sans orthographe.

— Bon Dieu ! s'écria-t-il en riant, décidément j'en désespère ; jamais cette pauvre Michon n'écrira comme M. de Voiture.

— Qu'est-ce que cela feut dire, cette baufre Migeon ? demanda le Suisse, qui était en train de causer avec les quatre amis quand la lettre était arrivée.

— Oh, mon Dieu ! moins que rien, dit Aramis, une petite lingère charmante que j'aimai fort et à qui j'ai demandé quelques lignes de sa main en manière de souvenir.

— Dutieu ! dit le Suisse ; zi zella il être auzi grante tame que son l'égridure, fous l'être en ponne fordune, mon gamarate !

Aramis lut la lettre et la passa à Athos.

— Voyez donc ce qu'elle m'écrit, Athos, dit-il.

Athos jeta un coup d'œil sur l'épître, et, pour faire évanouir tous les soupçons qui auraient pu naître, lut tout haut :

Mon cousin, ma sœur et moi devinons très bien les rêves, et nous en avons même une peur affreuse ; mais du vôtre, on pourra dire, je l'espère, tout songe est mensonge. Adieu ! portez-vous bien, et faites que de temps en temps nous entendions parler de vous.

AGLAÉ MICHON.

— Et de quel rêve parle-t-elle ? demanda le dragon, qui s'était approché pendant la lecture.

— Foui, te quel rêve ? dit le Suisse.

— Eh, pardieu ! dit Aramis, c'est tout simple, d'un rêve que j'ai fait et que je lui ai raconté.

— Oh, foui, par Tieu ! c'être tout simple de ragonter son rêfe ; mais moi je ne rêfe jamais.

— Vous êtes fort heureux, dit Athos en se levant, et je voudrais bien pouvoir en dire autant que vous !

— Chamais ! reprit le Suisse, enchanté qu'un homme comme Athos lui enviât quelque chose, chamais ! chamais !

D'Artagnan, voyant qu'Athos se levait, en fit autant, prit son bras et sortit.

Porthos et Aramis restèrent pour faire face aux quolibets du dragon et du Suisse.

Quant à Bazin, il s'alla coucher sur une botte de paille ; et comme il avait plus d'imagination que le Suisse, il rêva que M. Aramis, devenu pape, le coiffait d'un chapeau de cardinal.

Mais, comme nous l'avons dit, Bazin n'avait, par son heureux retour, enlevé qu'une partie de l'inquiétude qui aiguillonnait les quatre amis. Les jours de l'attente sont longs, et d'Artagnan surtout aurait parié que les jours avaient maintenant quarante-huit heures. Il oubliait les lenteurs obligées de la navigation, il s'exagérait la puissance de Milady. Il prêtait à cette femme, qui lui apparaissait pareille à un démon, des auxiliaires surnaturels comme elle ; il s'imaginait, au moindre bruit, qu'on venait l'arrêter, et qu'on ramenait Planchet pour le confronter avec lui et ses amis. Il y a plus : sa confiance autrefois si grande dans le digne Picard, diminuait de jour en jour. Cette inquiétude était si grande qu'elle gagnait Porthos et Aramis. Il n'y avait qu'Athos qui demeurât impassible, comme si aucun danger ne s'agitait autour de lui, et qu'il respirât son atmosphère quotidienne.

Le seizième jour surtout, ces signes d'agitation étaient si visibles chez d'Artagnan et ses deux amis, qu'ils ne pouvaient rester en place, et qu'ils erraient comme des ombres sur le chemin par lequel devait revenir Planchet.

— Vraiment, leur disait Athos, vous n'êtes pas des hommes, mais des enfants, pour qu'une femme vous fasse si grand-peur ! Et de quoi s'agit-il, après tout ? D'être emprisonnés ! Eh bien ! mais on nous tirera de prison : on en a bien retiré Mme Bonacieux. D'être décapités ? Mais tous les jours, dans la tranchée, nous allons joyeusement nous exposer à pis que cela, car un boulet peut nous casser la jambe, et je suis convaincu qu'un chirurgien nous fait plus souffrir en nous coupant la cuisse qu'un bourreau en nous coupant la tête. Demeurez donc tranquilles ; dans deux heures, dans quatre, dans six heures, au plus tard, Planchet sera ici : il a promis d'y être, et moi j'ai très grande foi aux promesses de Planchet, qui m'a l'air d'un fort brave garçon.

— Mais s'il n'arrive pas ? dit d'Artagnan.

— Eh bien ! s'il n'arrive pas, c'est qu'il aura été retardé, voilà tout. Il peut être tombé de cheval, il peut avoir fait une cabriole par-dessus le pont, il peut avoir couru si vite qu'il en ait attrapé une fluxion de poitrine. Eh ! Messieurs ! faisons donc la part des événements. La vie est un chapelet de petites misères que le philosophe égrène en riant. Soyez philosophes comme moi, Messieurs, mettez-vous à table et buvons ; rien ne fait paraître l'avenir couleur de rose comme de le regarder à travers un verre de chambertin.

— C'est fort bien, répondit d'Artagnan ; mais je suis las d'avoir à craindre, en buvant frais, que le vin ne sorte de la cave de Milady.

— Vous êtes bien difficile, dit Athos, une si belle femme !

— Une femme de marque ! dit Porthos avec son gros rire.

Athos tressaillit, passa la main sur son front pour en essuyer la sueur, et se leva à son tour avec un mouvement nerveux qu'il ne put réprimer.

Le jour s'écoula cependant, et le soir vint plus lentement, mais enfin il vint ; les buvettes s'emplirent de chalands ; Athos, qui avait empoché sa part du diamant, ne quittait plus le Parpaillot. Il avait trouvé dans M. de Busigny, qui, au reste, leur avait donné un dîner magnifique, un partenaire digne de lui. Ils jouaient donc ensemble, comme d'habitude, quand sept heures sonnèrent : on entendit passer les patrouilles qui allaient doubler les postes ; à sept heures et demie la retraite sonna.

— Nous sommes perdus, dit d'Artagnan à l'oreille d'Athos.

— Vous voulez dire que nous avons perdu, dit tranquillement Athos en tirant quatre pistoles de sa poche et en les jetant sur la table. Allons, Messieurs, continua-t-il, on bat la retraite, allons nous coucher.

Et Athos sortit du Parpaillot suivi de d'Artagnan. Aramis venait derrière donnant le bras à Porthos. Aramis mâchonnait des vers, et Porthos s'arrachait de temps en temps quelques poils de moustache en signe de désespoir.

Mais voilà que tout à coup, dans l'obscurité, une ombre se dessine, dont la forme est familière à d'Artagnan, et qu'une voix bien connue lui dit :

— Monsieur, je vous apporte votre manteau, car il fait frais ce soir.

— Planchet ! s'écria d'Artagnan ivre de joie.

— Planchet ! répétèrent Porthos et Aramis.

— Eh bien ! oui, Planchet, dit Athos, qu'y a-t-il d'étonnant à cela ? Il avait promis d'être de retour à huit heures, et voilà huit heures qui sonnent.

Bravo ! Planchet, vous êtes un garçon de parole, et si jamais vous quittez votre maître, je vous garde une place à mon service.

— Oh ! non, jamais, dit Planchet, jamais je ne quitterai M. d'Artagnan.

En même temps d'Artagnan sentit que Planchet lui glissait un billet dans la main.

D'Artagnan avait grande envie d'embrasser Planchet au retour comme il l'avait embrassé au départ ; mais il eut peur que cette marque d'effusion, donnée à son laquais en pleine rue, ne parut extraordinaire à quelque passant, et il se contint.

— J'ai le billet, dit-il à Athos et à ses amis.

— C'est bien, dit Athos, entrons chez nous, et nous le lirons.

Le billet brûlait la main de d'Artagnan : il voulait hâter le pas ; mais Athos lui prit le bras et le passa sous le sien, et force fut au jeune homme de régler sa course sur celle de son ami.

Enfin on entra dans la tente, on alluma une lampe, et tandis que Planchet se tenait sur la porte pour que les quatre amis ne fussent pas surpris, d'Artagnan, d'une main tremblante, brisa le cachet et ouvrit la lettre tant attendue.

Elle contenait une demi-ligne, d'une écriture toute britannique et d'une concision toute spartiate :

Thank you, be easy.

Ce qui voulait dire :

« Merci, soyez tranquille. »

Athos prit la lettre des mains de d'Artagnan, l'approcha de la lampe, y mit le feu, et ne la lâcha point qu'elle ne fût réduite en cendres.

Puis appelant Planchet :

— Maintenant, mon garçon, lui dit-il, tu peux réclamer tes sept cents livres, mais tu ne risquais pas grand-chose avec un billet comme celui-là.

— Ce n'est pas faute que j'aie inventé bien des moyens de le serrer, dit Planchet.

— Eh bien ! dit d'Artagnan, conte-nous cela.

— Dame ! c'est bien long, Monsieur.

— Tu as raison, Planchet, dit Athos ; d'ailleurs la retraite est battue, et nous serions remarqués en gardant de la lumière plus longtemps que les autres.

— Soit, dit d'Artagnan, couchons-nous. Dors bien, Planchet !

— Ma foi, Monsieur ! ce sera la première fois depuis seize jours.

— Et moi aussi ! dit d'Artagnan.

— Et moi aussi ! répéta Porthos.

— Et moi aussi ! répéta Aramis.

— Eh bien ! voulez-vous que je vous avoue la vérité ? Et moi aussi ! dit Athos.

XLIX

FATALITÉ[1]

CEPENDANT Milady, ivre de colère, rugissant sur le pont du bâtiment, comme une lionne qu'on embarque, avait été tentée de se jeter à la mer pour regagner la côte, car elle ne pouvait se faire à l'idée qu'elle avait été insultée par d'Artagnan, menacée par Athos, et qu'elle quittait la France sans se venger d'eux. Bientôt, cette idée était devenue pour elle tellement insupportable, qu'au risque de ce qui pouvait arriver de terrible pour elle-même, elle avait supplié le capitaine de la jeter sur la côte ; mais le capitaine, pressé d'échapper à sa fausse position, placé entre les croiseurs français et anglais, comme la chauve-souris entre les rats et les oiseaux, avait grande hâte de regagner l'Angleterre, et refusa obstinément d'obéir à ce qu'il prenait pour un caprice de femme, promettant à sa passagère, qui au reste lui était particulièrement recommandée par le cardinal, de la jeter, si la mer et les Français le permettaient, dans un des ports de la Bretagne, soit à Lorient, soit à Brest ; mais en attendant, le vent était contraire, la mer mauvaise, on louvoyait et l'on courait des bordées. Neuf jours après la sortie de la Charente, Milady, toute pâle de ses chagrins et de sa rage, voyait apparaître seulement les côtes bleuâtres du Finistère.

Elle calcula que pour traverser ce coin de la France et revenir près du cardinal il lui fallait au moins trois jours ; ajoutez un jour pour le débarquement et cela faisait quatre ; ajoutez ces quatre jours aux neuf autres, c'était treize jours de perdus, treize jours pendant lesquels tant d'événements importants se pouvaient passer à Londres. Elle songea que sans aucun doute le cardinal serait furieux de son retour, et que par conséquent il serait plus disposé à écouter les plaintes qu'on porterait contre elle que les accusations qu'elle porterait contre les autres. Elle laissa donc passer Lorient et Brest sans insister près du capitaine, qui, de son côté, se garda bien de lui donner l'éveil. Milady continua donc sa route, et le jour même où Planchet s'embarquait de Portsmouth pour la France, la messagère de Son Éminence entrait triomphante dans le port.

Toute la ville était agitée d'un mouvement extraordinaire : quatre grands vaisseaux récemment achevés venaient d'être lancés à la mer ; debout sur la jetée, chamarré d'or, éblouissant, selon son habitude, de diamants et de pierreries, le feutre orné d'une plume blanche qui retombait sur son épaule, on voyait Buckingham entouré d'un état-major presque aussi brillant que lui.

C'était une de ces belles et rares journées d'hiver où l'Angleterre se souvient qu'il y a un soleil. L'astre pâli, mais cependant splendide encore, se couchait à l'horizon, empourprant à la fois le ciel et la mer de bandes de feu et jetant sur les tours et les vieilles maisons de la ville un dernier rayon d'or qui faisait étinceler les vitres comme le reflet d'un incendie. Milady, en respirant cet air de l'Océan plus vif et plus balsamique à l'approche de la terre, en contemplant toute la puissance de ces préparatifs qu'elle était chargée de détruire, toute la puissance de cette armée qu'elle devait combattre à elle seule — elle, femme — avec quelques sacs d'or, se compara mentalement à Judith, la terrible juive, lorsqu'elle pénétra dans le camp des Assyriens et qu'elle vit la masse énorme de chars, de chevaux, d'hommes et d'armes qu'un geste de sa main devait dissiper comme un nuage de fumée[1].

On entra dans la rade ; mais comme on s'apprêtait à y jeter l'ancre, un petit cutter formidablement armé s'approcha du bâtiment marchand, se donnant comme garde-côte, et fit mettre à la mer son canot, qui se dirigea vers l'échelle. Ce canot renfermait un officier, un contremaître et huit rameurs ; l'officier seul monta à bord, où il fut reçu avec toute la déférence qu'inspire l'uniforme.

L'officier s'entretint quelques instants avec le patron, lui fit lire un papier dont il était porteur, et, sur l'ordre du capitaine marchand, tout l'équipage du bâtiment, matelots et passagers, fut appelé sur le pont.

Lorsque cette espèce d'appel fut fait, l'officier s'enquit tout haut du point de départ du brick, de sa route, de ses atterrissements, et à toutes les questions le capitaine satisfit sans hésitation et sans difficulté. Alors l'officier commença de passer la revue de toutes les personnes les unes après les autres, et, s'arrêtant à Milady, la considéra avec un grand soin, mais sans lui adresser une seule parole.

Puis il revint au capitaine, lui dit encore quelques mots ; et, comme si c'eût été à lui désormais que le bâtiment dût obéir, il commanda une manœuvre que l'équipage exécuta aussitôt. Alors le bâtiment se remit en route, toujours escorté du petit cutter, qui voguait bord à bord avec lui, menaçant son flanc de la bouche de ses six canons ; tandis que la barque suivait dans le sillage du navire, faible point près de l'énorme masse.

Pendant l'examen que l'officier avait fait de Milady, Milady, comme on le pense bien, l'avait de son côté dévoré du regard. Mais, quelque habitude que cette femme aux yeux de flamme eût de lire dans le cœur de ceux dont elle avait besoin de deviner les secrets, elle trouva cette fois un visage d'une impassibilité telle qu'aucune découverte ne suivit son investigation. L'officier qui s'était arrêté devant elle et qui l'avait silencieusement étudiée avec tant de soin pouvait être âgé de vingt-cinq à vingt-six ans, était blanc de visage avec des yeux bleu clair un peu enfoncés ; sa bouche, fine et bien dessinée, demeurait immobile dans ses lignes correctes ; son menton, vigoureusement accusé, dénotait cette force de volonté qui, dans le type vulgaire britannique, n'est ordinairement que de l'entêtement ; un front un peu fuyant, comme il convient aux poètes, aux enthousiastes et aux soldats, était à peine ombragé d'une chevelure courte et clairsemée, qui, comme la barbe qui couvrait le bas de son visage, était d'une belle couleur châtain foncé.

Lorsqu'on entra dans le port, il faisait déjà nuit.

La brume épaississait encore l'obscurité et formait autour des fanaux et des lanternes des jetées un cercle pareil à celui qui entoure la lune quand le temps menace de devenir pluvieux. L'air qu'on respirait était triste, humide et froid.

Milady, cette femme si forte, se sentait frissonner malgré elle.

L'officier se fit indiquer les paquets de Milady, fit porter son bagage dans le canot ; et lorsque cette opération fut faite, il l'invita à y descendre elle-même en lui tendant sa main.

Milady regarda cet homme et hésita.

— Qui êtes-vous, Monsieur, demanda-t-elle, qui avez la bonté de vous occuper si particulièrement de moi ?

— Vous devez le voir, Madame, à mon uniforme ; je suis officier de la marine anglaise, répondit le jeune homme.

— Mais enfin, est-ce l'habitude que les officiers de la marine anglaise se mettent aux ordres de leurs compatriotes lorsqu'ils abordent dans un port de la Grande-Bretagne, et poussent la galanterie jusqu'à les conduire à terre ?

— Oui, Milady, c'est l'habitude, non point par galanterie, mais par prudence, qu'en temps de guerre les étrangers soient conduits à une hôtellerie désignée, afin que jusqu'à parfaite information sur eux ils restent sous la surveillance du gouvernement.

Ces mots furent prononcés avec la politesse la plus exacte et le calme le plus parfait. Cependant ils n'eurent point le don de convaincre Milady.

— Mais je ne suis pas étrangère, Monsieur, dit-elle avec l'accent le plus pur qui ait jamais retenti de Portsmouth à Manchester, je me nomme lady Clarick, et cette mesure…

— Cette mesure est générale, Milady, et vous tenteriez inutilement de vous y soustraire.

— Je vous suivrai donc, Monsieur.

Et, acceptant la main de l'officier, elle commença de descendre l'échelle au bas de laquelle l'attendait le canot. L'officier la suivit ; un grand manteau était étendu à la poupe, l'officier la fit asseoir sur le manteau et s'assit près d'elle.

— Nagez, dit-il aux matelots.

Les huit rames retombèrent dans la mer, ne formant qu'un seul bruit, ne frappant qu'un seul coup, et le canot sembla voler sur la surface de l'eau.

Au bout de cinq minutes on touchait à terre.

L'officier sauta sur le quai et offrit la main à Milady.

Une voiture attendait.

— Cette voiture est-elle pour nous ? demanda Milady.

— Oui, Madame, répondit l'officier.

— L'hôtellerie est donc bien loin ?

— À l'autre bout de la ville.

— Allons, dit Milady.

Et elle monta résolument dans la voiture.

L'officier veilla à ce que les paquets fussent soigneusement attachés derrière la caisse, et cette opération terminée, prit sa place près de Milady et referma la portière.

Aussitôt, sans qu'aucun ordre fût donné et sans qu'on eût besoin de lui indiquer sa destination, le cocher partit au galop et s'enfonça dans les rues de la ville.

Une réception si étrange devait être pour Milady une ample matière à réflexion ; aussi, voyant que le jeune officier ne paraissait nullement disposé à lier conversation, elle s'accouda dans un angle de la voiture et passa les unes après les autres en revue toutes les suppositions qui se présentaient à son esprit.

Cependant, au bout d'un quart d'heure, étonnée de la longueur du chemin, elle se pencha vers la portière pour voir où on la conduisait. On n'apercevait plus de maisons ; des arbres apparaissaient dans les ténèbres comme de grands fantômes noirs courant les uns après les autres.

Milady frissonna.

— Mais nous ne sommes plus dans la ville, Monsieur, dit-elle.

Le jeune officier garda le silence.

— Je n'irai pas plus loin, si vous ne me dites pas où vous me conduisez ; je vous en préviens, Monsieur !

Cette menace n'obtint aucune réponse.

— Oh, c'est trop fort ! s'écria Milady, au secours ! au secours !

Pas une voix ne répondit à la sienne, la voiture continua de rouler avec rapidité ; l'officier semblait une statue.

Milady regarda l'officier avec une de ces expressions terribles, particulières à son visage et qui manquaient si rarement leur effet ; la colère faisait étinceler ses yeux dans l'ombre.

Le jeune homme resta impassible.

Milady voulut ouvrir la portière et se précipiter.

— Prenez garde, Madame, dit froidement le jeune homme, vous vous tuerez en sautant.

Milady se rassit, écumante ; l'officier se pencha, la regarda à son tour et parut surpris de voir cette figure, si belle naguère, bouleversée par la rage et devenue presque hideuse. L'astucieuse créature comprit qu'elle se perdait en laissant voir ainsi dans son âme ; elle rasséréna ses traits, et d'une voix gémissante :

— Au nom du ciel, Monsieur ! dites-moi si c'est à vous, si c'est à votre gouvernement, si c'est à un ennemi que je dois attribuer la violence que l'on me fait ?

— On ne vous fait aucune violence, Madame, et ce qui vous arrive est le résultat d'une mesure toute simple que nous sommes forcés de prendre avec tous ceux qui débarquent en Angleterre.

— Alors vous ne me connaissez pas, Monsieur ?

— C'est la première fois que j'ai l'honneur de vous voir.

— Et, sur votre honneur, vous n'avez aucun sujet de haine contre moi ?

— Aucun, je vous le jure.

Il y avait tant de sérénité, de sang-froid, de douceur même dans la voix du jeune homme, que Milady fut rassurée.

Enfin, après une heure de marche à peu près, la voiture s'arrêta devant une grille de fer qui fermait un chemin creux conduisant à un château sévère de forme, massif et isolé. Alors, comme les roues tournaient sur un sable fin, Milady entendit un vaste mugissement, qu'elle reconnut pour le bruit de la mer qui vient se briser sur une côte escarpée.

La voiture passa sous deux voûtes, et enfin s'arrêta dans une cour sombre et carrée ; presque aussitôt la portière de la voiture s'ouvrit, le jeune homme sauta légèrement à terre et présenta sa main à Milady, qui s'appuya dessus, et descendit à son tour avec assez de calme.

— Toujours est-il, dit Milady en regardant autour d'elle et en ramenant ses yeux sur le jeune officier avec le plus gracieux sourire, que je suis prisonnière ; mais ce ne sera pas pour longtemps, j'en suis sûre, ajouta-t-elle, ma conscience et votre politesse, Monsieur, m'en sont garants.

Si flatteur que fût le compliment, l'officier ne répondit rien ; mais, tirant de sa ceinture un petit sifflet d'argent pareil à celui dont se servent les contremaîtres sur les bâtiments de guerre, il siffla trois fois, sur trois modulations différentes : alors plusieurs hommes parurent, dételèrent les chevaux fumants et emmenèrent la voiture sous une remise.

Puis l'officier, toujours avec la même politesse calme, invita sa prisonnière à entrer dans la maison. Celle-ci, toujours avec son même visage souriant, lui prit le bras, et entra avec lui sous une porte basse et cintrée qui, par une voûte éclairée seulement au fond, conduisait à un escalier de pierre tournant autour d'une arête de pierre ; puis on s'arrêta devant une porte massive qui, après l'introduction dans la serrure d'une clef que le jeune homme portait sur lui, roula lourdement sur ses gonds et donna ouverture à la chambre destinée à Milady.

D'un seul regard, la prisonnière embrassa l'appartement dans ses moindres détails.

C'était une chambre dont l'ameublement était à la fois bien propre pour une prison et bien sévère pour une habitation d'homme libre ; cependant, des barreaux aux fenêtres et des verrous extérieurs à la porte décidaient le procès en faveur de la prison.

Un instant toute la force d'âme de cette créature, trempée cependant aux sources les plus vigoureuses, l'abandonna ; elle tomba sur un fauteuil, croisant les bras, baissant la tête, et s'attendant à chaque instant à voir entrer un juge pour l'interroger.

Mais personne n'entra, que deux ou trois soldats de marine qui apportèrent les malles et les caisses, les déposèrent dans un coin et se retirèrent sans rien dire.

L'officier présidait à tous ces détails avec le même calme que Milady lui avait constamment vu, ne prononçant pas une parole lui-même, et se faisant obéir d'un geste de sa main ou d'un coup de son sifflet.

On eût dit qu'entre cet homme et ses inférieurs la langue parlée n'existait pas ou devenait inutile.

Enfin Milady n'y put tenir plus longtemps, elle rompit le silence :

— Au nom du ciel, Monsieur ! s'écria-t-elle, que veut dire tout ce qui se passe ? Fixez mes irrésolutions ; j'ai du courage pour tout danger que je prévois, pour tout malheur que je comprends. Où suis-je et que suis-je ici ? Suis-je libre, pourquoi ces barreaux et ces portes ? Suis-je prisonnière, quel crime ai-je commis ?

— Vous êtes ici dans l'appartement qui vous est destiné, Madame. J'ai reçu l'ordre d'aller vous prendre en mer et de vous conduire en ce château : cet ordre, je l'ai accompli, je crois, avec toute la rigidité d'un soldat, mais aussi avec toute la courtoisie d'un gentilhomme. Là se termine, du moins jusqu'à présent, la charge que j'avais à remplir près de vous, le reste regarde une autre personne.

— Et cette autre personne, quelle est-elle ? demanda Milady ; ne pouvez-vous me dire son nom ?...

En ce moment on entendit par les escaliers un grand bruit d'éperons ; quelques voix passèrent et s'éteignirent, et le bruit d'un pas isolé se rapprocha de la porte.

— Cette personne, la voici, Madame, dit l'officier en démasquant le passage, et en se rangeant dans l'attitude du respect et de la soumission.

En même temps, la porte s'ouvrit ; un homme parut sur le seuil.

Il était sans chapeau, portait l'épée au côté, et froissait un mouchoir entre ses doigts.

Milady crut reconnaître cette ombre dans l'ombre ; elle s'appuya d'une main sur le bras de son fauteuil, et avança la tête comme pour aller au-devant d'une certitude.

Alors l'étranger s'avança lentement ; et, à mesure qu'il s'avançait en entrant dans le cercle de lumière projeté par la lampe, Milady se reculait involontairement.

Puis, lorsqu'elle n'eut plus aucun doute :

— Eh quoi ! mon frère ! s'écria-t-elle au comble de la stupeur, c'est vous ?

— Oui, belle dame ! répondit lord de Winter en faisant un salut moitié courtois, moitié ironique, moi-même.

— Mais alors, ce château ?

— Est à moi.

— Cette chambre ?

— C'est la vôtre.

— Je suis donc votre prisonnière ?

— À peu près.

— Mais c'est un affreux abus de la force !

— Pas de grands mots ; asseyons-nous, et causons tranquillement, comme il convient de faire entre un frère et une sœur.

Puis, se retournant vers la porte, et voyant que le jeune officier attendait ses derniers ordres :

— C'est bien, dit-il, je vous remercie ; maintenant, laissez-nous, monsieur Felton[1].

L

CAUSERIE D'UN FRÈRE AVEC SA SŒUR[1]

PENDANT le temps que lord de Winter mit à fermer la porte, à pousser un volet et à approcher un siège du fauteuil de sa belle-sœur, Milady, rêveuse, plongea son regard dans les profondeurs de la possibilité, et découvrit toute la trame qu'elle n'avait pas même pu entrevoir, tant qu'elle ignorait en quelles mains elle était tombée. Elle connaissait son beau-frère pour un bon gentilhomme, franc chasseur, joueur intrépide, entreprenant près des femmes, mais d'une force inférieure à la sienne à l'endroit de l'intrigue. Comment avait-il pu découvrir son arrivée ? La faire saisir ? Pourquoi la retenait-il ?

Athos lui avait bien dit quelques mots qui prouvaient que la conversation qu'elle avait eue avec le cardinal était tombée dans des oreilles étrangères ; mais elle ne pouvait admettre qu'il eût pu creuser une contre-mine si prompte et si hardie.

Elle craignit bien plutôt que ses précédentes opérations en Angleterre n'eussent été découvertes. Buckingham pouvait avoir deviné que c'était elle qui avait coupé les deux ferrets, et se venger de cette petite trahison ; mais Buckingham était incapable de se porter à aucun excès contre une femme, surtout si cette femme était censée avoir agi par un sentiment de jalousie.

Cette supposition lui parut la plus probable ; il lui sembla qu'on voulait se venger du passé, et non aller au-devant de l'avenir. Toutefois, et en tout cas, elle s'applaudit d'être tombée entre les mains de son beau-frère, dont elle comptait avoir bon marché, plutôt qu'entre celles d'un ennemi direct et intelligent.

— Oui, causons, mon frère, dit-elle avec une espèce d'enjouement, décidée qu'elle était à tirer de la conversation, malgré toute la dissimulation que pourrait y apporter lord de Winter, les éclaircissements dont elle avait besoin pour régler sa conduite à venir.

— Vous vous êtes donc décidée à revenir en Angleterre, dit lord de Winter, malgré la résolution que vous m'aviez si souvent manifestée à Paris de ne jamais remettre les pieds sur le territoire de la Grande-Bretagne ?

Milady répondit à une question par une autre question.

— Avant tout, dit-elle, apprenez-moi donc comment vous m'avez fait guetter assez sévèrement pour être d'avance prévenu non seulement de mon arrivée, mais encore du jour, de l'heure et du port où j'arrivais.

Lord de Winter adopta la même tactique que Milady, pensant que, puisque sa belle-sœur l'employait, ce devait être la bonne.

— Mais, dites-moi vous-même, ma chère sœur, reprit-il, ce que vous venez faire en Angleterre.

— Mais je viens vous voir, reprit Milady, sans savoir combien elle aggravait, par cette réponse, les soupçons qu'avait fait naître dans l'esprit de son beau-frère la lettre de d'Artagnan, et voulant seulement capter la bienveillance de son auditeur par un mensonge.

— Ah ! me voir ? dit sournoisement lord de Winter.

— Sans doute, vous voir. Qu'y a-t-il d'étonnant à cela ?

— Et vous n'avez pas, en venant en Angleterre, d'autre but que de me voir ?

— Non.

— Ainsi, c'est pour moi seul que vous vous êtes donné la peine de traverser la Manche ?

— Pour vous seul.

— Peste ! quelle tendresse, ma sœur !

— Mais ne suis-je pas votre plus proche parente ? demanda Milady du ton de la plus touchante naïveté.

— Et même ma seule héritière, n'est-ce pas ? dit à son tour lord de Winter, en fixant ses yeux sur ceux de Milady.

Quelque puissance qu'elle eût sur elle-même, Milady ne put s'empêcher de tressaillir, et comme, en prononçant les dernières paroles qu'il avait dites, lord de Winter avait posé la main sur le bras de sa sœur, ce tressaillement ne lui échappa point.

En effet, le coup était direct et profond. La première idée qui vint à l'esprit de Milady fut qu'elle avait été trahie par Ketty, et que celle-ci avait raconté au baron cette aversion intéressée dont elle avait imprudemment laissé échapper des marques devant sa suivante ; elle se rappela aussi la sortie furieuse et imprudente qu'elle avait faite contre d'Artagnan, lorsqu'il avait sauvé la vie de son beau-frère.

— Je ne comprends pas, Milord, dit-elle pour gagner du temps et faire parler son adversaire. Que voulez-vous dire ? Et y a-t-il quelque sens inconnu caché sous vos paroles ?

— Oh ! mon Dieu, non, dit lord de Winter avec une apparente bonhomie ; vous avez le désir de me voir, et vous venez en Angleterre. J'apprends ce désir, ou plutôt je me doute que vous l'éprouvez, et afin de vous épargner tous les ennuis d'une arrivée nocturne dans un port, toutes les fatigues d'un débarquement, j'envoie un de mes officiers au-devant de vous ; je mets une voiture à ses ordres, et il vous amène ici dans ce château, dont je suis gouverneur, où je viens tous les jours, et où, pour que notre double désir de nous voir soit satisfait, je vous fais préparer une chambre. Qu'y a-t-il dans tout ce que je dis là de plus étonnant que dans ce que vous m'avez dit ?

— Non, ce que je trouve d'étonnant, c'est que vous ayez été prévenu de mon arrivée.

— C'est cependant la chose la plus simple, ma chère sœur : n'avez-vous pas vu que le capitaine de votre petit bâtiment avait, en entrant dans la rade, envoyé en avant et afin d'obtenir son entrée dans le port, un petit canot porteur de son livre de loch et de son registre d'équipage ? Je suis commandant du port, on m'a apporté ce livre, j'y ai reconnu votre nom. Mon cœur m'a dit ce que vient de me confier votre bouche, c'est-à-dire dans quel but vous vous exposiez aux dangers d'une mer si périlleuse ou tout au moins si fatigante en ce moment, et j'ai envoyé mon cutter au-devant de vous. Vous savez le reste.

Milady comprit que lord de Winter mentait et n'en fut que plus effrayée.

— Mon frère, continua-t-elle, n'est-ce pas Milord Buckingham que je vis sur la jetée, le soir, en arrivant ?

— Lui-même. Ah ! je comprends que sa vue vous ait frappée, reprit lord de Winter : vous venez d'un pays où l'on doit beaucoup s'occuper de lui, et je sais que ses armements contre la France préoccupent fort votre ami le cardinal.

— Mon ami le cardinal ! s'écria Milady, voyant que, sur ce point comme sur l'autre, lord de Winter paraissait instruit de tout.

— N'est-il donc point votre ami ? reprit négligemment le baron ; ah ! pardon, je le croyais ; mais nous reviendrons à Milord duc plus tard, ne nous écartons point du tour sentimental que la conversation avait prise : vous veniez, disiez-vous, pour me voir ?

— Oui.

— Eh bien ! je vous ai répondu que vous seriez servie à souhait et que nous nous verrions tous les jours.

— Dois-je donc demeurer éternellement ici ? demanda Milady avec un certain effroi.

— Vous trouveriez-vous mal logée, ma sœur ? Demandez ce qui vous manque, et je m'empresserai de vous le faire donner.

— Mais je n'ai ni mes femmes ni mes gens…

— Vous aurez tout cela, Madame ; dites-moi sur quel pied votre premier mari avait monté votre maison ; quoique je ne sois que votre beau-frère, je vous la monterai sur un pied pareil.

— Mon premier mari ! s'écria Milady en regardant lord de Winter avec des yeux effarés.

— Oui, votre mari français ; je ne parle pas de mon frère. Au reste, si vous l'avez oublié, comme il vit encore, je pourrais lui écrire et il me ferait passer des renseignements à ce sujet.

Une sueur froide perla sur le front de Milady.

— Vous raillez, dit-elle d'une voix sourde.

— En ai-je l'air ? demanda le baron en se relevant et en faisant un pas en arrière.

— Ou plutôt vous m'insultez, continua-t-elle en pressant de ses mains crispées les deux bras du fauteuil et en se soulevant sur ses poignets.

— Vous insulter, moi ! dit lord de Winter avec mépris ; en vérité, Madame, croyez-vous que ce soit possible ?

— En vérité, Monsieur, dit Milady, vous êtes ou ivre ou insensé ; sortez et envoyez-moi une femme.

— Des femmes sont bien indiscrètes, ma sœur ! Ne pourrais-je pas vous servir de suivante ? De cette façon tous nos secrets resteraient en famille.

— Insolent ! s'écria Milady, et, comme mue par un ressort, elle bondit sur le baron, qui l'attendit avec impassibilité, mais une main cependant sur la garde de son épée.

— Eh ! eh ! dit-il, je sais que vous avez l'habitude d'assassiner les gens, mais je me défendrai, moi, je vous en préviens, fût-ce contre vous.

— Oh ! vous avez raison, dit Milady, et vous me faites l'effet d'être assez lâche pour porter la main sur une femme.

— Peut-être que oui ; d'ailleurs j'aurais mon excuse, ma main ne serait pas la première main d'homme qui se serait posée sur vous, j'imagine.

Et le baron indiqua d'un geste lent et accusateur l'épaule gauche de Milady, qu'il toucha presque du doigt.

Milady poussa un rugissement sourd, et se recula jusque dans l'angle de la chambre, comme une panthère qui veut s'acculer pour s'élancer.

— Oh ! rugissez tant que vous voudrez, s'écria lord de Winter, mais n'essayez pas de mordre, car, je vous en préviens, la chose tournerait à votre préjudice : il n'y a pas ici de procureurs qui règlent d'avance les successions, il n'y a pas de chevalier errant qui vienne me chercher querelle pour la belle dame que je retiens prisonnière ; mais je tiens tout prêts des juges qui disposeront d'une femme assez éhontée pour venir se glisser, bigame, dans le lit de lord de Winter, mon frère aîné, et ces juges, je vous en préviens, vous enverront à un bourreau qui vous fera les deux épaules pareilles.

Les yeux de Milady lançaient de tels éclairs, que quoiqu'il fût homme et armé devant une femme désarmée, il sentit le froid de la peur se glisser jusqu'au fond de son âme ; il n'en continua pas moins, mais avec une fureur croissante :

— Oui, je comprends, après avoir hérité de mon frère, il vous eût été doux d'hériter de moi ; mais, sachez-le d'avance, vous pouvez me tuer ou me faire tuer, mes précautions sont prises : pas un penny de ce que je possède ne passera dans vos mains. N'êtes-vous pas déjà assez riche, vous qui possédez près d'un million, et ne pouviez-vous vous arrêter dans votre route fatale, si vous ne faisiez le mal que pour la jouissance infinie et suprême de le faire ? Oh ! tenez, je vous le dis, si la mémoire de mon frère ne m'était sacrée, vous iriez pourrir dans un cachot d'État ou rassasier à Tyburn[1] la curiosité des matelots ; je me tairai, mais vous, supportez tranquillement votre captivité ; dans quinze ou vingt jours je pars pour La Rochelle avec l'armée ; mais la veille de mon départ, un vaisseau viendra vous prendre, que je verrai partir et qui vous conduira dans nos colonies du Sud ; et, soyez tranquille, je vous adjoindrai un compagnon qui vous brûlera la cervelle à la première tentative que vous risquerez pour revenir en Angleterre ou sur le continent.

Milady écoutait avec une attention qui dilatait ses yeux enflammés.

— Oui, mais à cette heure, continua lord de Winter, vous demeurerez dans ce château : les murailles en sont épaisses, les portes en sont fortes, les barreaux en sont solides ; d'ailleurs votre fenêtre donne à pic sur la mer : les hommes de mon équipage, qui me sont dévoués à la vie et à la mort, montent la garde autour de cet appartement, et surveillent tous les passages qui conduisent à la cour ; puis arrivée à la cour, il vous resterait encore trois grilles à traverser. La consigne est précise : un pas, un geste, un mot qui simule une évasion, et l'on fait feu sur vous ; si l'on vous tue, la justice anglaise m'aura, je l'espère, quelque obligation de lui avoir épargné de la besogne. Ah ! vos traits reprennent leur calme, votre visage retrouve son assurance : quinze jours, vingt jours dites-vous, bah ! d'ici là, j'ai l'esprit inventif, il me viendra quelque idée ; j'ai l'esprit infernal, et je trouverai quelque victime. D'ici à quinze jours, vous dites-vous, je serai hors d'ici. Ah, ah ! essayez !

Milady, se voyant devinée, s'enfonça les ongles dans la chair pour dompter tout mouvement qui eût pu donner à sa physionomie une signification quelconque, autre que celle de l'angoisse.

Lord de Winter continua :

— L'officier qui commande seul ici en mon absence, vous l'avez vu donc vous le connaissez déjà, sait, comme vous voyez, observer une consigne, car vous n'êtes pas, je vous connais, venue de Portsmouth ici sans avoir essayé de le faire parler. Qu'en dites-vous ? Une statue de marbre eût-elle été plus impassible et plus muette ? Vous avez déjà essayé le pouvoir de vos séductions sur bien des hommes, et malheureusement vous avez toujours réussi ; mais essayez sur celui-là, pardieu ! si vous en venez à bout, je vous déclare le démon lui-même.

Il alla vers la porte et l'ouvrit brusquement.

— Qu'on appelle M. Felton, dit-il. Attendez encore un instant, et je vais vous recommander à lui.

Il se fit entre ces deux personnages un silence étrange, pendant lequel on entendit le bruit d'un pas lent et régulier qui se rapprochait ; bientôt, dans l'ombre du corridor, on vit se dessiner une forme humaine, et le jeune lieutenant avec lequel nous avons déjà fait connaissance s'arrêta sur le seuil, attendant les ordres du baron.

— Entrez, mon cher John, dit lord de Winter, entrez et fermez la porte.

Le jeune officier entra.

— Maintenant, dit le baron, regardez cette femme : elle est jeune, elle est belle, elle a toutes les séductions de la terre, eh bien ! c'est un monstre qui, à vingt-cinq ans, s'est rendue coupable d'autant de crimes que vous pouvez en lire en un an dans les archives de nos tribunaux ; sa voix prévient en sa faveur, sa beauté sert d'appât aux victimes, son corps même paye ce qu'elle a promis, c'est une justice à lui rendre ; elle essayera de vous séduire, peut-être même essayera-t-elle de vous tuer. Je vous ai tiré de la misère, Felton, je vous ai fait nommer lieutenant, je vous ai sauvé la vie une fois, vous savez à quelle occasion ; je suis pour vous non seulement un protecteur, mais un ami ; non seulement un bienfaiteur, mais un père ; cette femme est revenue en Angleterre afin de conspirer contre ma vie ; je tiens ce serpent entre mes mains ; eh bien, je vous fais appeler et vous dis : Ami Felton, John, mon enfant, garde-moi et surtout garde-toi de cette femme ; jure sur ton salut de la conserver pour le châtiment qu'elle a mérité. John Felton, je me fie à ta parole ; John Felton, je crois à ta loyauté.

— Milord, dit le jeune officier, en chargeant son regard pur de toute la haine qu'il put trouver dans son cœur, Milord, je vous jure qu'il sera fait comme vous désirez.

Milady reçut ce regard en victime résignée : il était impossible de voir une expression plus soumise et plus douce que celle qui régnait alors sur son beau visage. À peine si lord de Winter lui-même reconnut la tigresse qu'un instant auparavant il s'apprêtait à combattre.

— Elle ne sortira jamais de cette chambre, entendez-vous, John, continua le baron ; elle ne correspondra avec personne ; elle ne parlera qu'à vous, si toutefois vous voulez bien lui faire l'honneur de lui adresser la parole.

— Il suffit, Milord, j'ai juré.

— Et maintenant, Madame, tâchez de faire la paix avec Dieu, car vous êtes jugée par les hommes.

Milady laissa tomber sa tête comme si elle se fût sentie écrasée par ce jugement. Lord de Winter sortit en faisant un geste à Felton, qui sortit derrière lui et ferma la porte.

Un instant après on entendait dans le corridor le pas pesant d'un soldat de marine qui faisait sentinelle, sa hache à la ceinture et son mousquet à la main.

Milady demeura pendant quelques minutes dans la même position, car elle songea qu'on l'examinait peut-être par la serrure ; puis lentement elle releva sa tête, qui avait repris une expression formidable de menace et de défi, courut écouter à la porte, regarda par la fenêtre, et, revenant s'enterrer dans un vaste fauteuil, elle songea.

LI

OFFICIER[1]

CEPENDANT le cardinal attendait des nouvelles d'Angleterre, mais aucune nouvelle n'arrivait, si ce n'est fâcheuse et menaçante.

Si bien que La Rochelle fût investie, si certain que pût paraître le succès, grâce aux précautions prises et surtout à la digue qui ne laissait plus pénétrer aucune barque dans la ville assiégée ; cependant le blocus pouvait durer longtemps encore ; et c'était un grand affront pour les armes du roi et une grande gêne pour M. le cardinal, qui n'avait plus, il est vrai, à brouiller Louis XIII avec Anne d'Autriche, la chose était faite, mais à raccommoder M. de Bassompierre, qui était brouillé avec le duc d'Angoulême.

Quant à Monsieur, qui avait commencé le siège, il laissait au cardinal le soin de l'achever.

La ville, malgré l'incroyable persévérance de son maire[2], avait tenté une espèce de mutinerie pour se rendre ; le maire avait fait pendre les émeutiers. Cette exécution calma les plus mauvaises têtes, qui se décidèrent alors à se laisser mourir de faim. Cette mort leur paraissait toujours plus lente et moins sûre que le trépas par strangulation.

De leur côté, de temps en temps, les assiégeants prenaient des messagers que les Rochelois envoyaient à Buckingham ou des espions que Buckingham envoyait aux Rochelois. Dans l'un et l'autre cas le procès était vite fait. M. le cardinal disait ce seul mot : Pendu ! On invitait le roi à venir voir la pendaison. Le roi venait languissamment, se mettait en bonne place pour voir l'opération dans tous ses détails : cela le distrayait toujours un peu et lui faisait prendre le siège en patience mais cela ne l'empêchait pas de s'ennuyer fort, de parler à tout moment de retourner à Paris ; de sorte que si les messagers et les espions eussent fait défaut, Son Éminence, malgré toute son imagination, se fût trouvée fort embarrassée.

Néanmoins le temps passait, les Rochelois ne se rendaient pas : le dernier espion que l'on avait pris était porteur d'une lettre. Cette lettre disait bien à Buckingham que la ville était à toute extrémité ; mais, au lieu d'ajouter : « Si votre secours n'arrive pas avant quinze jours, nous nous rendrons », elle ajoutait tout simplement : « Si votre secours n'arrive pas avant quinze jours, nous serons tous morts de faim quand il arrivera. »

Les Rochelois n'avaient donc espoir qu'en Buckingham. Buckingham était leur Messie. Il était évident que si un jour ils apprenaient d'une manière certaine qu'il ne fallait plus compter sur Buckingham, avec l'espoir leur courage tomberait.

Le cardinal attendait donc avec grande impatience des nouvelles d'Angleterre qui devaient annoncer que Buckingham ne viendrait pas.

La question d'emporter la ville de vive force, débattue souvent dans le conseil du roi, avait toujours été écartée ; d'abord La Rochelle semblait imprenable, puis le cardinal, quoi qu'il eût dit, savait bien que l'horreur du sang répandu en cette rencontre, où Français devaient combattre contre Français, était un mouvement rétrograde de soixante ans imprimé à la politique, et le cardinal était, à cette époque, ce qu'on appelle aujourd'hui un homme de progrès. En effet, le sac de La Rochelle, l'assassinat de trois ou quatre mille huguenots qui se fussent fait tuer ressemblaient trop, en 1628, au massacre de la Saint-Barthélemy, en 1572 ; et puis, par-dessus tout cela, ce moyen extrême, auquel le roi, bon catholique, ne répugnait aucunement, venait toujours échouer contre cet argument des généraux assiégeants : La Rochelle est imprenable autrement que par la famine.

Le cardinal ne pouvait écarter de son esprit la crainte où le jetait sa terrible émissaire, car il avait compris, lui aussi, les proportions étranges de cette femme, tantôt serpent, tantôt lion. L'avait-elle trahi ? Était-elle morte ? Il la connaissait assez, en tout cas, pour savoir qu'en agissant pour lui ou contre lui, amie ou ennemie, elle ne demeurait pas immobile sans de grands empêchements. C'était ce qu'il ne pouvait savoir.

Au reste, il comptait, et avec raison, sur Milady : il avait deviné dans le passé de cette femme de ces choses terribles que son manteau rouge pouvait seul couvrir ; et il sentait que, pour une cause ou pour une autre, cette femme lui était acquise, ne pouvant trouver qu'en lui un appui supérieur au danger qui la menaçait.

Il résolut donc de faire la guerre tout seul et de n'attendre tout succès étranger que comme on attend une chance heureuse. Il continua de faire élever la fameuse digue qui devait affamer La Rochelle ; en attendant, il jeta les yeux sur cette malheureuse ville, qui renfermait tant de misère profonde et tant d'héroïques vertus, et, se rappelant le mot de Louis XI, son prédécesseur politique, comme lui-même était le prédécesseur de Robespierre, il murmura cette maxime du compère de Tristan : « Diviser pour régner[1]. »

Henri IV, assiégeant Paris, faisait jeter par-dessus les murailles du pain et des vivres ; le cardinal fit jeter des petits billets par lesquels il représentait aux Rochelois combien la conduite de leurs chefs était injuste, égoïste et barbare ; ces chefs avaient du blé en abondance, et ne le partageaient pas ; ils adoptaient cette maxime, car eux aussi avaient des maximes, que peu importait que les femmes, les enfants et les vieillards mourussent, pourvu que les hommes qui devaient défendre leurs murailles restassent forts et bien portants. Jusque-là, soit dévouement, soit impuissance de réagir contre elle, cette maxime, sans être généralement adoptée, était cependant passée de la théorie à la pratique ; mais les billets vinrent y porter atteinte. Les billets rappelaient aux hommes que ces enfants, ces femmes, ces vieillards qu'on laissait mourir étaient leurs fils, leurs épouses et leurs pères ; qu'il serait plus juste que chacun fût réduit à la misère commune, afin qu'une même position fît prendre des résolutions unanimes.

Ces billets firent tout l'effet qu'en pouvait attendre celui qui les avait écrits, en ce qu'ils déterminèrent un grand nombre d'habitants à ouvrir des négociations particulières avec l'armée royale.

Mais au moment où le cardinal voyait déjà fructifier son moyen et s'applaudissait de l'avoir mis en usage, un habitant de La Rochelle, qui avait pu passer à travers les lignes royales, Dieu sait comment, tant était grande la surveillance de Bassompierre, de Schomberg et du duc d'Angoulême, surveillés eux-mêmes par le cardinal, un habitant de La Rochelle, disons-nous, entra dans la ville, venant de Portsmouth et disant qu'il avait vu une flotte magnifique prête à mettre à la voile avant huit jours. De plus, Buckingham annonçait au maire qu'enfin la grande ligue contre la France allait se déclarer, et que le royaume allait être envahi à la fois par les armées anglaise, impériale et espagnole. Cette lettre fut lue publiquement sur toutes les places, on en afficha des copies aux angles des rues, et ceux-là mêmes qui avaient commencé d'ouvrir des négociations les interrompirent, résolus d'attendre ce secours si pompeusement annoncé.

Cette circonstance inattendue rendit à Richelieu ses inquiétudes premières, et le força malgré lui à tourner de nouveau les yeux de l'autre côté de la mer.

Pendant ce temps, exempte des inquiétudes de son seul et véritable chef, l'armée royale menait joyeuse vie ; les vivres ne manquaient pas au camp, ni l'argent non plus ; tous les corps rivalisaient d'audace et de gaieté. Prendre des espions et les pendre, faire des expéditions hasardeuses sur la digue ou sur la mer, imaginer des folies, les exécuter froidement, tel était le passe-temps qui faisait trouver courts à l'armée ces jours si longs, non seulement pour les Rochelois, rongés par la famine et l'anxiété, mais encore pour le cardinal qui les bloquait si vivement.

Quelquefois, quand le cardinal, toujours chevauchant comme le dernier gendarme de l'armée, promenait son regard pensif sur ces ouvrages, si lents au gré de son désir, qu'élevaient sous son ordre les ingénieurs qu'il faisait venir de tous les coins du royaume de France, s'il rencontrait un mousquetaire de la compagnie de Tréville, il s'approchait de lui, le regardait d'une façon singulière, et ne le reconnaissant pas pour un de nos quatre compagnons, il laissait aller ailleurs son regard profond et sa vaste pensée.

Un jour où, rongé d'un mortel ennui, sans espérance dans les négociations avec la ville, sans nouvelles d'Angleterre, le cardinal était sorti sans autre but que de sortir, accompagné seulement de Cahusac et de La Houdinière, longeant les grèves et mêlant l'immensité de ses rêves à l'immensité de l'Océan, il arriva au petit pas de son cheval sur une colline du haut de laquelle il aperçut derrière une haie, couchés sur le sable et prenant au passage un de ces rayons de soleil si rares à cette époque de l'année, sept hommes entourés de bouteilles vides. Quatre de ces hommes étaient nos mousquetaires s'apprêtant à écouter la lecture d'une lettre que l'un d'eux venait de recevoir. Cette lettre était si importante, qu'elle avait fait abandonner sur un tambour des cartes et des dés.

Les trois autres s'occupaient à décoiffer une énorme dame-jeanne de vin de Collioure ; c'étaient les laquais de ces messieurs.

Le cardinal, comme nous l'avons dit, était de sombre humeur, et rien, quand il était dans cette situation d'esprit, ne redoublait sa maussaderie comme la gaieté des autres. D'ailleurs, il avait une préoccupation étrange, c'était de croire toujours que les causes mêmes de sa tristesse excitaient la gaieté des étrangers. Faisant signe à La Houdinière et à Cahusac de s'arrêter, il descendit de cheval et s'approcha de ces rieurs suspects, espérant qu'à l'aide du sable qui assourdissait ses pas, et de la haie qui voilait sa marche, il pourrait entendre quelques mots de cette conversation qui lui paraissait si intéressante ; à dix pas de la haie seulement il reconnut le babil gascon de d'Artagnan, et comme il savait déjà que ces hommes étaient des mousquetaires, il ne douta pas que les trois autres ne fussent ceux qu'on appelait les inséparables, c'est-à-dire Athos, Porthos et Aramis.

On juge si son désir d'entendre la conversation s'augmenta de cette découverte ; ses yeux prirent une expression étrange, et d'un pas de chat-tigre il s'avança vers la haie ; mais il n'avait pu saisir encore que des syllabes vagues et sans aucun sens positif, lorsqu'un cri sonore et bref le fit tressaillir et attira l'attention des mousquetaires.

— Officier ! cria Grimaud.

— Vous parlez, je crois, drôle, dit Athos se

soulevant sur un coude et fascinant Grimaud de son regard flamboyant.

Aussi Grimaud n'ajouta-t-il point une parole, se contentant de tendre le doigt indicateur dans la direction de la haie et dénonçant par ce geste le cardinal et son escorte.

D'un seul bond les quatre mousquetaires furent sur pied et saluèrent avec respect.

Le cardinal semblait furieux.

— Il paraît qu'on se fait garder chez Messieurs les mousquetaires ! dit-il. Est-ce que l'Anglais vient par terre, ou serait-ce que les mousquetaires se regardent comme des officiers supérieurs ?

— Monseigneur, répondit Athos, car au milieu de l'effroi général lui seul avait conservé ce calme et ce sang-froid de grand seigneur qui ne le quittait jamais, Monseigneur, les mousquetaires, lorsqu'ils ne sont pas de service, ou que leur service est fini, boivent et jouent aux dés, et ils sont des officiers très supérieurs pour leurs laquais.

— Des laquais ! grommela le cardinal, des laquais qui ont la consigne d'avertir leurs maîtres quand passe quelqu'un, ce ne sont point des laquais, ce sont des sentinelles.

— Son Éminence voit bien cependant que si nous n'avions point pris cette précaution, nous étions exposés à la laisser passer sans lui présenter nos respects et lui offrir nos remerciements pour la grâce qu'elle nous a faite de nous réunir. D'Artagnan, continua Athos, vous qui tout à l'heure demandiez cette occasion d'exprimer votre reconnaissance à Monseigneur, la voici venue, profitez-en.

Ces mots furent prononcés avec ce flegme

imperturbable qui distinguait Athos dans les heures du danger, et cette excessive politesse qui faisait de lui dans certains moments un roi plus majestueux que les rois de naissance.

D'Artagnan s'approcha et balbutia quelques paroles de remerciements, qui bientôt expirèrent sous le regard assombri du cardinal.

— N'importe, Messieurs, continua le cardinal sans paraître le moins du monde détourné de son intention première par l'incident qu'Athos avait soulevé ; n'importe, Messieurs, je n'aime pas que de simples soldats, parce qu'ils ont l'avantage de servir dans un corps privilégié, fassent ainsi les grands seigneurs, et la discipline est la même pour eux que pour tout le monde.

Athos laissa le cardinal achever parfaitement sa phrase, et, s'inclinant en signe d'assentiment, il reprit à son tour :

— La discipline, Monseigneur, n'a en aucune façon, je l'espère, été oubliée par nous. Nous ne sommes pas de service, et nous avons cru que, n'étant pas de service, nous pouvions disposer de notre temps comme bon nous semblait. Si nous sommes assez heureux pour que Son Éminence ait quelque ordre particulier à nous donner, nous sommes prêts à lui obéir. Monseigneur voit, continua Athos en fronçant le sourcil, car cette espèce d'interrogatoire commençait à l'impatienter, que, pour être prêts à la moindre alerte, nous sommes sortis avec nos armes.

Et il montra du doigt au cardinal les quatre mousquets en faisceau près du tambour sur lequel étaient les cartes et les dés.

— Que Votre Éminence veuille croire, ajouta

d'Artagnan, que nous nous serions portés au-devant d'elle si nous eussions pu supposer que c'était elle qui venait vers nous en si petite compagnie.

Le cardinal se mordait les moustaches et un peu les lèvres.

— Savez-vous de quoi vous avez l'air, toujours ensemble, comme vous voilà, armés comme vous êtes, et gardés par vos laquais ? dit le cardinal, vous avez l'air de quatre conspirateurs.

— Oh ! quant à ceci, Monseigneur, c'est vrai, dit Athos, et nous conspirons, comme Votre Éminence a pu le voir l'autre matin, seulement c'est contre les Rochelois.

— Eh ! Messieurs les politiques ! reprit le cardinal en fronçant le sourcil à son tour, on trouverait peut-être dans vos cervelles le secret de bien des choses qui sont ignorées, si on pouvait y lire comme vous lisiez dans cette lettre que vous avez cachée quand vous m'avez vu venir.

Le rouge monta à la figure d'Athos, il fit un pas vers Son Éminence.

— On dirait que vous nous soupçonnez réellement, Monseigneur, et que nous subissons un véritable interrogatoire ; s'il en est ainsi, que Votre Éminence daigne s'expliquer, et nous saurons du moins à quoi nous en tenir.

— Et quand cela serait un interrogatoire, reprit le cardinal, d'autres que vous en ont subi, Monsieur Athos, et y ont répondu.

— Aussi, Monseigneur, ai-je dit à Votre Éminence qu'elle n'avait qu'à questionner, et que nous étions prêts à répondre.

— Quelle était cette lettre que vous alliez lire, Monsieur Aramis, et que vous avez cachée ?

— Une lettre de femme, Monseigneur.

— Oh ! je conçois, dit le cardinal, il faut être discret pour ces sortes de lettres ; mais cependant on peut les montrer à un confesseur, et, vous le savez, j'ai reçu les ordres.

— Monseigneur, dit Athos avec un calme d'autant plus terrible qu'il jouait sa tête en faisant cette réponse, la lettre est d'une femme, mais elle n'est signée ni Marion de Lorme ni Mme d'Aiguillon[1].

Le cardinal devint pâle comme la mort, un éclair fauve sortit de ses yeux ; il se retourna comme pour donner un ordre à Cahusac et à La Houdinière. Athos vit le mouvement ; il fit un pas vers les mousquetons, sur lesquels les trois amis avaient les yeux fixés en hommes mal disposés à se laisser arrêter. Le cardinal était, lui, troisième ; les mousquetaires, y compris les laquais, étaient sept : il jugea que la partie serait d'autant moins égale qu'Athos et ses compagnons conspiraient réellement ; et, par un de ces retours rapides qu'il tenait toujours à sa disposition, toute sa colère se fondit dans un sourire.

— Allons, allons ! dit-il, vous êtes de braves jeunes gens, fiers au soleil, fidèles dans l'obscurité ; il n'y a pas de mal à veiller sur soi quand on veille si bien sur les autres ; Messieurs, je n'ai point oublié la nuit où vous m'avez servi d'escorte pour aller au Colombier-Rouge ; s'il y avait quelque danger à craindre sur la route que je vais suivre, je vous prierais de m'accompagner ; mais, comme il n'y en a pas, restez où vous êtes, achevez vos bouteilles, votre partie et votre lettre. Adieu, Messieurs.

Et, remontant sur son cheval, que Cahusac lui avait amené, il salua de la main et s'éloigna.

Les quatre jeunes gens, debout et immobiles, le suivirent des yeux sans dire un seul mot jusqu'à ce qu'il eût disparu.

Puis ils se regardèrent.

Tous avaient la figure consternée, car, malgré l'adieu amical de Son Éminence, ils comprenaient que le cardinal s'en allait la rage dans le cœur.

Athos seul souriait d'un sourire puissant et dédaigneux. Quand le cardinal fut hors de la portée de la voix et de la vue :

— Ce Grimaud a crié bien tard ! dit Porthos, qui avait grande envie de faire tomber sa mauvaise humeur sur quelqu'un.

Grimaud allait répondre pour s'excuser. Athos leva le doigt et Grimaud se tut.

— Auriez-vous rendu la lettre, Aramis ? dit d'Artagnan.

— Moi, dit Aramis de sa voix la plus flûtée, j'étais décidé : s'il avait exigé que la lettre lui fût remise, je lui présentais la lettre d'une main, et de l'autre je lui passais mon épée au travers du corps.

— Je m'y attendais bien, dit Athos ; voilà pourquoi je me suis jeté entre vous et lui. En vérité, cet homme est bien imprudent de parler ainsi à d'autres hommes ; on dirait qu'il n'a jamais eu affaire qu'à des femmes et à des enfants.

— Mon cher Athos, dit d'Artagnan, je vous admire, mais cependant nous étions dans notre tort, après tout.

— Comment, dans notre tort ! reprit Athos. À qui donc cet air que nous respirons ? À qui cet Océan sur lequel s'étendent nos regards ? À qui ce sable sur lequel nous étions couchés ? À qui cette lettre de votre maîtresse ? Est-ce au cardinal ? Sur mon honneur, cet homme se figure que le monde lui appartient ; vous étiez là, balbutiant, stupéfait, anéanti ; on eût dit que la Bastille se dressait devant vous et que la gigantesque Méduse vous changeait en pierre. Est-ce que c'est conspirer, voyons, que d'être amoureux ? Vous êtes amoureux d'une femme que le cardinal a fait enfermer, vous voulez la tirer des mains du cardinal ; c'est une partie que vous jouez avec Son Éminence : cette lettre c'est votre jeu ; pourquoi montreriez-vous votre jeu à votre adversaire ? Cela ne se fait pas. Qu'il le devine, à la bonne heure ! Nous devinons bien le sien, nous !

— Au fait, dit d'Artagnan, c'est plein de sens, ce que vous dites là, Athos.

— En ce cas, qu'il ne soit plus question de ce qui vient de se passer, et qu'Aramis reprenne la lettre de sa cousine où M. le cardinal l'a interrompu.

Aramis tira la lettre de sa poche, les trois amis se rapprochèrent de lui, et les trois laquais se groupèrent de nouveau auprès de la dame-jeanne.

— Vous n'aviez lu qu'une ligne ou deux, dit d'Artagnan, reprenez donc la lettre à partir du commencement.

— Volontiers, dit Aramis.

Mon cher cousin, je crois bien que je me déciderai à partir pour Béthune[1]*, où ma sœur a fait entrer* *notre petite servante dans le couvent des Carmélites ; cette pauvre enfant s'est résignée, elle sait qu'elle ne peut vivre autre part sans que le salut de son âme soit en danger. Cependant, si les affaires de notre famille s'arrangent comme nous le désirons, je crois qu'elle courra le risque de se damner, et qu'elle reviendra près de ceux qu'elle regrette, d'autant plus qu'elle sait qu'on pense toujours à elle. En attendant, elle n'est pas trop malheureuse : tout ce qu'elle désire c'est une lettre de son prétendu. Je sais bien que ces sortes de denrées passent difficilement par les grilles ; mais, après tout, comme je vous en ai donné des preuves, mon cher cousin, je ne suis pas trop maladroite et je me chargerai de cette commission. Ma sœur vous remercie de votre bon et éternel souvenir. Elle a eu un instant de grande inquiétude ; mais enfin elle est quelque peu rassurée maintenant, ayant envoyé son commis là-bas afin qu'il ne s'y passe rien d'imprévu.*

Adieu, mon cher cousin, donnez-nous de vos nouvelles le plus souvent que vous pourrez, c'est-à-dire toutes les fois que vous croirez pouvoir le faire sûrement. Je vous embrasse.

MARIE MICHON.

— Oh ! que ne vous dois-je pas, Aramis ? s'écria d'Artagnan. Chère Constance ! j'ai donc enfin de ses nouvelles ; elle vit, elle est en sûreté dans un couvent, elle est à Béthune ! Où prenez-vous Béthune, Athos ?

— Mais sur les frontières de l'Artois et de la Flandre ; une fois le siège levé, nous pourrons aller faire un tour de ce côté.

— Et ce ne sera pas long, il faut l'espérer, dit Porthos, car on a, ce matin, pendu un espion, lequel a déclaré que les Rochelois en étaient aux cuirs de leurs souliers. En supposant qu'après avoir mangé le cuir ils mangent la semelle, je ne vois pas trop ce qui leur restera après, à moins de se manger les uns les autres.

— Pauvres sots ! dit Athos en vidant un verre d'excellent vin de Bordeaux, qui, sans avoir à cette époque la réputation qu'il a aujourd'hui, ne la méritait pas moins ; pauvres sots ! comme si la religion catholique n'était pas la plus avantageuse et la plus agréable des religions ! C'est égal, reprit-il après avoir fait claquer sa langue contre son palais, ce sont de braves gens. Mais que diable faites-vous donc, Aramis ? continua Athos ; vous serrez cette lettre dans votre poche ?

— Oui, dit d'Artagnan, Athos a raison, il faut la brûler ; encore, qui sait si M. le cardinal n'a pas un secret pour interroger les cendres ?

— Il doit en avoir un, dit Athos.

— Mais que voulez-vous faire de cette lettre ? demanda Porthos.

— Venez ici, Grimaud, dit Athos.

Grimaud se leva et obéit.

— Pour vous punir d'avoir parlé sans permission, mon ami, vous allez manger ce morceau de papier, puis, pour vous récompenser du service que vous nous aurez rendu, vous boirez ensuite ce verre de vin ; voici la lettre d'abord, mâchez avec énergie.

Grimaud sourit, et, les yeux fixés sur le verre qu'Athos venait de remplir bord à bord, il broya le papier et l'avala.

— Bravo, Maître Grimaud ! dit Athos, et maintenant prenez ceci ; bien, je vous dispense de dire merci.

Grimaud avala silencieusement le verre de vin de Bordeaux, mais ses yeux levés au ciel parlaient, pendant tout le temps que dura cette douce occupation, un langage qui, pour être muet, n'en était pas moins expressif.

— Et maintenant, dit Athos, à moins que M. le cardinal n'ait l'ingénieuse idée de faire ouvrir le ventre à Grimaud, je crois que nous pouvons être à peu près tranquilles.

Pendant ce temps, Son Éminence continuait sa promenade mélancolique en murmurant entre ses moustaches :

— Décidément, il faut que ces quatre hommes soient à moi.

LII

PREMIÈRE JOURNÉE DE CAPTIVITÉ[1]

Revenons à Milady, qu'un regard jeté sur les côtes de France nous a fait perdre de vue un instant.

Nous la retrouverons dans la position désespérée où nous l'avons laissée, se creusant un abîme de sombres réflexions, sombre enfer à la porte duquel elle a presque laissé l'espérance : car pour la première fois elle doute, pour la première fois elle craint.

Dans deux occasions sa fortune lui a manqué, dans deux occasions elle s'est vue découverte et trahie, et dans ces deux occasions, c'est contre le génie fatal envoyé sans doute par le Seigneur pour la combattre qu'elle a échoué : d'Artagnan l'a vaincue, elle, cette invincible puissance du mal.

Il l'a abusée dans son amour, humiliée dans son orgueil, trompée dans son ambition, et maintenant voilà qu'il la perd dans sa fortune, qu'il l'atteint dans sa liberté, qu'il la menace même dans sa vie. Bien plus, il a levé un coin de son masque, cette égide dont elle se couvre et qui la rend si forte.

D'Artagnan a détourné de Buckingham, qu'elle hait, comme elle hait tout ce qu'elle a aimé, la tempête dont le menaçait Richelieu dans la personne de la reine. D'Artagnan s'est fait passer pour de Wardes, pour lequel elle avait une de ces fantaisies de tigresse, indomptables comme en ont les femmes de ce caractère. D'Artagnan connaît ce terrible secret qu'elle a juré que nul ne connaîtrait sans mourir. Enfin, au moment où elle vient d'obtenir un blanc-seing à l'aide duquel elle va se venger de son ennemi, le blanc-seing lui est arraché des mains, et c'est d'Artagnan qui la tient prisonnière et qui va l'envoyer dans quelque immonde Botany-Bay[1], dans quelque Tyburn infâme de l'océan Indien.

Car tout cela lui vient de d'Artagnan sans doute ; de qui viendraient tant de hontes amassées sur sa tête, sinon de lui ? Lui seul a pu transmettre à lord de Winter tous ces affreux secrets, qu'il a découverts les uns après les autres par une sorte de fatalité. Il connaît son beau-frère, il lui aura écrit.

Que de haine elle distille ! Là, immobile, et les yeux ardents et fixes dans son appartement désert, comme les éclats de ses rugissements sourds, qui parfois s'échappent avec sa respiration du fond de sa poitrine, accompagnent bien le bruit de la houle qui monte, gronde, mugit et vient se briser, comme un désespoir éternel et impuissant, contre les rochers sur lesquels est bâti ce château sombre et orgueilleux ! Comme, à la lueur des éclairs que sa colère orageuse fait briller dans son esprit, elle conçoit contre Mme Bonacieux, contre Buckingham, et surtout contre d'Artagnan, de magnifiques projets de vengeance, perdus dans les lointains de l'avenir !

Oui, mais pour se venger il faut être libre, et pour être libre, quand on est prisonnier, il faut percer un mur, desceller des barreaux, trouer un plancher ; toutes entreprises que peut mener à bout un homme patient et fort mais devant lesquelles doivent échouer les irritations fébriles d'une femme. D'ailleurs, pour faire tout cela il faut avoir le temps, des mois, des années, et elle... elle a dix ou douze jours, à ce que lui a dit lord de Winter, son fraternel et terrible geôlier.

Et cependant, si elle était un homme, elle tenterait tout cela, et peut-être réussirait-elle : pourquoi donc le ciel s'est-il ainsi trompé, en mettant cette âme virile dans ce corps frêle et délicat !

Aussi les premiers moments de la captivité ont été terribles : quelques convulsions de rage qu'elle n'a pu vaincre ont payé sa dette de faiblesse féminine à la nature. Mais peu à peu elle a surmonté les éclats de sa folle colère, les frémissements nerveux qui ont agité son corps ont disparu, et maintenant elle s'est repliée sur elle-même comme un serpent fatigué qui se repose.

— Allons, allons ; j'étais folle de m'emporter ainsi, dit-elle en plongeant dans la glace, qui reflète dans ses yeux son regard brûlant, par lequel elle semble s'interroger elle-même. Pas de violence, la violence est une preuve de faiblesse. D'abord je n'ai jamais réussi par ce moyen : peut-être, si j'usais de ma force contre des femmes, aurais-je chance de les trouver plus faibles encore que moi, et par conséquent de les vaincre ; mais c'est contre des hommes que je lutte, et je ne suis qu'une femme pour eux. Luttons en femme, ma force est dans ma faiblesse.

Alors, comme pour se rendre compte à elle-même des changements qu'elle pouvait imposer à sa physionomie si expressive et si mobile, elle lui fit prendre à la fois toutes les expressions, depuis celle de la colère qui crispait ses traits jusqu'à celle du plus doux, du plus affectueux et du plus séduisant sourire. Puis ses cheveux prirent successivement sous ses mains savantes les ondulations qu'elle crut pouvoir aider aux charmes de son visage. Enfin elle murmura, satisfaite d'elle-même :

— Allons, rien n'est perdu. Je suis toujours belle.

Il était huit heures du soir à peu près. Milady aperçut un lit ; elle pensa qu'un repos de quelques heures rafraîchirait non seulement sa tête et ses idées, mais encore son teint. Cependant, avant de se coucher, une idée meilleure lui vint. Elle avait entendu parler de souper. Déjà elle était depuis une heure dans cette chambre, on ne pouvait tarder à lui apporter son repas. La prisonnière ne voulut pas perdre de temps, et elle résolut de faire, dès cette même soirée, quelque tentative pour sonder le terrain, en étudiant le caractère des gens auxquels sa garde était confiée.

Une lumière apparut sous la porte ; cette lumière annonçait le retour de ses geôliers. Milady, qui s'était levée, se rejeta vivement sur son fauteuil, la tête renversée en arrière, ses beaux cheveux dénoués et épars, sa gorge demi nue sous ses dentelles froissées, une main sur son cœur et l'autre pendante.

On ouvrit les verrous, la porte grinça sur ses gonds, des pas retentirent dans la chambre et s'approchèrent.

— Posez là cette table, dit une voix que la prisonnière reconnut pour celle de Felton.

L'ordre fut exécuté.

— Vous apporterez des flambeaux et ferez relever la sentinelle, continua Felton.

Ce double ordre que donna aux mêmes individus le jeune lieutenant prouva à Milady que ses serviteurs étaient les mêmes hommes que ses gardiens, c'est-à-dire des soldats.

Les ordres de Felton étaient, au reste, exécutés avec une silencieuse rapidité qui donnait une bonne idée de l'état florissant dans lequel il maintenait la discipline.

Enfin, Felton, qui n'avait pas encore regardé Milady, se retourna vers elle.

— Ah ! ah ! dit-il, elle dort, c'est bien : à son réveil elle soupera.

Et il fit quelques pas pour sortir.

— Mais, mon lieutenant, dit un soldat moins stoïque que son chef, et qui s'était approché de Milady, cette femme ne dort pas.

— Comment, elle ne dort pas ? dit Felton, que fait-elle donc, alors ?

— Elle est évanouie ; son visage est très pâle, et j'ai beau écouter, je n'entends pas sa respiration.

— Vous avez raison, dit Felton après avoir regardé Milady de la place où il se trouvait, sans faire un pas vers elle, allez prévenir lord de Winter que sa prisonnière est évanouie, car je ne sais que faire, le cas n'ayant pas été prévu.

Le soldat sortit pour obéir aux ordres de son officier ; Felton s'assit sur un fauteuil qui se trouvait par hasard près de la porte et attendit sans dire une parole, sans faire un geste. Milady possédait ce grand art, tant étudié par les femmes, de voir à travers ses longs cils sans avoir l'air d'ouvrir les paupières : elle aperçut Felton qui lui tournait le dos, elle continua de le regarder pendant dix minutes à peu près, et pendant ces dix minutes, l'impassible gardien ne se retourna pas une seule fois.

Elle songea alors que lord de Winter allait venir et rendre, par sa présence, une nouvelle force à son geôlier : sa première épreuve était perdue, elle en prit son parti en femme qui compte sur ses ressources ; en conséquence elle leva la tête, ouvrit les yeux et soupira faiblement.

À ce soupir, Felton se retourna enfin.

— Ah ! vous voici réveillée, Madame ! dit-il, je n'ai donc plus affaire ici ! Si vous avez besoin de quelque chose, vous appellerez.

— Oh ! mon Dieu ! mon Dieu ! que j'ai souffert ! murmura Milady avec cette voix harmonieuse qui, pareille à celle des enchanteresses antiques, charmait tous ceux qu'elle voulait perdre.

Et elle prit en se redressant sur son fauteuil une position plus gracieuse et plus abandonnée encore que celle qu'elle avait lorsqu'elle était couchée.

Felton se leva.

— Vous serez servie ainsi trois fois par jour, Madame, dit-il : le matin à neuf heures, dans la journée à une heure, et le soir à huit heures. Si cela ne vous convient pas, vous pouvez indiquer vos heures au lieu de celles que je vous propose, et, sur ce point, on se conformera à vos désirs.

— Mais vais-je donc rester toujours seule dans cette grande et triste chambre ? demanda Milady.

— Une femme des environs a été prévenue,

elle sera demain au château, et viendra toutes les fois que vous désirerez sa présence.

— Je vous rends grâce, Monsieur, répondit humblement la prisonnière.

Felton fit un léger salut et se dirigea vers la porte. Au moment où il allait en franchir le seuil, lord de Winter parut dans le corridor, suivi du soldat qui était allé lui porter la nouvelle de l'évanouissement de Milady. Il tenait à la main un flacon de sels.

— Eh bien ! qu'est-ce ? Et que se passe-t-il donc ici ? dit-il d'une voix railleuse en voyant sa prisonnière debout et Felton prêt à sortir. Cette morte est-elle donc déjà ressuscitée ? Pardieu, Felton, mon enfant, tu n'as donc pas vu qu'on te prenait pour un novice et qu'on te jouait le premier acte d'une comédie dont nous aurons sans doute le plaisir de suivre tous les développements ?

— Je l'ai bien pensé, Milord, dit Felton ; mais, enfin, comme la prisonnière est femme, après tout, j'ai voulu avoir les égards que tout homme bien né doit à une femme, sinon pour elle, du moins pour lui-même.

Milady frissonna par tout son corps. Ces paroles de Felton passaient comme une glace par toutes ses veines.

— Ainsi, reprit de Winter en riant, ces beaux cheveux savamment étalés, cette peau blanche et ce langoureux regard ne t'ont pas encore séduit, cœur de pierre ?

— Non, Milord, répondit l'impassible jeune homme, et croyez-moi bien, il faut plus que des manèges et des coquetteries de femme pour me corrompre.

— En ce cas, mon brave lieutenant, laissons Milady chercher autre chose et allons souper ; ah ! sois tranquille, elle a l'imagination féconde et le second acte de la comédie ne tardera pas à suivre le premier.

Et à ces mots lord de Winter passa son bras sous celui de Felton et l'emmena en riant.

— Oh ! je trouverai bien ce qu'il te faut, murmura Milady entre ses dents ; sois tranquille, pauvre moine manqué, pauvre soldat converti qui t'es taillé ton uniforme dans un froc.

— À propos, reprit de Winter en s'arrêtant sur le seuil de la porte, il ne faut pas, Milady, que cet échec vous ôte l'appétit. Tâtez de ce poulet et de ces poissons que je n'ai pas fait empoisonner, sur l'honneur. Je m'accommode assez de mon cuisinier, et comme il ne doit pas hériter de moi, j'ai en lui pleine et entière confiance. Faites comme moi. Adieu, chère sœur ! À votre prochain évanouissement.

C'était tout ce que pouvait supporter Milady : ses mains se crispèrent sur son fauteuil, ses dents grincèrent sourdement, ses yeux suivirent le mouvement de la porte qui se fermait derrière lord de Winter et Felton ; et, lorsqu'elle se vit seule, une nouvelle crise de désespoir la prit ; elle jeta les yeux sur la table, vit briller un couteau, s'élança et le saisit ; mais son désappointement fut cruel : la lame en était ronde et d'argent flexible.

Un éclat de rire retentit derrière la porte mal fermée, et la porte se rouvrit.

— Ah ! ah ! s'écria lord de Winter ; ah ! ah ! ah ! vois-tu bien, mon brave Felton, vois-tu ce que je t'avais dit : ce couteau, c'était pour toi ; mon enfant, elle t'aurait tué ; vois-tu, c'est un de ses travers, de se débarrasser ainsi, d'une façon ou de l'autre, des gens qui la gênent. Si je t'eusse écouté, le couteau eût été pointu et d'acier : alors plus de Felton, elle t'aurait égorgé et, après toi, tout le monde. Vois donc, John, comme elle sait bien tenir son couteau.

En effet, Milady tenait encore l'arme offensive dans sa main crispée, mais ces derniers mots, cette suprême insulte, détendirent ses mains, ses forces et jusqu'à sa volonté.

Le couteau tomba par terre.

— Vous avez raison, Milord, dit Felton avec un accent de profond dégoût qui retentit jusqu'au fond du cœur de Milady, vous avez raison et c'est moi qui avais tort.

Et tous deux sortirent de nouveau.

Mais cette fois, Milady prêta une oreille plus attentive que la première fois, et elle entendit leurs pas s'éloigner et s'éteindre dans le fond du corridor.

— Je suis perdue, murmura-t-elle, me voilà au pouvoir de gens sur lesquels je n'aurai pas plus de prise que sur des statues de bronze ou de granit ; ils me savent par cœur et sont cuirassés contre toutes mes armes.

« Il est cependant impossible que cela finisse comme ils l'ont décidé. »

En effet, comme l'indiquait cette dernière réflexion, ce retour instinctif à l'espérance, dans cette âme profonde la crainte et les sentiments faibles ne surnageaient pas longtemps. Milady se mit à table, mangea de plusieurs mets, but un peu de vin d'Espagne, et sentit revenir toute sa résolution.

Avant de se coucher elle avait déjà commenté, analysé, retourné sur toutes leurs faces, examiné sous tous les points, les paroles, les pas, les gestes, les signes et jusqu'au silence de ses geôliers, et de cette étude profonde, habile et savante, il était résulté que Felton était, à tout prendre, le plus vulnérable de ses deux persécuteurs.

Un mot surtout revenait à l'esprit de la prisonnière :

— Si je t'eusse écouté, avait dit lord de Winter à Felton.

Donc Felton avait parlé en sa faveur, puisque lord de Winter n'avait pas voulu écouter Felton.

— Faible ou forte, répétait Milady, cet homme a donc une lueur de pitié dans son âme ; de cette lueur je ferai un incendie qui le dévorera.

« Quant à l'autre, il me connaît, il me craint et sait ce qu'il a à attendre de moi si jamais je m'échappe de ses mains, il est donc inutile de rien tenter sur lui. Mais Felton, c'est autre chose ; c'est un jeune homme naïf, pur et qui semble vertueux ; celui-là, il y a moyen de le perdre. »

Et Milady se coucha et s'endormit le sourire sur les lèvres ; quelqu'un qui l'eût vue dormant eût dit une jeune fille rêvant à la couronne de fleurs qu'elle devait mettre sur son front à la prochaine fête.

LIII

DEUXIÈME JOURNÉE DE CAPTIVITÉ[1]

MILADY rêvait qu'elle tenait enfin d'Artagnan, qu'elle assistait à son supplice, et c'était la vue de son sang odieux, coulant sous la hache du bourreau, qui dessinait ce charmant sourire sur les lèvres.

Elle dormait comme dort un prisonnier bercé par sa première espérance.

Le lendemain, lorsqu'on entra dans sa chambre, elle était encore au lit. Felton était dans le corridor : il amenait la femme dont il avait parlé la veille, et qui venait d'arriver ; cette femme entra et s'approcha du lit de Milady en lui offrant ses services.

Milady était habituellement pâle ; son teint pouvait donc tromper une personne qui la voyait pour la première fois.

— J'ai la fièvre, dit-elle ; je n'ai pas dormi un seul instant pendant toute cette longue nuit, je souffre horriblement : serez-vous plus humaine qu'on ne l'a été hier avec moi ? Tout ce que je demande, au reste, c'est la permission de rester couchée.

— Voulez-vous qu'on appelle un médecin ? dit la femme.

Felton écoutait ce dialogue sans dire une parole.

Milady réfléchissait que plus on l'entourerait de monde, plus elle aurait de monde à apitoyer, et plus la surveillance de lord de Winter redoublerait ; d'ailleurs le médecin pourrait déclarer que la maladie était feinte, et Milady, après avoir perdu la première partie, ne voulait pas perdre la seconde.

— Aller chercher un médecin, dit-elle, à quoi bon ? Ces Messieurs ont déclaré hier que mon mal était une comédie, il en serait sans doute de même aujourd'hui ; car, depuis hier soir, on a eu le temps de prévenir le docteur.

— Alors, dit Felton impatienté, dites vous-même, Madame, quel traitement vous voulez suivre.

— Eh ! le sais-je, moi ? Mon Dieu ! je sens que je souffre, voilà tout, que l'on me donne ce que l'on voudra, peu m'importe.

— Allez chercher lord de Winter, dit Felton fatigué de ces plaintes éternelles.

— Oh ! non, non ! s'écria Milady, non, Monsieur, ne l'appelez pas, je vous en conjure, je suis bien, je n'ai besoin de rien, ne l'appelez pas.

Elle mit une véhémence si prodigieuse, une éloquence si entraînante dans cette exclamation, que Felton, entraîné, fit quelques pas dans la chambre.

« Il est ému », pensa Milady.

— Cependant, Madame, dit Felton, si vous souffrez *réellement*, on enverra chercher un médecin, et si vous nous trompez, eh bien ! ce sera tant pis pour vous, mais du moins, de notre côté, nous n'aurons rien à nous reprocher.

Milady ne répondit point ; mais renversant sa belle tête sur son oreiller, elle fondit en larmes et éclata en sanglots.

Felton la regarda un instant avec son impassibilité ordinaire ; puis, voyant que la crise menaçait de se prolonger, il sortit ; la femme le suivit. Lord de Winter ne parut pas.

— Je crois que je commence à voir clair, murmura Milady avec une joie sauvage, en s'ensevelissant sous les draps pour cacher à tous ceux qui pourraient l'épier cet élan de satisfaction intérieure.

Deux heures s'écoulèrent.

— Maintenant il est temps que la maladie cesse, dit-elle : levons-nous et obtenons quelque succès dès aujourd'hui ; je n'ai que dix jours, et ce soir il y en aura deux d'écoulés.

En entrant, le matin, dans la chambre de Milady, on lui avait apporté son déjeuner ; or elle avait pensé qu'on ne tarderait pas à venir enlever la table, et qu'en ce moment elle reverrait Felton.

Milady ne se trompait pas. Felton reparut, et, sans faire attention si Milady avait ou non touché au repas, fit un signe pour qu'on emportât hors de la chambre la table, que l'on apportait ordinairement toute servie.

Felton resta le dernier ; il tenait un livre à la main.

Milady, couchée dans un fauteuil près de la cheminée, belle, pâle et résignée, ressemblait à une vierge sainte attendant le martyre.

Felton s'approcha d'elle et dit :

— Lord de Winter, qui est catholique comme vous, Madame, a pensé que la privation des rites et des cérémonies de votre religion peut vous être pénible : il consent donc à ce que vous lisiez chaque jour l'ordinaire de *votre messe*, et voici un livre qui en contient le rituel.

À l'air dont Felton déposa ce livre sur la petite table près de laquelle était Milady, au ton dont il prononça ces deux mots *votre messe*, au sourire dédaigneux dont il les accompagna, Milady leva la tête et regarda plus attentivement l'officier.

Alors, à cette coiffure sévère, à ce costume d'une simplicité exagérée, à ce front poli comme le marbre, mais dur et impénétrable comme lui, elle reconnut un de ces sombres puritains qu'elle avait rencontrés si souvent tant à la cour du roi Jacques[1] qu'à celle du roi de France, où, malgré le souvenir de la Saint-Barthélemy, ils venaient parfois chercher un refuge.

Elle eut donc une de ces inspirations subites comme les gens de génie seuls en reçoivent dans les grandes crises, dans les moments suprêmes qui doivent décider de leur fortune ou de leur vie.

Ces deux mots, *votre messe*, et un simple coup d'œil jeté sur Felton lui avaient en effet révélé toute l'importance de la réponse qu'elle allait faire.

Mais, avec cette rapidité d'intelligence qui lui était particulière, cette réponse toute formulée se présenta sur ses lèvres :

— Moi ! dit-elle avec un accent de dédain monté à l'unisson de celui qu'elle avait remarqué dans la voix du jeune officier, moi, Monsieur, *ma messe !* Lord de Winter, le catholique corrompu, sait bien que je ne suis pas de sa religion, et c'est un piège qu'il veut me tendre !

— Et de quelle religion êtes-vous donc, Madame ? demanda Felton avec un étonnement que, malgré son empire sur lui-même, il ne put cacher entièrement.

— Je le dirai, s'écria Milady avec une exaltation feinte, le jour où j'aurai assez souffert pour ma foi.

Le regard de Felton découvrit à Milady toute l'étendue de l'espace qu'elle venait de s'ouvrir par cette seule parole.

Cependant le jeune officier demeura muet et immobile, son regard seul avait parlé.

— Je suis aux mains de mes ennemis, continua-t-elle avec ce ton d'enthousiasme qu'elle savait familier aux puritains ; eh bien ! que mon Dieu me sauve ou que je périsse pour mon Dieu ! Voilà la réponse que je vous prie de faire à lord de Winter. Et quant à ce livre, ajouta-t-elle en montrant le rituel du bout du doigt, mais sans le toucher, comme si elle eût dû être souillée par cet attouchement, vous pouvez le remporter et vous en servir pour vous-même, car sans doute vous êtes doublement complice de lord de Winter, complice dans sa persécution, complice dans son hérésie.

Felton ne répondit rien, prit le livre avec le même sentiment de répugnance qu'il avait déjà manifesté et se retira pensif.

Lord de Winter vint vers les cinq heures du soir ; Milady avait eu le temps pendant toute la journée de se tracer son plan de conduite ; elle le reçut en femme qui a déjà repris tous ses avantages.

— Il paraît, dit le baron en s'asseyant dans un fauteuil en face de celui qu'occupait Milady et en étendant nonchalamment ses pieds sur le foyer, il paraît que nous avons fait une petite apostasie !

— Que voulez-vous dire, Monsieur ?

— Je veux dire que depuis la dernière fois que nous nous sommes vus, nous avons changé de religion ; auriez-vous épousé un troisième mari protestant, par hasard ?

— Expliquez-vous, Milord, reprit la prisonnière avec majesté, car je vous déclare que j'entends vos paroles, mais que je ne les comprends pas.

— Alors, c'est que vous n'avez pas de religion du tout ; j'aime mieux cela, reprit en ricanant lord de Winter.

— Il est certain que cela est plus selon vos principes, reprit froidement Milady.

— Oh ! je vous avoue que cela m'est parfaitement égal.

— Oh ! vous n'avoueriez pas cette indifférence religieuse, Milord, que vos débauches et vos crimes en feraient foi.

— Hein ! vous parlez de débauches, Madame Messaline, vous parlez de crimes, lady Macbeth ! Ou j'ai mal entendu, ou vous êtes, pardieu, bien impudente.

— Vous parlez ainsi parce que vous savez qu'on nous écoute, Monsieur, répondit froidement Milady, et que vous voulez intéresser vos geôliers et vos bourreaux contre moi.

— Mes geôliers ! Mes bourreaux ! Ouais, Madame, vous le prenez sur un ton poétique, et la comédie d'hier tourne ce soir à la tragédie. Au reste, dans huit jours vous serez où vous devez être et ma tâche sera achevée.

— Tâche infâme ! Tâche impie ! reprit Milady

avec l'exaltation de la victime qui provoque son juge.

— Je crois, ma parole d'honneur, dit de Winter en se levant, que la drôlesse devient folle. Allons, allons, calmez-vous, Madame la puritaine, ou je vous fais mettre au cachot. Pardieu ! c'est mon vin d'Espagne qui vous monte à la tête, n'est-ce pas ? Mais, soyez tranquille, cette ivresse-là n'est pas dangereuse et n'aura pas de suites.

Et lord de Winter se retira en jurant, ce qui à cette époque était une habitude toute cavalière.

Felton était en effet derrière la porte et n'avait pas perdu un mot de toute cette scène.

Milady avait deviné juste.

— Oui, va ! va ! dit-elle à son frère, les suites approchent, au contraire, mais tu ne les verras, imbécile, que lorsqu'il ne sera plus temps de les éviter.

Le silence se rétablit, deux heures s'écoulèrent ; on apporta le souper, et l'on trouva Milady occupée à faire tout haut ses prières, prières qu'elle avait apprises d'un vieux serviteur de son second mari, puritain des plus austères. Elle semblait en extase et ne parut pas même faire attention à ce qui se passait autour d'elle. Felton fit signe qu'on ne la dérangeât point, et lorsque tout fut en état il sortit sans bruit avec les soldats.

Milady savait qu'elle pouvait être épiée, elle continua donc ses prières jusqu'à la fin, et il lui sembla que le soldat qui était de sentinelle à sa porte ne marchait plus du même pas et paraissait écouter.

Pour le moment, elle n'en voulait pas davantage,

elle se releva, se mit à table, mangea peu et ne but que de l'eau.

Une heure après on vint enlever la table, mais Milady remarqua que cette fois Felton n'accompagnait point les soldats.

Il craignait donc de la voir trop souvent.

Elle se retourna vers le mur pour sourire, car il y avait dans ce sourire une telle expression de triomphe que ce seul sourire l'eût dénoncée.

Elle laissa encore s'écouler une demi-heure, et comme en ce moment tout faisait silence dans le vieux château, comme on n'entendait que l'éternel murmure de la houle, cette respiration immense de l'Océan, de sa voix pure, harmonieuse et vibrante, elle commença le premier couplet de ce psaume alors en entière faveur près des puritains :

Seigneur, si tu nous abandonnes,
C'est pour voir si nous sommes forts,
Mais ensuite c'est toi qui donnes
De ta céleste main la palme à nos efforts[1].

Ces vers n'étaient pas excellents, il s'en fallait même de beaucoup ; mais, comme on le sait, les protestants ne se piquaient pas de poésie.

Tout en chantant, Milady écoutait : le soldat de garde à sa porte s'était arrêté comme s'il eût été changé en pierre. Milady put donc juger de l'effet qu'elle avait produit.

Alors elle continua son chant avec une ferveur et un sentiment inexprimables ; il lui sembla que les sons se répandaient au loin sous les voûtes et allaient comme un charme magique adoucir le cœur de ses geôliers. Cependant il paraît que le soldat en sentinelle, zélé catholique sans doute, secoua le charme, car à travers la porte :

— Taisez-vous donc, Madame, dit-il, votre chanson est triste comme un *De profundis*, et si, outre l'agrément d'être en garnison ici, il faut encore y entendre de pareilles choses, ce sera à n'y point tenir.

— Silence ! dit alors une voix grave, que Milady reconnut pour celle de Felton ; de quoi vous mêlez-vous, drôle ? Vous a-t-on ordonné d'empêcher cette femme de chanter ? Non. On vous a dit de la garder, de tirer sur elle si elle essayait de fuir. Gardez-la ; si elle fuit, tuez-la ; mais ne changez rien à la consigne.

Une expression de joie indicible illumina le visage de Milady, mais cette expression fut fugitive comme le reflet d'un éclair, et, sans paraître avoir entendu le dialogue dont elle n'avait pas perdu un mot, elle reprit en donnant à sa voix tout le charme, toute l'étendue et toute la séduction que le démon y avait mis :

Pour tant de pleurs et de misère,
Pour mon exil et pour mes fers,
J'ai ma jeunesse, ma prière,
Et Dieu, qui comptera les maux que j'ai soufferts.

Cette voix, d'une étendue inouïe et d'une passion sublime, donnait à la poésie rude et inculte de ces psaumes une magie et une expression que les puritains les plus exaltés trouvaient rarement dans les chants de leurs frères, et qu'ils étaient forcés d'orner de toutes les ressources de leur imagination : Felton crut entendre chanter l'ange qui consolait les trois Hébreux dans la fournaise[1].

Milady continua :

Mais le jour de la délivrance
Viendra pour nous, Dieu juste et fort ;
Et s'il trompe notre espérance,
Il nous reste toujours le martyre et la mort.

Ce couplet, dans lequel la terrible enchanteresse s'efforça de mettre toute son âme, acheva de porter le désordre dans le cœur du jeune officier ; il ouvrit brusquement la porte, et Milady le vit apparaître pâle comme toujours, mais les yeux ardents et presque égarés.

— Pourquoi chantez-vous ainsi, dit-il, et avec une pareille voix ?

— Pardon, Monsieur, dit Milady avec douceur, j'oubliais que mes chants ne sont pas de mise dans cette maison. Je vous ai sans doute offensé dans vos croyances ; mais c'était sans le vouloir, je vous jure ; pardonnez-moi donc une faute qui est peut-être grande, mais qui certainement est involontaire.

Milady était si belle dans ce moment, l'extase religieuse dans laquelle elle semblait plongée donnait une telle expression à sa physionomie, que Felton, ébloui, crut voir l'ange que tout à l'heure il croyait seulement entendre.

— Oui, oui, répondit-il, oui ; vous troublez, vous agitez les gens qui habitent ce château.

Et le pauvre insensé ne s'apercevait pas lui-même de l'incohérence de ses discours, tandis que Milady plongeait son œil de lynx au plus profond de son cœur.

— Je me tairai, dit Milady en baissant les yeux avec toute la douceur qu'elle put donner à sa voix, avec toute la résignation qu'elle put imprimer à son maintien.

— Non, non, Madame, dit Felton ; seulement, chantez moins haut, la nuit surtout.

Et à ces mots, Felton, sentant qu'il ne pourrait pas conserver longtemps sa sévérité à l'égard de la prisonnière, s'élança hors de son appartement.

— Vous avez bien fait, lieutenant, dit le soldat ; ces chants bouleversent l'âme ; cependant on finit par s'y accoutumer : sa voix est si belle !

LIV

TROISIÈME JOURNÉE DE CAPTIVITÉ[1]

FELTON était venu ; mais il y avait encore un pas à faire : il fallait le retenir, ou plutôt il fallait qu'il restât tout seul ; et Milady ne voyait encore qu'obscurément le moyen qui devait la conduire à ce résultat.

Il fallait plus encore : il fallait le faire parler, afin de lui parler aussi ; car, Milady le savait bien, sa plus grande séduction était dans sa voix, qui parcourait si habilement toute la gamme des tons, depuis la parole humaine jusqu'au langage céleste.

Et cependant, malgré toute cette séduction, Milady pouvait échouer, car Felton était prévenu, et cela contre le moindre hasard. Dès lors, elle surveilla toutes ses actions, toutes ses paroles, jusqu'au plus simple regard de ses yeux, jusqu'à son geste, jusqu'à sa respiration, qu'on pouvait interpréter comme un soupir. Enfin, elle étudia tout, comme fait un habile comédien à qui l'on vient de donner un rôle nouveau dans un emploi qu'il n'a pas l'habitude de tenir.

Vis-à-vis de lord de Winter sa conduite était plus facile ; aussi avait-elle été arrêtée dès la veille. Rester muette et digne en sa présence, de temps en temps l'irriter par un dédain affecté, par un mot méprisant, le pousser à des menaces et à des violences qui faisaient un contraste avec sa résignation à elle, tel était son projet. Felton verrait : peut-être ne dirait-il rien ; mais il verrait.

Le matin, Felton vint comme d'habitude ; mais Milady le laissa présider à tous les apprêts du déjeuner sans lui adresser la parole. Aussi, au moment où il allait se retirer, eut-elle une lueur d'espoir ; car elle crut que c'était lui qui allait parler ; mais ses lèvres remuèrent sans qu'aucun son sortît de sa bouche, et, faisant un effort sur lui-même, il renferma dans son cœur les paroles qui allaient s'échapper de ses lèvres, et sortit.

Vers midi, lord de Winter entra.

Il faisait une assez belle journée d'hiver, et un rayon de ce pâle soleil d'Angleterre qui éclaire, mais qui n'échauffe pas, passait à travers les barreaux de la prison.

Milady regardait par la fenêtre, et fit semblant de ne pas entendre la porte qui s'ouvrait.

— Ah ! ah ! dit lord de Winter, après avoir fait de la comédie, après avoir fait de la tragédie, voilà que nous faisons de la mélancolie.

La prisonnière ne répondit pas.

— Oui, oui, continua lord de Winter, je comprends ; vous voudriez bien être en liberté sur ce rivage ; vous voudriez bien, sur un bon navire, fendre les flots de cette mer verte comme de l'émeraude ; vous voudriez bien, soit sur terre, soit sur l'Océan, me dresser une de ces bonnes petites embuscades comme vous savez si bien les combiner. Patience ! patience ! Dans quatre jours, le rivage vous sera permis, la mer vous sera ouverte, plus ouverte que vous ne le voudrez, car dans quatre jours l'Angleterre sera débarrassée de vous.

Milady joignit les mains, et levant ses beaux yeux vers le ciel :

— Seigneur ! Seigneur ! dit-elle avec une angélique suavité de geste et d'intonation, pardonnez à cet homme comme je lui pardonne moi-même.

— Oui, prie, maudite, s'écria le baron, ta prière est d'autant plus généreuse que tu es, je te le jure, au pouvoir d'un homme qui ne pardonnera pas.

Et il sortit.

Au moment où il sortait, un regard perçant glissa par la porte entrebâillée, et elle aperçut Felton qui se rangeait rapidement pour n'être pas vu d'elle.

Alors elle se jeta à genoux et se mit à prier.

— Mon Dieu ! mon Dieu ! dit-elle, vous savez pour quelle sainte cause je souffre, donnez-moi donc la force de souffrir.

La porte s'ouvrit doucement ; la belle suppliante fit semblant de n'avoir pas entendu et d'une voix pleine de larmes elle continua :

— Dieu vengeur ! Dieu de bonté ! laisserez-vous s'accomplir les affreux projets de cet homme !

Alors, seulement, elle feignit d'entendre le bruit des pas de Felton et, se relevant, rapide comme la pensée, elle rougit comme si elle eût été honteuse d'avoir été surprise à genoux.

— Je n'aime point à déranger ceux qui prient, Madame, dit gravement Felton ; ne vous dérangez donc pas pour moi, je vous en conjure.

— Comment savez-vous que je priais ? Monsieur, dit Milady d'une voix suffoquée par les sanglots ; vous vous trompiez, Monsieur, je ne priais pas.

— Pensez-vous donc, Madame, répondit Felton de sa même voix grave, quoique avec un accent plus doux, que je me croie le droit d'empêcher une créature de se prosterner devant son Créateur ? À Dieu ne plaise ! D'ailleurs le repentir sied bien aux coupables ; quelque crime qu'il ait commis, un coupable m'est sacré aux pieds de Dieu.

— Coupable, moi ! dit Milady avec un sourire qui eût désarmé l'ange du Jugement dernier. Coupable ! mon Dieu, tu sais si je le suis ! Dites que je suis condamnée, Monsieur, à la bonne heure ; mais vous le savez, Dieu, qui aime les martyrs, permet que l'on condamne quelquefois les innocents.

— Fussiez-vous condamnée, fussiez-vous martyre, répondit Felton, raison de plus pour prier, et moi-même, je vous aiderai de mes prières.

— Oh ! vous êtes un juste, vous, s'écria Milady en se précipitant à ses pieds ; tenez, je n'y puis tenir plus longtemps, car je crains de manquer de force au moment où il me faudra soutenir la lutte et confesser ma foi ; écoutez donc la supplication d'une femme au désespoir. On vous abuse, Monsieur, mais il n'est pas question de cela, je ne vous demande qu'une grâce, et, si vous me l'accordez, je vous bénirai dans ce monde et dans l'autre.

— Parlez au maître, Madame, dit Felton ; je ne suis heureusement chargé, moi, ni de pardonner ni de punir, et c'est à plus haut que moi que Dieu a remis cette responsabilité.

— À vous, non, à vous seul. Écoutez-moi, plutôt que de contribuer à ma perte, plutôt que de contribuer à mon ignominie.

— Si vous avez mérité cette honte, Madame, si vous avez encouru cette ignominie, il faut la subir en l'offrant à Dieu.

— Que dites-vous ? Oh ! vous ne me comprenez pas ! Quand je parle d'ignominie, vous croyez que je parle d'un châtiment quelconque, de la prison ou de la mort ! Plût au ciel ! Que m'importent, à moi, la mort ou la prison !

— C'est moi qui ne vous comprends plus, Madame.

— Ou qui faites semblant de ne plus me comprendre, Monsieur, répondit la prisonnière avec un sourire de doute.

— Non, Madame, sur l'honneur d'un soldat, sur la foi d'un chrétien !

— Comment ! Vous ignorez les desseins de lord de Winter sur moi ?

— Je les ignore.

— Impossible, vous son confident !

— Je ne mens jamais, Madame.

— Oh ! il se cache trop peu cependant pour qu'on nè les devine pas.

— Je ne cherche à rien deviner, Madame ; j'attends qu'on me confie, et à part ce qu'il m'a dit devant vous, lord de Winter ne m'a rien confié.

— Mais, s'écria Milady avec un incroyable accent de vérité, vous n'êtes donc pas son complice, vous ne savez donc pas qu'il me destine à une honte que tous les châtiments de la terre ne sauraient égaler en horreur ?

— Vous vous trompez, Madame, dit Felton en

rougissant, lord de Winter n'est pas capable d'un tel crime.

« Bon, dit Milady en elle-même, sans savoir ce que c'est, il appelle cela un crime ! »

Puis tout haut :

— L'ami de l'infâme est capable de tout.

— Qui appelez-vous l'infâme ? demanda Felton.

— Y a-t-il donc en Angleterre deux hommes à qui un semblable nom puisse convenir ?

— Vous voulez parler de Georges Villiers ? dit Felton, dont les regards s'enflammèrent.

— Que les païens, les gentils et les infidèles appellent duc de Buckingham, reprit Milady ; je n'aurais pas cru qu'il y aurait eu un Anglais dans toute l'Angleterre qui eût eu besoin d'une si longue explication pour reconnaître celui dont je voulais parler !

— La main du Seigneur est étendue sur lui, dit Felton, il n'échappera pas au châtiment qu'il mérite.

Felton ne faisait qu'exprimer à l'égard du duc le sentiment d'exécration que tous les Anglais avaient voué à celui que les catholiques eux-mêmes appelaient l'exacteur, le concussionnaire, le débauché, et que les puritains appelaient tout simplement Satan.

— Oh ! mon Dieu ! mon Dieu ! s'écria Milady, quand je vous supplie d'envoyer à cet homme le châtiment qui lui est dû, vous savez que ce n'est pas ma propre vengeance que je poursuis, mais la délivrance de tout un peuple que j'implore.

— Le connaissez-vous donc ? demanda Felton.

« Enfin, il m'interroge », se dit en elle-même Milady au comble de la joie d'en être arrivée si vite à un si grand résultat. — Oh ! si je le connais ! oh, oui ! pour mon malheur, pour mon malheur éternel.

Et Milady se tordit les bras comme arrivée au paroxysme de la douleur. Felton sentit sans doute en lui-même que sa force l'abandonnait, et il fit quelques pas vers la porte ; la prisonnière, qui ne le perdait pas de vue, bondit à sa poursuite et l'arrêta.

— Monsieur ! s'écria-t-elle, soyez bon, soyez clément, écoutez ma prière : ce couteau que la fatale prudence du baron m'a enlevé, parce qu'il sait l'usage que j'en veux faire ; oh ! écoutez-moi jusqu'au bout ! ce couteau, rendez-le-moi une minute seulement, par grâce, par pitié ! J'embrasse vos genoux ; voyez, vous fermerez la porte, ce n'est pas à vous que j'en veux ; Dieu ! vous en vouloir, à vous, le seul être juste, bon et compatissant que j'aie rencontré ! à vous, mon sauveur peut-être ! Une minute, ce couteau, une minute, une seule, et je vous le rends par le guichet de la porte ; rien qu'une minute, Monsieur Felton, et vous m'aurez sauvé l'honneur !

— Vous tuer ! s'écria Felton avec terreur, oubliant de retirer ses mains des mains de la prisonnière ; vous tuer !

— J'ai dit, Monsieur, murmura Milady en baissant la voix et en se laissant tomber affaissée sur le parquet, j'ai dit mon secret ! Il sait tout ! Mon Dieu ! je suis perdue !

Felton demeurait debout, immobile et indécis.

— Il doute encore, pensa Milady, je n'ai pas été assez vraie.

On entendit marcher dans le corridor ; Milady

reconnut le pas de lord de Winter. Felton le reconnut aussi et s'avança vers la porte.

Milady s'élança.

— Oh ! pas un mot, dit-elle d'une voix concentrée, pas un mot de tout ce que je vous ai dit à cet homme, ou je suis perdue, et c'est vous, vous…

Puis, comme les pas se rapprochaient, elle se tut de peur qu'on n'entendît sa voix, appuyant avec un geste de terreur infinie sa belle main sur la bouche de Felton. Felton repoussa doucement Milady, qui alla tomber sur une chaise longue.

Lord de Winter passa devant la porte sans s'arrêter, et l'on entendit le bruit des pas qui s'éloignaient.

Felton, pâle comme la mort, resta quelques instants l'oreille tendue et écoutant, puis, quand le bruit se fut éteint tout à fait, il respira comme un homme qui sort d'un songe, et s'élança hors de l'appartement.

— Ah ! dit Milady en écoutant à son tour le bruit des pas de Felton, qui s'éloignaient dans la direction opposée à ceux de lord de Winter, enfin tu es donc à moi !

Puis son front se rembrunit.

— S'il parle au baron, dit-elle, je suis perdue, car le baron, qui sait bien que je ne me tuerai pas, me mettra devant lui un couteau entre les mains, et il verra bien que tout ce grand désespoir n'était qu'un jeu.

Elle alla se placer devant sa glace et se regarda, jamais elle n'avait été si belle.

— Oh ! oui ! dit-elle en souriant, mais il ne lui parlera pas.

Le soir, lord de Winter accompagna le souper.

— Monsieur, lui dit Milady, votre présence est-elle un accessoire obligé de ma captivité, et ne pourriez-vous pas m'épargner ce surcroît de tortures que me causent vos visites ?

— Comment donc, chère sœur ! dit de Winter, ne m'avez-vous pas sentimentalement annoncé, de cette jolie bouche si cruelle pour moi aujourd'hui, que vous veniez en Angleterre à cette seule fin de me voir tout à votre aise, jouissance dont, me disiez-vous, vous ressentiez si vivement la privation, que vous avez tout risqué pour cela : mal de mer, tempête, captivité ! Eh bien ! me voilà, soyez satisfaite ; d'ailleurs, cette fois ma visite a un motif.

Milady frissonna, elle crut que Felton avait parlé ; jamais de sa vie, peut-être, cette femme, qui avait éprouvé tant d'émotions puissantes et opposées, n'avait senti battre son cœur si violemment.

Elle était assise ; lord de Winter prit un fauteuil, le tira à ses côtés et s'assit auprès d'elle, puis prenant dans sa poche un papier qu'il déploya lentement :

— Tenez, lui dit-il, je voulais vous montrer cette espèce de passeport que j'ai rédigé moi-même et qui vous servira désormais de numéro d'ordre dans la vie que je consens à vous laisser.

Puis, ramenant ses yeux de Milady sur le papier, il lut :

Ordre de conduire à… Le nom est en blanc, interrompit de Winter : si vous avez quelque préférence, vous me l'indiquerez ; et pour peu que ce soit à un millier de lieues de Londres, il sera fait droit à votre requête. Je reprends donc : *Ordre de conduire à... la nommée Charlotte Backson*[1] *flétrie par la justice du royaume de France, mais libérée après châtiment ; elle demeurera dans cette résidence, sans jamais s'en écarter de plus de trois lieues. En cas de tentative d'évasion, la peine de mort lui sera appliquée. Elle touchera cinq schellings par jour pour son logement et sa nourriture.*

— Cet ordre ne me concerne pas, répondit froidement Milady, puisqu'un autre nom que le mien y est porté.

— Un nom ! Est-ce que vous en avez un ?

— J'ai celui de votre frère.

— Vous vous trompez, mon frère n'est que votre second mari, et le premier vit encore. Dites-moi son nom et je le mettrai en place du nom de Charlotte Backson. Non ?... Vous ne voulez pas ?... Vous gardez le silence ? C'est bien ! vous serez écrouée sous le nom de Charlotte Backson.

Milady demeura silencieuse ; seulement, cette fois ce n'était plus par affectation, mais par terreur : elle crut l'ordre prêt à être exécuté : elle pensa que lord de Winter avait avancé son départ ; elle crut qu'elle était condamnée à partir le soir même. Tout dans son esprit fut donc perdu pendant un instant, quand tout à coup elle s'aperçut que l'ordre n'était revêtu d'aucune signature.

La joie qu'elle ressentit de cette découverte fut si grande, qu'elle ne put la cacher.

— Oui, oui, dit lord de Winter, qui s'aperçut de ce qui se passait en elle, oui, vous cherchez la signature, et vous vous dites : tout n'est pas perdu, puisque cet acte n'est pas signé ; on me le montre pour m'effrayer, voilà tout. Vous vous trompez : demain cet ordre sera envoyé à lord Buckingham ; après-demain il reviendra signé de sa main et revêtu de son sceau, et vingt-quatre heures après, c'est moi qui vous en réponds, il recevra son commencement d'exécution. Adieu, Madame, voilà tout ce que j'avais à vous dire.

— Et moi je vous répondrai, Monsieur, que cet abus de pouvoir, que cet exil sous un nom supposé sont une infamie.

— Aimez-vous mieux être pendue sous votre vrai nom, Milady ? Vous le savez, les lois anglaises sont inexorables sur l'abus que l'on fait du mariage ; expliquez-vous franchement ; quoique mon nom ou plutôt le nom de mon frère se trouve mêlé dans tout cela, je risquerai le scandale d'un procès public pour être sûr que du coup je serai débarrassé de vous.

Milady ne répondit pas, mais devint pâle comme un cadavre.

— Oh ! je vois que vous aimez mieux la pérégrination. À merveille, Madame, et il y a un vieux proverbe qui dit que les voyages forment la jeunesse. Ma foi ! vous n'avez pas tort, après tout, et la vie est bonne. C'est pour cela que je ne me soucie pas que vous me l'ôtiez. Reste donc à régler l'affaire des cinq schellings ; je me montre un peu parcimonieux, n'est-ce pas ? Cela tient à ce que je ne me soucie pas que vous corrompiez vos gardiens. D'ailleurs il vous restera toujours vos charmes pour les séduire. Usez-en si votre échec avec Felton ne vous a pas dégoûtée des tentatives de ce genre.

« Felton n'a point parlé, se dit Milady à elle-même, rien n'est perdu alors. »

— Et maintenant, Madame, à vous revoir. Demain je viendrai vous annoncer le départ de mon messager.

Lord de Winter se leva, salua ironiquement Milady et sortit.

Milady respira : elle avait encore quatre jours devant elle ; quatre jours lui suffiraient pour achever de séduire Felton.

Une idée terrible lui vint alors, c'est que lord de Winter enverrait peut-être Felton lui-même pour faire signer l'ordre à Buckingham ; de cette façon Felton lui échappait, et pour que la prisonnière réussît il fallait la magie d'une séduction continue.

Cependant, comme nous l'avons dit, une chose la rassurait : Felton n'avait pas parlé.

Elle ne voulut point paraître émue par les menaces de lord de Winter, elle se mit à table et mangea.

Puis, comme elle avait fait la veille, elle se mit à genoux, et répéta tout haut ses prières. Comme la veille, le soldat cessa de marcher et s'arrêta pour l'écouter.

Bientôt elle entendit des pas plus légers que ceux de la sentinelle qui venaient du fond du corridor et qui s'arrêtaient devant sa porte.

— C'est lui, dit-elle.

Et elle commença le même chant religieux qui la veille avait si violemment exalté Felton.

Mais, quoique sa voix douce, pleine et sonore eût vibré plus harmonieuse et plus déchirante que jamais, la porte resta close. Il parut bien à Milady, dans un des regards furtifs qu'elle lançait sur le petit guichet, apercevoir à travers le grillage serré les yeux ardents du jeune homme ; mais, que ce fût une réalité ou une vision, cette fois il eut sur lui-même la puissance de ne pas entrer.

Seulement, quelques instants après qu'elle eut fini son chant religieux, Milady crut entendre un profond soupir ; puis les mêmes pas qu'elle avait entendus s'approcher s'éloignèrent lentement et comme à regret.

LV

QUATRIÈME JOURNÉE DE CAPTIVITÉ[1]

Le lendemain, lorsque Felton entra chez Milady, il la trouva debout, montée sur un fauteuil, tenant entre ses mains une corde tissue à l'aide de quelques mouchoirs de batiste déchirés en lanières tressées les unes avec les autres et attachées bout à bout ; au bruit que fit Felton en ouvrant la porte, Milady sauta légèrement à bas de son fauteuil, et essaya de cacher derrière elle cette corde improvisée, qu'elle tenait à la main.

Le jeune homme était plus pâle encore que d'habitude, et ses yeux rougis par l'insomnie indiquaient qu'il avait passé une nuit fiévreuse.

Cependant son front était armé d'une sérénité plus austère que jamais.

Il s'avança lentement vers Milady, qui s'était assise, et prenant un bout de la tresse meurtrière que par mégarde ou à dessein peut-être elle avait laissé passer :

— Qu'est-ce que cela, Madame ? demanda-t-il froidement.

— Cela, rien, dit Milady en souriant avec cette expression douloureuse qu'elle savait si bien donner à son sourire, l'ennui est l'ennemi mortel des prisonniers, je m'ennuyais et je me suis amusée à tresser cette corde.

Felton porta les yeux vers le point du mur de l'appartement devant lequel il avait trouvé Milady debout sur le fauteuil où elle était assise maintenant, et au-dessus de sa tête il aperçut un crampon doré, scellé dans le mur, et qui servait à accrocher soit des hardes, soit des armes.

Il tressaillit, et la prisonnière vit ce tressaillement ; car quoiqu'elle eût les yeux baissés, rien ne lui échappait.

— Et que faisiez-vous, debout sur ce fauteuil ? demanda-t-il.

— Que vous importe ? répondit Milady.

— Mais, reprit Felton, je désire le savoir.

— Ne m'interrogez pas, dit la prisonnière, vous savez bien qu'à nous autres, véritables chrétiens, il nous est défendu de mentir.

— Eh bien ! dit Felton, je vais vous le dire, ce que vous faisiez, ou plutôt ce que vous alliez faire ; vous alliez achever l'œuvre fatale que vous nourrissez dans votre esprit ; songez-y, Madame, si notre Dieu défend le mensonge, il défend bien plus sévèrement encore le suicide.

— Quand Dieu voit une de ses créatures persécutée injustement, placée entre le suicide et le déshonneur, croyez-moi, Monsieur, répondit Milady d'un ton de profonde conviction, Dieu lui pardonne le suicide : car, alors, le suicide c'est le martyre.

— Vous en dites trop ou trop peu ; parlez, Madame, au nom du ciel, expliquez-vous.

— Que je vous raconte mes malheurs, pour que vous les traitiez de fables ; que je vous dise mes projets, pour que vous alliez les dénoncer à mon persécuteur : non, Monsieur ; d'ailleurs, que vous importe la vie ou la mort d'une malheureuse condamnée ? Vous ne répondez que de mon corps, n'est-ce pas ? Et pourvu que vous présentiez un cadavre, qu'il soit reconnu pour le mien, on ne vous en demandera pas davantage, et peut-être, même, aurez-vous double récompense.

— Moi, Madame, moi ! s'écria Felton, supposer que j'accepterais jamais le prix de votre vie ; oh ! vous ne pensez pas ce que vous dites.

— Laissez-moi faire, Felton, laissez-moi faire, dit Milady en s'exaltant, tout soldat doit être ambitieux, n'est-ce pas ? Vous êtes lieutenant, eh bien ! vous suivrez mon convoi avec le grade de capitaine.

— Mais que vous ai-je donc fait, dit Felton ébranlé, pour que vous me chargiez d'une pareille responsabilité devant les hommes et devant Dieu ? Dans quelques jours vous allez être loin d'ici, Madame, votre vie ne sera plus sous ma garde, et, ajouta-t-il avec un soupir, alors vous en ferez ce que vous voudrez.

— Ainsi, s'écria Milady comme si elle ne pouvait résister à une sainte indignation, vous, un homme pieux, vous que l'on appelle un juste, vous ne demandez qu'une chose : c'est de n'être point inculpé, inquiété pour ma mort !

— Je dois veiller sur votre vie, Madame, et j'y veillerai.

— Mais comprenez-vous la mission que vous remplissez ? Cruelle déjà si j'étais coupable, quel nom lui donnerez-vous, quel nom le Seigneur lui donnera-t-il, si je suis innocente ?

— Je suis soldat, Madame, et j'accomplis les ordres que j'ai reçus.

— Croyez-vous qu'au jour du Jugement dernier Dieu séparera les bourreaux aveugles des juges iniques ? Vous ne voulez pas que je tue mon corps, et vous vous faites l'agent de celui qui veut tuer mon âme !

— Mais, je vous le répète, reprit Felton ébranlé, aucun danger ne vous menace, et je réponds de lord de Winter comme de moi-même.

— Insensé ! s'écria Milady, pauvre insensé, qui ose répondre d'un autre homme quand les plus sages, quand les plus grands selon Dieu hésitent à répondre d'eux-mêmes, et qui se range du parti le plus fort et le plus heureux, pour accabler la plus faible et la plus malheureuse !

— Impossible, Madame, impossible, murmura Felton qui sentait au fond du cœur la justesse de cet argument ; prisonnière, vous ne recouvrerez pas par moi la liberté, vivante, vous ne perdrez pas par moi la vie.

— Oui, s'écria Milady, mais je perdrai ce qui m'est bien plus cher que la vie, je perdrai l'honneur, Felton ; et c'est vous, vous que je ferai responsable devant Dieu et devant les hommes de ma honte et de mon infamie.

Cette fois Felton, tout impassible qu'il était ou qu'il faisait semblant d'être, ne put résister à l'influence secrète qui s'était déjà emparée de lui : voir cette femme si belle, blanche comme la plus candide vision, la voir tour à tour éplorée et menaçante, subir à la fois l'ascendant de la douleur et de la beauté, c'était trop pour un visionnaire, c'était trop pour un cerveau miné par les rêves ardents de la foi extatique, c'était trop pour un cœur corrodé à la fois par l'amour du ciel qui brûle, par la haine des hommes qui dévore.

Milady vit le trouble, elle sentait par intuition la flamme des passions opposées qui brûlaient avec le sang dans les veines du jeune fanatique ; et, pareille à un général habile qui, voyant l'ennemi prêt à reculer, marche sur lui en poussant un cri de victoire, elle se leva, belle comme une prêtresse antique, inspirée comme une vierge chrétienne, et, le bras étendu, le col découvert, les cheveux épars, retenant d'une main sa robe pudiquement ramenée sur sa poitrine, le regard illuminé de ce feu qui avait déjà porté le désordre dans les sens du jeune puritain, elle marcha vers lui, s'écriant sur un air véhément, de sa voix si douce, à laquelle, dans l'occasion, elle donnait un accent terrible :

Livre à Baal sa victime,
Jette aux lions le martyr :
Dieu te fera repentir !...
Je crie à lui de l'abîme[1].

Felton s'arrêta sous cette étrange apostrophe, et comme pétrifié.

— Qui êtes-vous, qui êtes-vous ? s'écria-t-il en joignant les mains ; êtes-vous une envoyée de Dieu, êtes-vous un ministre des enfers, êtes-vous ange ou démon, vous appelez-vous Éloa ou Astarté ?

— Ne m'as-tu pas reconnue, Felton ? Je ne suis ni un ange ni un démon, je suis une fille de la terre, je suis une sœur de ta croyance, voilà tout.

— Oui ! oui ! dit Felton, je doutais encore, mais maintenant je crois.

— Tu crois, et cependant tu es le complice de cet enfant de Bélial qu'on appelle lord de Winter ! Tu crois, et cependant tu me laisses aux mains de mes ennemis, de l'ennemi de l'Angleterre, de l'ennemi de Dieu ? Tu crois, et cependant tu me livres à celui qui remplit et souille le monde de ses hérésies et de ses débauches, à cet infâme Sardanapale que les aveugles nomment le duc de Buckingham et que les croyants appellent l'Antéchrist.

— Moi, vous livrer à Buckingham ! moi ! Que dites-vous là ?

— Ils ont des yeux, s'écria Milady, et ils ne verront pas ; ils ont des oreilles, et ils n'entendront point.

— Oui, oui, dit Felton en passant ses mains sur son front couvert de sueur, comme pour en arracher son dernier doute ; oui, je reconnais la voix qui me parle dans mes rêves ; oui, je reconnais les traits de l'ange qui m'apparaît chaque nuit, criant à mon âme qui ne peut dormir : « Frappe, sauve l'Angleterre, sauve-toi, car tu mourras sans avoir désarmé Dieu ! » Parlez, parlez ! s'écria Felton, je puis vous comprendre à présent.

Un éclair de joie terrible, mais rapide comme la pensée, jaillit des yeux de Milady.

Si fugitive qu'eût été cette lueur homicide, Felton la vit et tressaillit comme si cette lueur eût éclairé les abîmes du cœur de cette femme.

Felton se rappela tout à coup les avertissements de lord de Winter, les séductions de Milady, ses premières tentatives lors de son arrivée ; il recula d'un pas et baissa la tête, mais sans cesser de la regarder : comme si, fasciné par cette étrange créature, ses yeux ne pouvaient se détacher de ses yeux.

Milady n'était point femme à se méprendre au sens de cette hésitation. Sous ses émotions apparentes, son sang-froid glacé ne l'abandonnait point. Avant que Felton lui eût répondu et qu'elle fût forcée de reprendre cette conversation si difficile à soutenir sur le même accent d'exaltation, elle laissa retomber ses mains, et, comme si la faiblesse de la femme reprenait le dessus sur l'enthousiasme de l'inspirée :

— Mais, non, dit-elle, ce n'est pas à moi d'être la Judith qui délivrera Béthulie de cet Holopherne. Le glaive de l'Éternel est trop lourd pour mon bras. Laissez-moi donc fuir le déshonneur par la mort, laissez-moi me réfugier dans le martyre. Je ne vous demande ni la liberté, comme ferait une coupable, ni la vengeance, comme ferait une païenne. Laissez-moi mourir, voilà tout. Je vous supplie, je vous implore à genoux ; laissez-moi mourir, et mon dernier soupir sera une bénédiction pour mon sauveur.

À cette voix douce et suppliante, à ce regard timide et abattu, Felton se rapprocha. Peu à peu l'enchanteresse avait revêtu cette parure magique qu'elle reprenait et quittait à volonté, c'est-à-dire la beauté, la douceur, les larmes et surtout l'irrésistible attrait de la volupté mystique, la plus dévorante des voluptés.

— Hélas ! dit Felton, je ne puis qu'une chose, vous plaindre si vous me prouvez que vous êtes une victime ! Mais lord de Winter a de cruels griefs contre vous. Vous êtes chrétienne, vous êtes ma sœur en religion ; je me sens entraîné vers vous, moi qui n'ai aimé que mon bienfaiteur, moi qui n'ai trouvé dans la vie que des traîtres et des impies. Mais vous, Madame, vous si belle en réalité, vous si pure en apparence, pour que lord de Winter vous poursuive ainsi, vous avez donc commis des iniquités ?

— Ils ont des yeux, répéta Milady avec un accent d'indicible douleur, et ils ne verront pas ; ils ont des oreilles, et ils n'entendront point.

— Mais, alors, s'écria le jeune officier, parlez, parlez donc !

— Vous confier ma honte ! s'écria Milady avec le rouge de la pudeur au visage, car souvent le crime de l'un est la honte de l'autre ; vous confier ma honte, à vous homme, moi femme ! Oh ! continua-t-elle en ramenant pudiquement sa main sur ses beaux yeux, oh ! jamais, jamais je ne pourrai !

— À moi, à un frère ! s'écria Felton.

Milady le regarda longtemps avec une expression que le jeune officier prit pour du doute, et qui cependant n'était que de l'observation et surtout la volonté de fasciner.

Felton, à son tour suppliant, joignit les mains.

— Eh bien, dit Milady, je me fie à mon frère, j'oserai !

En ce moment, on entendit le pas de lord de Winter ; mais, cette fois, le terrible beau-frère de Milady ne se contenta point, comme il avait fait la veille, de passer devant la porte et de s'éloigner, il s'arrêta, échangea deux mots avec la sentinelle, puis la porte s'ouvrit et il parut.

Pendant ces deux mots échangés, Felton s'était

reculé vivement, et lorsque lord de Winter entra, il était à quelques pas de la prisonnière.

Le baron entra lentement, et porta son regard scrutateur de la prisonnière au jeune officier :

— Voilà bien longtemps, John, dit-il, que vous êtes ici ; cette femme vous a-t-elle raconté ses crimes ? alors je comprends la durée de l'entretien.

Felton tressaillit, et Milady sentit qu'elle était perdue si elle ne venait au secours du puritain décontenancé.

— Ah ! vous craignez que votre prisonnière ne vous échappe ! dit-elle, eh bien, demandez à votre digne geôlier quelle grâce, à l'instant même, je sollicitais de lui.

— Vous demandiez une grâce ? dit le baron soupçonneux.

— Oui, Milord, reprit le jeune homme confus.

— Et quelle grâce, voyons ? demanda lord de Winter.

— Un couteau qu'elle me rendra par le guichet, une minute après l'avoir reçu, répondit Felton.

— Il y a donc quelqu'un de caché ici que cette gracieuse personne veuille égorger ? reprit lord de Winter de sa voix railleuse et méprisante.

— Il y a moi, répondit Milady.

— Je vous ai donné le choix entre l'Amérique et Tyburn, reprit lord de Winter, choisissez Tyburn, Milady : la corde est, croyez-moi, encore plus sûre que le couteau.

Felton pâlit et fit un pas en avant, en songeant qu'au moment où il était entré, Milady tenait une corde.

— Vous avez raison, dit celle-ci, et j'y avais

déjà pensé ; puis elle ajouta d'une voix sourde : J'y penserai encore.

Felton sentit courir un frisson jusque dans la moelle de ses os ; probablement lord de Winter aperçut ce mouvement.

— Méfie-toi, John, dit-il, John, mon ami, je me suis reposé sur toi, prends garde ! Je t'ai prévenu ! D'ailleurs, aie bon courage, mon enfant, dans trois jours nous serons délivrés de cette créature, et, où je l'envoie, elle ne nuira plus à personne.

— Vous l'entendez ! s'écria Milady avec éclat, de façon que le baron crût qu'elle s'adressait au ciel et que Felton comprît que c'était à lui.

Felton baissa la tête et rêva.

Le baron prit l'officier par le bras en tournant la tête sur son épaule, afin de ne pas perdre Milady de vue jusqu'à ce qu'il fût sorti.

— Allons, allons, dit la prisonnière lorsque la porte se fut refermée, je ne suis pas encore si avancée que je le croyais. Winter a changé sa sottise ordinaire en une prudence inconnue ; ce que c'est que le désir de la vengeance, et comme ce désir forme l'homme ! Quant à Felton, il hésite. Ah ! ce n'est pas un homme comme ce d'Artagnan maudit. Un puritain n'adore que les vierges, et il les adore en joignant les mains. Un mousquetaire aime les femmes, et il les aime en joignant les bras.

Cependant Milady attendit avec impatience, car elle se doutait bien que la journée ne se passerait pas sans qu'elle revît Felton. Enfin, une heure après la scène que nous venons de raconter, elle entendit que l'on parlait bas à la porte, puis bientôt la porte s'ouvrit, et elle reconnut Felton.

Le jeune homme s'avança rapidement dans la chambre en laissant la porte ouverte derrière lui et en faisant signe à Milady de se taire ; il avait le visage bouleversé.

— Que me voulez-vous ? dit-elle.

— Écoutez, répondit Felton à voix basse, je viens d'éloigner la sentinelle pour pouvoir rester ici sans qu'on sache que je suis venu, pour vous parler sans qu'on puisse entendre ce que je vous dis. Le baron vient de me raconter une histoire effroyable.

Milady prit son sourire de victime résignée, et secoua la tête.

— Ou vous êtes un démon, continua Felton, ou le baron, mon bienfaiteur, mon père, est un monstre. Je vous connais depuis quatre jours, je l'aime depuis dix ans, lui ; je puis donc hésiter entre vous deux : ne vous effrayez pas de ce que je vous dis, j'ai besoin d'être convaincu. Cette nuit, après minuit, je viendrai vous voir, vous me convaincrez.

— Non, Felton, non, mon frère, dit-elle, le sacrifice est trop grand, et je sens qu'il vous coûte. Non, je suis perdue, ne vous perdez pas avec moi. Ma mort sera bien plus éloquente que ma vie, et le silence du cadavre vous convaincra bien mieux que les paroles de la prisonnière.

— Taisez-vous, Madame, s'écria Felton, et ne me parlez pas ainsi ; je suis venu pour que vous me promettiez sur l'honneur, pour que vous me juriez sur ce que vous avez de plus sacré, que vous n'attenterez pas à votre vie.

— Je ne veux pas promettre, dit Milady, car

personne plus que moi n'a le respect du serment, et, si je promettais, il me faudrait tenir.

— Eh bien ! dit Felton, engagez-vous seulement jusqu'au moment où vous m'aurez revu. Si, lorsque vous m'aurez revu, vous persistez encore, eh bien ! alors, vous serez libre, et moi-même je vous donnerai l'arme que vous m'avez demandée.

— Eh bien ! dit Milady, pour vous j'attendrai.

— Jurez-le.

— Je le jure par notre Dieu. Êtes-vous content ?

— Bien, dit Felton, à cette nuit !

Et il s'élança hors de l'appartement, referma la porte, et attendit en dehors, la demi-pique du soldat à la main, comme s'il eût monté la garde à sa place.

Le soldat revenu, Felton lui rendit son arme.

Alors, à travers le guichet dont elle s'était rapprochée, Milady vit le jeune homme se signer avec une ferveur délirante et s'en aller par le corridor avec un transport de joie.

Quant à elle, elle revint à sa place, un sourire de sauvage mépris sur ses lèvres, et elle répéta en blasphémant ce nom terrible de Dieu, par lequel elle avait juré sans jamais avoir appris à le connaître.

— Mon Dieu ! dit-elle, fanatique insensé ! mon Dieu ! c'est moi, moi et celui qui m'aidera à me venger.

LVI

CINQUIÈME JOURNÉE DE CAPTIVITÉ[1]

CEPENDANT Milady en était arrivée à un demi-triomphe et le succès obtenu doublait ses forces.

Il n'était pas difficile de vaincre, ainsi qu'elle l'avait fait jusque-là, des hommes prompts à se laisser séduire, et que l'éducation galante de la cour entraînait vite dans le piège ; Milady était assez belle pour ne pas trouver de résistance de la part de la chair, et elle était assez adroite pour l'emporter sur tous les obstacles de l'esprit.

Mais, cette fois, elle avait à lutter contre une nature sauvage, concentrée, insensible à force d'austérité ; la religion et la pénitence avaient fait de Felton un homme inaccessible aux séductions ordinaires. Il roulait dans cette tête exaltée des plans tellement vastes, des projets tellement tumultueux, qu'il n'y restait plus de place pour aucun amour, de caprice ou de matière, ce sentiment qui se nourrit de loisir et grandit par la corruption. Milady avait donc fait brèche, avec sa fausse vertu, dans l'opinion d'un homme prévenu horriblement contre elle, et par sa beauté, dans le cœur et les sens d'un homme chaste et pur. Enfin, elle s'était donné la mesure de ses moyens, inconnus d'elle-même jusqu'alors, par cette expérience faite sur le sujet le plus rebelle que la nature et la religion pussent soumettre à son étude.

Bien des fois néanmoins pendant la soirée elle avait désespéré du sort et d'elle-même ; elle n'invoquait pas Dieu, nous le savons, mais elle avait foi dans le génie du mal, cette immense souveraineté qui règne dans tous les détails de la vie humaine, et à laquelle, comme dans la fable arabe, un grain de grenade suffit pour reconstruire un monde perdu.

Milady, bien préparée à recevoir Felton, put dresser ses batteries pour le lendemain. Elle savait qu'il ne lui restait plus que deux jours, qu'une fois l'ordre signé par Buckingham (et Buckingham le signerait d'autant plus facilement, que cet ordre portait un faux nom, et qu'il ne pourrait reconnaître la femme dont il était question), une fois cet ordre signé, disons-nous, le baron la faisait embarquer sur-le-champ, et elle savait aussi que les femmes condamnées à la déportation usent d'armes bien moins puissantes dans leurs séductions que les prétendues femmes vertueuses dont le soleil du monde éclaire la beauté, dont la voix de la mode vante l'esprit et qu'un reflet d'aristocratie dote de ses lueurs enchantées. Être une femme condamnée à une peine misérable et infamante n'est pas un empêchement à être belle, mais c'est un obstacle à jamais redevenir puissante. Comme tous les gens d'un mérite réel, Milady connaissait le milieu qui convenait à sa nature, à ses moyens. La pauvreté lui répugnait, l'abjection la diminuait des deux tiers de sa grandeur.

Milady n'était reine que parmi les reines ; il fallait à sa domination le plaisir de l'orgueil satisfait. Commander aux êtres inférieurs était plutôt une humiliation qu'un plaisir pour elle.

Certes, elle fut revenue de son exil, elle n'en doutait pas un seul instant ; mais combien de temps cet exil pouvait-il durer ? Pour une nature agissante et ambitieuse comme celle de Milady, les jours qu'on n'occupe point à monter sont des jours néfastes ; qu'on trouve donc le mot dont on doive nommer les jours qu'on emploie à descendre ! Perdre un an, deux ans, trois ans, c'est-à-dire une éternité ; revenir quand d'Artagnan, heureux et triomphant, aurait, lui et ses amis, reçu de la reine la récompense qui leur était bien acquise pour les services qu'ils lui avaient rendus ; c'étaient là de ces idées dévorantes qu'une femme comme Milady ne pouvait supporter. Au reste, l'orage qui grondait en elle doublait sa force, et elle eût fait éclater les murs de sa prison, si son corps eût pu prendre un seul instant les proportions de son esprit.

Puis ce qui l'aiguillonnait encore au milieu de tout cela, c'était le souvenir du cardinal. Que devait penser, que devait dire de son silence le cardinal défiant, inquiet, soupçonneux ; le cardinal, non seulement son seul appui, son seul soutien, son seul protecteur dans le présent, mais encore le principal instrument de sa fortune et de sa vengeance à venir ? Elle le connaissait, elle savait qu'à son retour, après un voyage inutile, elle aurait beau arguer de la prison, elle aurait beau exalter les souffrances subies, le cardinal répondrait avec ce calme railleur du sceptique puissant à la fois par la force et par le génie : « Il ne fallait pas vous laisser prendre ! »

Alors Milady réunissait toute son énergie, murmurant au fond de sa pensée le nom de Felton, la seule lueur de jour qui pénétrât jusqu'à elle au fond de l'enfer où elle était tombée ; et comme un serpent qui roule et déroule ses anneaux pour se rendre compte à lui-même de sa force, elle enveloppait d'avance Felton dans les mille replis de son inventive imagination.

Cependant le temps s'écoulait, les heures les unes après les autres semblaient réveiller la cloche en passant, et chaque coup du battant d'airain retentissait sur le cœur de la prisonnière. À neuf heures, lord de Winter fit sa visite accoutumée, regarda la fenêtre et les barreaux, sonda le parquet et les murs, visita la cheminée et les portes, sans que, pendant cette longue et minutieuse visite, ni lui ni Milady prononçassent une seule parole.

Sans doute que tous deux comprenaient que la situation était devenue trop grave pour perdre le temps en mots inutiles et en colère sans effet.

— Allons, allons, dit le baron en la quittant, vous ne vous sauverez pas encore cette nuit !

À dix heures, Felton vint placer une sentinelle ; Milady reconnut son pas. Elle le devinait maintenant comme une maîtresse devine celui de l'amant de son cœur, et cependant Milady détestait et méprisait à la fois ce faible fanatique.

Ce n'était point l'heure convenue, Felton n'entra point.

Deux heures après et comme minuit sonnait, la sentinelle fut relevée.

Cette fois c'était l'heure : aussi, à partir de ce moment, Milady attendit-elle avec impatience.

La nouvelle sentinelle commença à se promener dans le corridor.

Au bout de dix minutes Felton vint.

Milady prêta l'oreille.

— Écoute, dit le jeune homme à la sentinelle, sous aucun prétexte ne t'éloigne de cette porte, car tu sais que la nuit dernière un soldat a été puni par Milord pour avoir quitté son poste un instant, et cependant c'est moi qui, pendant sa courte absence, avais veillé à sa place.

— Oui, je le sais, dit le soldat.

— Je te recommande donc la plus exacte surveillance. Moi, ajouta-t-il, je vais rentrer pour visiter une seconde fois la chambre de cette femme, qui a, j'en ai peur, de sinistres projets sur elle-même et que j'ai reçu l'ordre de surveiller.

— Bon, murmura Milady, voilà l'austère puritain qui ment !

Quant au soldat, il se contenta de sourire.

— Peste ! mon lieutenant, dit-il, vous n'êtes pas malheureux d'être chargé de commissions pareilles, surtout si Milord vous a autorisé à regarder jusque dans son lit.

Felton rougit ; dans toute autre circonstance il eût réprimandé le soldat qui se permettait une pareille plaisanterie ; mais sa conscience murmurait trop haut pour que sa bouche osât parler.

— Si j'appelle, dit-il, viens ; de même que si l'on vient, appelle-moi.

— Oui, mon lieutenant, dit le soldat.

Felton entra chez Milady. Milady se leva.

— Vous voilà ? dit-elle.

— Je vous avais promis de venir, dit Felton, et je suis venu.

— Vous m'avez promis autre chose encore.

— Quoi donc, mon Dieu ? dit le jeune homme, qui malgré son empire sur lui-même, sentait ses genoux trembler et la sueur poindre sur son front.

— Vous avez promis de m'apporter un couteau, et de me le laisser après notre entretien.

— Ne parlez pas de cela, Madame, dit Felton, il n'y a pas de situation, si terrible qu'elle soit, qui autorise une créature de Dieu à se donner la mort. J'ai réfléchi que jamais je ne devais me rendre coupable d'un pareil péché.

— Ah ! vous avez réfléchi ! dit la prisonnière en s'asseyant sur son fauteuil avec un sourire de dédain ; et moi aussi j'ai réfléchi.

— À quoi ?

— Que je n'avais rien à dire à un homme qui ne tenait pas sa parole.

— Ô mon Dieu ! murmura Felton.

— Vous pouvez vous retirer, dit Milady, je ne parlerai pas.

— Voilà le couteau ! dit Felton tirant de sa poche l'arme que, selon sa promesse, il avait apportée, mais qu'il hésitait à remettre à sa prisonnière.

— Voyons-le, dit Milady.

— Pour quoi faire ?

— Sur l'honneur, je vous le rends à l'instant même ; vous le poserez sur cette table ; et vous resterez entre lui et moi.

Felton tendit l'arme à Milady, qui en examina attentivement la trempe, et qui en essaya la pointe sur le bout de son doigt.

— Bien, dit-elle en rendant le couteau au jeune officier, celui-ci est en bel et bon acier ; vous êtes un fidèle ami, Felton.

Felton reprit l'arme et la posa sur la table comme il venait d'être convenu avec sa prisonnière.

Milady le suivit des yeux et fit un geste de satisfaction.

— Maintenant, dit-elle, écoutez-moi.

La recommandation était inutile : le jeune officier se tenait debout devant elle, attendant ses paroles pour les dévorer.

— Felton, dit Milady avec une solennité pleine de mélancolie, Felton, si votre sœur, la fille de votre père, vous disait : « Jeune encore, assez belle par malheur, on m'a fait tomber dans un piège, j'ai résisté ; on a multiplié autour de moi les embûches, les violences, j'ai résisté ; on a blasphémé la religion que je sers, le Dieu que j'adore, parce que j'appelais à mon secours ce Dieu et cette religion, j'ai résisté ; alors on m'a prodigué les outrages, et comme on ne pouvait perdre mon âme, on a voulu à tout jamais flétrir mon corps ; enfin... »

Milady s'arrêta, et un sourire amer passa sur ses lèvres.

— Enfin, dit Felton, enfin qu'a-t-on fait ?

— Enfin, un soir, on résolut de paralyser cette résistance qu'on ne pouvait vaincre : un soir, on mêla à mon eau un narcotique puissant ; à peine eus-je achevé mon repas, que je me sentis tomber peu à peu dans une torpeur inconnue. Quoique je fusse sans défiance, une crainte vague me saisit et j'essayai de lutter contre le sommeil ; je me levai, je voulus courir à la fenêtre, appeler au secours, mais mes jambes refusèrent de me porter ; il me semblait que le plafond s'abaissait sur ma tête et m'écrasait de son poids ; je tendis les bras, j'essayai de parler, je ne pus que pousser des sons inarticulés ; un engourdissement irrésistible s'emparait de moi, je me retins à un fauteuil, sentant que j'allais tomber, mais bientôt cet appui fut insuffisant pour mes bras débiles, je tombai sur un genou, puis sur les deux ; je voulus crier, ma langue était glacée ; Dieu ne me vit ni ne m'entendit sans doute, et je glissai sur le parquet, en proie à un sommeil qui ressemblait à la mort.

« De tout ce qui se passa dans ce sommeil et du temps qui s'écoula pendant sa durée, je n'eus aucun souvenir ; la seule chose que je me rappelle, c'est que je me réveillai couchée dans une chambre ronde, dont l'ameublement était somptueux, et dans laquelle le jour ne pénétrait que par une ouverture au plafond. Du reste, aucune porte ne semblait y donner entrée : on eût dit une magnifique prison.

« Je fus longtemps à pouvoir me rendre compte du lieu où je me trouvais et de tous les détails que je rapporte, mon esprit semblait lutter inutilement pour secouer les pesantes ténèbres de ce sommeil auquel je ne pouvais m'arracher ; j'avais des perceptions vagues d'un espace parcouru, du roulement d'une voiture, d'un rêve horrible dans lequel mes forces se seraient épuisées ; mais tout cela était si sombre et si indistinct dans ma pensée, que ces événements semblaient appartenir à une autre vie que la mienne et cependant mêlée à la mienne par une fantastique dualité.

« Quelque temps, l'état dans lequel je me trouvais me sembla si étrange, que je crus que je faisais un rêve. Je me levai chancelante, mes habits étaient près de moi, sur une chaise : je ne me rappelai ni m'être dévêtue ni m'être couchée. Alors peu à peu la réalité se présenta à moi pleine de pudiques terreurs : je n'étais plus dans la maison que j'habitais ; autant que j'en pouvais juger par la lumière du soleil, le jour était déjà aux deux tiers écoulé ! C'était la veille au soir que je m'étais endormie ; mon sommeil avait donc déjà duré près de vingt-quatre heures. Que s'était-il passé pendant ce long sommeil ?

« Je m'habillai aussi rapidement qu'il me fut possible. Tous mes mouvements lents et engourdis attestaient que l'influence du narcotique n'était point encore entièrement dissipée. Au reste, cette chambre était meublée pour recevoir une femme, et la coquette la plus achevée n'eût pas eu un souhait à former, qu'en promenant son regard autour de l'appartement elle n'eût vu son souhait accompli.

« Certes, je n'étais pas la première captive qui s'était vue enfermée dans cette splendide prison ; mais, vous le comprenez, Felton, plus la prison était belle, plus je m'épouvantais.

« Oui, c'était une prison, car j'essayai vainement d'en sortir. Je sondai tous les murs afin de découvrir une porte, partout les murs rendirent un son plein et mat.

« Je fis peut-être vingt fois le tour de cette chambre, cherchant une issue quelconque ; il n'y en avait pas : je tombai écrasée de fatigue et de terreur sur un fauteuil.

« Pendant ce temps, la nuit venait rapidement, et avec la nuit mes terreurs augmentaient : je ne savais si je devais rester où j'étais assise ; il me semblait que j'étais entourée de dangers inconnus, dans lesquels j'allais tomber à chaque pas. Quoique je n'eusse rien mangé depuis la veille, mes craintes m'empêchaient de ressentir la faim.

« Aucun bruit du dehors, qui me permît de mesurer le temps, ne venait jusqu'à moi ; je présumai seulement qu'il pouvait être sept ou huit heures du soir ; car nous étions au mois d'octobre, et il faisait nuit entière.

« Tout à coup, le cri d'une porte qui tourne sur ses gonds me fit tressaillir, un globe de feu apparut au-dessus de l'ouverture vitrée du plafond, jetant une vive lumière dans ma chambre, et je m'aperçus avec terreur qu'un homme était debout à quelques pas de moi.

« Une table à deux couverts, supportant un souper tout préparé, s'était dressée comme par magie au milieu de l'appartement.

« Cet homme était celui qui me poursuivait depuis un an, qui avait juré mon déshonneur, et qui, aux premiers mots qui sortirent de sa bouche, me fit comprendre qu'il l'avait accompli la nuit précédente. »

— L'infâme ! murmura Felton.

— Oh ! oui, l'infâme ! s'écria Milady, voyant l'intérêt que le jeune officier, dont l'âme semblait suspendue à ses lèvres, prenait à cet étrange récit ; oh ! oui, l'infâme ! il avait cru qu'il lui suffisait d'avoir triomphé de moi dans mon sommeil pour que tout fût dit ; il venait, espérant que j'accepterais ma honte, puisque ma honte était consommée ; il venait m'offrir sa fortune en échange de mon amour.

« Tout ce que le cœur d'une femme peut contenir de superbe mépris et de paroles dédaigneuses, je le versai sur cet homme ; sans doute, il était habitué à de pareils reproches ; car il m'écouta calme, souriant, et les bras croisés sur la poitrine ; puis, lorsqu'il crut que j'avais tout dit, il s'avança vers moi ; je bondis vers la table, je saisis un couteau, je l'appuyai sur ma poitrine.

« — Faites un pas de plus, lui dis-je, et outre mon déshonneur, vous aurez encore ma mort à vous reprocher.

« Sans doute, il y avait dans mon regard, dans ma voix, dans toute ma personne, cette vérité de geste, de pose et d'accent, qui porte la conviction dans les âmes les plus perverses ; car il s'arrêta.

« — Votre mort ! me dit-il, oh ! non, vous êtes une trop charmante maîtresse pour que je consente à vous perdre ainsi, après avoir eu le bonheur de vous posséder une seule fois seulement. Adieu, ma toute belle ! j'attendrai, pour revenir vous faire ma visite, que vous soyez dans de meilleures dispositions.

« À ces mots, il donna un coup de sifflet ; le globe de flamme qui éclairait ma chambre remonta et disparut ; je me retrouvai dans l'obscurité. Le même bruit d'une porte qui s'ouvre et se referme se reproduisit un instant après, le globe flamboyant descendit de nouveau, et je me retrouvai seule.

« Ce moment fut affreux ; si j'avais encore quelques doutes sur mon malheur, ces doutes s'étaient évanouis dans une désespérante réalité :

j'étais au pouvoir d'un homme que non seulement je détestais, mais que je méprisais ; d'un homme capable de tout, et qui m'avait déjà donné une preuve fatale de ce qu'il pouvait oser. »

— Mais quel était donc cet homme ? demanda Felton.

— Je passai la nuit sur une chaise, tressaillant au moindre bruit ; car, à minuit à peu près, la lampe s'était éteinte, et je m'étais retrouvée dans l'obscurité. Mais la nuit se passa sans nouvelle tentative de mon persécuteur ; le jour vint : la table avait disparu ; seulement, j'avais encore le couteau à la main.

« Ce couteau c'était tout mon espoir.

« J'étais écrasée de fatigue, l'insomnie brûlait mes yeux ; je n'avais pas osé dormir un seul instant : le jour me rassura, j'allai me jeter sur mon lit sans quitter le couteau libérateur que je cachai sous mon oreiller.

« Quand je me réveillai, une nouvelle table était servie.

« Cette fois, malgré mes terreurs, en dépit de mes angoisses, une faim dévorante se faisait sentir ; il y avait quarante-huit heures que je n'avais pris aucune nourriture : je mangeai du pain et quelques fruits ; puis, me rappelant le narcotique mêlé à l'eau que j'avais bue, je ne touchai point à celle qui était sur la table, et j'allai remplir mon verre à une fontaine de marbre scellée dans le mur, au-dessus de ma toilette.

« Cependant, malgré cette précaution, je ne demeurai pas moins quelque temps encore dans une affreuse angoisse ; mais mes craintes, cette fois, n'étaient pas fondées : je passai la journée sans rien éprouver qui ressemblât à ce que je redoutais.

« J'avais eu la précaution de vider à demi la carafe, pour qu'on ne s'aperçût point de ma défiance.

« Le soir vint, et avec lui l'obscurité ; cependant, si profonde qu'elle fût, mes yeux commençaient à s'y habituer ; je vis, au milieu des ténèbres, la table s'enfoncer dans le plancher ; un quart d'heure après, elle reparut portant mon souper ; un instant après, grâce à la même lampe, ma chambre s'éclaira de nouveau.

« J'étais résolue à ne manger que des objets auxquels il était impossible de mêler aucun somnifère : deux œufs et quelques fruits composèrent mon repas ; puis, j'allai puiser un verre d'eau à ma fontaine protectrice, et je le bus.

« Aux premières gorgées, il me sembla qu'elle n'avait plus le même goût que le matin : un soupçon rapide me prit, je m'arrêtai ; mais j'en avais déjà avalé un demi-verre.

« Je jetai le reste avec horreur, et j'attendis, la sueur de l'épouvante au front.

« Sans doute, quelque invisible témoin m'avait vue prendre de l'eau à cette fontaine, et avait profité de ma confiance même pour mieux assurer ma perte si froidement résolue, si cruellement poursuivie.

« Une demi-heure ne s'était pas écoulée que les mêmes symptômes se produisirent ; seulement, comme cette fois je n'avais bu qu'un demi-verre d'eau, je luttai plus longtemps, et, au lieu de m'endormir tout à fait, je tombai dans un état de somnolence qui me laissait le sentiment de ce qui se passait autour de moi, tout en m'ôtant la force ou de me défendre ou de fuir.

« Je me traînai vers mon lit, pour y chercher la seule défense qui me restât, mon couteau sauveur ; mais je ne pus arriver jusqu'au chevet : je tombai à genoux, les mains cramponnées à l'une des colonnes du pied ; alors, je compris que j'étais perdue. »

Felton pâlit affreusement, et un frisson convulsif courut par tout son corps.

— Et ce qu'il y avait de plus affreux, continua Milady, la voix altérée comme si elle eût encore éprouvé la même angoisse qu'en ce moment terrible, c'est que, cette fois, j'avais la conscience du danger qui me menaçait ; c'est que mon âme, je puis le dire, veillait dans mon corps endormi ; c'est que je voyais, c'est que j'entendais : il est vrai que tout cela était comme dans un rêve ; mais ce n'en était que plus effrayant.

« Je vis la lampe qui remontait et qui peu à peu me laissait dans l'obscurité ; puis j'entendis le cri si bien connu de cette porte, quoique cette porte ne se fût ouverte que deux fois.

« Je sentis instinctivement qu'on s'approchait de moi : on dit que le malheureux perdu dans les déserts de l'Amérique sent ainsi l'approche du serpent.

« Je voulais faire un effort, je tentai de crier ; par une incroyable énergie de volonté je me relevai même, mais pour retomber aussitôt... et retomber dans les bras de mon persécuteur. »

— Dites-moi donc quel était cet homme ? s'écria le jeune officier.

Milady vit d'un seul regard tout ce qu'elle inspirait de souffrance à Felton, en pesant sur chaque détail de son récit ; mais elle ne voulait lui faire grâce d'aucune torture. Plus profondément elle lui briserait le cœur, plus sûrement il la vengerait. Elle continua donc comme si elle n'eût point entendu son exclamation, ou comme si elle eût pensé que le moment n'était pas encore venu d'y répondre.

— Seulement, cette fois, ce n'était plus à une espèce de cadavre inerte, sans aucun sentiment, que l'infâme avait affaire. Je vous l'ai dit : sans pouvoir parvenir à retrouver l'exercice complet de mes facultés, il me restait le sentiment de mon danger : je luttai donc de toutes mes forces et sans doute j'opposai, tout affaiblie que j'étais, une longue résistance, car je l'entendis s'écrier :

« — Ces misérables puritaines ! je savais bien qu'elles lassaient leurs bourreaux, mais je les croyais moins fortes contre leurs séducteurs. »

« Hélas ! cette résistance désespérée ne pouvait durer longtemps, je sentis mes forces qui s'épuisaient ; et cette fois ce ne fut pas de mon sommeil que le lâche profita, ce fut de mon évanouissement. »

Felton écoutait sans faire entendre autre chose qu'une espèce de rugissement sourd ; seulement la sueur ruisselait sur son front de marbre, et sa main cachée sous son habit déchirait sa poitrine.

— Mon premier mouvement, en revenant à moi, fut de chercher sous mon oreiller ce couteau que je n'avais pu atteindre ; s'il n'avait point servi à la défense, il pouvait au moins servir à l'expiation.

« Mais en prenant ce couteau, Felton, une idée

terrible me vint. J'ai juré de tout vous dire et je vous dirai tout ; je vous ai promis la vérité, je la dirai, dût-elle me perdre. »

— L'idée vous vint de vous venger de cet homme, n'est-ce pas ? s'écria Felton.

— Eh bien, oui ! dit Milady : cette idée n'était pas d'une chrétienne, je le sais ; sans doute cet éternel ennemi de notre âme, ce lion rugissant sans cesse autour de nous la soufflait à mon esprit. Enfin, que vous dirai-je, Felton ? continua Milady du ton d'une femme qui s'accuse d'un crime, cette idée me vint et ne me quitta plus sans doute. C'est de cette pensée homicide que je porte aujourd'hui la punition.

— Continuez, continuez, dit Felton, j'ai hâte de vous voir arriver à la vengeance.

— Oh ! je résolus qu'elle aurait lieu le plus tôt possible, je ne doutais pas qu'il ne revînt la nuit suivante. Dans le jour je n'avais rien à craindre.

« Aussi, quand vint l'heure du déjeuner, je n'hésitai pas à manger et à boire : j'étais résolue à faire semblant de souper, mais à ne rien prendre : je devais donc par la nourriture du matin combattre le jeûne du soir.

« Seulement je cachai un verre d'eau soustraite à mon déjeuner, la soif ayant été ce qui m'avait le plus fait souffrir quand j'étais demeurée quarante-huit heures sans boire ni manger.

« La journée s'écoula sans avoir d'autre influence sur moi que de m'affermir dans la résolution prise : seulement j'eus soin que mon visage ne trahît en rien la pensée de mon cœur, car je ne doutais pas que je ne fusse observée ; plusieurs fois même je sentis un sourire sur mes lèvres.

Felton, je n'ose pas vous dire à quelle idée je souriais, vous me prendriez en horreur... »

— Continuez, continuez, dit Felton, vous voyez bien que j'écoute et que j'ai hâte d'arriver.

— Le soir vint, les événements ordinaires s'accomplirent ; pendant l'obscurité, comme d'habitude, mon souper fut servi, puis la lampe s'alluma, et je me mis à table.

« Je mangeai quelques fruits seulement : je fis semblant de me verser de l'eau de la carafe, mais je ne bus que celle que j'avais conservée dans mon verre ; la substitution, au reste, fut faite assez adroitement pour que mes espions, si j'en avais, ne conçussent aucun soupçon.

« Après le souper, je donnai les mêmes marques d'engourdissement que la veille ; mais cette fois, comme si je succombais à la fatigue ou comme si je me familiarisais avec le danger, je me traînai vers mon lit, et je fis semblant de m'endormir.

« Cette fois, j'avais retrouvé mon couteau sous l'oreiller, et tout en feignant de dormir, ma main serrait convulsivement la poignée.

« Deux heures s'écoulèrent sans qu'il se passât rien de nouveau : cette fois, ô mon Dieu ! qui m'eût dit cela la veille ? je commençais à craindre qu'il ne vînt pas.

« Enfin, je vis la lampe s'élever doucement et disparaître dans les profondeurs du plafond ; ma chambre s'emplit de ténèbres, mais je fis un effort pour percer du regard l'obscurité.

« Dix minutes à peu près se passèrent. Je n'entendais d'autre bruit que celui du battement de mon cœur.

« J'implorais le ciel pour qu'il vînt.

« Enfin j'entendis le bruit si connu de la porte qui s'ouvrait et se refermait ; j'entendis, malgré l'épaisseur du tapis, un pas qui faisait crier le parquet ; je vis, malgré l'obscurité, une ombre qui approchait de mon lit. »

— Hâtez-vous, hâtez-vous ! dit Felton, ne voyez-vous pas que chacune de vos paroles me brûle comme du plomb fondu !

— Alors, continua Milady, alors je réunis toutes mes forces, je me rappelai que le moment de la vengeance ou plutôt de la justice avait sonné ; je me regardai comme une autre Judith ; je me ramassai sur moi-même, mon couteau à la main, et quand je le vis près de moi, étendant les bras pour chercher sa victime, alors, avec le dernier cri de la douleur et du désespoir, je le frappai au milieu de la poitrine.

« Le misérable ! il avait tout prévu : sa poitrine était couverte d'une cotte de mailles ; le couteau s'émoussa.

« — Ah ! ah ! s'écria-t-il en me saisissant le bras et en m'arrachant l'arme qui m'avait si mal servie, vous en voulez à ma vie, ma belle puritaine ! Mais c'est plus que de la haine, cela, c'est de l'ingratitude ? Allons, allons, calmez-vous, ma belle enfant ! J'avais cru que vous vous étiez adoucie. Je ne suis pas de ces tyrans qui gardent les femmes de force : vous ne m'aimez pas, j'en doutais avec ma fatuité ordinaire ; maintenant j'en suis convaincu. Demain, vous serez libre. »

« Je n'avais qu'un désir, c'était qu'il me tuât.

« — Prenez garde ! lui dis-je, car ma liberté c'est votre déshonneur.

« Oui, car, à peine sortie d'ici, je dirai tout, je dirai la violence dont vous avez usé envers moi, je dirai ma captivité. Je dénoncerai ce palais d'infamie ; vous êtes bien haut placé, Milord, mais tremblez ! Au-dessus de vous il y a le roi, au-dessus du roi il y a Dieu. »

« Si maître qu'il parût de lui, mon persécuteur laissa échapper un mouvement de colère. Je ne pouvais voir l'expression de son visage, mais j'avais senti frémir son bras sur lequel était posée ma main.

« — Alors, vous ne sortirez pas d'ici, dit-il.

« — Bien, bien ! m'écriai-je, alors le lieu de mon supplice sera aussi celui de mon tombeau. Bien ! je mourrai ici et vous verrez si un fantôme qui accuse n'est pas plus terrible encore qu'un vivant qui menace !

« — On ne vous laissera aucune arme.

« — Il y en a une que le désespoir a mise à la portée de toute créature qui a le courage de s'en servir. Je me laisserai mourir de faim.

« — Voyons, dit le misérable, la paix ne vaut-elle pas mieux qu'une pareille guerre ? Je vous rends la liberté à l'instant même, je vous proclame une vertu, je vous surnomme la *Lucrèce de l'Angleterre*.

« — Et moi je dis que vous en êtes le *Sextus*, moi je vous dénonce aux hommes comme je vous ai déjà dénoncé à Dieu ; et s'il faut que, comme Lucrèce, je signe mon accusation de mon sang, je la signerai[1].

« — Ah ! ah ! dit mon ennemi d'un ton railleur, alors c'est autre chose. Ma foi, au bout du compte, vous êtes bien ici, rien ne vous manquera, et si vous vous laissez mourir de faim, ce sera de votre faute. »

« À ces mots, il se retira, j'entendis s'ouvrir et se refermer la porte, et je restai abîmée, moins encore, je l'avoue, dans ma douleur, que dans la honte de ne m'être pas vengée.

« Il me tint parole. Toute la journée, toute la nuit du lendemain s'écoulèrent sans que je le revisse. Mais moi aussi je lui tins parole, et je ne mangeai ni ne bus ; j'étais, comme je le lui avais dit, résolue à me laisser mourir de faim.

« Je passais le jour et la nuit en prière, car j'espérais que Dieu me pardonnerait mon suicide.

« La seconde nuit la porte s'ouvrit ; j'étais couchée à terre sur le parquet, les forces commençaient à m'abandonner.

« Au bruit je me relevai sur une main.

« — Eh bien ! me dit une voix qui vibrait d'une façon trop terrible à mon oreille pour que je ne la reconnusse pas ; eh bien ! sommes-nous un peu adoucie, et payerons-nous notre liberté d'une seule promesse de silence ? Tenez, moi, je suis bon prince, ajouta-t-il, et, quoique je n'aime pas les puritains, je leur rends justice, ainsi qu'aux puritaines, quand elles sont jolies. Allons, faites-moi un petit serment sur la croix, je ne vous en demande pas davantage.

« — Sur la croix ! m'écriai-je en me relevant, car à cette voix abhorrée j'avais retrouvé toutes mes forces ; sur la croix ! je jure que nulle promesse, nulle menace, nulle torture ne me fermera la bouche ; sur la croix ! je jure de vous dénoncer partout comme un meurtrier, comme un larron d'honneur, comme un lâche ; sur la croix ! je jure, si jamais je parviens à sortir d'ici, de demander vengeance contre vous au genre humain entier. »

« — Prenez garde ! dit la voix avec un accent de menace que je n'avais pas encore entendu, j'ai un moyen suprême que je n'emploierai qu'à la dernière extrémité, de vous fermer la bouche ou du moins d'empêcher qu'on ne croie à un seul mot de ce que vous direz.

« Je rassemblai toutes mes forces pour répondre par un éclat de rire.

« Il vit que c'était entre nous désormais une guerre éternelle, une guerre à mort.

« — Écoutez, dit-il, je vous donne encore le reste de cette nuit et la journée de demain ; réfléchissez : promettez de vous taire, la richesse, la considération, les honneurs même vous entoureront ; menacez de parler, et je vous condamne à l'infamie.

« — Vous ! m'écriai-je, vous !

« — À l'infamie éternelle, ineffaçable !

« — Vous ! répétai-je. — Oh ! je vous le dis, Felton, je le croyais insensé !

« — Oui, moi ! reprit-il.

« — Ah ! laissez-moi, lui dis-je, sortez, si vous ne voulez pas qu'à vos yeux je me brise la tête contre la muraille !

« — C'est bien, reprit-il, vous le voulez, à demain soir !

« — À demain soir, répondis-je en me laissant tomber et en mordant le tapis de rage… »

Felton s'appuyait sur un meuble, et Milady voyait avec une joie de démon que la force lui manquerait peut-être avant la fin du récit.

LVII

UN MOYEN DE TRAGÉDIE CLASSIQUE[1]

Après un moment de silence employé par Milady à observer le jeune homme qui l'écoutait, elle continua son récit :

— Il y avait près de trois jours que je n'avais ni bu ni mangé, je souffrais des tortures atroces : parfois il me passait comme des nuages qui me serraient le front, qui me voilaient les yeux : c'était le délire.

« Le soir vint ; j'étais si faible qu'à chaque instant je m'évanouissais et à chaque fois que je m'évanouissais je remerciais Dieu, car je croyais que j'allais mourir.

« Au milieu de l'un de ces évanouissements, j'entendis la porte s'ouvrir ; la terreur me rappela à moi.

« Mon persécuteur entra suivi d'un homme masqué, il était masqué lui-même ; mais je reconnus son pas, je reconnus sa voix, je reconnus cet air imposant que l'enfer a donné à sa personne pour le malheur de l'humanité.

« — Eh bien ! me dit-il, êtes-vous décidée à me faire le serment que je vous ai demandé ? »

« — Vous l'avez dit, les puritains n'ont qu'une parole : la mienne, vous l'avez entendue, c'est de vous poursuivre sur la terre au tribunal des hommes, dans le ciel au tribunal de Dieu !

« — Ainsi, vous persistez ?

« — Je le jure devant ce Dieu qui m'entend : je prendrai le monde entier à témoin de votre crime, et cela jusqu'à ce que j'aie trouvé un vengeur.

« — Vous êtes une prostituée, dit-il d'une voix tonnante, et vous subirez le supplice des prostituées ! Flétrie aux yeux du monde que vous invoquerez, tâchez de prouver à ce monde que vous n'êtes ni coupable ni folle !

« Puis s'adressant à l'homme qui l'accompagnait :

« — Bourreau, dit-il, fais ton devoir. »

— Oh ! son nom, son nom ! s'écria Felton ; son nom, dites-le-moi !

— Alors, malgré mes cris, malgré ma résistance, car je commençais à comprendre qu'il s'agissait pour moi de quelque chose de pire que la mort, le bourreau me saisit, me renversa sur le parquet, me meurtrit de ses étreintes, et suffoquée par les sanglots, presque sans connaissance, invoquant Dieu, qui ne m'écoutait pas, je poussai tout à coup un effroyable cri de douleur et de honte ; un fer brûlant, un fer rouge, le fer du bourreau, s'était imprimé sur mon épaule.

Felton poussa un rugissement.

— Tenez, dit Milady, en se levant alors avec une majesté de reine, tenez, Felton, voyez comment on a inventé un nouveau martyre pour la jeune fille pure et cependant victime de la brutalité d'un scélérat. Apprenez à connaître le cœur des hommes, et désormais faites-vous moins facilement l'instrument de leurs injustes vengeances.

Milady d'un geste rapide ouvrit sa robe, déchira la batiste qui couvrait son sein, et, rouge d'une feinte colère et d'une honte jouée, montra au jeune homme l'empreinte ineffaçable qui déshonorait cette épaule si belle.

— Mais, s'écria Felton, c'est une fleur de lys que je vois là !

— Et voilà justement où est l'infamie, répondit Milady. La flétrissure d'Angleterre !... il fallait prouver quel tribunal me l'avait imposée, et j'aurais fait un appel public à tous les tribunaux du royaume ; mais la flétrissure de France... Oh ! par elle, j'étais bien réellement flétrie.

C'en était trop pour Felton.

Pâle, immobile, écrasé par cette révélation effroyable, ébloui par la beauté surhumaine de cette femme qui se dévoilait à lui avec une impudeur qu'il trouva sublime, il finit par tomber à genoux devant elle comme faisaient les premiers chrétiens devant ces pures et saintes martyres que la persécution des empereurs livrait dans le cirque à la sanguinaire lubricité des populaces. La flétrissure disparut, la beauté seule resta.

— Pardon, pardon ! s'écria Felton, oh ! pardon !

Milady lut dans ses yeux : Amour, amour.

— Pardon de quoi ? demanda-t-elle.

— Pardon de m'être joint à vos persécuteurs.

Milady lui tendit la main.

— Si belle, si jeune ! s'écria Felton en couvrant cette main de baisers.

Milady laissa tomber sur lui un de ces regards qui d'un esclave font un roi.

Felton était puritain : il quitta la main de cette femme pour baiser ses pieds.

Il ne l'aimait déjà plus, il l'adorait.

Quand cette crise fut passée, quand Milady parut avoir recouvré son sang-froid, qu'elle n'avait jamais perdu ; lorsque Felton eut vu se refermer sous le voile de la chasteté ces trésors d'amour qu'on ne lui cachait si bien que pour les lui faire désirer plus ardemment :

— Ah ! maintenant, dit-il, je n'ai plus qu'une chose à vous demander, c'est le nom de votre véritable bourreau ; car pour moi il n'y en a qu'un ; l'autre était l'instrument, voilà tout.

— Eh quoi, frère ! s'écria Milady, il faut encore que je te le nomme, et tu ne l'as pas deviné ?

— Quoi ! reprit Felton, lui !... encore lui !... toujours lui ! Quoi ! le vrai coupable...

— Le vrai coupable, dit Milady, c'est le ravageur de l'Angleterre, le persécuteur des vrais croyants, le lâche ravisseur de l'honneur de tant de femmes, celui qui pour un caprice de son cœur corrompu va faire verser tant de sang à deux royaumes, qui protège les protestants aujourd'hui et qui les trahira demain...

— Buckingham ! c'est donc Buckingham ! s'écria Felton exaspéré.

Milady cacha son visage dans ses mains, comme si elle n'eût pu supporter la honte que lui rappelait ce nom.

— Buckingham, le bourreau de cette angélique créature ! s'écria Felton. Et tu ne l'as pas foudroyé, mon Dieu ! Et tu l'as laissé noble, honoré, puissant pour notre perte à tous !

— Dieu abandonne qui s'abandonne lui-même, dit Milady.

— Mais il veut donc attirer sur sa tête le châtiment réservé aux maudits ! continua Felton avec une exaltation croissante, il veut donc que la vengeance humaine prévienne la justice céleste !

— Les hommes le craignent et l'épargnent.

— Oh ! moi, dit Felton, je ne le crains pas et je ne l'épargnerai pas !...

Milady sentit son âme baignée d'une joie infernale.

— Mais comment lord de Winter, mon protecteur, mon père, demanda Felton, se trouve-t-il mêlé à tout cela ?

— Écoutez, Felton, reprit Milady, car à côté des hommes lâches et méprisables, il est encore des natures grandes et généreuses. J'avais un fiancé, un homme que j'aimais et qui m'aimait ; un cœur comme le vôtre, Felton, un homme comme vous. Je vins à lui et je lui racontai tout ; il me connaissait, celui-là, et ne douta point un instant. C'était un grand seigneur, c'était un homme en tout point l'égal de Buckingham. Il ne dit rien, il ceignit seulement son épée, s'enveloppa de son manteau et se rendit à Buckingham-Palace.

— Oui, oui, dit Felton, je comprends ; quoique avec de pareils hommes ce ne soit pas l'épée qu'il faille employer, mais le poignard.

— Buckingham était parti depuis la veille, envoyé comme ambassadeur en Espagne[1], où il allait demander la main de l'infante pour le roi Charles Ier, qui n'était alors que prince de Galles. Mon fiancé revint.

« — Écoutez, me dit-il, cet homme est parti, et

pour le moment, par conséquent, il échappe à ma vengeance ; mais en attendant soyons unis, comme nous devions l'être, puis rapportez-vous-en à lord de Winter pour soutenir son honneur et celui de sa femme. »

— Lord de Winter ! s'écria Felton.

— Oui, dit Milady, lord de Winter, et maintenant vous devez tout comprendre, n'est-ce pas ? Buckingham resta plus d'un an absent. Huit jours avant son arrivée, lord de Winter mourut subitement, me laissant sa seule héritière. D'où venait le coup ? Dieu, qui sait tout, le sait sans doute, moi je n'accuse personne…

— Oh ! quel abîme, quel abîme ! s'écria Felton.

— Lord de Winter était mort sans rien dire à son frère. Le secret terrible devait être caché à tous, jusqu'à ce qu'il éclatât comme la foudre sur la tête du coupable. Votre protecteur avait vu avec peine ce mariage de son frère aîné avec une jeune fille sans fortune. Je sentis que je ne pouvais attendre d'un homme trompé dans ses espérances d'héritage aucun appui. Je passai en France résolue à y demeurer pendant tout le reste de ma vie. Mais toute ma fortune est en Angleterre ; les communications fermées par la guerre, tout me manqua : force fut alors d'y revenir ; il y a six jours j'abordais à Portsmouth.

— Eh bien ? dit Felton.

— Eh bien ! Buckingham apprit sans doute mon retour, il en parla à lord de Winter, déjà prévenu contre moi, et lui dit que sa belle-sœur était une prostituée, une femme flétrie. La voix pure et noble de mon mari n'était plus là pour me défendre. Lord de Winter crut tout ce qu'on lui dit, avec d'autant plus de facilité qu'il avait intérêt à le croire. Il me fit arrêter, me conduisit ici, me remit sous votre garde. Vous savez le reste : après-demain il me bannit, il me déporte ; après-demain il me relègue parmi les infâmes. Oh ! la trame est bien ourdie, allez ! le complot est habile et mon honneur n'y survivra pas. Vous voyez bien qu'il faut que je meure, Felton ; Felton, donnez-moi ce couteau !

Et à ces mots, comme si toutes ses forces étaient épuisées, Milady se laissa aller débile et languissante entre les bras du jeune officier, qui, ivre d'amour, de colère et de voluptés inconnues, la reçut avec transport, la serra contre son cœur, tout frissonnant à l'haleine de cette bouche si belle, tout éperdu au contact de ce sein si palpitant.

— Non, non, dit-il ; non, tu vivras honorée et pure, tu vivras pour triompher de tes ennemis.

Milady le repoussa lentement de la main en l'attirant du regard ; mais Felton, à son tour, s'empara d'elle, l'implorant comme une divinité.

— Oh ! la mort, la mort ! dit-elle en voilant sa voix et ses paupières, oh ! la mort plutôt que la honte ; Felton, mon frère, mon ami, je t'en conjure !

— Non, s'écria Felton, non, tu vivras, et tu seras vengée !

— Felton, je porte malheur à tout ce qui m'entoure ! Felton, abandonne-moi ! Felton, laisse-moi mourir !

— Eh bien, nous mourrons donc ensemble ! s'écria-t-il en appuyant ses lèvres sur celles de la prisonnière.

Plusieurs coups retentirent à la porte ; cette fois, Milady le repoussa réellement.

— Écoute, dit-elle, on nous a entendus ; on vient ! C'en est fait, nous sommes perdus !

— Non, dit Felton, c'est la sentinelle qui me prévient seulement qu'une ronde arrive.

— Alors, courez à la porte et ouvrez vous-même.

Felton obéit ; cette femme était déjà toute sa pensée, toute son âme.

Il se trouva en face d'un sergent commandant une patrouille de surveillance.

— Eh bien ! qu'y a-t-il ? demanda le jeune lieutenant.

— Vous m'aviez dit d'ouvrir la porte si j'entendais crier au secours, dit le soldat, mais vous aviez oublié de me laisser la clé ; je vous ai entendu crier sans comprendre ce que vous disiez, j'ai voulu ouvrir la porte, elle était fermée en dedans, alors j'ai appelé le sergent.

— Et me voilà, dit le sergent.

Felton, égaré, presque fou, demeurait sans voix.

Milady comprit que c'était à elle de s'emparer de la situation, elle courut à la table et prit le couteau qu'y avait déposé Felton :

— Et de quel droit voulez-vous m'empêcher de mourir ? dit-elle.

— Grand Dieu ! s'écria Felton en voyant le couteau à sa main.

En ce moment, un éclat de rire ironique retentit dans le corridor.

Le baron, attiré par le bruit, en robe de chambre, son épée sous le bras, se tenait debout sur le seuil de la porte.

— Ah, ah ! dit-il, nous voici au dernier acte de la tragédie ; vous le voyez, Felton, le drame a suivi toutes les phases que j'avais indiquées ; mais soyez tranquille, le sang ne coulera pas.

Milady comprit qu'elle était perdue si elle ne donnait pas à Felton une preuve immédiate et terrible de son courage.

— Vous vous trompez, Milord, le sang coulera, et puisse ce sang retomber sur ceux qui le font couler !

Felton jeta un cri et se précipita vers elle ; il était trop tard : Milady s'était frappée.

Mais le couteau avait rencontré heureusement, nous devrions dire adroitement, le busc de fer qui, à cette époque, défendait comme une cuirasse la poitrine des femmes ; il avait glissé en déchirant la robe, et avait pénétré de biais entre la chair et les côtes.

La robe de Milady n'en fut pas moins tachée de sang en une seconde.

Milady était tombée à la renverse et semblait évanouie. Felton arracha le couteau.

— Voyez, Milord, dit-il d'un air sombre, voici une femme qui était sous ma garde et qui s'est tuée !

— Soyez tranquille, Felton, dit lord de Winter, elle n'est pas morte, les démons ne meurent pas si facilement, soyez tranquille et allez m'attendre chez moi.

— Mais, Milord…

— Allez, je vous l'ordonne.

À cette injonction de son supérieur, Felton obéit ; mais, en sortant, il mit le couteau dans sa poitrine.

Quant à lord de Winter, il se contenta d'appeler la femme qui servait Milady, et, lorsqu'elle fut venue, lui recommandant la prisonnière toujours évanouie, il la laissa seule avec elle.

Cependant, comme à tout prendre, malgré ses soupçons, la blessure pouvait être grave, il envoya, à l'instant même, un homme à cheval chercher un médecin.

LVIII

ÉVASION[1]

Comme l'avait pensé lord de Winter, la blessure de Milady n'était pas dangereuse ; aussi dès qu'elle se trouva seule avec la femme que le baron avait fait appeler et qui se hâtait de la déshabiller, rouvrit-elle les yeux.

Cependant, il fallait jouer la faiblesse et la douleur ; ce n'étaient pas choses difficiles pour une comédienne comme Milady ; aussi la pauvre femme fut-elle si complètement dupe de sa prisonnière, que, malgré ses instances, elle s'obstina à la veiller toute la nuit.

Mais la présence de cette femme n'empêchait pas Milady de songer.

Il n'y avait plus de doute, Felton était convaincu, Felton était à elle : un ange apparût-il au jeune homme pour accuser Milady, il le prendrait certainement, dans la disposition d'esprit où il se trouvait, pour un envoyé du démon.

Milady souriait à cette pensée, car Felton, c'était désormais sa seule espérance, son seul moyen de salut.

Mais lord de Winter pouvait l'avoir soupçonné, mais Felton maintenant pouvait être surveillé lui-même.

Vers les quatre heures du matin, le médecin arriva ; mais depuis le temps où Milady s'était frappée, la blessure s'était déjà refermée : le médecin ne put donc en mesurer ni la direction ni la profondeur ; il reconnut seulement au pouls de la malade que le cas n'était point grave.

Le matin, Milady, sous prétexte qu'elle n'avait pas dormi de la nuit et qu'elle avait besoin de repos, renvoya la femme qui veillait près d'elle.

Elle avait une espérance, c'est que Felton arriverait à l'heure du déjeuner ; mais Felton ne vint pas.

Ses craintes s'étaient-elles réalisées ? Felton, soupçonné par le baron, allait-il lui manquer au moment décisif ? Elle n'avait plus qu'un jour : lord de Winter lui avait annoncé son embarquement pour le 23 et l'on était arrivé au matin du 22.

Néanmoins, elle attendit encore assez patiemment jusqu'à l'heure du dîner.

Quoiqu'elle n'eût pas mangé le matin, le dîner fut apporté à l'heure habituelle ; Milady s'aperçut alors avec effroi que l'uniforme des soldats qui la gardaient était changé.

Alors elle se hasarda à demander ce qu'était devenu Felton. On lui répondit que Felton était monté à cheval il y avait une heure, et était parti.

Elle s'informa si le baron était toujours au château ; le soldat répondit que oui, et qu'il avait ordre de le prévenir si la prisonnière désirait lui parler.

Milady répondit qu'elle était trop faible pour le moment, et que son seul désir était de demeurer seule.

Le soldat sortit, laissant le dîner servi.

Felton était écarté, les soldats de marine étaient changés, on se défiait donc de Felton.

C'était le dernier coup porté à la prisonnière.

Restée seule, elle se leva ; ce lit où elle se tenait par prudence et pour qu'on la crût gravement blessée, la brûlait comme un brasier ardent. Elle jeta un coup d'œil sur la porte : le baron avait fait clouer une planche sur le guichet ; il craignait sans doute que, par cette ouverture, elle ne parvînt encore, par quelque moyen diabolique, à séduire les gardes.

Milady sourit de joie ; elle pouvait donc se livrer à ses transports sans être observée : elle parcourait la chambre avec l'exaltation d'une folle furieuse ou d'une tigresse enfermée dans une cage de fer. Certes, si le couteau lui fût resté, elle eût songé, non plus à se tuer elle-même, mais, cette fois, à tuer le baron.

À six heures, lord de Winter entra ; il était armé jusqu'aux dents. Cet homme, dans lequel, jusque-là, Milady n'avait vu qu'un gentleman assez niais, était devenu un admirable geôlier : il semblait tout prévoir, tout deviner, tout prévenir.

Un seul regard jeté sur Milady lui apprit ce qui se passait dans son âme.

— Soit, dit-il, mais vous ne me tuerez point encore aujourd'hui ; vous n'avez plus d'arme, et d'ailleurs je suis sur mes gardes. Vous aviez commencé à pervertir mon pauvre Felton : il subissait déjà votre infernale influence, mais je veux le sauver, il ne vous verra plus, tout est fini. Rassemblez vos hardes, demain vous partirez. J'avais fixé l'embarquement au 24, mais j'ai pensé que plus la chose serait rapprochée, plus elle serait sûre. Demain à midi j'aurai l'ordre de votre exil, signé Buckingham. Si vous dites un seul mot à qui que ce soit avant d'être sur le navire, mon sergent vous fera sauter la cervelle, il en a l'ordre ; si, sur le navire, vous dites un mot à qui que ce soit avant que le capitaine vous le permette, le capitaine vous fait jeter à la mer ; c'est convenu. Au revoir, voilà ce que pour aujourd'hui j'avais à vous dire. Demain je vous reverrai pour vous faire mes adieux !

Et sur ces paroles le baron sortit.

Milady avait écouté toute cette menaçante tirade le sourire du dédain sur les lèvres, mais la rage dans le cœur.

On servit le souper ; Milady sentit qu'elle avait besoin de forces, elle ne savait pas ce qui pouvait se passer pendant cette nuit qui s'approchait menaçante, car de gros nuages roulaient au ciel, et des éclairs lointains annonçaient un orage.

L'orage éclata vers les dix heures du soir : Milady sentait une consolation à voir la nature partager le désordre de son cœur ; la foudre grondait dans l'air comme la colère dans sa pensée ; il lui semblait que la rafale, en passant, échevelait son front comme les arbres dont elle courbait les branches et enlevait les feuilles ; elle hurlait comme l'ouragan, et sa voix se perdait dans la grande voix de la nature, qui, elle aussi, semblait gémir et se désespérer.

Tout à coup elle entendit frapper à une vitre, et, à la lueur d'un éclair, elle vit le visage d'un homme apparaître derrière les barreaux.

Elle courut à la fenêtre et l'ouvrit.

— Felton ! s'écria-t-elle, je suis sauvée !

— Oui, dit Felton, mais silence, silence ! il me faut le temps de scier vos barreaux. Prenez garde seulement qu'ils ne vous voient par le guichet.

— Oh ! c'est une preuve que le Seigneur est pour nous, Felton, reprit Milady, ils ont fermé le guichet avec une planche.

— C'est bien, Dieu les a rendus insensés ! dit Felton.

— Mais que faut-il que je fasse ? demanda Milady.

— Rien, rien ; refermez la fenêtre seulement. Couchez-vous, ou, du moins, mettez-vous dans votre lit tout habillée ; quand j'aurai fini, je frapperai aux carreaux. Mais pourrez-vous me suivre ?

— Oh ! oui.

— Votre blessure ?

— Me fait souffrir, mais ne m'empêche pas de marcher.

— Tenez-vous donc prête au premier signal.

Milady referma la fenêtre, éteignit la lampe et alla, comme le lui avait recommandé Felton, se blottir dans son lit. Au milieu des plaintes de l'orage, elle entendait le grincement de la lime contre les barreaux, et, à la lueur de chaque éclair, elle apercevait l'ombre de Felton derrière les vitres.

Elle passa une heure sans respirer, haletante, la sueur sur le front, et le cœur serré par une épouvantable angoisse à chaque mouvement qu'elle entendait dans le corridor.

Il y a des heures qui durent une année.

Au bout d'une heure, Felton frappa de nouveau.

Milady bondit hors de son lit et alla ouvrir. Deux

barreaux de moins formaient une ouverture à passer un homme.

— Êtes-vous prête ? demanda Felton.

— Oui. Faut-il que j'emporte quelque chose ?

— De l'or, si vous en avez.

— Oui, heureusement on m'a laissé ce que j'en avais.

— Tant mieux, car j'ai usé tout le mien pour fréter une barque.

— Prenez, dit Milady en mettant aux mains de Felton un sac plein d'or.

Felton prit le sac et le jeta au pied du mur.

— Maintenant, dit-il, voulez-vous venir ?

— Me voici.

Milady monta sur un fauteuil et passa tout le haut de son corps par la fenêtre : elle vit le jeune officier suspendu au-dessus de l'abîme par une échelle de corde.

Pour la première fois, un mouvement de terreur lui rappela qu'elle était femme.

Le vide l'épouvantait.

— Je m'en étais douté, dit Felton.

— Ce n'est rien, ce n'est rien, dit Milady, je descendrai les yeux fermés.

— Avez-vous confiance en moi ? dit Felton.

— Vous le demandez ?

— Rapprochez vos deux mains ; croisez-les : c'est bien.

Felton lui lia les deux poignets avec son mouchoir, puis par-dessus le mouchoir, avec une corde.

— Que faites-vous ? demanda Milady avec surprise.

— Passez vos bras autour de mon cou et ne craignez rien.

— Mais je vous ferai perdre l'équilibre, et nous nous briserons tous les deux.

— Soyez tranquille, je suis marin.

Il n'y avait pas une seconde à perdre ; Milady passa ses deux bras autour du cou de Felton et se laissa glisser hors de la fenêtre.

Felton se mit à descendre les échelons lentement et un à un. Malgré la pesanteur des deux corps, le souffle de l'ouragan les balançait dans l'air.

Tout à coup Felton s'arrêta.

— Qu'y a-t-il ? demanda Milady.

— Silence, dit Felton, j'entends des pas.

— Nous sommes découverts !

Il se fit un silence de quelques instants.

— Non, dit Felton, ce n'est rien.

— Mais enfin quel est ce bruit ?

— Celui de la patrouille qui va passer sur le chemin de ronde.

— Où est le chemin de ronde ?

— Juste au-dessous de nous.

— Elle va nous découvrir.

— Non, s'il ne fait pas d'éclairs.

— Elle heurtera le bas de l'échelle.

— Heureusement elle est trop courte de six pieds.

— Les voilà, mon Dieu !

— Silence !

Tous deux restèrent suspendus, immobiles et sans souffle, à vingt pieds du sol ; pendant ce temps les soldats passaient au-dessous, riant et causant.

Il y eut pour les fugitifs un moment terrible.

La patrouille passa ; on entendit le bruit des

pas qui s'éloignait, et le murmure des voix qui allait s'affaiblissant.

— Maintenant, dit Felton, nous sommes sauvés.

Milady poussa un soupir et s'évanouit.

Felton continua de descendre. Parvenu au bas de l'échelle, et lorsqu'il ne sentit plus d'appui pour ses pieds, il se cramponna avec ses mains ; enfin arrivé au dernier échelon, il se laissa pendre à la force des poignets et toucha la terre. Il se baissa, ramassa le sac d'or et le prit entre ses dents.

Puis il souleva Milady dans ses bras, et s'éloigna vivement du côté opposé à celui qu'avait pris la patrouille. Bientôt il quitta le chemin de ronde, descendit à travers les rochers, et, arrivé au bord de la mer, fit entendre un coup de sifflet.

Un signal pareil lui répondit, et, cinq minutes après, il vit apparaître une barque montée par quatre hommes.

La barque s'approcha aussi près qu'elle put du rivage, mais il n'y avait pas assez de fond pour qu'elle pût toucher le bord ; Felton se mit à l'eau jusqu'à la ceinture, ne voulant confier à personne son précieux fardeau.

Heureusement la tempête commençait à se calmer, et cependant la mer était encore violente ; la petite barque bondissait sur les vagues comme une coquille de noix.

— Au sloop, dit Felton, et nagez vivement.

Les quatre hommes se mirent à la rame ; mais la mer était trop grosse pour que les avirons eussent grande prise dessus.

Toutefois on s'éloignait du château ; c'était le principal. La nuit était profondément ténébreuse, et il était déjà presque impossible de distinguer le rivage de la barque, à plus forte raison n'eût-on pas pu distinguer la barque du rivage.

Un point noir se balançait sur la mer.

C'était le sloop.

Pendant que la barque s'avançait de son côté de toute la force de ses quatre rameurs, Felton déliait la corde, puis le mouchoir qui liait les mains de Milady.

Puis, lorsque ses mains furent déliées, il prit de l'eau de la mer et la lui jeta au visage.

Milady poussa un soupir et ouvrit les yeux.

— Où suis-je ? dit-elle.

— Sauvée, répondit le jeune officier.

— Oh ! sauvée ! sauvée ! s'écria-t-elle. Oui, voici le ciel, voici la mer ! Cet air que je respire, c'est celui de la liberté. Ah !... merci, Felton, merci !

Le jeune homme la pressa contre son cœur.

— Mais qu'ai-je donc aux mains ? demanda Milady ; il me semble qu'on m'a brisé les poignets dans un étau ?

En effet, Milady souleva ses bras : elle avait les poignets meurtris.

— Hélas ! dit Felton en regardant ces belles mains et en secouant doucement la tête.

— Oh ! ce n'est rien, ce n'est rien ! s'écria Milady : maintenant je me rappelle !

Milady chercha des yeux autour d'elle.

— Il est là, dit Felton en poussant du pied le sac d'or. On s'approchait du sloop. Le marin de quart héla la barque, la barque répondit.

— Quel est ce bâtiment ? demanda Milady.

— Celui que j'ai frété pour vous.

— Où va-t-il me conduire ?

— Où vous voudrez, pourvu que, moi, vous me jetiez à Portsmouth.

— Qu'allez-vous faire à Portsmouth ? demanda Milady.

— Accomplir les ordres de lord de Winter, dit Felton avec un sombre sourire.

— Quels ordres ? demanda Milady.

— Vous ne comprenez donc pas ? dit Felton.

— Non ; expliquez-vous, je vous en prie.

— Comme il se défiait de moi, il a voulu vous garder lui-même, et m'a envoyé à sa place faire signer à Buckingham l'ordre de votre déportation.

— Mais s'il se défiait de vous, comment vous a-t-il confié cet ordre ?

— Étais-je censé savoir ce que je portais ?

— C'est juste. Et vous allez à Portsmouth ?

— Je n'ai pas de temps à perdre : c'est demain le 23, et Buckingham part demain avec la flotte.

— Il part demain, pour où part-il ?

— Pour La Rochelle.

— Il ne faut pas qu'il parte ! s'écria Milady, oubliant sa présence d'esprit accoutumée.

— Soyez tranquille, répondit Felton, il ne partira pas.

Milady tressaillit de joie ; elle venait de lire au plus profond du cœur du jeune homme : la mort de Buckingham y était écrite en toutes lettres.

— Felton..., dit-elle, vous êtes grand comme Judas Macchabée ! Si vous mourez, je meurs avec vous : voilà tout ce que je puis vous dire.

— Silence ! dit Felton, nous sommes arrivés.

En effet, on touchait au sloop.

Felton monta le premier à l'échelle et donna la

main à Milady, tandis que les matelots la soutenaient, car la mer était encore fort agitée.

Un instant après ils étaient sur le pont.

— Capitaine, dit Felton, voici la personne dont je vous ai parlé, et qu'il faut conduire saine et sauve en France.

— Moyennant mille pistoles, dit le capitaine.

— Je vous en ai donné cinq cents.

— C'est juste, dit le capitaine.

— Et voilà les cinq cents autres, reprit Milady, en portant la main au sac d'or.

— Non, dit le capitaine, je n'ai qu'une parole, et je l'ai donnée à ce jeune homme ; les cinq cents autres pistoles ne me sont dues qu'en arrivant à Boulogne.

— Et nous y arriverons ?

— Sains et saufs, dit le capitaine, aussi vrai que je m'appelle Jack Buttler.

— Eh bien ! dit Milady, si vous tenez votre parole ce n'est pas cinq cents, mais mille pistoles que je vous donnerai.

— Hurrah ! pour vous alors, ma belle dame, cria le capitaine, et puisse Dieu m'envoyer souvent des pratiques comme Votre Seigneurie !

— En attendant, dit Felton, conduisez-nous dans la petite baie de Chichester[1], en avant de Portsmouth ; vous savez qu'il est convenu que vous nous conduirez là.

Le capitaine répondit en commandant la manœuvre nécessaire, et vers les sept heures du matin le petit bâtiment jetait l'ancre dans la baie désignée.

Pendant cette traversée, Felton avait tout raconté à Milady : comment, au lieu d'aller à

Londres, il avait frété le petit bâtiment, comment il était revenu, comment il avait escaladé la muraille en plaçant dans les interstices des pierres, à mesure qu'il montait, des crampons pour assurer ses pieds, et comment enfin, arrivé aux barreaux, il avait attaché l'échelle, Milady savait le reste.

De son côté, Milady essaya d'encourager Felton dans son projet ; mais aux premiers mots qui sortirent de sa bouche, elle vit bien que le jeune fanatique avait plutôt besoin d'être modéré que d'être affermi.

Il fut convenu que Milady attendrait Felton jusqu'à dix heures ; si à dix heures il n'était pas de retour, elle partirait.

Alors, en supposant qu'il fût libre, il la rejoindrait en France, au couvent des Carmélites de Béthune.

LIX

CE QUI SE PASSAIT À PORTSMOUTH LE 23 AOÛT 1628[1]

FELTON prit congé de Milady comme un frère qui va faire une simple promenade prend congé de sa sœur en lui baisant la main.

Toute sa personne paraissait dans son état de calme ordinaire : seulement une lueur inaccoutumée brillait dans ses yeux, pareille à un reflet de fièvre ; son front était plus pâle encore que de coutume ; ses dents étaient serrées, et sa parole avait un accent bref et saccadé qui indiquait que quelque chose de sombre s'agitait en lui.

Tant qu'il resta sur la barque qui le conduisait à terre, il demeura le visage tourné du côté de Milady, qui, debout sur le pont, le suivait des yeux. Tous deux étaient assez rassurés sur la crainte d'être poursuivis : on n'entrait jamais dans la chambre de Milady avant neuf heures ; et il fallait trois heures pour venir du château à Londres.

Felton mit pied à terre, gravit la petite crête qui conduisait au haut de la falaise, salua Milady une dernière fois, et prit sa course vers la ville.

Au bout de cent pas, comme le terrain allait en descendant, il ne pouvait plus voir que le mât du sloop.

Il courut aussitôt dans la direction de Portsmouth, dont il voyait en face de lui, à un demi-mille à peu près, se dessiner dans la brume du matin les tours et les maisons.

Au-delà de Portsmouth, la mer était couverte de vaisseaux dont on voyait les mâts, pareils à une forêt de peupliers dépouillés par l'hiver, se balancer sous le souffle du vent.

Felton, dans sa marche rapide, repassait ce que dix années de méditations ascétiques et un long séjour au milieu des puritains lui avaient fourni d'accusations vraies ou fausses contre le favori de Jacques VI et de Charles Ier.

Lorsqu'il comparait les crimes publics de ce ministre, crimes éclatants, crimes européens, si on pouvait le dire, avec les crimes privés et inconnus dont l'avait chargé Milady, Felton trouvait que le plus coupable des deux hommes que renfermait Buckingham était celui dont le public ne connaissait pas la vie. C'est que son amour si étrange, si nouveau, si ardent, lui faisait voir les accusations infâmes et imaginaires de lady de Winter, comme on voit au travers d'un verre grossissant, à l'état de monstres effroyables, des atomes imperceptibles en réalité auprès d'une fourmi.

La rapidité de sa course allumait encore son sang : l'idée qu'il laissait derrière lui, exposée à une vengeance effroyable, la femme qu'il aimait ou plutôt qu'il adorait comme une sainte, l'émotion passée, sa fatigue présente, tout exaltait encore son âme au-dessus des sentiments humains.

Il entra à Portsmouth vers les huit heures du matin ; toute la population était sur pied ; le tambour battait dans les rues et sur le port ; les troupes d'embarquement descendaient vers la mer.

Felton arriva au palais de l'Amirauté, couvert de poussière et ruisselant de sueur ; son visage, ordinairement si pâle, était pourpre de chaleur et de colère. La sentinelle voulut le repousser ; mais Felton appela le chef du poste, et tirant de sa poche la lettre dont il était porteur :

— Message pressé de la part de lord de Winter, dit-il.

Au nom de lord de Winter, qu'on savait l'un des plus intimes de Sa Grâce, le chef du poste donna l'ordre de laisser passer Felton, qui, du reste, portait lui-même l'uniforme d'officier de marine.

Felton s'élança dans le palais.

Au moment où il entrait dans le vestibule un homme entrait aussi, poudreux, hors d'haleine, laissant à la porte un cheval de poste qui en arrivant tomba sur les deux genoux.

Felton et lui s'adressèrent en même temps à Patrick, le valet de chambre de confiance du duc, Felton nomma le baron de Winter, l'inconnu ne voulut nommer personne, et prétendit que c'était au duc seul qu'il pouvait se faire connaître. Tous deux insistaient pour passer l'un avant l'autre.

Patrick, qui savait que lord de Winter était en affaires de service et en relations d'amitié avec le duc, donna la préférence à celui qui venait en son nom. L'autre fut forcé d'attendre, et il fut facile de voir combien il maudissait ce retard.

Le valet de chambre fit traverser à Felton une grande salle dans laquelle attendaient les députés de La Rochelle conduits par le prince de Soubise[1], et l'introduisit dans un cabinet où Buckingham, sortant du bain, achevait sa toilette, à laquelle, cette fois comme toujours, il accordait une attention extraordinaire.

— Le lieutenant Felton, dit Patrick, de la part de lord de Winter.

— De la part de lord de Winter ! répéta Buckingham, faites entrer.

Felton entra. En ce moment Buckingham jetait sur un canapé une riche robe de chambre brochée d'or, pour endosser un pourpoint de velours bleu tout brodé de perles.

— Pourquoi le baron n'est-il pas venu lui-même ? demanda Buckingham, je l'attendais ce matin.

— Il m'a chargé de dire à Votre Grâce, répondit Felton, qu'il regrettait fort de ne pas avoir cet honneur, mais qu'il en était empêché par la garde qu'il est obligé de faire au château.

— Oui, oui, dit Buckingham, je sais cela, il a une prisonnière.

— C'est justement de cette prisonnière que je voulais parler à Votre Grâce, reprit Felton.

— Eh bien ! parlez.

— Ce que j'ai à vous dire ne peut être entendu que de vous, Milord.

— Laissez-nous, Patrick, dit Buckingham, mais tenez-vous à portée de la sonnette ; je vous appellerai tout à l'heure.

Patrick sortit.

— Nous sommes seuls, Monsieur, dit Buckingham, parlez.

— Milord, dit Felton, le baron de Winter vous a écrit l'autre jour pour vous prier de signer un ordre d'embarquement relatif à une jeune femme nommée Charlotte Backson.

— Oui, Monsieur, et je lui ai répondu de m'apporter ou de m'envoyer cet ordre et je le signerais.

— Le voici, Milord.

— Donnez, dit le duc.

Et, le prenant des mains de Felton, il jeta sur le papier un coup d'œil rapide. Alors, s'apercevant que c'était bien celui qui lui était annoncé, il le posa sur la table, prit une plume et s'apprêta à signer.

— Pardon, Milord, dit Felton arrêtant le duc, mais Votre Grâce sait-elle que le nom de Charlotte Backson n'est pas le véritable nom de cette jeune femme ?

— Oui, Monsieur, je le sais, répondit le duc en trempant la plume dans l'encrier.

— Alors, Votre Grâce connaît son véritable nom ? demanda Felton d'une voix brève.

— Je le connais.

Le duc approcha la plume du papier. Felton pâlit.

— Et, connaissant ce véritable nom, reprit Felton, Monseigneur signera tout de même ?

— Sans doute, dit Buckingham et plutôt deux fois qu'une.

— Je ne puis croire, continua Felton d'une voix qui devenait de plus en plus brève et saccadée, que Sa Grâce sache qu'il s'agit de lady de Winter…

— Je le sais parfaitement, quoique je sois étonné que vous le sachiez, vous !

— Et Votre Grâce signera cet ordre sans remords ? Buckingham regarda le jeune homme avec hauteur.

— Ah çà ! Monsieur, savez-vous bien, lui dit-il,

que vous me faites là d'étranges questions, et que je suis bien simple d'y répondre ?

— Répondez-y, Monseigneur, dit Felton, la situation est plus grave que vous ne le croyez peut-être.

Buckingham pensa que le jeune homme, venant de la part de lord de Winter, parlait sans doute en son nom et se radoucit.

— Sans remords aucun, dit-il, et le baron sait comme moi que Milady de Winter est une grande coupable, et que c'est presque lui faire grâce que de borner sa peine à l'exportation.

Le duc posa sa plume sur le papier.

— Vous ne signerez pas cet ordre, Milord ! dit Felton en faisant un pas vers le duc.

— Je ne signerai pas cet ordre, dit Buckingham, et pourquoi ?

— Parce que vous descendrez en vous-même, et que vous rendrez justice à Milady.

— On lui rendra justice en l'envoyant à Tyburn, dit Buckingham ; Milady est une infâme.

— Monseigneur, Milady est un ange, vous le savez bien, et je vous demande sa liberté.

— Ah çà ! dit Buckingham, êtes-vous fou, de me parler ainsi ?

— Milord, excusez-moi ! je parle comme je puis ; je me contiens. Cependant, Milord, songez à ce que vous allez faire, et craignez d'outrepasser la mesure !

— Plaît-il ?... Dieu me pardonne ! s'écria Buckingham, mais je crois qu'il me menace !

— Non, Milord, je prie encore, et je vous dis : une goutte d'eau suffit pour faire déborder le vase plein, une faute légère peut attirer le châtiment sur la tête épargnée malgré tant de crimes.

— Monsieur Felton, dit Buckingham, vous allez sortir d'ici et vous rendre aux arrêts sur-le-champ.

— Vous allez m'écouter jusqu'au bout, Milord. Vous avez séduit cette jeune fille, vous l'avez outragée, souillée ; réparez vos crimes envers elle, laissez-la partir librement, et je n'exigerai pas autre chose de vous.

— Vous n'exigerez pas ? dit Buckingham regardant Felton avec étonnement et appuyant sur chacune des syllabes des trois mots qu'il venait de prononcer.

— Milord, continua Felton s'exaltant à mesure qu'il parlait, Milord, prenez garde, toute l'Angleterre est lasse de vos iniquités ; Milord, vous avez abusé de la puissance royale que vous avez presque usurpée ; Milord, vous êtes en horreur aux hommes et à Dieu ; Dieu vous punira plus tard, mais, moi, je vous punirai aujourd'hui.

— Ah ! ceci est trop fort ! cria Buckingham en faisant un pas vers la porte.

Felton lui barra le passage.

— Je vous le demande humblement, dit-il, signez l'ordre de mise en liberté de lady de Winter ; songez que c'est la femme que vous avez déshonorée.

— Retirez-vous, Monsieur, dit Buckingham, ou j'appelle et je vous fais mettre aux fers.

— Vous n'appellerez pas, dit Felton en se jetant entre le duc et la sonnette placée sur un guéridon incrusté d'argent ; prenez garde, Milord, vous voilà entre les mains de Dieu.

— Dans les mains du diable, vous voulez dire, s'écria Buckingham en élevant la voix pour attirer du monde, sans cependant appeler directement.

— Signez Milord, signez la liberté de lady de Winter, dit Felton en poussant un papier vers le duc.

— De force ! Vous moquez-vous ? Holà, Patrick !

— Signez, Milord !

— Jamais !

— Jamais !

— À moi, cria le duc, et en même temps il sauta sur son épée.

Mais Felton ne lui donna pas le temps de la tirer : il tenait tout ouvert et caché dans son pourpoint le couteau dont s'était frappée Milady ; d'un bond il fut sur le duc.

En ce moment Patrick entrait dans la salle en criant :

— Milord, une lettre de France !

— De France ! s'écria Buckingham, oubliant tout en pensant de qui lui venait cette lettre.

Felton profita du moment et lui enfonça dans le flanc le couteau jusqu'au manche.

— Ah ! traître ! cria Buckingham, tu m'as tué…

— Au meurtre ! hurla Patrick.

Felton jeta les yeux autour de lui pour fuir, et, voyant la porte libre, s'élança dans la chambre voisine, qui était celle où attendaient, comme nous l'avons dit, les députés de La Rochelle, la traversa tout en courant et se précipita vers l'escalier ; mais, sur la première marche, il rencontra lord de Winter, qui, le voyant pâle, égaré, livide, taché de sang à la main et à la figure, lui sauta au cou en s'écriant :

— Je le savais, je l'avais deviné et j'arrive trop tard d'une minute ! Oh ! malheureux que je suis !

Felton ne fit aucune résistance ; lord de Winter le remit aux mains des gardes, qui le conduisirent, en attendant de nouveaux ordres, sur une petite terrasse dominant la mer, et il s'élança dans le cabinet de Buckingham.

Au cri poussé par le duc, à l'appel de Patrick, l'homme que Felton avait rencontré dans l'antichambre se précipita dans le cabinet.

Il trouva le duc couché sur un sofa, serrant sa blessure dans sa main crispée.

— La Porte, dit le duc d'une voix mourante, La Porte, viens-tu de sa part ?

— Oui, Monseigneur, répondit le fidèle serviteur d'Anne d'Autriche, mais trop tard peut-être.

— Silence, La Porte ! on pourrait vous entendre ; Patrick, ne laissez entrer personne : oh, je ne saurai pas ce qu'elle me fait dire ! Mon Dieu ! je me meurs !

Et le duc s'évanouit.

Cependant, lord de Winter, les députés, les chefs de l'expédition, les officiers de la maison de Buckingham, avaient fait irruption dans sa chambre ; partout des cris de désespoir retentissaient. La nouvelle qui emplissait le palais de plaintes et de gémissements en déborda bientôt partout et se répandit par la ville.

Un coup de canon annonça qu'il venait de se passer quelque chose de nouveau et d'inattendu.

Lord de Winter s'arrachait les cheveux.

— Trop tard d'une minute ! s'écriait-il, trop tard d'une minute ! Oh ! mon Dieu ! mon Dieu ! quel malheur !

En effet, on était venu lui dire à sept heures du matin qu'une échelle de corde flottait à une des fenêtres du château ; il avait couru aussitôt à la chambre de Milady, avait trouvé la chambre vide et la fenêtre ouverte, les barreaux sciés, il s'était rappelé la recommandation verbale que lui avait fait transmettre d'Artagnan par son messager, il avait tremblé pour le duc, et, courant à l'écurie, sans prendre le temps de faire seller son cheval, avait sauté sur le premier venu, était accouru ventre à terre, et sautant à bas dans la cour, avait monté précipitamment l'escalier, et, sur le premier degré, avait, comme nous l'avons dit, rencontré Felton.

Cependant le duc n'était pas mort : il revint à lui, rouvrit les yeux, et l'espoir rentra dans tous les cœurs.

— Messieurs, dit-il, laissez-moi seul avec Patrick et La Porte.

— Ah ! c'est vous, de Winter ! Vous m'avez envoyé ce matin un singulier fou, voyez l'état dans lequel il m'a mis !

— Oh ! Milord ! s'écria le baron, je ne m'en consolerai jamais.

— Et tu aurais tort, mon cher de Winter, dit Buckingham en lui tendant la main, je ne connais pas d'homme qui mérite d'être regretté pendant toute la vie d'un autre homme ; mais laisse-nous, je t'en prie.

Le baron sortit en sanglotant.

Il ne resta dans le cabinet que le duc blessé, La Porte et Patrick.

On cherchait un médecin, qu'on ne pouvait trouver.

— Vous vivrez, Milord, vous vivrez, répétait, à genoux devant le sofa du duc, le messager d'Anne d'Autriche.

— Que m'écrivait-elle ? dit faiblement Buckingham tout ruisselant de sang et domptant, pour parler de celle qu'il aimait, d'atroces douleurs, que m'écrivait-elle ? Lis-moi sa lettre.

— Oh ! Milord ! fit La Porte.

— Obéis, La Porte ; ne vois-tu pas que je n'ai pas de temps à perdre ?

La Porte rompit le cachet et plaça le parchemin sous les yeux du duc ; mais Buckingham essaya vainement de distinguer l'écriture.

— Lis donc, dit-il, lis donc, je n'y vois plus ; lis donc ! car bientôt peut-être je n'entendrai plus, et je mourrai sans savoir ce qu'elle m'a écrit.

La Porte ne fit plus de difficulté, et lut :

Milord,

Parce que j'ai, depuis que je vous connais, souffert par vous et pour vous, je vous conjure, si vous avez souci de mon repos, d'interrompre les grands armements que vous faites contre la France et de cesser une guerre dont on dit tout haut que la religion est la cause visible, et tout bas que votre amour pour moi est la cause cachée. Cette guerre peut non seulement amener pour la France et pour l'Angleterre de grandes catastrophes, mais encore pour vous, Milord, des malheurs dont je ne me consolerais pas.

Veillez sur votre vie, que l'on menace et qui me sera chère du moment où je ne serai pas obligée de voir en vous un ennemi.

Votre affectionnée,

ANNE.

Buckingham rappela tous les restes de sa vie pour écouter cette lecture ; puis, lorsqu'elle fut finie, comme s'il eût trouvé dans cette lettre un amer désappointement :

— N'avez-vous donc pas autre chose à me dire de vive voix, La Porte ? demanda-t-il.

— Si fait, Monseigneur : la reine m'avait chargé de vous dire de veiller sur vous, car elle avait eu avis qu'on voulait vous assassiner.

— Et c'est tout, c'est tout ? reprit Buckingham avec impatience.

— Elle m'avait encore chargé de vous dire qu'elle vous aimait toujours.

— Ah ! fit Buckingham, Dieu soit loué ! ma mort ne sera donc pas pour elle la mort d'un étranger !…

La Porte fondit en larmes.

— Patrick, dit le duc, apportez-moi le coffret où étaient les ferrets de diamants.

Patrick apporta l'objet demandé, que La Porte reconnut pour avoir appartenu à la reine.

— Maintenant le sachet de satin blanc, où son chiffre est brodé en perles.

Patrick obéit encore.

— Tenez, La Porte, dit Buckingham, voici les seuls gages que j'eusse à elle, ce coffret d'argent et ces deux lettres. Vous les rendrez à Sa Majesté ; et pour dernier souvenir… (il chercha autour de lui quelque objet précieux)… vous y joindrez…

Il chercha encore ; mais ses regards obscurcis par la mort ne rencontrèrent que le couteau tombé des mains de Felton, et fumant encore du sang vermeil étendu sur la lame.

— Et vous y joindrez ce couteau, dit le duc en serrant la main de La Porte.

Il put encore mettre le sachet au fond du coffret d'argent, y laissa tomber le couteau en faisant signe à La Porte qu'il ne pouvait plus parler ; puis, dans une dernière convulsion, que cette fois il n'avait plus la force de combattre, il glissa du sofa sur le parquet.

Patrick poussa un grand cri.

Buckingham voulut sourire une dernière fois ; mais la mort arrêta sa pensée, qui resta gravée sur son front comme un dernier baiser d'amour.

En ce moment le médecin du duc arriva tout effaré ; il était déjà à bord du vaisseau amiral, on avait été obligé d'aller le chercher là.

Il s'approcha du duc, prit sa main, la garda un instant dans la sienne, et la laissa retomber.

— Tout est inutile, dit-il, il est mort.

— Mort, mort ! s'écria Patrick.

À ce cri toute la foule rentra dans la salle, et partout ce ne fut que consternation et que tumulte.

Aussitôt que lord de Winter vit Buckingham expiré, il courut à Felton, que les soldats gardaient toujours sur la terrasse du palais.

— Misérable ! dit-il au jeune homme qui, depuis la mort de Buckingham, avait retrouvé ce calme et ce sang-froid qui ne devaient plus l'abandonner ; misérable ! qu'as-tu fait ?

— Je me suis vengé, dit-il.

— Toi ! dit le baron ; dis que tu as servi d'instrument à cette femme maudite ; mais je te le jure, ce crime sera son dernier crime.

— Je ne sais ce que vous voulez dire, reprit tranquillement Felton, et j'ignore de qui vous voulez parler, Milord ; j'ai tué M. de Buckingham parce qu'il a refusé deux fois à vous-même de me nommer capitaine : je l'ai puni de son injustice, voilà tout.

De Winter, stupéfait, regardait les gens qui liaient Felton, et ne savait que penser d'une pareille insensibilité.

Une seule chose jetait cependant un nuage sur le front pur de Felton. À chaque bruit qu'il entendait, le naïf puritain croyait reconnaître les pas et la voix de Milady venant se jeter dans ses bras pour s'accuser et se perdre avec lui.

Tout à coup il tressaillit, son regard se fixa sur un point de la mer, que de la terrasse où il se trouvait on dominait tout entière ; avec ce regard d'aigle du marin, il avait reconnu, là où un autre n'aurait vu qu'un goéland se balançant sur les flots, la voile du sloop qui se dirigeait vers les côtes de France.

Il pâlit, porta la main à son cœur, qui se brisait, et comprit toute la trahison.

— Une dernière grâce, Milord ! dit-il au baron.

— Laquelle ? demanda celui-ci.

— Quelle heure est-il ?

Le baron tira sa montre.

— Neuf heures moins dix minutes, dit-il.

Milady avait avancé son départ d'une heure et demie ; dès qu'elle avait entendu le coup de canon qui annonçait le fatal événement, elle avait donné l'ordre de lever l'ancre.

La barque voguait sous un ciel bleu à une grande distance de la côte.

— Dieu l'a voulu, dit Felton avec la résignation du fanatique, mais cependant sans pouvoir détacher les yeux de cet esquif à bord duquel il croyait sans doute distinguer le blanc fantôme de celle à qui sa vie allait être sacrifiée.

De Winter suivit son regard, interrogea sa souffrance et devina tout.

— Sois puni *seul* d'abord, misérable, dit lord de Winter à Felton, qui se laissait entraîner les yeux tournés vers la mer ; mais je te jure, sur la mémoire de mon frère que j'aimais tant, que ta complice n'est pas sauvée.

Felton baissa la tête sans prononcer une syllabe.

Quant à de Winter, il descendit rapidement l'escalier et se rendit au port.

LX

EN FRANCE[1]

LA PREMIÈRE crainte du roi d'Angleterre, Charles Ier, en apprenant cette mort, fut qu'une si terrible nouvelle ne décourageât les Rochelois ; il essaya, dit Richelieu dans ses Mémoires[2], de la leur cacher le plus longtemps possible, faisant fermer les ports par tout son royaume, et prenant soigneusement garde qu'aucun vaisseau ne sortît jusqu'à ce que l'armée que Buckingham apprêtait fût partie, se chargeant, à défaut de Buckingham, de surveiller lui-même le départ.

Il poussa même la sévérité de cet ordre jusqu'à retenir en Angleterre l'ambassadeur de Danemark, qui avait pris congé, et l'ambassadeur ordinaire de Hollande, qui devait ramener dans le port de Flessingue les navires des Indes que Charles Ier avait fait restituer aux Provinces-Unies[3].

Mais comme il ne songea à donner cet ordre que cinq heures après l'événement, c'est-à-dire à deux heures de l'après-midi, deux navires étaient déjà sortis du port : l'un emmenant, comme nous le savons, Milady, laquelle, se doutant déjà de l'événement, fut encore confirmée dans cette croyance en voyant le pavillon noir se déployer au mât du vaisseau amiral.

Quant au second bâtiment, nous dirons plus tard qui il portait et comment il partit.

Pendant ce temps, du reste, rien de nouveau au camp de La Rochelle ; seulement le roi, qui s'ennuyait fort, comme toujours, mais peut-être encore un peu plus au camp qu'ailleurs, résolut d'aller incognito passer les fêtes de Saint-Louis à Saint-Germain[1], et demanda au cardinal de lui faire préparer une escorte de vingt mousquetaires seulement. Le cardinal, que l'ennui du roi gagnait quelquefois, accorda avec grand plaisir ce congé à son royal lieutenant, lequel promit d'être de retour vers le 15 septembre.

M. de Tréville, prévenu par Son Éminence, fit son portemanteau, et comme, sans en savoir la cause, il savait le vif désir et même l'impérieux besoin que ses amis avaient de revenir à Paris, il va sans dire qu'il les désigna pour faire partie de l'escorte.

Les quatre jeunes gens surent la nouvelle un quart d'heure après M. de Tréville, car ils furent les premiers à qui il la communiqua. Ce fut alors que d'Artagnan apprécia la faveur que lui avait accordée le cardinal en le faisant enfin passer aux mousquetaires ; sans cette circonstance, il était forcé de rester au camp tandis que ses compagnons partaient.

On verra plus tard que cette impatience de remonter vers Paris avait pour cause le danger que devait courir Mme Bonacieux en se rencontrant au couvent de Béthune avec Milady, son ennemie mortelle. Aussi, comme nous l'avons dit, Aramis avait écrit immédiatement à Marie Michon, cette lingère de Tours qui avait de si belles connaissances, pour qu'elle obtînt que la reine donnât l'autorisation à Mme Bonacieux de sortir du couvent et de se retirer soit en Lorraine, soit en Belgique. La réponse ne s'était pas fait attendre, et, huit ou dix jours après, Aramis avait reçu cette lettre :

Mon cher cousin,

Voici l'autorisation de ma sœur à retirer notre petite servante du couvent de Béthune, dont vous pensez que l'air est mauvais pour elle. Ma sœur vous envoie cette autorisation avec grand plaisir, car elle aime fort cette petite fille, à laquelle elle se réserve d'être utile plus tard.

Je vous embrasse.

MARIE MICHON.

À cette lettre était jointe une autorisation ainsi conçue :

La supérieure du couvent de Béthune remettra aux mains de la personne qui lui remettra ce billet la novice qui était entrée dans son couvent sous ma recommandation et sous mon patronage.

Au Louvre, le 10 août 1628.

ANNE.

On comprend combien ces relations de parenté entre Aramis et une lingère qui appelait la reine sa sœur avaient égayé la verve des jeunes gens ; mais Aramis, après avoir rougi deux ou trois fois jusqu'au blanc des yeux aux grosses plaisanteries de Porthos, avait prié ses amis de ne plus revenir sur ce sujet, déclarant que s'il lui en était dit encore un seul mot, il n'emploierait plus sa cousine comme intermédiaire dans ces sortes d'affaires.

Il ne fut donc plus question de Marie Michon entre les quatre mousquetaires, qui d'ailleurs avaient ce qu'ils voulaient : l'ordre de tirer Mme Bonacieux du couvent des Carmélites de Béthune. Il est vrai que cet ordre ne leur servirait pas à grand-chose tant qu'ils seraient au camp de La Rochelle, c'est-à-dire à l'autre bout de la France ; aussi d'Artagnan allait-il demander un congé à M. de Tréville, en lui confiant tout bonnement l'importance de son départ, lorsque cette nouvelle lui fut transmise, ainsi qu'à ses trois compagnons, que le roi allait partir pour Paris avec une escorte de vingt mousquetaires, et qu'ils faisaient partie de l'escorte.

La joie fut grande. On envoya les valets devant avec les bagages, et l'on partit le 16 au matin.

Le cardinal reconduisit Sa Majesté de Surgères à Mauzé[1], et là, le roi et son ministre prirent congé l'un de l'autre avec de grandes démonstrations d'amitié.

Cependant le roi, qui cherchait de la distraction, tout en cheminant le plus vite qu'il lui était possible, car il désirait être arrivé à Paris pour le 23, s'arrêtait de temps en temps pour voler la pie, passe-temps dont le goût lui avait autrefois été inspiré par de Luynes[2], et pour lequel il avait toujours conservé une grande prédilection. Sur les vingt mousquetaires, seize, lorsque la chose arrivait, se réjouissaient fort de ce bon temps ; mais quatre maugréaient de leur mieux. D'Artagnan surtout avait des bourdonnements perpétuels dans les oreilles, ce que Porthos expliquait ainsi :

— Une très grande dame m'a appris que cela veut dire que l'on parle de vous quelque part.

Enfin l'escorte traversa Paris le 23, dans la nuit ; le roi remercia M. de Tréville, et lui permit de distribuer des congés pour quatre jours, à la condition que pas un des favorisés ne paraîtrait dans un lieu public, sous peine de la Bastille.

Les quatre premiers congés accordés, comme on le pense bien, furent à nos quatre amis. Il y a plus, Athos obtint de M. de Tréville six jours au lieu de quatre et fit mettre dans ces six jours deux nuits de plus, car ils partirent le 24, à cinq heures du soir, et par complaisance encore, M. de Tréville postdata le congé du 25 au matin.

— Eh, mon Dieu ! disait d'Artagnan, qui, comme on le sait, ne doutait jamais de rien, il me semble que nous faisons bien de l'embarras pour une chose bien simple : en deux jours, et en crevant deux ou trois chevaux (peu m'importe : j'ai de l'argent), je suis à Béthune, je remets la lettre de la reine à la supérieure, et je ramène le cher trésor que je vais chercher, non pas en Lorraine, non pas en Belgique, mais à Paris, où il sera mieux caché, surtout tant que M. le cardinal sera à La Rochelle. Puis, une fois de retour de la campagne, eh bien ! moitié par la protection de sa cousine, moitié en faveur de ce que nous avons fait personnellement pour elle, nous obtiendrons de la reine ce que nous voudrons. Restez donc ici, ne vous épuisez pas de fatigue inutilement ; moi et Planchet, c'est tout ce qu'il faut pour une expédition aussi simple.

À ceci Athos répondit tranquillement :

— Nous aussi, nous avons de l'argent ; car je n'ai pas encore bu tout à fait le reste du diamant, et Porthos et Aramis ne l'ont pas tout à fait mangé. Nous crèverons donc aussi bien quatre chevaux qu'un. Mais songez, d'Artagnan, ajouta-t-il d'une voix si sombre que son accent donna le frisson au jeune homme, songez que Béthune est une ville où le cardinal a donné rendez-vous à une femme qui, partout où elle va, mène le malheur après elle. Si vous n'aviez affaire qu'à quatre hommes, d'Artagnan, je vous laisserais aller seul ; vous avez affaire à cette femme, allons-y quatre, et plaise à Dieu qu'avec nos quatre valets nous soyons en nombre suffisant !

— Vous m'épouvantez, Athos, s'écria d'Artagnan ; que craignez-vous donc, mon Dieu ?

— Tout ! répondit Athos.

D'Artagnan examina les visages de ses compagnons, qui, comme celui d'Athos, portaient l'empreinte d'une inquiétude profonde, et l'on continua la route au plus grand pas des chevaux, mais sans ajouter une seule parole.

Le 25 au soir, comme ils entraient à Arras, et comme d'Artagnan venait de mettre pied à terre à l'auberge de la Herse d'Or pour boire un verre de vin, un cavalier sortit de la cour de la poste, où il venait de relayer, prenant au grand galop, et avec un cheval frais, le chemin de Paris. Au moment où il passait de la grande porte dans la rue, le vent entrouvrit le manteau dont il était enveloppé, quoiqu'on fût au mois d'août, et enleva son chapeau, que le voyageur retint de sa main, au moment où il avait déjà quitté sa tête, et l'enfonça vivement sur ses yeux.

D'Artagnan, qui avait les yeux fixés sur cet homme, devint fort pâle et laissa tomber son verre.

— Qu'avez-vous, Monsieur ? dit Planchet… Oh ! là, accourez, Messieurs, voilà mon maître qui se trouve mal !

Les trois amis accoururent et trouvèrent d'Artagnan qui, au lieu de se trouver mal, courait à son cheval. Ils l'arrêtèrent sur le seuil de la porte.

— Eh bien ! où diable vas-tu donc ainsi ? lui cria Athos.

— C'est lui ! s'écria d'Artagnan, pâle de colère et la sueur sur le front, c'est lui ! laissez-moi le rejoindre !

— Mais qui, lui ? demanda Athos.

— Lui, cet homme !

— Quel homme ?

— Cet homme maudit, mon mauvais génie, que j'ai toujours vu lorsque j'étais menacé de quelque malheur : celui qui accompagnait l'horrible femme lorsque je la rencontrai pour la première fois, celui que je cherchais quand j'ai provoqué Athos, celui que j'ai vu le matin du jour où Mme Bonacieux a été enlevée ! l'homme de Meung enfin ! Je l'ai vu, c'est lui ! Je l'ai reconnu quand le vent a entrouvert son manteau.

— Diable ! dit Athos rêveur.

— En selle, Messieurs, en selle ; poursuivons-le, et nous le rattraperons.

— Mon cher, dit Aramis, songez qu'il va du côté opposé à celui où nous allons ; qu'il a un cheval frais et que nos chevaux sont fatigués ; que par conséquent nous crèverons nos chevaux sans même avoir la chance de le rejoindre. Laissons l'homme, d'Artagnan, sauvons la femme.

— Eh ! Monsieur ! s'écria un garçon d'écurie courant après l'inconnu, eh ! Monsieur, voilà un papier qui s'est échappé de votre chapeau ! Eh ! Monsieur ! eh !

— Mon ami, dit d'Artagnan, une demi-pistole pour ce papier !

— Ma foi, Monsieur, avec grand plaisir ! Le voici !

Le garçon d'écurie, enchanté de la bonne journée qu'il avait faite, rentra dans la cour de l'hôtel ; d'Artagnan déplia le papier.

— Eh bien ? demandèrent ses amis en l'entourant.

— Rien qu'un mot ! dit d'Artagnan.

— Oui, dit Aramis, mais ce nom est un nom de ville ou de village.

— « *Armentières*[1] », lut Porthos. Armentières, je ne connais pas cela !

— Et ce nom de ville ou de village est écrit de sa main ! s'écria Athos.

— Allons, allons, gardons soigneusement ce papier, dit d'Artagnan, peut-être n'ai-je pas perdu ma dernière pistole. À cheval, mes amis, à cheval !

Et les quatre compagnons s'élancèrent au galop sur la route de Béthune.

LXI

LE COUVENT DES CARMÉLITES DE BÉTHUNE[1]

Les grands criminels portent avec eux une espèce de prédestination qui leur fait surmonter tous les obstacles, qui les fait échapper à tous les dangers, jusqu'au moment que la Providence, lassée, a marqué pour l'écueil de leur fortune impie.

Il en était ainsi de Milady ; elle passa au travers des croiseurs des deux nations, et arriva à Boulogne sans aucun accident.

En débarquant à Portsmouth, Milady était une Anglaise que les persécutions de la France chassaient de La Rochelle ; débarquée à Boulogne, après deux jours de traversée, elle se fit passer pour une Française que les Anglais inquiétaient à Portsmouth, dans la haine qu'ils avaient conçue contre la France.

Milady avait d'ailleurs le plus efficace des passeports ; sa beauté, sa grande mine et la générosité avec laquelle elle répandait les pistoles. Affranchie des formalités d'usage par le sourire affable et les manières galantes d'un vieux gouverneur du port, qui lui baisa la main, elle ne resta à Boulogne que le temps de mettre à la poste une lettre ainsi conçue :

À Son Éminence Monseigneur le Cardinal de Richelieu, en son camp devant La Rochelle.

Monseigneur, que Votre Éminence se rassure ; Sa Grâce le duc de Buckingham ne partira point pour la France.

Boulogne, 25 au soir.

*MILADY DE ***.*

P.-S. — Selon les désirs de Votre Éminence, je me rends au couvent des Carmélites de Béthune où j'attendrai ses ordres.

Effectivement, le même soir, Milady se mit en route ; la nuit la prit : elle s'arrêta et coucha dans une auberge ; puis, le lendemain, à cinq heures du matin, elle partit, et trois heures après, elle entra à Béthune.

Elle se fit indiquer le couvent des Carmélites, et y entra aussitôt.

La supérieure vint au-devant d'elle ; Milady lui montra l'ordre du cardinal ; l'abbesse lui fit donner une chambre et servir à déjeuner.

Tout le passé s'était déjà effacé aux yeux de cette femme, et, le regard fixé vers l'avenir, elle ne voyait que la haute fortune que lui réservait le cardinal, qu'elle avait si heureusement servi, sans que son nom fût mêlé en rien à toute cette sanglante affaire. Les passions toujours nouvelles qui la consumaient donnaient à sa vie l'apparence de ces nuages, qui volent dans le ciel, reflétant tantôt l'azur, tantôt le feu, tantôt le noir opaque de la tempête, et qui ne laissent d'autres traces sur la terre que la dévastation et la mort.

Après le déjeuner, l'abbesse vint lui faire sa visite ; il y a peu de distraction au cloître, et la bonne supérieure avait hâte de faire connaissance avec sa nouvelle pensionnaire.

Milady voulait plaire à l'abbesse ; or, c'était chose facile à cette femme si réellement supérieure ; elle essaya d'être aimable : elle fut charmante et séduisit la bonne supérieure par sa conversation si variée et par les grâces répandues dans toute sa personne.

L'abbesse, qui était une fille de noblesse, aimait surtout les histoires de cour, qui parviennent si rarement jusqu'aux extrémités du royaume et qui, surtout, ont tant de peine à franchir les murs des couvents, au seuil desquels viennent expirer les bruits du monde.

Milady, au contraire, était fort au courant de toutes les intrigues aristocratiques, au milieu desquelles, depuis cinq ou six ans, elle avait constamment vécu ; elle se mit donc à entretenir la bonne abbesse des pratiques mondaines de la cour de France, mêlées aux dévotions outrées du roi, elle lui fit la chronique scandaleuse des seigneurs et des dames de la cour, que l'abbesse connaissait parfaitement de nom, toucha légèrement les amours de la reine et de Buckingham, parlant beaucoup pour qu'on parlât un peu.

Mais l'abbesse se contenta d'écouter et de sourire, le tout sans répondre. Cependant, comme Milady vit que ce genre de récit l'amusait fort, elle continua ; seulement, elle fit tomber la conversation sur le cardinal.

Mais elle était fort embarrassée ; elle ignorait si l'abbesse était royaliste ou cardinaliste : elle se tint dans un milieu prudent ; mais l'abbesse, de son côté, se tint dans une réserve plus prudente encore, se contentant de faire une profonde inclination de tête toutes les fois que la voyageuse prononçait le nom de Son Éminence.

Milady commença à croire qu'elle s'ennuierait fort dans le couvent ; elle résolut donc de risquer quelque chose pour savoir de suite à quoi s'en tenir. Voulant voir jusqu'où irait la discrétion de cette bonne abbesse, elle se mit à dire un mal, très dissimulé d'abord, puis très circonstancié du cardinal, racontant les amours du ministre avec Mme d'Aiguillon, avec Marion de Lorme[1] et avec quelques autres femmes galantes.

L'abbesse écouta plus attentivement, s'anima peu à peu et sourit.

— Bon, dit Milady, elle prend goût à mon discours ; si elle est cardinaliste, elle n'y met pas de fanatisme au moins.

Alors elle passa aux persécutions exercées par le cardinal sur ses ennemis. L'abbesse se contenta de se signer, sans approuver ni désapprouver.

Cela confirma Milady dans son opinion que la religieuse était plutôt royaliste que cardinaliste. Milady continua, renchérissant de plus en plus.

— Je suis fort ignorante de toutes ces matières-là, dit enfin l'abbesse ; mais tout éloignée que nous sommes de la cour, tout en dehors des intérêts du monde où nous nous trouvons placée, nous avons des exemples fort tristes de ce que vous nous racontez là ; et l'une de nos pensionnaires a bien souffert des vengeances et des persécutions de M. le cardinal.

— Une de vos pensionnaires, dit Milady ; oh ! mon Dieu ! pauvre femme, je la plains alors.

— Et vous avez raison, car elle est bien à plaindre : prison, menaces, mauvais traitements, elle a tout souffert. Mais, après tout, reprit l'abbesse, M. le cardinal avait peut-être des motifs plausibles pour agir ainsi, et quoiqu'elle ait l'air d'un ange, il ne faut pas toujours juger les gens sur la mine.

— Bon ! dit Milady à elle-même, qui sait ! je vais peut-être découvrir quelque chose ici, je suis en veine.

Et elle s'appliqua à donner à son visage une expression de candeur parfaite.

— Hélas ! dit Milady, je le sais ; on dit cela, qu'il ne faut pas croire aux physionomies ; mais à quoi croira-t-on cependant, si ce n'est au plus bel ouvrage du Seigneur ? Quant à moi, je serai trompée toute ma vie peut-être ; mais je me fierai toujours à une personne dont le visage m'inspirera de la sympathie.

— Vous seriez donc tentée de croire, dit l'abbesse, que cette jeune femme est innocente ?

— M. le cardinal ne punit pas que les crimes, dit-elle, il y a certaines vertus qu'il poursuit plus sévèrement que certains forfaits.

— Permettez-moi, Madame, de vous exprimer ma surprise, dit l'abbesse.

— Et sur quoi ? demanda Milady avec naïveté.

— Mais sur le langage que vous tenez.

— Que trouvez-vous d'étonnant à ce langage ? demanda en souriant Milady.

— Vous êtes l'amie du cardinal, puisqu'il vous envoie ici, et cependant...

— Et cependant j'en dis du mal, reprit Milady, achevant la pensée de la supérieure.

— Au moins n'en dites-vous pas de bien.

— C'est que je ne suis pas son amie, dit-elle en soupirant, mais sa victime.

— Mais cependant cette lettre par laquelle il vous recommande à moi ?...

— Est un ordre à moi de me tenir dans une espèce de prison dont il me fera tirer par quelques-uns de ses satellites.

— Mais pourquoi n'avez-vous pas fui ?

— Où irais-je ? Croyez-vous qu'il y ait un endroit de la terre où ne puisse atteindre le cardinal, s'il veut se donner la peine de tendre la main ? Si j'étais un homme, à la rigueur cela serait possible encore ; mais une femme, que voulez-vous que fasse une femme ? Cette jeune pensionnaire que vous avez ici a-t-elle essayé de fuir, elle ?

— Non, c'est vrai ; mais elle, c'est autre chose, je la crois retenue en France par quelque amour.

— Alors, dit Milady avec un soupir, si elle aime, elle n'est pas tout à fait malheureuse.

— Ainsi, dit l'abbesse en regardant Milady avec un intérêt croissant, c'est encore une pauvre persécutée que je vois ?

— Hélas, oui ! dit Milady.

L'abbesse regarda un instant Milady avec inquiétude, comme si une nouvelle pensée surgissait dans son esprit.

— Vous n'êtes pas ennemie de notre sainte foi ? dit-elle en balbutiant.

— Moi, s'écria Milady, moi, protestante ! Oh ! non, j'atteste le Dieu qui nous entend que je suis au contraire fervente catholique.

— Alors, Madame, dit l'abbesse en souriant, rassurez-vous ; la maison où vous êtes ne sera pas une prison bien dure, et nous ferons tout ce qu'il faudra pour vous faire chérir la captivité. Il y a plus, vous trouverez ici cette jeune femme persécutée sans doute par suite de quelque intrigue de cour. Elle est aimable, gracieuse.

— Comment la nommez-vous ?

— Elle m'a été recommandée par quelqu'un de très haut placé, sous le nom de Ketty. Je n'ai pas cherché à savoir son autre nom.

— Ketty ! s'écria Milady ; quoi ! vous êtes sûre ?...

— Qu'elle se fait appeler ainsi ? Oui, Madame, la connaîtriez-vous ?

Milady sourit à elle-même et à l'idée qui lui était venue que cette jeune femme pouvait être son ancienne camérière. Il se mêlait au souvenir de cette jeune fille un souvenir de colère, et un désir de vengeance avait bouleversé les traits de Milady, qui reprirent au reste presque aussitôt l'expression calme et bienveillante que cette femme aux cent visages leur avait momentanément fait perdre.

— Et quand pourrai-je voir cette jeune dame, pour laquelle je me sens déjà une si grande sympathie ? demanda Milady.

— Mais, ce soir, dit l'abbesse, dans la journée même. Mais vous voyagez depuis quatre jours, m'avez-vous dit vous-même ; ce matin vous vous êtes levée à cinq heures, vous devez avoir besoin de repos. Couchez-vous et dormez, à l'heure du dîner nous vous réveillerons.

Quoique Milady eût très bien pu se passer de

sommeil, soutenue qu'elle était par toutes les excitations qu'une aventure nouvelle faisait éprouver à son cœur avide d'intrigues, elle n'en accepta pas moins l'offre de la supérieure : depuis douze ou quinze jours elle avait passé par tant d'émotions diverses que, si son corps de fer pouvait encore soutenir sa fatigue, son âme avait besoin de repos.

Elle prit donc congé de l'abbesse et se coucha, doucement bercée par les idées de vengeance auxquelles l'avait tout naturellement ramenée le nom de Ketty. Elle se rappelait cette promesse presque illimitée que lui avait faite le cardinal, si elle réussissait dans son entreprise. Elle avait réussi, elle pourrait donc se venger de d'Artagnan.

Une seule chose épouvantait Milady, c'était le souvenir de son mari, le comte de La Fère, qu'elle avait cru mort ou du moins expatrié, et qu'elle retrouvait dans Athos, le meilleur ami de d'Artagnan.

Mais aussi, s'il était l'ami de d'Artagnan, il avait dû lui prêter assistance dans toutes les menées à l'aide desquelles la reine avait déjoué les projets de Son Éminence, s'il était l'ami de d'Artagnan, il était l'ennemi du cardinal ; et sans doute elle parviendrait à l'envelopper dans la vengeance aux replis de laquelle elle comptait étouffer le jeune mousquetaire.

Toutes ces espérances étaient de douces pensées pour Milady ; aussi, bercée par elles, s'endormit-elle bientôt.

Elle fut réveillée par une voix douce qui retentit au pied de son lit. Elle ouvrit les yeux, et vit l'abbesse accompagnée d'une jeune femme aux cheveux blonds, au teint délicat, qui fixait sur elle un regard plein d'une bienveillante curiosité.

La figure de cette jeune femme lui était complètement inconnue ; toutes deux s'examinèrent avec une scrupuleuse attention, tout en échangeant les compliments d'usage : toutes deux étaient fort belles, mais de beautés tout à fait différentes. Cependant Milady sourit en reconnaissant qu'elle l'emportait de beaucoup sur la jeune femme en grand air et en façons aristocratiques. Il est vrai que l'habit de novice que portait la jeune femme n'était pas très avantageux pour soutenir une lutte de ce genre.

L'abbesse les présenta l'une à l'autre ; puis, lorsque cette formalité fut remplie, comme ses devoirs l'appelaient à l'église, elle laissa les deux jeunes femmes seules.

La novice, voyant Milady couchée, voulait suivre la supérieure, mais Milady la retint.

— Comment, Madame, lui dit-elle, à peine vous ai-je aperçue et vous voulez déjà me priver de votre présence, sur laquelle je comptais cependant un peu, je vous l'avoue, pour le temps que j'ai à passer ici ?

— Non, Madame, répondit la novice, seulement je craignais d'avoir mal choisi mon temps : vous dormiez, vous êtes fatiguée.

— Eh bien ! dit Milady, que peuvent demander les gens qui dorment ? Un bon réveil. Ce réveil, vous me l'avez donné ; laissez-moi en jouir tout à mon aise.

Et lui prenant la main, elle l'attira sur un fauteuil qui était près de son lit.

La novice s'assit.

— Mon Dieu ! dit-elle, que je suis malheureuse ! Voilà six mois que je suis ici, sans l'ombre d'une distraction, vous arrivez, votre présence allait être pour moi une compagnie charmante, et voilà que, selon toute probabilité, d'un moment à l'autre je vais quitter le couvent !

— Comment ! dit Milady, vous sortez bientôt ?

— Du moins je l'espère, dit la novice avec une expression de joie qu'elle ne cherchait pas le moins du monde à déguiser.

— Je crois avoir appris que vous aviez souffert de la part du cardinal, continua Milady ; c'eût été un motif de plus de sympathie entre nous.

— Ce que m'a dit notre bonne mère est donc la vérité, que vous étiez aussi une victime de ce méchant cardinal ?

— Chut ! dit Milady, même ici ne parlons pas ainsi de lui ; tous mes malheurs viennent d'avoir dit à peu près ce que vous venez de dire devant une femme que je croyais mon amie et qui m'a trahie. Et vous êtes aussi, vous, la victime d'une trahison ?

— Non, dit la novice, mais de mon dévouement à une femme que j'aimais, pour qui j'eusse donné ma vie, pour qui je la donnerais encore.

— Et qui vous a abandonnée, c'est cela !

— J'ai été assez injuste pour le croire, mais depuis deux ou trois jours j'ai acquis la preuve du contraire, et j'en remercie Dieu ; il m'aurait coûté de croire qu'elle m'avait oubliée. Mais vous, Madame, continua la novice, il me semble que vous êtes libre, et que si vous vouliez fuir, il ne tiendrait qu'à vous.

— Où voulez-vous que j'aille, sans amis, sans

argent, dans une partie de la France que je ne connais pas, où je ne suis jamais venue ?...

— Oh ! s'écria la novice, quant à des amis, vous en aurez partout où vous vous montrerez, vous paraissez si bonne et vous êtes si belle !

— Cela n'empêche pas, reprit Milady en adoucissant son sourire de manière à lui donner une expression angélique, que je suis seule et persécutée.

— Écoutez, dit la novice, il faut avoir bon espoir dans le ciel, voyez-vous ; il vient toujours un moment où le bien que l'on a fait plaide votre cause devant Dieu, et, tenez, peut-être est-ce un bonheur pour vous, tout humble et sans pouvoir que je suis, que vous m'ayez rencontrée : car, si je sors d'ici, eh bien ! j'aurai quelques amis puissants, qui, après s'être mis en campagne pour moi, pourront aussi se mettre en campagne pour vous.

— Oh ! quand j'ai dit que j'étais seule, dit Milady, espérant faire parler la novice en parlant d'elle-même, ce n'est pas faute d'avoir aussi quelques connaissances haut placées ; mais ces connaissances tremblent elles-mêmes devant le cardinal : la reine elle-même n'ose pas soutenir contre le terrible ministre ; j'ai la preuve que Sa Majesté, malgré son excellent cœur, a plus d'une fois été obligée d'abandonner à la colère de Son Éminence les personnes qui l'avaient servie.

— Croyez-moi, Madame, la reine peut avoir l'air d'avoir abandonné ces personnes-là ; mais il ne faut pas en croire l'apparence : plus elles sont persécutées, plus elle pense à elles ; et souvent, au moment où elles y pensent le moins, elles ont la preuve d'un bon souvenir.

— Hélas ! dit Milady, je le crois : la reine est si bonne.

— Oh ! vous la connaissez donc, cette belle et noble reine, que vous parlez d'elle ainsi ! s'écria la novice avec enthousiasme.

— C'est-à-dire, reprit Milady, poussée dans ses retranchements, qu'elle, personnellement, je n'ai pas l'honneur de la connaître ; mais je connais bon nombre de ses amis les plus intimes ; je connais M. de Putange[1] ; j'ai connu en Angleterre M. Dujart[2], je connais M. de Tréville ?

— M. de Tréville ! s'écria la novice, vous connaissez M. de Tréville ?

— Oui, parfaitement, beaucoup même.

— Le capitaine des mousquetaires du roi ?

— Le capitaine des mousquetaires du roi.

— Oh ! mais vous allez voir, s'écria la novice, que tout à l'heure nous allons être des connaissances achevées, presque des amies ; si vous connaissez M. de Tréville, vous avez dû aller chez lui ?

— Souvent ! dit Milady, qui, entrée dans cette voie, et s'apercevant que le mensonge réussissait, voulait le pousser jusqu'au bout.

— Chez lui, vous avez dû voir quelques-uns de ses mousquetaires ?

— Tous ceux qu'il reçoit habituellement ! répondit Milady, pour laquelle cette conversation commençait à prendre un intérêt réel.

— Nommez-moi quelques-uns de ceux que vous connaissez, et vous verrez qu'ils seront de mes amis.

— Mais, dit Milady embarrassée, je connais M. de Louvigny, M. de Courtivron, M. de Férussac[1].

La novice la laissa dire ; puis, voyant qu'elle s'arrêtait :

— Vous ne connaissez pas, dit-elle, un gentilhomme nommé Athos ?

Milady devint aussi pâle que les draps dans lesquels elle était couchée, et, si maîtresse qu'elle fût d'elle-même, ne put s'empêcher de pousser un cri en saisissant la main de son interlocutrice et en la dévorant du regard.

— Quoi ! qu'avez-vous ? Oh ! mon Dieu ! demanda cette pauvre femme, ai-je donc dit quelque chose qui vous ait blessée ?

— Non ; mais ce nom m'a frappée, parce que, moi aussi, j'ai connu ce gentilhomme, et qu'il me paraît étrange de trouver quelqu'un qui le connaisse beaucoup.

— Oh ! oui ! beaucoup ! beaucoup ! Non seulement lui, mais encore ses amis : MM. Porthos et Aramis !

— En vérité ! eux aussi je les connais ! s'écria Milady, qui sentit le froid pénétrer jusqu'à son cœur.

— Eh bien ! si vous les connaissez, vous devez savoir qu'ils sont bons et francs compagnons ; que ne vous adressez-vous à eux, si vous avez besoin d'appui ?

— C'est-à-dire, balbutia Milady, je ne suis liée réellement avec aucun d'eux ; je les connais pour en avoir beaucoup entendu parler par un de leurs amis, M. d'Artagnan.

— Vous connaissez M. d'Artagnan ! s'écria la

novice à son tour, en saisissant la main de Milady et en la dévorant des yeux.

Puis, remarquant l'étrange expression du regard de Milady :

— Pardon, Madame, dit-elle, vous le connaissez, à quel titre ?

— Mais, reprit Milady embarrassée, mais à titre d'ami.

— Vous me trompez, Madame, dit la novice ; vous avez été sa maîtresse.

— C'est vous qui l'avez été, Madame, s'écria Milady à son tour.

— Moi ! dit la novice.

— Oui, vous ; je vous connais maintenant : vous êtes Madame Bonacieux.

La jeune femme se recula, pleine de surprise et de terreur.

— Oh ! ne niez pas ! répondez, reprit Milady.

— Eh bien ! oui, Madame ! je l'aime, dit la novice ; sommes-nous rivales ?

La figure de Milady s'illumina d'un feu tellement sauvage que, dans toute autre circonstance, Mme Bonacieux se fût enfuie d'épouvante ; mais elle était toute à sa jalousie.

— Voyons, dites, Madame, reprit Mme Bonacieux avec une énergie dont on l'eût crue incapable, avez-vous été ou êtes-vous sa maîtresse ?

— Oh ! non ! s'écria Milady avec un accent qui n'admettait pas le doute sur sa vérité, jamais ! jamais !

— Je vous crois, dit Mme Bonacieux ; mais pourquoi donc alors vous êtes-vous écriée ainsi ?

— Comment, vous ne comprenez pas ! dit

Milady, qui était déjà remise de son trouble, et qui avait retrouvé toute sa présence d'esprit.

— Comment voulez-vous que je comprenne ? Je ne sais rien.

— Vous ne comprenez pas que M. d'Artagnan étant mon ami, il m'avait prise pour confidente ?

— Vraiment !

— Vous ne comprenez pas que je sais tout, votre enlèvement de la petite maison de Saint-Germain[1], son désespoir, celui de ses amis, leurs recherches inutiles depuis ce moment ! Et comment ne voulez-vous pas que je m'en étonne, quand, sans m'en douter, je me trouve en face de vous, de vous dont nous avons parlé si souvent ensemble, de vous qu'il aime de toute la force de son âme, de vous qu'il m'avait fait aimer avant que je vous eusse vue ? Ah ! chère Constance, je vous trouve donc, je vous vois donc, enfin !

Et Milady tendit ses bras à Mme Bonacieux, qui, convaincue par ce qu'elle venait de lui dire, ne vit plus dans cette femme, qu'un instant auparavant elle avait crue sa rivale, qu'une amie sincère et dévouée.

— Oh ! pardonnez-moi ! pardonnez-moi ! s'écria-t-elle en se laissant aller sur son épaule, je l'aime tant !

Les deux femmes se tinrent un instant embrassées. Certes, si les forces de Milady eussent été à la hauteur de sa haine, Mme Bonacieux ne fût sortie que morte de cet embrassement. Mais, ne pouvant pas l'étouffer, elle lui sourit.

— Ô chère belle ! chère bonne petite ! dit Milady, que je suis heureuse de vous voir ! Laissez-moi vous regarder. Et, en disant ces mots, elle la dévorait effectivement du regard. Oui, c'est bien vous. Ah ! d'après ce qu'il m'a dit, je vous reconnais à cette heure, je vous reconnais parfaitement.

La pauvre jeune femme ne pouvait se douter de ce qui se passait d'affreusement cruel derrière le rempart de ce front pur, derrière ces yeux si brillants où elle ne lisait que de l'intérêt et de la compassion.

— Alors vous savez ce que j'ai souffert, dit Mme Bonacieux, puisqu'il vous a dit ce qu'il souffrait ; mais souffrir pour lui, c'est du bonheur.

Milady reprit machinalement :

— Oui, c'est du bonheur.

Elle pensait à autre chose.

— Et puis, continua Mme Bonacieux, mon supplice touche à son terme ; demain, ce soir peut-être, je le reverrai, et alors le passé n'existera plus.

— Ce soir ? Demain ? s'écria Milady tirée de sa rêverie par ces paroles, que voulez-vous dire ? Attendez-vous quelque nouvelle de lui ?

— Je l'attends lui-même.

— Lui-même ; d'Artagnan, ici !

— Lui-même.

— Mais, c'est impossible ! il est au siège de La Rochelle avec le cardinal ; il ne reviendra à Paris qu'après la prise de la ville.

— Vous le croyez ainsi, mais est-ce qu'il y a quelque chose d'impossible à mon d'Artagnan, le noble et loyal gentilhomme !

— Oh ! je ne puis vous croire !

— Eh bien, lisez donc ! dit, dans l'excès de son orgueil et de sa joie, la malheureuse jeune femme en présentant une lettre à Milady.

— L'écriture de Mme de Chevreuse ! se dit en elle-même Milady. Ah ! j'étais bien sûre qu'ils avaient des intelligences de ce côté-là !

Et elle lut avidement ces quelques lignes :

Ma chère enfant, tenez-vous prête ; notre ami vous verra bientôt, et il ne vous verra que pour vous arracher de la prison où votre sûreté exigeait que vous fussiez cachée : préparez-vous donc au départ et ne désespérez jamais de nous.

Notre charmant Gascon vient de se montrer brave et fidèle comme toujours, dites-lui qu'on lui est bien reconnaissant quelque part de l'avis qu'il a donné.

— Oui, oui, dit Milady, oui, la lettre est précise. Savez-vous quel est cet avis ?

— Non. Je me doute seulement qu'il aura prévenu la reine de quelque nouvelle machination du cardinal.

— Oui, c'est cela sans doute ! dit Milady en rendant la lettre à Mme Bonacieux et en laissant retomber sa tête pensive sur sa poitrine.

En ce moment on entendit le galop d'un cheval.

— Oh ! s'écria Mme Bonacieux en s'élançant à la fenêtre, serait-ce déjà lui ?

Milady était restée dans son lit, pétrifiée par la surprise ; tant de choses inattendues lui arrivaient tout à coup, que pour la première fois la tête lui manquait.

— Lui ! lui ! murmura-t-elle, serait-ce lui ?

Et elle demeurait dans son lit, les yeux fixes.

— Hélas, non ! dit Mme Bonacieux, c'est un homme que je ne connais pas, et qui cependant a l'air de venir ici ; oui, il ralentit sa course, il s'arrête à la porte, il sonne.

Milady sauta hors de son lit.

— Vous êtes bien sûre que ce n'est pas lui ? dit-elle.

— Oh ! oui, bien sûre !

— Vous avez peut-être mal vu.

— Oh ! je verrais la plume de son feutre, le bout de son manteau, que je le reconnaîtrais, lui !

Milady s'habillait toujours.

— N'importe ! cet homme vient ici, dites-vous ?

— Oui, il est entré.

— C'est ou pour vous ou pour moi.

— Oh ! mon Dieu ! comme vous semblez agitée !

— Oui, je l'avoue, je n'ai pas votre confiance, je crains tout du cardinal.

— Chut ! dit Mme Bonacieux, on vient !

Effectivement, la porte s'ouvrit, et la supérieure entra.

— Est-ce vous qui arrivez de Boulogne ? demanda-t-elle à Milady.

— Oui, c'est moi, répondit celle-ci, et, tâchant de ressaisir son sang-froid, qui me demande ?

— Un homme qui ne veut pas dire son nom, mais qui vient de la part du cardinal.

— Et qui veut me parler ? demanda Milady.

— Qui veut parler à une dame arrivant de Boulogne.

— Alors faites entrer, Madame, je vous prie.

— Oh ! mon Dieu ! mon Dieu ! dit Mme Bonacieux, serait-ce quelque mauvaise nouvelle ?

— J'en ai peur.

— Je vous laisse avec cet étranger, mais aussitôt son départ, si vous le permettez, je reviendrai.

— Comment donc ! je vous en prie.

La supérieure et Mme Bonacieux sortirent.

Milady resta seule, les yeux fixés sur la porte ; un instant après on entendit le bruit d'éperons qui retentissaient sur les escaliers, puis les pas se rapprochèrent, puis la porte s'ouvrit, et un homme parut.

Milady jeta un cri de joie : cet homme c'était le comte de Rochefort, l'âme damnée de Son Éminence.

LXII

DEUX VARIÉTÉS DE DÉMONS[1]

— Ah ! s'écrièrent ensemble Rochefort et Milady, c'est vous !

— Oui, c'est moi.

— Et vous arrivez ?... demanda Milady.

— De La Rochelle, et vous ?

— D'Angleterre.

— Buckingham ?

— Mort ou blessé dangereusement ; comme je partais sans avoir rien pu obtenir de lui, un fanatique venait de l'assassiner.

— Ah ! fit Rochefort avec un sourire, voilà un hasard bien heureux ! Et qui satisfera fort Son Éminence ! L'avez-vous prévenue ?

— Je lui ai écrit de Boulogne. Mais comment êtes-vous ici ?

— Son Éminence, inquiète, m'a envoyé à votre recherche.

— Je suis arrivée d'hier seulement.

— Et qu'avez-vous fait depuis hier ?

— Je n'ai pas perdu mon temps.

— Oh ! je m'en doute bien !

— Savez-vous qui j'ai rencontré ici ?

— Non.

— Devinez.

— Comment voulez-vous ?…

— Cette jeune femme que la reine a tirée de prison.

— La maîtresse du petit d'Artagnan ?

— Oui, Mme Bonacieux, dont le cardinal ignorait la retraite.

— Eh bien ! dit Rochefort, voilà encore un hasard qui peut aller de pair avec l'autre ; M. le cardinal est en vérité un homme privilégié !

— Comprenez-vous mon étonnement, continua Milady, quand je me suis trouvée face à face avec cette femme ?

— Vous connaît-elle ?

— Non.

— Alors elle vous regarde comme une étrangère ?

Milady sourit :

— Je suis sa meilleure amie !

— Sur mon honneur, dit Rochefort, il n'y a que vous, ma chère comtesse, pour faire de ces miracles-là.

— Et bien m'en a pris, chevalier, dit Milady, car savez-vous ce qui se passe ?

— Non.

— On va la venir chercher demain ou après-demain avec un ordre de la reine.

— Vraiment ? Et qui cela ?

— D'Artagnan et ses amis.

— En vérité ils en feront tant que nous serons obligés de les envoyer à la Bastille.

— Pourquoi n'est-ce point déjà fait ?

— Que voulez-vous ! parce que M. le cardinal a pour ces hommes une faiblesse que je ne comprends pas.

— Vraiment ?

— Oui.

— Eh bien ! dites-lui ceci, Rochefort : dites-lui que notre conversation à l'auberge du Colombier-Rouge a été entendue par ces quatre hommes ; dites-lui qu'après son départ l'un d'eux est monté et m'a arraché par violence le sauf-conduit qu'il m'avait donné ; dites-lui qu'ils avaient fait prévenir lord de Winter de mon passage en Angleterre ; que, cette fois encore, ils ont failli faire échouer ma mission, comme ils ont fait échouer celle des ferrets ; dites-lui que parmi ces quatre hommes, deux seulement sont à craindre, d'Artagnan et Athos ; dites-lui que le troisième, Aramis, est l'amant de Mme de Chevreuse : il faut laisser vivre celui-là, on sait son secret, il peut être utile ; quant au quatrième, Porthos, c'est un sot, un fat et un niais, qu'il ne s'en occupe même pas.

— Mais ces quatre hommes doivent être à cette heure au siège de La Rochelle.

— Je le croyais comme vous ; mais une lettre que Mme Bonacieux a reçue de Mme de Chevreuse, et qu'elle a eu l'imprudence de me communiquer, me porte à croire que ces quatre hommes au contraire sont en campagne pour la venir enlever.

— Diable ! comment faire ?

— Que vous a dit le cardinal à mon égard ?

— De prendre vos dépêches écrites ou verbales, de revenir en poste, et, quand il saura ce que vous avez fait, il avisera à ce que vous devez faire.

— Je dois donc rester ici ? demanda Milady.

— Ici ou dans les environs.

— Vous ne pouvez m'emmener avec vous ?

— Non, l'ordre est formel : aux environs du

camp, vous pourriez être reconnue, et votre présence, vous le comprenez, compromettrait Son Éminence, surtout après ce qui vient de se passer là-bas. Seulement, dites-moi d'avance où vous attendrez des nouvelles du cardinal, que je sache toujours où vous retrouver.

— Écoutez, il est probable que je ne pourrai rester ici.

— Pourquoi ?

— Vous oubliez que mes ennemis peuvent arriver d'un moment à l'autre.

— C'est vrai ; mais alors cette petite femme va échapper à Son Éminence ?

— Bah ! dit Milady avec un sourire qui n'appartenait qu'à elle, vous oubliez que je suis sa meilleure amie.

— Ah ! c'est vrai ! je puis donc dire au cardinal, à l'endroit de cette femme…

— Qu'il soit tranquille.

— Voilà tout ?

— Il saura ce que cela veut dire.

— Il le devinera. Maintenant, voyons, que dois-je faire ?

— Repartir à l'instant même ; il me semble que les nouvelles que vous reportez valent bien la peine que l'on fasse diligence.

— Ma chaise s'est cassée en entrant à Lilliers.

— À merveille !

— Comment, à merveille ?

— Oui, j'ai besoin de votre chaise, moi, dit la comtesse.

— Et comment partirai-je alors ?

— À franc étrier.

— Vous en parlez bien à votre aise, cent quatre-vingts lieues.

— Qu'est-ce que cela ?

— On les fera. Après ?

— Après : en passant à Lilliers, vous me renvoyez la chaise avec ordre à votre domestique de se mettre à ma disposition.

— Bien.

— Vous avez sans doute sur vous quelque ordre du cardinal ?

— J'ai mon plein pouvoir.

— Vous le montrez à l'abbesse, et vous dites qu'on viendra me chercher, soit aujourd'hui, soit demain, et que j'aurai à suivre la personne qui se présentera en votre nom.

— Très bien !

— N'oubliez pas de me traiter durement en parlant de moi à l'abbesse.

— À quoi bon ?

— Je suis une victime du cardinal. Il faut bien que j'inspire de la confiance à cette pauvre petite Mme Bonacieux.

— C'est juste. Maintenant voulez-vous me faire un rapport de tout ce qui est arrivé ?

— Mais je vous ai raconté les événements, vous avez bonne mémoire, répétez les choses comme je vous les ai dites, un papier se perd.

— Vous avez raison ; seulement que je sache où vous retrouver, que je n'aille pas courir inutilement dans les environs.

— C'est juste, attendez.

— Voulez-vous une carte ?

— Oh ! je connais ce pays à merveille.

— Vous ? Quand donc y êtes-vous venue ?

— J'y ai été élevée.

— Vraiment ?

— C'est bon à quelque chose, vous le voyez, que d'avoir été élevée quelque part.

— Vous m'attendrez donc ?...

— Laissez-moi réfléchir un instant ; eh ! tenez, à Armentières.

— Qu'est-ce que cela, Armentières ?

— Une petite ville sur la Lys ; je n'aurai qu'à traverser la rivière et je suis en pays étranger.

— À merveille ! Mais il est bien entendu que vous ne traverserez la rivière qu'en cas de danger.

— C'est bien entendu.

— Et, dans ce cas, comment saurai-je où vous êtes ?

— Vous n'avez pas besoin de votre laquais ?

— Non.

— C'est un homme sûr ?

— À l'épreuve.

— Donnez-le-moi ; personne ne le connaît, je le laisse à l'endroit que je quitte, et il vous conduit où je suis.

— Et vous dites que vous m'attendez à Argentières ?

— À Armentières, répondit Milady.

— Écrivez-moi ce nom-là sur un morceau de papier, de peur que je l'oublie ; ce n'est pas compromettant, un nom de ville, n'est-ce pas ?

— Eh, qui sait ? N'importe, dit Milady en écrivant le nom sur une demi-feuille de papier, je me compromets.

— Bien ! dit Rochefort en prenant des mains de Milady le papier, qu'il plia et qu'il enfonça dans la coiffe de son feutre ; d'ailleurs, soyez tranquille, je vais faire comme les enfants, et, dans le cas où je perdrais ce papier, répéter le nom tout le long de la route. Maintenant est-ce tout ?

— Je le crois.

— Cherchons bien : Buckingham mort ou grièvement blessé ; votre entretien avec le cardinal entendu des quatre mousquetaires ; lord de Winter prévenu de votre arrivée à Portsmouth ; d'Artagnan et Athos à la Bastille ; Aramis l'amant de Mme de Chevreuse ; Porthos un fat ; Mme Bonacieux retrouvée ; vous envoyer la chaise le plus tôt possible ; mettre mon laquais à votre disposition ; faire de vous une victime du cardinal, pour que l'abbesse ne prenne aucun soupçon ; Armentières sur les bords de la Lys. Est-ce cela ?

— En vérité, mon cher chevalier, vous êtes un miracle de mémoire. À propos, ajoutez une chose...

— Laquelle ?

— J'ai vu de très jolis bois qui doivent toucher au jardin du couvent, dites qu'il m'est permis de me promener dans ces bois ; qui sait ? j'aurai peut-être besoin de sortir par une porte de derrière.

— Vous pensez à tout.

— Et vous, vous oubliez une chose...

— Laquelle ?

— C'est de me demander si j'ai besoin d'argent.

— C'est juste, combien voulez-vous ?

— Tout ce que vous aurez d'or.

— J'ai cinq cents pistoles à peu près.

— J'en ai autant : avec mille pistoles on fait face à tout ; videz vos poches.

— Voilà, Comtesse.

— Bien, mon cher Comte ! Et vous partez ?

— Dans une heure ; le temps de manger un morceau, pendant lequel j'enverrai chercher un cheval de poste.

— À merveille ! Adieu, Chevalier !

— Adieu, Comtesse !

— Recommandez-moi au cardinal, dit Milady.

— Recommandez-moi à Satan, répliqua Rochefort.

Milady et Rochefort échangèrent un sourire et se séparèrent.

Une heure après, Rochefort partit au grand galop de son cheval, cinq heures après il passait à Arras.

Nos lecteurs savent déjà comment il avait été reconnu par d'Artagnan, et comment cette reconnaissance, en inspirant des craintes aux quatre mousquetaires, avait donné une nouvelle activité à leur voyage.

LXIII

UNE GOUTTE D'EAU[1]

À PEINE Rochefort fut-il sorti, que Mme Bonacieux rentra. Elle trouva Milady le visage riant.

— Eh bien ! dit la jeune femme, ce que vous craigniez est donc arrivé ; ce soir ou demain le cardinal vous envoie prendre ?

— Qui vous a dit cela, mon enfant ? demanda Milady.

— Je l'ai entendu de la bouche même du messager.

— Venez vous asseoir ici près de moi, dit Milady.

— Me voici.

— Attendez que je m'assure si personne ne nous écoute.

— Pourquoi toutes ces précautions ?

— Vous allez le savoir.

Milady se leva et alla à la porte, l'ouvrit, regarda dans le corridor, et revint se rasseoir près de Mme Bonacieux.

— Alors, dit-elle, il a bien joué son rôle.

— Qui cela ?

— Celui qui s'est présenté à l'abbesse comme l'envoyé du cardinal.

— C'était donc un rôle qu'il jouait ?

— Oui, mon enfant.

— Cet homme n'est donc pas…

— Cet homme, dit Milady en baissant la voix, c'est mon frère.

— Votre frère ! s'écria Mme Bonacieux.

— Eh bien ! il n'y a que vous qui sachiez ce secret, mon enfant ; si vous le confiez à qui que ce soit au monde, je serai perdue, et vous aussi peut-être.

— Oh ! mon Dieu !

— Écoutez, voici ce qui se passe : mon frère, qui venait à mon secours pour m'enlever d'ici de force, s'il le fallait, a rencontré l'émissaire du cardinal qui venait me chercher ; il l'a suivi. Arrivé à un endroit du chemin solitaire et écarté, il a mis l'épée à la main en sommant le messager de lui remettre les papiers dont il était porteur ; le messager a voulu se défendre, mon frère l'a tué.

— Oh ! fit Mme Bonacieux en frissonnant.

— C'était le seul moyen, songez-y. Alors mon frère a résolu de substituer la ruse à la force : il a pris les papiers, il s'est présenté ici comme l'émissaire du cardinal lui-même, et, dans une heure ou deux, une voiture doit venir me prendre de la part de Son Éminence.

— Je comprends ; cette voiture, c'est votre frère qui vous l'envoie.

— Justement ; mais ce n'est pas tout : cette lettre que vous avez reçue, et que vous croyez de Mme de Chevreuse…

— Eh bien ?

— Elle est fausse.

— Comment cela ?

— Oui, fausse : c'est un piège pour que vous ne fassiez pas de résistance quand on viendra vous chercher.

— Mais c'est d'Artagnan qui viendra.

— Détrompez-vous, d'Artagnan et ses amis sont retenus au siège de La Rochelle.

— Comment savez-vous cela ?

— Mon frère a rencontré des émissaires du cardinal en habits de mousquetaires. On vous aurait appelée à la porte, vous auriez cru avoir affaire à des amis, on vous enlevait et on vous ramenait à Paris.

— Oh ! mon Dieu ! ma tête se perd au milieu de ce chaos d'iniquités. Je sens que si cela durait, continua Mme Bonacieux en portant ses mains à son front, je deviendrais folle ?

— Attendez...

— Quoi ?

— J'entends le pas d'un cheval, c'est celui de mon frère qui repart ; je veux lui dire un dernier adieu, venez.

Milady ouvrit la fenêtre et fit signe à Mme Bonacieux de l'y rejoindre. La jeune femme y alla.

Rochefort passait au galop.

— Adieu, frère, s'écria Milady.

Le chevalier leva la tête, vit les deux jeunes femmes, et, tout courant, fit à Milady un signe amical de la main.

— Ce bon Georges ! dit-elle en refermant la fenêtre avec une expression de visage pleine d'affection et de mélancolie.

Et elle revint s'asseoir à sa place, comme si elle eût été plongée dans des réflexions toutes personnelles.

— Chère dame ! dit Mme Bonacieux, pardon de vous interrompre ! mais que me conseillez-vous de faire ? Mon Dieu ! Vous avez plus d'expérience que moi, parlez, je vous écoute.

— D'abord, dit Milady, il se peut que je me trompe et que d'Artagnan et ses amis viennent véritablement à votre secours.

— Oh ! c'eût été trop beau ! s'écria Mme Bonacieux, et tant de bonheur n'est pas fait pour moi !

— Alors, vous comprenez ; ce serait tout simplement une question de temps, une espèce de course à qui arrivera le premier. Si ce sont vos amis qui l'emportent en rapidité, vous êtes sauvée ; si ce sont les satellites du cardinal, vous êtes perdue.

— Oh ! oui, oui, perdue sans miséricorde ! Que faire donc ? Que faire ?

— Il y aurait un moyen bien simple, bien naturel...

— Lequel, dites ?

— Ce serait d'attendre, cachée dans les environs, et de s'assurer ainsi quels sont les hommes qui viendront vous demander.

— Mais où attendre ?

— Oh ! ceci n'est point une question ; moi-même je m'arrête et je me cache à quelques lieues d'ici en attendant que mon frère vienne me rejoindre ; eh bien ! je vous emmène avec moi, nous nous cachons et nous attendons ensemble.

— Mais on ne me laissera pas partir, je suis ici presque prisonnière.

— Comme on croit que je pars sur un ordre du cardinal, on ne vous croira pas très pressée de me suivre.

— Eh bien ?

— Eh bien ! la voiture est à la porte, vous me dites adieu, vous montez sur le marchepied pour me serrer dans vos bras une dernière fois ; le domestique de mon frère qui vient me prendre est prévenu, il fait un signe au postillon, et nous partons au galop.

— Mais d'Artagnan, d'Artagnan, s'il vient ?

— Ne le saurons-nous pas ?

— Comment ?

— Rien de plus facile. Nous renvoyons à Béthune ce domestique de mon frère, à qui, je vous l'ai dit, nous pouvons nous fier ; il prend un déguisement et se loge en face du couvent : si ce sont les émissaires du cardinal qui viennent, il ne bouge pas ; si c'est M. d'Artagnan et ses amis, il les amène où nous sommes.

— Il les connaît donc ?

— Sans doute, n'a-t-il pas vu M. d'Artagnan chez moi !

— Oh ! oui, oui, vous avez raison ; ainsi, tout va bien, tout est pour le mieux ; mais ne nous éloignons pas d'ici.

— À sept ou huit lieues tout au plus, nous nous tenons sur la frontière par exemple, et à la première alerte, nous sortons de France.

— Et d'ici là, que faire ?

— Attendre.

— Mais s'ils arrivent ?

— La voiture de mon frère arrivera avant eux.

— Si je suis loin de vous quand on viendra vous prendre ; à dîner ou à souper, par exemple ?

— Faites une chose.

— Laquelle ?

— Dites à votre bonne supérieure que, pour nous quitter le moins possible, vous lui demanderez la permission de partager mon repas.

— Le permettra-t-elle ?

— Quel inconvénient y a-t-il à cela ?

— Oh ! très bien, de cette façon nous ne nous quitterons pas un instant !

— Eh bien ! descendez chez elle pour lui faire votre demande ! Je me sens la tête lourde, je vais faire un tour au jardin.

— Allez, et où vous retrouverai-je !

— Ici dans une heure.

— Ici, dans une heure ; oh ! vous êtes bonne et je vous remercie.

— Comment ne m'intéresserais-je pas à vous ? Quand vous ne seriez pas belle et charmante, n'êtes-vous pas l'amie d'un de mes meilleurs amis !

— Cher d'Artagnan, oh ! comme il vous remerciera !

— Je l'espère bien. Allons ! tout est convenu, descendons.

— Vous allez au jardin ?

— Oui.

— Suivez ce corridor, un petit escalier vous y conduit.

— À merveille ! merci.

Et les deux femmes se quittèrent en échangeant un charmant sourire.

Milady avait dit la vérité, elle avait la tête lourde ; car ses projets mal classés s'y heurtaient comme dans un chaos. Elle avait besoin d'être seule pour mettre un peu d'ordre dans ses pensées. Elle voyait vaguement dans l'avenir ; mais il lui fallait un peu de silence et de quiétude pour donner à toutes ses idées, encore confuses, une forme distincte, un plan arrêté.

Ce qu'il y avait de plus pressé, c'était d'enlever Mme Bonacieux, de la mettre en lieu de sûreté, et là, le cas échéant, de s'en faire un otage. Milady commençait à redouter l'issue de ce duel terrible, où ses ennemis mettaient autant de persévérance qu'elle mettait, elle, d'acharnement.

D'ailleurs elle sentait, comme on sent venir un orage, que cette issue était proche et ne pouvait manquer d'être terrible.

Le principal pour elle, comme nous l'avons dit, était donc de tenir Mme Bonacieux entre ses mains. Mme Bonacieux, c'était la vie de d'Artagnan ; c'était plus que sa vie, c'était celle de la femme qu'il aimait ; c'était, en cas de mauvaise fortune, un moyen de traiter et d'obtenir sûrement de bonnes conditions.

Or ce point était arrêté : Mme Bonacieux, sans défiance, la suivait ; une fois cachée avec elle à Armentières, il était facile de lui faire croire que d'Artagnan n'était pas venu à Béthune. Dans quinze jours au plus, Rochefort serait de retour ; pendant ces quinze jours, d'ailleurs, elle aviserait à ce qu'elle aurait à faire pour se venger des quatre amis. Elle ne s'ennuierait pas, Dieu merci ! car elle aurait le plus doux passe-temps que les événements pussent accorder à une femme de son caractère : une bonne vengeance à perfectionner.

Tout en rêvant, elle jetait les yeux autour d'elle et classait dans sa tête la topographie du jardin. Milady était comme un bon général, qui prévoit tout ensemble la victoire et la défaite, et qui est tout prêt, selon les chances de la bataille, à marcher en avant ou à battre en retraite.

Au bout d'une heure, elle entendit une douce voix qui l'appelait ; c'était celle de Mme Bonacieux. La bonne abbesse avait naturellement consenti à tout, et, pour commencer, elles allaient souper ensemble.

En arrivant dans la cour, elles entendirent le bruit d'une voiture qui s'arrêtait à la porte.

— Entendez-vous ? dit-elle.

— Oui, le roulement d'une voiture.

— C'est celle que mon frère nous envoie.

— Oh ! mon Dieu !

— Voyons, du courage !

On sonna à la porte du couvent, Milady ne s'était pas trompée.

— Montez dans votre chambre, dit-elle à Mme Bonacieux, vous avez bien quelques bijoux que vous désirez emporter.

— J'ai ses lettres, dit-elle.

— Eh bien ! allez les chercher et venez me rejoindre chez moi, nous souperons à la hâte ; peut-être voyagerons-nous une partie de la nuit, il faut prendre des forces.

— Grand Dieu ! dit Mme Bonacieux en mettant la main sur sa poitrine, le cœur m'étouffe, je ne puis marcher.

— Du courage, allons, du courage ! Pensez que dans un quart d'heure vous êtes sauvée, et songez que ce que vous allez faire, c'est pour lui que vous le faites.

— Oh ! oui, tout pour lui. Vous m'avez rendu mon courage par un seul mot ; allez, je vous rejoins.

Milady monta vivement chez elle, elle y trouva le laquais de Rochefort, et lui donna ses instructions.

Il devait attendre à la porte ; si par hasard les mousquetaires paraissaient, la voiture partait au galop, faisait le tour du couvent, et allait attendre Milady à un petit village qui était situé de l'autre côté du bois. Dans ce cas, Milady traversait le jardin et gagnait le village à pied ; nous l'avons dit déjà, Milady connaissait à merveille cette partie de la France.

Si les mousquetaires ne paraissaient pas, les choses allaient comme il était convenu : Mme Bonacieux montait dans la voiture sous prétexte de lui dire adieu, et Milady enlevait Mme Bonacieux.

Mme Bonacieux entra, et pour lui ôter tout soupçon, si elle en avait, Milady répéta devant elle au laquais toute la dernière partie de ses instructions.

Milady fit quelques questions sur la voiture : c'était une chaise attelée de trois chevaux, conduite par un postillon ; le laquais de Rochefort devait la précéder en courrier.

C'était à tort que Milady craignait que Mme Bonacieux n'eût des soupçons : la pauvre jeune femme était trop pure pour soupçonner dans une autre femme une telle perfidie ; d'ailleurs le nom de la comtesse de Winter, qu'elle avait entendu prononcer par l'abbesse, lui était parfaitement inconnu, et elle ignorait même qu'une femme eût eu une part si grande et si fatale aux malheurs de sa vie.

— Vous le voyez, dit Milady, lorsque le laquais fut sorti, tout est prêt. L'abbesse ne se doute de rien et croit qu'on me vient chercher de la part du cardinal. Cet homme va donner les derniers ordres ; prenez la moindre chose, buvez un doigt de vin et partons.

— Oui, dit machinalement Mme Bonacieux, oui, partons.

Milady lui fit signe de s'asseoir devant elle, lui versa un petit verre de vin d'Espagne et lui servit un blanc de poulet.

— Voyez, lui dit-elle, si tout ne nous seconde pas : voici la nuit qui vient ; au point du jour nous serons arrivées dans notre retraite, et nul ne pourra se douter où nous sommes. Voyons, du courage, prenez quelque chose.

Mme Bonacieux mangea machinalement quelques bouchées et trempa ses lèvres dans son verre.

— Allons donc, allons donc, dit Milady portant le sien à ses lèvres, faites comme moi.

Mais au moment où elle l'approchait de sa bouche, sa main resta suspendue : elle venait d'entendre sur la route comme le roulement lointain d'un galop qui allait s'approchant ; puis, presque en même temps, il lui sembla entendre des hennissements de chevaux.

Ce bruit la tira de sa joie comme un bruit d'orage réveille au milieu d'un beau rêve ; elle pâlit et courut à la fenêtre, tandis que Mme Bonacieux, se levant toute tremblante, s'appuyait sur sa chaise pour ne point tomber.

On ne voyait rien encore, seulement on entendait le galop qui allait toujours se rapprochant.

— Oh ! mon Dieu, dit Mme Bonacieux, qu'est-ce que ce bruit ?

— Celui de nos amis ou de nos ennemis, dit

Milady avec son sang-froid terrible ; restez où vous êtes, je vais vous le dire.

Mme Bonacieux demeura debout, muette, immobile et pâle comme une statue.

Le bruit devenait plus fort, les chevaux ne devaient pas être à plus de cent cinquante pas ; si on ne les apercevait point encore, c'est que la route faisait un coude. Toutefois, le bruit devenait si distinct, qu'on eût pu compter les chevaux par le bruit saccadé de leurs fers.

Milady regardait de toute la puissance de son attention ; il faisait juste assez clair pour qu'elle pût reconnaître ceux qui venaient.

Tout à coup, au détour du chemin, elle vit reluire des chapeaux galonnés et flotter des plumes ; elle compta deux, puis cinq, puis huit cavaliers ; l'un d'eux précédait tous les autres de deux longueurs de cheval.

Milady poussa un rugissement étouffé. Dans celui qui tenait la tête elle reconnut d'Artagnan.

— Oh ! mon Dieu ! mon Dieu ! s'écria Mme Bonacieux qu'y a-t-il donc ?

— C'est l'uniforme des gardes de M. le cardinal ; pas un instant à perdre ! s'écria Milady. Fuyons, fuyons !

— Oui, oui, fuyons, répéta Mme Bonacieux, mais sans pouvoir faire un pas, clouée qu'elle était à sa place par la terreur.

On entendit les cavaliers qui passaient sous la fenêtre.

— Venez donc ! mais venez donc ! s'écriait Milady en essayant de traîner la jeune femme par le bras. Grâce au jardin, nous pouvons fuir encore, j'ai la clé ; mais hâtons-nous, dans cinq minutes il serait trop tard.

Mme Bonacieux essaya de marcher, fit deux pas et tomba sur ses genoux.

Milady essaya de la soulever et de l'emporter, mais elle ne put en venir à bout.

En ce moment on entendit le roulement de la voiture, qui à la vue des mousquetaires partait au galop. Puis trois ou quatre coups de feu retentirent.

— Une dernière fois, voulez-vous venir ? s'écria Milady.

— Oh ! mon Dieu ! mon Dieu ! vous voyez bien que les forces me manquent : vous voyez bien que je ne puis marcher : fuyez seule.

— Fuir seule ! vous laisser ici ! non, non, jamais, s'écria Milady.

Tout à coup, un éclair livide jaillit de ses yeux ; d'un bond, éperdue, elle courut à la table, versa dans le verre de Mme Bonacieux le contenu d'un chaton de bague qu'elle ouvrit avec une promptitude singulière.

C'était un grain rougeâtre qui se fondit aussitôt.

Puis, prenant le verre d'une main ferme :

— Buvez, dit-elle, ce vin vous donnera des forces, buvez.

Et elle approcha le verre des lèvres de la jeune femme, qui but machinalement.

— Ah ! ce n'est pas ainsi que je voulais me venger, dit Milady en reposant avec un sourire infernal le verre sur la table, mais, ma foi ! on fait ce qu'on peut.

Et elle s'élança hors de l'appartement.

Mme Bonacieux la regarda fuir, sans pouvoir

la suivre ; elle était comme ces gens qui rêvent qu'on les poursuit et qui essayent vainement de marcher.

Quelques minutes se passèrent, un bruit affreux retentissait à la porte ; à chaque instant Mme Bonacieux s'attendait à voir reparaître Milady, qui ne reparaissait pas.

Plusieurs fois, de terreur sans doute, la sueur monta froide à son front brûlant.

Enfin elle entendit le grincement des grilles qu'on ouvrait, le bruit des bottes et des éperons retentit par les escaliers ; il se faisait un grand murmure de voix qui allaient se rapprochant, et au milieu desquelles il lui semblait entendre prononcer son nom.

Tout à coup elle jeta un grand cri de joie et s'élança vers la porte, elle avait reconnu la voix de d'Artagnan.

— D'Artagnan ! d'Artagnan ! s'écria-t-elle, est-ce vous ? Par ici, par ici.

— Constance ! Constance ! répondit le jeune homme, où êtes-vous ? mon Dieu !

Au même moment, la porte de la cellule céda au choc plutôt qu'elle ne s'ouvrit ; plusieurs hommes se précipitèrent dans la chambre ; Mme Bonacieux était tombée dans un fauteuil sans pouvoir faire un mouvement.

D'Artagnan jeta un pistolet encore fumant qu'il tenait à la main, et tomba à genoux devant sa maîtresse, Athos repassa le sien à sa ceinture ; Porthos et Aramis, qui tenaient leurs épées nues, les remirent au fourreau.

— Oh ! d'Artagnan ! mon bien-aimé d'Artagnan !

tu viens donc enfin, tu ne m'avais pas trompée, c'est bien toi !

— Oui, oui, Constance ! réunis !

— Oh ! *elle* avait beau dire que tu ne viendrais pas, j'espérais sourdement ; je n'ai pas voulu fuir ; oh ! comme j'ai bien fait, comme je suis heureuse !

À ce mot *elle*, Athos, qui s'était assis tranquillement, se leva tout à coup.

— *Elle* ! Qui *elle* ? demanda d'Artagnan.

— Mais ma compagne ; celle qui, par amitié pour moi, voulait me soustraire à mes persécuteurs ; celle qui, vous prenant pour des gardes du cardinal, vient de s'enfuir.

— Votre compagne, s'écria d'Artagnan devenant plus pâle que le voile blanc de sa maîtresse, de quelle compagne voulez-vous donc parler ?

— De celle dont la voiture était à la porte, d'une femme qui se dit votre amie, d'Artagnan ; d'une femme à qui vous avez tout raconté.

— Son nom, son nom ! s'écria d'Artagnan ; mon Dieu ! ne savez-vous donc pas son nom ?

— Si fait, on l'a prononcé devant moi ; attendez... mais c'est étrange... oh ! mon Dieu ! ma tête se trouble, je n'y vois plus.

— À moi, mes amis, à moi ! ses mains sont glacées, s'écria d'Artagnan, elle se trouve mal ; grand Dieu ! elle perd connaissance !

Tandis que Porthos appelait au secours de toute la puissance de sa voix, Aramis courut à la table pour prendre un verre d'eau ; mais il s'arrêta en voyant l'horrible altération du visage d'Athos, qui, debout devant la table, les cheveux hérissés, les yeux glacés de stupeur, regardait l'un des verres et semblait en proie au doute le plus horrible.

— Oh ! disait Athos, oh ! non, c'est impossible ! Dieu ne permettrait pas un pareil crime.

— De l'eau, de l'eau, criait d'Artagnan, de l'eau !

— Oh pauvre femme, pauvre femme ! murmurait Athos d'une voix brisée.

Mme Bonacieux rouvrit les yeux sous les baisers de d'Artagnan.

— Elle revient à elle ! s'écria le jeune homme. Oh ! mon Dieu ! mon Dieu ! je te remercie !

— Madame, dit Athos, Madame, au nom du ciel ! à qui ce verre vide ?

— À moi, Monsieur..., répondit la jeune femme d'une voix mourante.

— Mais qui vous a versé ce vin qui était dans ce verre ?

— *Elle*.

— Mais, qui donc *elle* ?

— Ah ! je me souviens, dit Mme Bonacieux, la comtesse de Winter...

Les quatre amis poussèrent un seul et même cri, mais celui d'Athos domina tous les autres.

En ce moment, le visage de Mme Bonacieux devint livide, une douleur sourde la terrassa, elle tomba haletante dans les bras de Porthos et d'Aramis.

D'Artagnan saisit les mains d'Athos avec une angoisse difficile à décrire.

— Et quoi ! dit-il, tu crois...

Sa voix s'éteignit dans un sanglot.

— Je crois tout, dit Athos en se mordant les lèvres jusqu'au sang.

— D'Artagnan, d'Artagnan ! s'écria Mme Bonacieux, où es-tu ? Ne me quitte pas, tu vois bien que je vais mourir.

D'Artagnan lâcha les mains d'Athos, qu'il tenait encore entre ses mains crispées, et courut à elle.

Son visage si beau était tout bouleversé, ses yeux vitreux n'avaient déjà plus de regard, un tremblement convulsif agitait son corps, la sueur coulait sur son front.

— Au nom du ciel ! courez appeler ; Porthos, Aramis, demandez du secours !

— Inutile, dit Athos, inutile, au poison qu'elle verse il n'y a pas de contre-poison.

— Oui, oui, du secours, du secours ! murmura Mme Bonacieux ; du secours !

Puis, rassemblant toutes ses forces, elle prit la tête du jeune homme entre ses deux mains, le regarda un instant comme si toute son âme était passée dans son regard, et, avec un cri sanglotant, elle appuya ses lèvres sur les siennes.

— Constance ! Constance ! s'écria d'Artagnan.

Un soupir s'échappa de la bouche de Mme Bonacieux, effleurant celle de d'Artagnan ; ce soupir, c'était cette âme si chaste et si aimante qui remontait au ciel.

D'Artagnan ne serrait plus qu'un cadavre entre ses bras.

Le jeune homme poussa un cri et tomba près de sa maîtresse, aussi pâle et aussi glacé qu'elle.

Porthos pleura, Aramis montra le poing au ciel, Athos fit le signe de la croix.

En ce moment un homme parut sur la porte, presque aussi pâle que ceux qui étaient dans la chambre, et regarda tout autour de lui, vit Mme Bonacieux morte et d'Artagnan évanoui.

Il apparaissait juste à cet instant de stupeur qui suit les grandes catastrophes.

— Je ne m'étais pas trompé, dit-il, voilà M. d'Artagnan, et vous êtes ses trois amis, MM. Athos, Porthos et Aramis.

Ceux dont les noms venaient d'être prononcés regardaient l'étranger avec étonnement, il leur semblait à tous trois le reconnaître.

— Messieurs, reprit le nouveau venu, vous êtes comme moi à la recherche d'une femme qui, ajouta-t-il avec un sourire terrible, a dû passer par ici, car j'y vois un cadavre !

Les trois amis restèrent muets ; seulement la voix comme le visage leur rappelaient un homme qu'ils avaient déjà vu ; cependant, ils ne pouvaient se souvenir dans quelles circonstances.

— Messieurs, continua l'étranger, puisque vous ne voulez pas reconnaître un homme qui probablement vous doit la vie deux fois, il faut bien que je me nomme : je suis lord de Winter, le beau-frère de cette femme.

Les trois amis jetèrent un cri de surprise.

Athos se leva et lui tendit la main.

— Soyez le bienvenu, Milord, dit-il, vous êtes des nôtres.

— Je suis parti cinq heures après elle de Portsmouth, dit lord de Winter, je suis arrivé trois heures après elle à Boulogne, je l'ai manquée de vingt minutes à Saint-Omer ; enfin, à Lilliers, j'ai perdu sa trace. J'allais au hasard, m'informant à tout le monde, quand je vous ai vus passer au galop ; j'ai reconnu M. d'Artagnan. Je vous ai appelés, vous ne m'avez pas répondu ; j'ai voulu vous suivre, mais mon cheval était trop fatigué pour aller du même train que les vôtres. Et cependant il paraît que, malgré la diligence que vous avez faite, vous êtes encore arrivés trop tard !

— Vous voyez, dit Athos en montrant à lord de Winter Mme Bonacieux morte et d'Artagnan que Porthos et Aramis essayaient de rappeler à la vie.

— Sont-ils donc morts tous deux ? demanda froidement lord de Winter.

— Non, heureusement, répondit Athos, M. d'Artagnan n'est qu'évanoui.

— Ah ! tant mieux ! dit lord de Winter.

En effet, en ce moment d'Artagnan rouvrit les yeux.

Il s'arracha des bras de Porthos et d'Aramis et se jeta comme un insensé sur le corps de sa maîtresse.

Athos se leva, marcha vers son ami d'un pas lent et solennel, l'embrassa tendrement, et, comme il éclatait en sanglots, il lui dit de sa voix si noble et si persuasive :

— Ami, sois homme : les femmes pleurent les morts, les hommes les vengent !

— Oh ! oui, dit d'Artagnan, oui ! si c'est pour la venger, je suis prêt à te suivre !

Athos profita de ce moment de force que l'espoir de la vengeance rendait à son malheureux ami pour faire signe à Porthos et à Aramis d'aller chercher la supérieure.

Les deux amis la rencontrèrent dans le corridor, encore toute troublée et toute éperdue de tant d'événements ; elle appela quelques religieuses, qui, contre toutes les habitudes monastiques, se trouvèrent en présence de cinq hommes.

— Madame, dit Athos en passant le bras de

d'Artagnan sous le sien, nous abandonnons à vos soins pieux le corps de cette malheureuse femme. Ce fut un ange sur la terre avant d'être un ange au ciel. Traitez-la comme une de vos sœurs ; nous reviendrons un jour prier sur sa tombe.

D'Artagnan cacha sa figure dans la poitrine d'Athos et éclata en sanglots.

— Pleure, dit Athos, pleure, cœur plein d'amour, de jeunesse et de vie ! Hélas ! je voudrais bien pouvoir pleurer comme toi !

Et il entraîna son ami, affectueux comme un père, consolant comme un prêtre, grand comme l'homme qui a beaucoup souffert.

Tous cinq, suivis de leurs valets, tenant leurs chevaux par la bride, s'avancèrent vers la ville de Béthune, dont on apercevait le faubourg, et ils s'arrêtèrent devant la première auberge qu'ils rencontrèrent.

— Mais, dit d'Artagnan, ne poursuivons-nous pas cette femme ?

— Plus tard, dit Athos, j'ai des mesures à prendre.

— Elle nous échappera, reprit le jeune homme, elle nous échappera, Athos, et ce sera ta faute.

— Je réponds d'elle, dit Athos.

D'Artagnan avait une telle confiance dans la parole de son ami qu'il baissa la tête et entra dans l'auberge sans rien répondre.

Porthos et Aramis se regardaient, ne comprenant rien à l'assurance d'Athos.

Lord de Winter croyait qu'il parlait ainsi pour engourdir la douleur de d'Artagnan.

— Maintenant, Messieurs, dit Athos lorsqu'il se fut assuré qu'il y avait cinq chambres de libres dans l'hôtel, retirons-nous chacun chez soi ; d'Artagnan a besoin d'être seul pour pleurer et vous pour dormir. Je me charge de tout, soyez tranquilles.

— Il me semble cependant, dit lord de Winter, que s'il y a quelque mesure à prendre contre la comtesse, cela me regarde : c'est ma belle-sœur.

— Et moi, dit Athos, c'est ma femme.

D'Artagnan tressaillit, car il comprit qu'Athos était sûr de sa vengeance, puisqu'il révélait un pareil secret ; Porthos et Aramis se regardèrent en pâlissant. Lord de Winter pensa qu'Athos était fou.

— Retirez-vous donc, dit Athos, et laissez-moi faire. Vous voyez bien qu'en ma qualité de mari cela me regarde. Seulement, d'Artagnan, si vous ne l'avez pas perdu, remettez-moi ce papier qui s'est échappé du chapeau de cet homme et sur lequel est écrit le nom de la ville…

— Ah ! dit d'Artagnan, je comprends, ce nom écrit de sa main…

— Tu vois bien, dit Athos, qu'il y a un Dieu dans le ciel !

LXIV

L'HOMME AU MANTEAU ROUGE[1]

Le désespoir d'Athos avait fait place à une douleur concentrée, qui rendait plus lucides encore les brillantes facultés d'esprit de cet homme.

Tout entier à une seule pensée, celle de la promesse qu'il avait faite et de la responsabilité qu'il avait prise, il se retira le dernier dans sa chambre, pria l'hôte de lui procurer une carte de la province, se courba dessus, interrogea les lignes tracées, reconnut que quatre chemins différents se rendaient de Béthune à Armentières, et fit appeler les valets.

Planchet, Grimaud, Mousqueton et Bazin se présentèrent et reçurent les ordres clairs, ponctuels et graves d'Athos.

Ils devaient partir au point du jour, le lendemain, et se rendre à Armentières, chacun par une route différente. Planchet, le plus intelligent des quatre, devait suivre celle par laquelle avait disparu la voiture sur laquelle les quatre amis avaient tiré, et qui était accompagnée, on se le rappelle, du domestique de Rochefort.

Athos mit les valets en campagne d'abord, parce que, depuis que ces hommes étaient à son service et à celui de ses amis, il avait reconnu en chacun d'eux des qualités différentes et essentielles.

Puis, des valets qui interrogent inspirent aux passants moins de défiance que leurs maîtres, et trouvent plus de sympathie chez ceux auxquels ils s'adressent.

Enfin, Milady connaissait les maîtres, tandis qu'elle ne connaissait pas les valets ; au contraire, les valets connaissaient parfaitement Milady.

Tous quatre devaient se trouver réunis le lendemain, à onze heures à l'endroit indiqué ; s'ils avaient découvert la retraite de Milady, trois resteraient à la garder, le quatrième reviendrait à Béthune pour prévenir Athos et servir de guide aux quatre amis.

Ces dispositions prises, les valets se retirèrent à leur tour.

Athos alors se leva de sa chaise, ceignit son épée, s'enveloppa dans son manteau et sortit de l'hôtel ; il était dix heures à peu près. À dix heures du soir, on le sait, en province les rues sont peu fréquentées. Athos cependant cherchait visiblement quelqu'un à qui il pût adresser une question. Enfin il rencontra un passant attardé, s'approcha de lui, lui dit quelques paroles, l'homme auquel il s'adressait recula avec terreur, cependant il répondit aux paroles du mousquetaire par une indication. Athos offrit à cet homme une demi-pistole pour l'accompagner, mais l'homme refusa.

Athos s'enfonça dans la rue que l'indicateur avait désignée du doigt ; mais, arrivé à un carrefour, il s'arrêta de nouveau, visiblement embarrassé. Cependant, comme, plus qu'aucun autre lieu, le carrefour lui offrait la chance de rencontrer quelqu'un, il s'y arrêta. En effet, au bout d'un instant, un veilleur de nuit passa. Athos lui répéta la même question qu'il avait déjà faite à la première personne qu'il avait rencontrée, le veilleur de nuit laissa apercevoir la même terreur, refusa à son tour d'accompagner Athos, et lui montra de la main le chemin qu'il devait suivre.

Athos marcha dans la direction indiquée et atteignit le faubourg situé à l'extrémité de la ville opposée à celle par laquelle lui et ses compagnons étaient entrés. Là il parut de nouveau inquiet et embarrassé, et s'arrêta pour la troisième fois.

Heureusement un mendiant passa, qui s'approcha d'Athos pour lui demander l'aumône. Athos lui proposa un écu pour l'accompagner où il allait. Le mendiant hésita un instant, mais à la vue de la pièce d'argent qui brillait dans l'obscurité, il se décida et marcha devant Athos.

Arrivé à l'angle d'une rue, il lui montra de loin une petite maison isolée, solitaire, triste ; Athos s'en approcha, tandis que le mendiant, qui avait reçu son salaire s'en éloignait à toutes jambes.

Athos en fit le tour, avant de distinguer la porte au milieu de la couleur rougeâtre dont cette maison était peinte ; aucune lumière ne paraissait à travers les gerçures des contrevents, aucun bruit ne pouvait faire supposer qu'elle fût habitée, elle était sombre et muette comme un tombeau.

Trois fois Athos frappa sans qu'on lui répondît. Au troisième coup cependant des pas intérieurs se rapprochèrent ; enfin la porte s'entrebâilla, et un homme de haute taille, au teint pâle, aux cheveux et à la barbe noirs, parut.

Athos et lui échangèrent quelques mots à voix basse, puis l'homme à la haute taille fit signe au mousquetaire qu'il pouvait entrer. Athos profita à l'instant même de la permission, et la porte se referma derrière lui.

L'homme qu'Athos était venu chercher si loin et qu'il avait trouvé avec tant de peine, le fit entrer dans son laboratoire, où il était occupé à retenir avec des fils de fer les os cliquetants d'un squelette. Tout le corps était déjà rajusté : la tête seule était posée sur une table.

Tout le reste de l'ameublement indiquait que celui chez lequel on se trouvait s'occupait de sciences naturelles : il y avait des bocaux pleins de serpents, étiquetés selon les espèces ; des lézards desséchés reluisaient comme des émeraudes taillées dans de grands cadres de bois noir ; enfin, des bottes d'herbes sauvages, odoriférantes et sans doute douées de vertus inconnues au vulgaire des hommes, étaient attachées au plafond et descendaient dans les angles de l'appartement.

Du reste, pas de famille, pas de serviteurs ; l'homme à la haute taille habitait seul cette maison.

Athos jeta un coup d'œil froid et indifférent sur tous les objets que nous venons de décrire, et, sur l'invitation de celui qu'il venait chercher, il s'assit près de lui.

Alors il lui expliqua la cause de sa visite et le service qu'il réclamait de lui ; mais à peine eut-il exposé sa demande, que l'inconnu, qui était resté debout devant le mousquetaire, recula de terreur et refusa. Alors Athos tira de sa poche un petit papier sur lequel étaient écrites deux lignes accompagnées d'une signature et d'un sceau, et le présenta à celui qui donnait trop prématurément ces signes de répugnance. L'homme à la grande taille eut à peine lu ces deux lignes, vu la signature et reconnu le sceau, qu'il s'inclina en signe qu'il n'avait plus aucune objection à faire, et qu'il était prêt à obéir.

Athos n'en demanda pas davantage ; il se leva, salua, sortit, reprit en s'en allant le chemin qu'il avait suivi pour venir, rentra dans l'hôtel et s'enferma chez lui.

Au point du jour, d'Artagnan entra dans sa chambre et demanda ce qu'il allait faire.

— Attendre, répondit Athos.

Quelques instants après, la supérieure du couvent fit prévenir les mousquetaires que l'enterrement de la victime de Milady aurait lieu à midi. Quant à l'empoisonneuse, on n'en avait pas eu de nouvelles ; seulement elle avait dû fuir par le jardin, sur le sable duquel on avait reconnu la trace de ses pas et dont on avait retrouvé la porte fermée ; quant à la clé, elle avait disparu.

À l'heure indiquée, lord de Winter et les quatre amis se rendirent au couvent : les cloches sonnaient à toute volée, la chapelle était ouverte, la grille du chœur était fermée. Au milieu du chœur, le corps de la victime, revêtue de ses habits de novice, était exposé. De chaque côté du chœur et derrière des grilles s'ouvrant sur le couvent était toute la communauté des Carmélites, qui écoutait de là le service divin et mêlait son chant au chant des prêtres, sans voir les profanes et sans être vue d'eux.

À la porte de la chapelle, d'Artagnan sentit son courage qui fuyait de nouveau ; il se retourna pour chercher Athos, mais Athos avait disparu.

Fidèle à sa mission de vengeance, Athos s'était fait conduire au jardin ; et là, sur le sable, suivant les pas légers de cette femme qui avait laissé une trace sanglante partout où elle avait passé, il s'avança jusqu'à la porte qui donnait sur le bois, se la fit ouvrir, et s'enfonça dans la forêt.

Alors tous ses doutes se confirmèrent : le chemin par lequel la voiture avait disparu contournait la forêt. Athos suivit le chemin quelque temps les yeux fixés sur le sol ; de légères taches de sang, qui provenaient d'une blessure faite ou à l'homme qui accompagnait la voiture en courrier, ou à l'un des chevaux, piquetaient le chemin. Au bout de trois quarts de lieue à peu près, à cinquante pas de Festubert, une tache de sang plus large apparaissait ; le sol était piétiné par les chevaux. Entre la forêt et cet endroit dénonciateur, un peu en arrière de la terre écorchée, on retrouvait la même trace de petits pas que dans le jardin ; la voiture s'était arrêtée.

En cet endroit, Milady était sortie du bois et était montée dans la voiture.

Satisfait de cette découverte qui confirmait tous ses soupçons, Athos revint à l'hôtel et trouva Planchet qui l'attendait avec impatience.

Tout était comme l'avait prévu Athos.

Planchet avait suivi la route, avait comme Athos remarqué les taches de sang, comme Athos il avait reconnu l'endroit où les chevaux s'étaient arrêtés ; mais il avait poussé plus loin qu'Athos, de sorte qu'au village de Festubert, en buvant dans une auberge, il avait, sans avoir eu besoin de questionner, appris que la veille, à huit heures et demie du soir, un homme blessé, qui accompagnait une dame qui voyageait dans une chaise de poste, avait été obligé de s'arrêter, ne pouvant aller plus loin. L'accident avait été mis sur le compte de voleurs qui auraient arrêté la chaise dans le bois. L'homme était resté dans le village, la femme avait relayé et continué son chemin.

Planchet se mit en quête du postillon qui avait conduit la chaise, et le retrouva. Il avait conduit la dame jusqu'à Fromelles, et de Fromelles elle était partie pour Armentières. Planchet prit la traverse, et à sept heures du matin il était à Armentières.

Il n'y avait qu'un seul hôtel, celui de la Poste. Planchet alla s'y présenter comme un laquais sans place qui cherchait une condition. Il n'avait pas causé dix minutes avec les gens de l'auberge, qu'il savait qu'une femme seule était arrivée à onze heures du soir, avait pris une chambre, avait fait venir le maître d'hôtel et lui avait dit qu'elle désirerait demeurer quelque temps dans les environs.

Planchet n'avait pas besoin d'en savoir davantage. Il courut au rendez-vous, trouva les trois laquais exacts à leur poste, les plaça en sentinelles à toutes les issues de l'hôtel, et vint trouver Athos, qui achevait de recevoir les renseignements de Planchet, lorsque ses amis rentrèrent.

Tous les visages étaient sombres et crispés, même le doux visage d'Aramis.

— Que faut-il faire ? demanda d'Artagnan.

— Attendre, répondit Athos.

Chacun se retira chez soi.

À huit heures du soir, Athos donna l'ordre de seller les chevaux, et fit prévenir lord de Winter et ses amis qu'ils eussent à se préparer pour l'expédition.

En un instant tous cinq furent prêts. Chacun visita ses armes et les mit en état. Athos descendit le premier et trouva d'Artagnan déjà à cheval et s'impatientant.

— Patience, dit Athos, il nous manque encore quelqu'un.

Les quatre cavaliers regardèrent autour d'eux avec étonnement, car ils cherchaient inutilement dans leur esprit quel était ce quelqu'un qui pouvait leur manquer.

En ce moment Planchet amena le cheval d'Athos, le mousquetaire sauta légèrement en selle.

— Attendez-moi, dit-il, je reviens.

Et il partit au galop.

Un quart d'heure après, il revint effectivement accompagné d'un homme masqué et enveloppé d'un grand manteau rouge.

Lord de Winter et les trois mousquetaires s'interrogèrent du regard. Nul d'entre eux ne put renseigner les autres, car tous ignoraient ce qu'était cet homme. Cependant ils pensèrent que cela devait être ainsi, puisque la chose se faisait par l'ordre d'Athos.

À neuf heures, guidée par Planchet, la petite cavalcade se mit en route, prenant le chemin qu'avait suivi la voiture.

C'était un triste aspect que celui de ces six hommes courant en silence, plongés chacun dans sa pensée, mornes comme le désespoir, sombres comme le châtiment.

LXV

LE JUGEMENT[1]

C'ÉTAIT une nuit orageuse et sombre, de gros nuages couraient au ciel, voilant la clarté des étoiles ; la lune ne devait se lever qu'à minuit.

Parfois, à la lueur d'un éclair qui brillait à l'horizon, on apercevait la route qui se déroulait blanche et solitaire ; puis, l'éclair éteint, tout rentrait dans l'obscurité.

À chaque instant, Athos invitait d'Artagnan, toujours à la tête de la petite troupe, à reprendre son rang qu'au bout d'un instant il abandonnait de nouveau ; il n'avait qu'une pensée, c'était d'aller en avant, et il allait.

On traversa en silence le village de Festubert, où était resté le domestique blessé, puis on longea le bois de Richebourg ; arrivés à Herlier, Planchet, qui dirigeait toujours la colonne, prit à gauche.

Plusieurs fois, lord de Winter, soit Porthos, soit Aramis, avaient essayé d'adresser la parole à l'homme au manteau rouge ; mais à chaque interrogation qui lui avait été faite, il s'était incliné sans répondre. Les voyageurs avaient alors compris qu'il y avait quelque raison pour que l'inconnu gardât le silence, et ils avaient cessé de lui adresser la parole.

D'ailleurs, l'orage grossissait, les éclairs se succédaient rapidement, le tonnerre commençait à gronder, et le vent, précurseur de l'ouragan, sifflait dans la plaine, agitant les plumes des cavaliers.

La cavalcade prit le grand trot.

Un peu au-delà de Fromelles, l'orage éclata ; on déploya les manteaux ; il restait encore trois lieues à faire : on les fit sous des torrents de pluie.

D'Artagnan avait ôté son feutre et n'avait pas mis son manteau ; il trouvait plaisir à laisser ruisseler l'eau sur son front brûlant et sur son corps agité de frissons fiévreux.

Au moment où la petite troupe avait dépassé Goskal et allait arriver à la poste, un homme, abrité sous un arbre, se détacha du tronc avec lequel il était resté confondu dans l'obscurité, et s'avança jusqu'au milieu de la route, mettant son doigt sur ses lèvres.

Athos reconnut Grimaud.

— Qu'y a-t-il donc ? s'écria d'Artagnan, aurait-elle quitté Armentières ?

Grimaud fit de sa tête un signe affirmatif. D'Artagnan grinça des dents.

— Silence, d'Artagnan ! dit Athos, c'est moi qui me suis chargé de tout, c'est donc à moi d'interroger Grimaud.

— Où est-elle ? demanda Athos.

Grimaud étendit la main dans la direction de la Lys.

— Loin d'ici ? demanda Athos.

Grimaud présenta à son maître son index plié.

— Seule ? demanda Athos.

Grimaud fit signe que oui.

— Messieurs, dit Athos, elle est seule à une demi-lieue d'ici, dans la direction de la rivière.

— C'est bien, dit d'Artagnan, conduis-nous, Grimaud.

Grimaud prit à travers champs, et servit de guide à la cavalcade.

Au bout de cinq cents pas à peu près, on trouva un ruisseau, que l'on traversa à gué.

À la lueur d'un éclair, on aperçut le village d'Erquinghem.

— Est-ce là ? demanda d'Artagnan.

Grimaud secoua la tête en signe de négation.

— Silence donc ! dit Athos.

Et la troupe continua son chemin.

Un autre éclair brilla ; Grimaud étendit le bras, et à la lueur bleuâtre du serpent de feu on distingua une petite maison isolée, au bord de la rivière, à cent pas d'un bac.

Une fenêtre était éclairée.

— Nous y sommes, dit Athos.

En ce moment, un homme couché dans le fossé se leva, c'était Mousqueton ; il montra du doigt la fenêtre éclairée.

— Elle est là, dit-il.

— Et Bazin ? demanda Athos.

— Tandis que je gardais la fenêtre, il gardait la porte.

— Bien, dit Athos, vous êtes tous de fidèles serviteurs.

Athos sauta à bas de son cheval, dont il remit la bride aux mains de Grimaud, et s'avança vers la fenêtre après avoir fait signe au reste de la troupe de tourner du côté de la porte.

La petite maison était entourée d'une haie vive,

de deux ou trois pieds de haut. Athos franchit la haie, parvint jusqu'à la fenêtre privée de contrevents, mais dont les demi-rideaux étaient exactement tirés.

Il monta sur le rebord de pierre, afin que son œil pût dépasser la hauteur des rideaux.

À la lueur d'une lampe, il vit une femme enveloppée d'une mante de couleur sombre, assise sur un escabeau, près d'un feu mourant : ses coudes étaient posés sur une mauvaise table, et elle appuyait sa tête dans ses deux mains blanches comme l'ivoire.

On ne pouvait distinguer son visage, mais un sourire sinistre passa sur les lèvres d'Athos, il n'y avait pas à s'y tromper, c'était bien celle qu'il cherchait.

En ce moment un cheval hennit : Milady releva la tête, vit, collé à la vitre, le visage pâle d'Athos, et poussa un cri.

Athos comprit qu'il était reconnu, poussa la fenêtre du genou et de la main, la fenêtre céda, les carreaux se rompirent.

Et Athos, pareil au spectre de la vengeance, sauta dans la chambre.

Milady courut à la porte et l'ouvrit ; plus pâle et plus menaçant encore qu'Athos, d'Artagnan était sur le seuil.

Milady recula en poussant un cri. D'Artagnan, croyant qu'elle avait quelque moyen de fuir et craignant qu'elle ne leur échappât, tira un pistolet de sa ceinture ; mais Athos leva la main.

— Remets cette arme à sa place, d'Artagnan, dit-il, il importe que cette femme soit jugée et non assassinée. Attends encore un instant, d'Artagnan, et tu seras satisfait. Entrez, Messieurs.

D'Artagnan obéit, car Athos avait la voix solennelle et le geste puissant d'un juge envoyé par le Seigneur lui-même. Aussi, derrière d'Artagnan, entrèrent Porthos, Aramis, lord de Winter et l'homme au manteau rouge.

Les quatre valets gardaient la porte et la fenêtre.

Milady était tombée sur sa chaise les mains étendues, comme pour conjurer cette terrible apparition ; en apercevant son beau-frère, elle jeta un cri terrible.

— Que demandez-vous ? s'écria Milady.

— Nous demandons, dit Athos, Anne de Breuil, qui s'est appelée d'abord la comtesse de La Fère, puis lady de Winter, baronne de Sheffield.

— C'est moi, c'est moi ! murmura-t-elle au comble de la terreur, que me voulez-vous ?

— Nous voulons vous juger selon vos crimes, dit Athos : vous serez libre de vous défendre, justifiez-vous si vous pouvez. Monsieur d'Artagnan, à vous d'accuser le premier.

D'Artagnan s'avança.

— Devant Dieu et devant les hommes, dit-il, j'accuse cette femme d'avoir empoisonné Constance Bonacieux, morte hier soir.

Il se retourna vers Porthos et vers Aramis.

— Nous attestons, dirent d'un seul mouvement les deux mousquetaires.

D'Artagnan continua.

— Devant Dieu et devant les hommes, j'accuse cette femme d'avoir voulu m'empoisonner moi-même, dans du vin qu'elle m'avait envoyé de Villeroy, avec une fausse lettre, comme si le vin venait de mes amis ; Dieu m'a sauvé ; mais un homme est mort à ma place, qui s'appelait Brisemont.

— Nous attestons, dirent de la même voix Porthos et Aramis.

— Devant Dieu et devant les hommes, j'accuse cette femme de m'avoir poussé au meurtre du baron de Wardes ; et, comme personne n'est là pour attester la vérité de cette accusation, je l'atteste, moi.

« J'ai dit. »

Et d'Artagnan passa de l'autre côté de la chambre avec Porthos et Aramis.

— À vous, Milord ! dit Athos.

Le baron s'approcha à son tour.

— Devant Dieu et devant les hommes, dit-il, j'accuse cette femme d'avoir fait assassiner le duc de Buckingham.

— Le duc de Buckingham assassiné ? s'écrièrent d'un seul cri tous les assistants.

— Oui, dit le baron, assassiné ! Sur la lettre d'avis que vous m'aviez écrite, j'avais fait arrêter cette femme, et je l'avais donnée en garde à un loyal serviteur ; elle a corrompu cet homme, elle lui a mis le poignard dans la main, elle lui a fait tuer le duc, et dans ce moment peut-être Felton paye de sa tête le crime de cette furie.

Un frémissement courut parmi les juges à la révélation de ces crimes encore inconnus.

— Ce n'est pas tout, reprit lord de Winter ; mon frère, qui vous avait faite son héritière, est mort en trois heures d'une étrange maladie qui laisse des taches livides sur tout le corps. Ma sœur, comment votre mari est-il mort ?

— Horreur ! s'écrièrent Porthos et Aramis.

— Assassin de Buckingham, assassin de Felton, assassin de mon frère, je demande justice contre vous, et je déclare que si on ne me la fait pas, je me la ferai.

Et lord de Winter alla se ranger près de d'Artagnan, laissant la place libre à un autre accusateur.

Milady laissa tomber son front dans ses deux mains et essaya de rappeler ses idées confondues par un vertige mortel.

— À mon tour, dit Athos, tremblant lui-même comme le lion tremble à l'aspect du serpent, à mon tour. J'épousai cette femme quand elle était jeune fille, je l'épousai malgré toute ma famille ; je lui donnai mon bien, je lui donnai mon nom ; et un jour je m'aperçus que cette femme était flétrie : cette femme était marquée d'une fleur de lys sur l'épaule gauche.

— Oh ! dit Milady en se levant, je défie de retrouver le tribunal qui a prononcé sur moi cette sentence infâme. Je défie de retrouver celui qui l'a exécutée.

— Silence, dit une voix. À ceci, c'est à moi de répondre !

Et l'homme au manteau rouge s'approcha à son tour.

— Quel est cet homme, quel est cet homme ? s'écria Milady suffoquée par la terreur et dont les cheveux se dénouèrent et se dressèrent sur sa tête livide comme s'ils eussent été vivants.

Tous les yeux se tournèrent sur cet homme, car à tous, excepté à Athos, il était inconnu.

Encore Athos le regardait-il avec autant de stupéfaction que les autres, car il ignorait comment il pouvait se trouver mêlé en quelque chose à l'horrible drame qui se dénouait en ce moment.

Après s'être approché de Milady, d'un pas lent et solennel, de manière que la table seule le séparât d'elle, l'inconnu ôta son masque.

Milady regarda quelque temps avec une terreur croissante ce visage pâle encadré de cheveux et de favoris noirs, dont la seule expression était une impassibilité glacée ; puis tout à coup :

— Oh ! non, non, dit-elle en se levant et en reculant jusqu'au mur ; non, non, c'est une apparition infernale ! ce n'est pas lui ! À moi ! à moi ! s'écria-t-elle d'une voix rauque en se retournant vers la muraille, comme si elle eût pu s'y ouvrir un passage avec ses mains.

— Mais qui êtes-vous donc ? s'écrièrent tous les témoins de cette scène.

— Demandez-le à cette femme, dit l'homme au manteau rouge, car vous voyez bien qu'elle m'a reconnu, elle.

— Le bourreau de Lille, le bourreau de Lille ! s'écria Milady en proie à une terreur insensée et se cramponnant des mains à la muraille pour ne pas tomber.

Tout le monde s'écarta, et l'homme au manteau rouge resta seul debout au milieu de la salle.

— Oh ! grâce ! grâce ! pardon ! s'écria la misérable en tombant à genoux.

L'inconnu laissa le silence se rétablir.

— Je vous le disais bien, qu'elle m'avait reconnu ! reprit-il. Oui, je suis le bourreau de la ville de Lille, et voici mon histoire :

Tous les yeux étaient fixés sur cet homme dont on attendait les paroles avec une avide anxiété.

— Cette jeune femme était autrefois une jeune fille aussi belle qu'elle est belle aujourd'hui. Elle était religieuse au couvent des Bénédictines, de Templemar[1]. Un jeune prêtre au cœur simple et croyant desservait l'église de ce couvent ; elle entreprit de le séduire et y réussit, elle eût séduit un saint.

« Leurs vœux à tous deux étaient sacrés, irrévocables ; leur liaison ne pouvait durer longtemps sans les perdre tous deux. Elle obtint de lui qu'ils quitteraient le pays ; mais pour quitter le pays, pour fuir ensemble, pour gagner une autre partie de la France, où ils pussent vivre tranquilles parce qu'ils seraient inconnus, il fallait de l'argent ; ni l'un ni l'autre n'en avait. Le prêtre vola les vases sacrés, les vendit ; mais comme ils s'apprêtaient à partir ensemble, ils furent arrêtés tous deux.

« Huit jours après, elle avait séduit le fils du geôlier et s'était sauvée. Le jeune prêtre fut condamné à dix ans de fers et à la flétrissure. J'étais le bourreau de la ville de Lille, comme dit cette femme. Je fus obligé de marquer le coupable, et le coupable, Messieurs, c'était mon frère !

« Je jurai alors que cette femme qui l'avait perdu, qui était plus que sa complice, puisqu'elle l'avait poussé au crime, partagerait au moins le châtiment. Je me doutai du lieu où elle était cachée, je la poursuivis, je l'atteignis, je la garrottai et lui imprimai la même flétrissure que j'avais imprimée à mon frère.

« Le lendemain de mon retour à Lille, mon frère parvint à s'échapper à son tour, on m'accusa de complicité, et l'on me condamna à rester en prison à sa place tant qu'il ne se serait pas constitué prisonnier. » Mon pauvre frère ignorait ce jugement ; il avait rejoint cette femme ; ils avaient fui ensemble dans le Berry ; et là, il avait obtenu une petite cure. Cette femme passait pour sa sœur.

« Le seigneur de la terre sur laquelle était située l'église du curé vit cette prétendue sœur et en devint amoureux, amoureux au point qu'il lui proposa de l'épouser. Alors elle quitta celui qu'elle avait perdu pour celui qu'elle devait perdre, et devint la comtesse de La Fère... »

Tous les yeux se tournèrent vers Athos, dont c'était le véritable nom, et qui fit signe de la tête que tout ce qu'avait dit le bourreau était vrai.

— Alors, reprit celui-ci, fou, désespéré, décidé à se débarrasser d'une existence à laquelle elle avait tout enlevé, honneur et bonheur, mon pauvre frère revint à Lille, et apprenant l'arrêt qui m'avait condamné à sa place, se constitua prisonnier et se pendit le même soir au soupirail de son cachot.

« Au reste, c'est une justice à leur rendre, ceux qui m'avaient condamné me tinrent parole. À peine l'identité du cadavre fut-elle constatée qu'on me rendit ma liberté.

« Voilà le crime dont je l'accuse, voilà la cause pour laquelle je l'ai marquée. »

— Monsieur d'Artagnan, dit Athos, quelle est la peine que vous réclamez contre cette femme ?

— La peine de mort, répondit d'Artagnan.

— Milord de Winter, continua Athos, quelle est la peine que vous réclamez contre cette femme ?

— La peine de mort, reprit lord de Winter.

— Messieurs Porthos et Aramis, reprit Athos,

vous qui êtes ses juges, quelle est la peine que vous portez contre cette femme ?

— La peine de mort, répondirent d'une voix sourde les deux mousquetaires.

Milady poussa un hurlement affreux, et fit quelques pas vers ses juges en se traînant sur ses genoux.

Athos étendit la main vers elle.

— Anne de Breuil, comtesse de La Fère, Milady de Winter, dit-il, vos crimes ont lassé les hommes sur la terre et Dieu dans le ciel. Si vous savez quelque prière, dites-la, car vous êtes condamnée et vous allez mourir.

À ces paroles, qui ne lui laissaient aucun espoir, Milady se releva de toute sa hauteur et voulut parler, mais les forces lui manquèrent ; elle sentit qu'une main puissante et implacable la saisissait par les cheveux et l'entraînait aussi irrévocablement que la fatalité entraîne l'homme : elle ne tenta donc pas même de faire résistance et sortit de la chaumière.

Lord de Winter, d'Artagnan, Athos, Porthos et Aramis sortirent derrière elle. Les valets suivirent leurs maîtres et la chambre resta solitaire avec sa fenêtre brisée, sa porte ouverte et sa lampe fumeuse qui brûlait tristement sur la table.

LXVI

L'EXÉCUTION[1]

Il était minuit à peu près ; la lune, échancrée par sa décroissance et ensanglantée par les dernières traces de l'orage, se levait derrière la petite ville d'Armentières, qui détachait sur sa lueur blafarde la silhouette sombre de ses maisons et le squelette de son haut clocher découpé à jour. En face, la Lys roulait ses eaux pareilles à une rivière d'étain fondu ; tandis que sur l'autre rive on voyait la masse noire des arbres se profiler sur un ciel orageux envahi par de gros nuages cuivrés qui faisaient une espèce de crépuscule au milieu de la nuit. À gauche s'élevait un vieux moulin abandonné, aux ailes immobiles, dans les ruines duquel une chouette faisait entendre son cri aigu, périodique et monotone. Çà et là dans la plaine, à droite et à gauche du chemin que suivait le lugubre cortège, apparaissaient quelques arbres bas et trapus, qui semblaient des nains difformes accroupis pour guetter les hommes à cette heure sinistre.

De temps en temps un large éclair ouvrait l'horizon dans toute sa largeur, serpentait au-dessus de la masse noire des arbres et venait comme un effrayant cimeterre couper le ciel et l'eau en deux parties. Pas un souffle de vent ne passait dans l'atmosphère alourdie. Un silence de mort écrasait toute la nature ; le sol était humide et glissant de la pluie qui venait de tomber, et les herbes ranimées jetaient leur parfum avec plus d'énergie.

Deux valets traînaient Milady, qu'ils tenaient chacun par un bras ; le bourreau marchait derrière, et lord de Winter, d'Artagnan, Athos, Porthos et Aramis marchaient derrière le bourreau.

Planchet et Bazin venaient les derniers.

Les deux valets conduisaient Milady du côté de la rivière. Sa bouche était muette ; mais ses yeux parlaient avec leur inexprimable éloquence, suppliant tour à tour chacun de ceux qu'elle regardait.

Comme elle se trouvait de quelques pas en avant, elle dit aux valets :

— Mille pistoles à chacun de vous si vous protégez ma fuite ; mais si vous me livrez à vos maîtres, j'ai ici près des vengeurs qui vous feront payer cher ma mort.

Grimaud hésitait. Mousqueton tremblait de tous ses membres.

Athos, qui avait entendu la voix de Milady, s'approcha vivement, lord de Winter en fit autant.

— Renvoyez ces valets, dit-il, elle leur a parlé, ils ne sont plus sûrs.

On appela Planchet et Bazin, qui prirent la place de Grimaud et de Mousqueton.

Arrivés au bord de l'eau, le bourreau s'approcha de Milady et lui lia les pieds et les mains.

Alors elle rompit le silence pour s'écrier :

— Vous êtes des lâches, vous êtes des misérables assassins, vous vous mettez à dix pour égorger une femme ; prenez garde, si je ne suis point secourue, je serai vengée.

— Vous n'êtes pas une femme, dit froidement Athos, vous n'appartenez pas à l'espèce humaine, vous êtes un démon échappé de l'enfer et que nous allons y faire rentrer.

— Ah ! Messieurs les hommes vertueux ! dit Milady, faites attention que celui qui touchera un cheveu de ma tête est à son tour un assassin.

— Le bourreau peut tuer, sans être pour cela un assassin, Madame, dit l'homme au manteau rouge en frappant sur sa large épée ; c'est le dernier juge, voilà tout : *Nachrichter*[1], comme disent nos voisins les Allemands.

Et, comme il la liait en disant ces paroles, Milady poussa deux ou trois cris sauvages, qui firent un effet sombre et étrange en s'envolant dans la nuit et en se perdant dans les profondeurs du bois.

— Mais si je suis coupable, si j'ai commis les crimes dont vous m'accusez, hurlait Milady, conduisez-moi devant un tribunal ; vous n'êtes pas des juges, vous, pour me condamner.

— Je vous avais proposé Tyburn, dit lord de Winter, pourquoi n'avez-vous pas voulu ?

— Parce que je ne veux pas mourir ! s'écria Milady en se débattant, parce que je suis trop jeune pour mourir !

— La femme que vous avez empoisonnée à Béthune était plus jeune encore que vous, Madame, et cependant elle est morte, dit d'Artagnan.

— J'entrerai dans un cloître, je me ferai religieuse, dit Milady.

— Vous étiez dans un cloître, dit le bourreau, et vous en êtes sortie pour perdre mon frère.

Milady poussa un cri d'effroi, et tomba sur ses genoux.

Le bourreau la souleva sous les bras, et voulut l'emporter vers le bateau.

— Oh ! mon Dieu ! s'écria-t-elle, mon Dieu ! allez-vous donc me noyer !

Ces cris avaient quelque chose de si déchirant, que d'Artagnan, qui d'abord était le plus acharné à la poursuite de Milady, se laissa aller sur une souche, et pencha la tête, se bouchant les oreilles avec les paumes de ses mains ; et cependant, malgré cela, il l'entendait encore menacer et crier.

D'Artagnan était le plus jeune de tous ces hommes, le cœur lui manqua.

— Oh ! je ne puis voir cet affreux spectacle ! Je ne puis consentir à ce que cette femme meure ainsi !

Milady avait entendu ces quelques mots, et elle s'était reprise à une lueur d'espérance.

— D'Artagnan ! d'Artagnan ! cria-t-elle, souviens-toi que je t'ai aimé !

Le jeune homme se leva et fit un pas vers elle.

Mais Athos, brusquement, tira son épée, se mit sur son chemin.

— Si vous faites un pas de plus, d'Artagnan, dit-il, nous croiserons le fer ensemble.

D'Artagnan tomba à genoux et pria.

— Allons, continua Athos, bourreau, fais ton devoir.

— Volontiers, Monseigneur, dit le bourreau, car aussi vrai que je suis bon catholique, je crois fermement être juste en accomplissant ma fonction sur cette femme.

— C'est bien.

Athos fit un pas vers Milady.

— Je vous pardonne, dit-il, le mal que vous m'avez fait ; je vous pardonne mon avenir brisé, mon honneur perdu, mon amour souillé et mon salut à jamais compromis par le désespoir où vous m'avez jeté. Mourez en paix.

Lord de Winter s'avança à son tour.

— Je vous pardonne, dit-il, l'empoisonnement de mon frère, l'assassinat de Sa Grâce lord Buckingham ; je vous pardonne la mort du pauvre Felton, je vous pardonne vos tentatives sur ma personne. Mourez en paix.

— Et moi, dit d'Artagnan, pardonnez-moi, Madame, d'avoir, par une fourberie indigne d'un gentilhomme, provoqué votre colère ; et, en échange, je vous pardonne le meurtre de ma pauvre amie et vos vengeances cruelles pour moi, je vous pardonne et je pleure sur vous. Mourez en paix.

— *I am lost !* murmura en anglais Milady. *I must die*[1].

Alors elle se releva d'elle-même, jeta tout autour d'elle un de ces regards clairs qui semblaient jaillir d'un œil de flamme.

Elle ne vit rien.

Elle écouta et n'entendit rien.

Elle n'avait autour d'elle que des ennemis.

— Où vais-je mourir ? dit-elle.

— Sur l'autre rive, répondit le bourreau.

Alors il la fit entrer dans la barque, et, comme

il allait y mettre le pied, Athos lui remit une somme d'argent.

— Tenez, dit-il, voici le prix de l'exécution ; que l'on voie bien que nous agissons en juges.

— C'est bien, dit le bourreau ; et que maintenant, à son tour, cette femme sache que je n'accomplis pas mon métier, mais mon devoir.

Et il jeta l'argent dans la rivière.

Le bateau s'éloigna vers la rive gauche de la Lys, emportant la coupable et l'exécuteur ; tous les autres demeurèrent sur la rive droite, où ils étaient tombés à genoux.

Le bateau glissait lentement le long de la corde du bac, sous le reflet d'un nuage pâle qui surplombait l'eau en ce moment.

On le vit aborder sur l'autre rive ; les personnages se dessinaient en noir sur l'horizon rougeâtre.

Milady, pendant le trajet, était parvenue à détacher la corde qui liait ses pieds : en arrivant sur le rivage, elle sauta légèrement à terre et prit la fuite.

Mais le sol était humide ; en arrivant au haut du talus, elle glissa et tomba sur ses genoux.

Une idée superstitieuse la frappa sans doute ; elle comprit que le ciel lui refusait son secours et resta dans l'attitude où elle se trouvait, la tête inclinée et les mains jointes.

Alors on vit, de l'autre rive, le bourreau lever lentement ses deux bras, un rayon de lune se refléta sur la lame de sa large épée, les deux bras retombèrent ; on entendit le sifflement du cimeterre et le cri de la victime, puis une masse tronquée s'affaissa sous le coup.

Alors le bourreau détacha son manteau rouge,

l'étendit à terre, y coucha le corps, y jeta la tête, le noua par les quatre coins, le chargea sur son épaule et remonta dans le bateau.

Arrivé au milieu de la Lys, il arrêta la barque, et suspendant son fardeau au-dessus de la rivière :

— Laissez passer la justice de Dieu ! cria-t-il à haute voix.

Et il laissa tomber le cadavre au plus profond de l'eau, qui se referma sur lui.

Trois jours après, les quatre mousquetaires rentraient à Paris ; ils étaient restés dans les limites de leur congé, et le même soir ils allèrent faire leur visite accoutumée à M. de Tréville.

— Eh bien ! Messieurs, leur demanda le brave capitaine, vous êtes-vous bien amusés dans votre excursion ?

— Prodigieusement, répondit Athos, les dents serrées.

LXVII

UN MESSAGER DU CARDINAL[1]

Le 6 du mois suivant, le roi, tenant la promesse qu'il avait faite au cardinal de quitter Paris pour revenir à La Rochelle, sortit de sa capitale tout étourdi encore de la nouvelle qui venait de s'y répandre que Buckingham venait d'être assassiné.

Quoique prévenue que l'homme qu'elle avait tant aimé courait un danger, la reine, lorsqu'on lui annonça cette mort, ne voulut pas la croire ; il lui arriva même de s'écrier imprudemment :

— C'est faux ! il vient de m'écrire.

Mais le lendemain il lui fallut bien croire à cette fatale nouvelle ; La Porte, retenu comme tout le monde en Angleterre par les ordres du roi Charles Ier, arriva porteur du dernier et funèbre présent que Buckingham envoyait à la reine.

La joie du roi avait été très vive ; il ne se donna pas la peine de la dissimuler et la fit même éclater avec affectation devant la reine. Louis XIII, comme tous les cœurs faibles, manquait de générosité.

Mais bientôt le roi redevint sombre et mal portant : son front n'était pas de ceux qui s'éclaircissent pour longtemps ; il sentait qu'en retournant au camp il allait reprendre son esclavage, et cependant il y retournait.

Le cardinal était pour lui le serpent fascinateur et il était, lui, l'oiseau qui voltige de branche en branche sans pouvoir lui échapper.

Aussi le retour vers La Rochelle était-il profondément triste. Nos quatre amis surtout faisaient l'étonnement de leurs camarades ; ils voyageaient ensemble, côte à côte, l'œil sombre et la tête baissée. Athos relevait seul de temps en temps son large front ; un éclair brillait dans ses yeux, un sourire amer passait sur ses lèvres, puis, pareil à ses camarades, il se laissait de nouveau aller à ses rêveries.

Aussitôt l'arrivée de l'escorte dans une ville, dès qu'ils avaient conduit le roi à son logis, les quatre amis se retiraient ou chez eux ou dans quelque cabaret écarté, où ils ne jouaient ni ne buvaient ; seulement ils parlaient à voix basse en regardant avec attention si nul ne les écoutait.

Un jour que le roi avait fait halte sur la route pour voler la pie, et que les quatre amis, selon leur habitude, au lieu de suivre la chasse, s'étaient arrêtés dans un cabaret sur la grande route, un homme, qui venait de La Rochelle à franc étrier, s'arrêta à la porte pour boire un verre de vin, et plongea son regard dans l'intérieur de la chambre où étaient attablés les quatre mousquetaires.

— Holà ! Monsieur d'Artagnan ! dit-il, n'est-ce point vous que je vois là-bas ?

D'Artagnan leva la tête et poussa un cri de joie. Cet homme qu'il appelait son fantôme, c'était son inconnu de Meung, de la rue des Fossoyeurs et d'Arras.

D'Artagnan tira son épée et s'élança vers la porte.

Mais cette fois, au lieu de fuir, l'inconnu s'élança à bas de son cheval, et s'avança à la rencontre de d'Artagnan.

— Ah ! Monsieur, dit le jeune homme, je vous rejoins donc enfin ; cette fois vous ne m'échapperez pas.

— Ce n'est pas mon intention non plus, Monsieur, car cette fois je vous cherchais ; au nom du roi, je vous arrête et dis que vous ayez à me rendre votre épée, Monsieur, et cela sans résistance ; il y va de la tête, je vous en avertis.

— Qui êtes-vous donc ? demanda d'Artagnan en baissant son épée, mais sans la rendre encore.

— Je suis le chevalier de Rochefort[1], répondit l'inconnu, l'écuyer de M. le cardinal de Richelieu, et j'ai ordre de vous ramener à Son Éminence.

— Nous retournons auprès de Son Éminence, Monsieur le chevalier, dit Athos en s'avançant, et vous accepterez bien la parole de M. d'Artagnan, qui va se rendre en droite ligne à La Rochelle.

— Je dois le remettre entre les mains des gardes qui le ramèneront au camp.

— Nous lui en servirons, Monsieur, sur notre parole de gentilshommes ; mais sur notre parole de gentilshommes aussi, ajouta Athos, en fronçant le sourcil, M. d'Artagnan ne nous quittera pas.

Le chevalier de Rochefort jeta un coup d'œil en arrière et vit que Porthos et Aramis s'étaient placés entre lui et la porte ; il comprit qu'il était complètement à la merci de ces quatre hommes.

— Messieurs, dit-il, si M. d'Artagnan veut me rendre son épée, et joindre sa parole à la vôtre, je me contenterai de votre promesse de conduire

M. d'Artagnan au quartier de Monseigneur le cardinal.

— Vous avez ma parole, Monsieur, dit d'Artagnan, et voici mon épée.

— Cela me va d'autant mieux, ajouta Rochefort, qu'il faut que je continue mon voyage.

— Si c'est pour rejoindre Milady, dit froidement Athos, c'est inutile, vous ne la retrouverez pas.

— Qu'est-elle donc devenue ? demanda vivement Rochefort.

— Revenez au camp et vous le saurez.

Rochefort demeura un instant pensif, puis, comme on n'était plus qu'à une journée de Surgères, jusqu'où le cardinal devait venir au-devant du roi, il résolut de suivre le conseil d'Athos et de revenir avec eux.

D'ailleurs ce retour lui offrait un avantage, c'était de surveiller lui-même son prisonnier.

On se remit en route.

Le lendemain, à trois heures de l'après-midi, on arriva à Surgères. Le cardinal y attendait Louis XIII. Le ministre et le roi y échangèrent force caresses, se félicitèrent du heureux hasard qui débarrassait la France de l'ennemi acharné qui ameutait l'Europe contre elle. Après quoi, le cardinal, qui avait été prévenu par Rochefort que d'Artagnan était arrêté, et qui avait hâte de le voir, prit congé du roi en l'invitant à venir voir le lendemain les travaux de la digue qui étaient achevés.

En revenant le soir à son quartier du pont de La Pierre, le cardinal trouva debout, devant la porte de la maison qu'il habitait, d'Artagnan sans épée et les trois mousquetaires armés.

Cette fois, comme il était en force, il les regarda sévèrement, et fit signe de l'œil et de la main à d'Artagnan de le suivre.

D'Artagnan obéit.

— Nous t'attendrons, d'Artagnan, dit Athos assez haut pour que le cardinal l'entendît.

Son Éminence fronça le sourcil, s'arrêta un instant, puis continua son chemin sans prononcer une seule parole.

D'Artagnan entra derrière le cardinal, et Rochefort derrière d'Artagnan ; la porte fut gardée.

Son Éminence se rendit dans la chambre qui lui servait de cabinet, et fit signe à Rochefort d'introduire le jeune mousquetaire.

Rochefort obéit et se retira.

D'Artagnan resta seul en face du cardinal ; c'était sa seconde entrevue avec Richelieu, et il avoua depuis qu'il avait été bien convaincu que ce serait la dernière.

Richelieu resta debout, appuyé contre la cheminée, une table était dressée entre lui et d'Artagnan.

— Monsieur, dit le cardinal, vous avez été arrêté par mes ordres.

— On me l'a dit, Monseigneur.

— Savez-vous pourquoi ?

— Non, Monseigneur ; car la seule chose pour laquelle je pourrais être arrêté est encore inconnue de Son Éminence.

Richelieu regarda fixement le jeune homme.

— Oh ! Oh ! dit-il, que veut dire cela ?

— Si Monseigneur veut m'apprendre d'abord les crimes qu'on m'impute, je lui dirai ensuite les faits que j'ai accomplis.

— On vous impute des crimes qui ont fait choir

des têtes plus hautes que la vôtre, Monsieur ! dit le cardinal.

— Lesquels, Monseigneur ? demanda d'Artagnan avec un calme qui étonna le cardinal lui-même.

— On vous impute d'avoir correspondu avec les ennemis du royaume, on vous impute d'avoir surpris les secrets de l'État, on vous impute d'avoir essayé de faire avorter les plans de votre général.

— Et qui m'impute cela, Monseigneur ? dit d'Artagnan, qui se doutait que l'accusation venait de Milady : une femme flétrie par la justice du pays, une femme qui a épousé un homme en France et un autre en Angleterre, une femme qui a empoisonné son second mari et qui a tenté de m'empoisonner moi-même !

— Que dites-vous donc là ? Monsieur, s'écria le cardinal étonné, et de quelle femme parlez-vous ainsi ?

— De Milady de Winter, répondit d'Artagnan ; oui, de Milady de Winter, dont, sans doute, Votre Éminence ignorait tous les crimes lorsqu'elle l'a honorée de sa confiance.

— Monsieur, dit le cardinal, si Milady de Winter a commis les crimes que vous dites, elle sera punie.

— Elle l'est, Monseigneur.

— Et qui l'a punie ?

— Nous.

— Elle est en prison ?

— Elle est morte.

— Morte ! répéta le cardinal, qui ne pouvait

croire à ce qu'il entendait, morte ! n'avez-vous pas dit qu'elle était morte ?

— Trois fois elle avait essayé de me tuer, et je lui avais pardonné ; mais elle a tué la femme que j'aimais. Alors, mes amis et moi, nous l'avons prise, jugée et condamnée.

D'Artagnan alors raconta l'empoisonnement de Mme Bonacieux dans le couvent des Carmélites de Béthune, le jugement dans la maison isolée, l'exécution sur les bords de la Lys.

Un frisson courut par tout le corps du cardinal, qui cependant ne frissonnait pas facilement.

Mais tout à coup, comme subissant l'influence d'une pensée muette, la physionomie du cardinal, sombre jusqu'alors, s'éclaircit peu à peu et arriva à la plus parfaite sérénité.

— Ainsi, dit-il avec une voix dont la douceur contrastait avec la sévérité de ses paroles, vous vous êtes constitués juges, sans penser que ceux qui n'ont pas mission de punir et qui punissent sont des assassins !

— Monseigneur, je vous jure que je n'ai pas eu un instant l'intention de défendre ma tête contre vous. Je subirai le châtiment que Votre Éminence voudra bien m'infliger. Je ne tiens pas assez à la vie pour craindre la mort.

— Oui, je le sais, vous êtes un homme de cœur, Monsieur, dit le cardinal avec une voix presque affectueuse ; je puis donc vous dire d'avance que vous serez jugé, condamné même.

— Un autre pourrait répondre à Votre Éminence qu'il a sa grâce dans sa poche ; moi je me contenterai de vous dire : Ordonnez, Monseigneur, je suis prêt.

— Votre grâce ? dit Richelieu surpris.

— Oui, Monsieur, dit d'Artagnan.

— Et signée de qui ? Du roi ?

Et le cardinal prononça ces mots avec une singulière expression de mépris.

— Non, de Votre Éminence.

— De moi ? vous êtes fou, Monsieur ?

— Monseigneur reconnaîtra sans doute son écriture.

Et d'Artagnan présenta au cardinal le précieux papier qu'Athos avait arraché à Milady, et qu'il avait donné à d'Artagnan pour lui servir de sauvegarde.

Son Éminence prit le papier et lut d'une voix lente et en appuyant sur chaque syllabe :

C'est par mon ordre et pour le bien de l'État que le porteur du présent a fait ce qu'il a fait.

5 août 1628[1].

RICHELIEU.

Le cardinal, après avoir lu ces deux lignes, tomba dans une rêverie profonde, mais il ne rendit pas le papier à d'Artagnan.

— Il médite de quel genre de supplice il me fera mourir, se dit tout bas d'Artagnan ; eh bien, ma foi ! il verra comment meurt un gentilhomme.

Le jeune mousquetaire était en excellente disposition pour trépasser héroïquement.

Richelieu pensait toujours, roulait et déroulait le papier dans ses mains. Enfin il leva la tête, fixa son regard d'aigle sur cette physionomie loyale, ouverte, intelligente, lut sur ce visage sillonné de larmes toutes les souffrances qu'il avait endurées depuis un mois, et songea pour la troisième ou quatrième fois combien cet enfant de vingt et un ans avait d'avenir, et quelles ressources son activité, son courage et son esprit pouvaient offrir à un bon maître.

D'un autre côté, les crimes, la puissance, le génie infernal de Milady l'avaient plus d'une fois épouvanté. Il sentait comme une joie secrète d'être à jamais débarrassé de ce complice dangereux.

Il déchira lentement le papier que d'Artagnan lui avait si généreusement remis.

« Je suis perdu », dit en lui-même d'Artagnan.

Et il s'inclina profondément devant le cardinal en homme qui dit : « Seigneur, que votre volonté soit faite ! »

Le cardinal s'approcha de la table, et, sans s'asseoir, écrivit quelques lignes sur un parchemin dont les deux tiers étaient déjà remplis et y apposa son sceau.

« Ceci est ma condamnation, se dit d'Artagnan ; il m'épargne l'ennui de la Bastille et les lenteurs d'un jugement. C'est encore fort aimable à lui. »

— Tenez, Monsieur, dit le cardinal au jeune homme, je vous ai pris un blanc-seing et je vous en rends un autre. Le nom manque sur ce brevet : vous l'écrirez vous-même.

D'Artagnan prit le papier en hésitant et jeta les yeux dessus.

C'était une lieutenance dans les mousquetaires.

D'Artagnan tomba aux pieds du cardinal.

— Monseigneur, dit-il, ma vie est à vous ; disposez-en désormais ; mais cette faveur que vous m'accordez, je ne la mérite pas : j'ai trois amis qui sont plus méritants et plus dignes...

— Vous êtes un brave garçon, d'Artagnan,

interrompit le cardinal en lui frappant familièrement sur l'épaule, charmé qu'il était d'avoir vaincu cette nature rebelle. Faites de ce brevet ce qu'il vous plaira. Seulement rappelez-vous que, quoique le nom soit en blanc, c'est à vous que je le donne.

— Je ne l'oublierai jamais, répondit d'Artagnan, Votre Éminence peut en être certaine.

Le cardinal se retourna et dit à haute voix :

— Rochefort !

Le chevalier, qui sans doute était derrière la porte, entra aussitôt.

— Rochefort, dit le cardinal, vous voyez M. d'Artagnan ; je le reçois au nombre de mes amis ; ainsi donc que l'on s'embrasse et que l'on soit sage si l'on tient à conserver sa tête.

Rochefort et d'Artagnan s'embrassèrent du bout des lèvres ; mais le cardinal était là, qui les observait de son œil vigilant.

Ils sortirent de la chambre en même temps.

— Nous nous retrouverons, n'est-ce pas, Monsieur ?

— Quand il vous plaira, fit d'Artagnan.

— L'occasion viendra, répondit Rochefort.

— Hein ? fit Richelieu en ouvrant la porte.

Les deux hommes se sourirent, se serrèrent la main et saluèrent Son Éminence.

— Nous commencions à nous impatienter, dit Athos.

— Me voilà, mes amis ! répondit d'Artagnan, non seulement libre, mais en faveur.

— Vous nous conterez cela ?

— Dès ce soir.

En effet, dès le soir même d'Artagnan se rendit

au logis d'Athos, qu'il trouva en train de vider sa bouteille de vin d'Espagne, occupation qu'il accomplissait religieusement tous les soirs.

Il lui raconta ce qui s'était passé entre le cardinal et lui, et tirant le brevet de sa poche :

— Tenez, mon cher Athos, voilà, dit-il, qui vous revient tout naturellement.

Athos sourit de son doux et charmant sourire.

— Ami, dit-il, pour Athos c'est trop ; pour le comte de La Fère, c'est trop peu. Gardez ce brevet, il est à vous ; hélas ! mon Dieu ! vous l'avez acheté assez cher.

D'Artagnan sortit de la chambre d'Athos, et entra dans celle de Porthos.

Il le trouva vêtu d'un magnifique habit, couvert de broderies splendides, et se mirant dans une glace.

— Ah, ah ! dit Porthos, c'est vous, cher ami ! Comment trouvez-vous que ce vêtement me va ?

— À merveille, dit d'Artagnan, mais je viens vous proposer un habit qui vous ira mieux encore.

— Lequel ? demanda Porthos.

— Celui de lieutenant aux mousquetaires.

D'Artagnan raconta à Porthos son entrevue avec le cardinal, et tirant le brevet de sa poche :

— Tenez, mon cher, dit-il, écrivez votre nom là-dessus, et soyez bon chef pour moi.

Porthos jeta les yeux sur le brevet, et le rendit à d'Artagnan, au grand étonnement du jeune homme.

— Oui, dit-il, cela me flatterait beaucoup, mais je n'aurais pas assez longtemps à jouir de cette faveur. Pendant notre expédition de Béthune, le mari de ma duchesse est mort ; de sorte que, mon cher, le coffre du défunt me tendant les bras, j'épouse la veuve. Tenez, j'essayais mon habit de noces ; gardez la lieutenance, mon cher, gardez.

Et il rendit le brevet à d'Artagnan.

Le jeune homme entra chez Aramis.

Il le trouva agenouillé devant un prie-Dieu, le front appuyé contre son livre d'heures ouvert.

Il lui raconta son entrevue avec le cardinal, et tirant pour la troisième fois son brevet de sa poche :

— Vous, notre ami, notre lumière, notre protecteur invisible, dit-il, acceptez ce brevet ; vous l'avez mérité plus que personne, par votre sagesse et vos conseils toujours suivis de si heureux résultats.

— Hélas ! cher ami ! dit Aramis, nos dernières aventures m'ont dégoûté tout à fait de la vie d'homme d'épée. Cette fois, mon parti est pris irrévocablement : après le siège j'entre chez les Lazaristes[1]. Gardez ce brevet, d'Artagnan, le métier des armes vous convient, vous serez un brave et aventureux capitaine.

D'Artagnan, l'œil humide de reconnaissance et brillant de joie, revint à Athos, qu'il trouva toujours attablé et mirant son dernier verre de malaga à la lueur de la lampe.

— Eh bien ! dit-il, eux aussi m'ont refusé.

— C'est que personne, cher ami, n'en était plus digne que vous.

Il prit une plume, écrivit sur le brevet le nom de d'Artagnan, et le lui remit.

— Je n'aurai donc plus d'amis, dit le jeune homme ; hélas ! plus rien, que d'amers souvenirs…

Et il laissa tomber sa tête entre ses deux mains,

tandis que deux larmes roulaient le long de ses joues.

— Vous êtes jeune, vous, répondit Athos, et vos souvenirs amers ont le temps de se changer en doux souvenirs !

ÉPILOGUE

La Rochelle, privée du secours de la flotte anglaise et de la division promise par Buckingham, se rendit après un siège d'un an. Le 28 octobre 1628, on signa la capitulation.

Le roi fit son entrée à Paris le 23 décembre de la même année. On lui fit un triomphe comme s'il revenait de vaincre l'ennemi et non des Français. Il entra par le faubourg Saint-Jacques sous des arcs de verdure[1].

D'Artagnan prit possession de son grade. Porthos quitta le service et épousa, dans le courant de l'année suivante, Mme Coquenard, le coffre tant convoité contenait huit cent mille livres.

Mousqueton eut une livrée magnifique, et de plus la satisfaction, qu'il avait ambitionnée toute sa vie, de monter derrière un carrosse doré.

Aramis, après un voyage en Lorraine, disparut tout à coup et cessa d'écrire à ses amis. On apprit plus tard, par Mme de Chevreuse, qui le dit à deux ou trois de ses amants, qu'il avait pris l'habit dans un couvent de Nancy.

Bazin devint frère lai.

Athos resta mousquetaire sous les ordres de d'Artagnan jusqu'en 1633, époque à laquelle, à la suite d'un voyage qu'il fit en Touraine, il quitta aussi le service sous prétexte qu'il venait de recueillir un petit héritage en Roussillon.

Grimaud suivit Athos.

D'Artagnan se battit trois fois avec Rochefort et le blessa trois fois.

— Je vous tuerai probablement à la quatrième, lui dit-il en lui tendant la main pour le relever.

— Il vaut donc mieux, pour vous et pour moi, que nous en restions là, répondit le blessé. Corbleu ! je suis plus votre ami que vous ne pensez, car dès la première rencontre j'aurais pu, en disant un mot au cardinal, vous faire couper le cou.

Ils s'embrassèrent cette fois, mais de bon cœur et sans arrière-pensée.

Planchet obtint de Rochefort le grade de sergent dans les gardes[1].

M. Bonacieux vivait fort tranquille, ignorant parfaitement ce qu'était devenue sa femme et ne s'en inquiétant guère. Un jour, il eut l'imprudence de se rappeler au souvenir du cardinal ; le cardinal lui fit répondre qu'il allait pourvoir à ce qu'il ne manquât jamais de rien désormais.

En effet, le lendemain, M. Bonacieux, étant sorti à sept heures du soir de chez lui pour se rendre au Louvre, ne reparut plus rue des Fossoyeurs ; l'avis de ceux qui parurent les mieux informés fut qu'il était nourri et logé dans quelque château royal aux frais de sa généreuse Éminence.

DOSSIER

CHRONOLOGIE

1802. Naissance d'Alexandre Dumas, le *24 juillet*, à Villers-Cotterêts. Son père, Alexandre Davy Dumas de La Pailleterie, général de division, né à Saint-Domingue, avait épousé Élisabeth Labouret, de Villers-Cotterêts. Il mourra en 1806, laissant sa femme dans une situation difficile.

1811. Alexandre Dumas entre à l'école privée de l'abbé Grégoire, vicaire de Villers-Cotterêts.

1815. Alexandre Dumas voit Napoléon au relais de Villers-Cotterêts, quelques jours avant Waterloo.

1817. Alexandre Dumas entre comme troisième clerc et saute-ruisseau chez Me Mennesson, notaire à Villers-Cotterêts.

1818. Alexandre Dumas fait la connaissance du comte Adolphe Ribbing de Leuven, futur auteur dramatique et directeur de l'Opéra-Comique. Il rencontre Amédée de La Ponce qui lui fait lire *Werther*, la *Lenore* de Bürger et lui apprend l'italien.

1820-1821. Alexandre Dumas assiste à une représentation d'*Hamlet* qui produit sur lui une forte impression. Leuven alimente sa passion pour le théâtre. Les deux amis écrivent un vaudeville : *Le Major de Strasbourg* suivi d'un autre : *Le Dîner d'amis*. Puis un drame : *Les Abencérages*. Présentées par Leuven, les trois pièces sont refusées.

1822. Bref séjour à Paris. Leuven présente Alexandre Dumas à Talma.

1824. Installé à Paris en face de l'Opéra-Comique, Alexandre Dumas devient l'amant d'une lingère, Marie Catherine Laure Labay, dont naîtra, le 27 juillet, Alexandre Dumas fils. Son collègue Lassagne lui fait lire

Walter Scott, Byron, Fenimore Cooper, des mémorialistes.

1825-1826. *La Chasse et l'Amour*, vaudeville (en collaboration avec Leuven). Poèmes, dans la revue *La Psyché*. Un vaudeville (en collaboration avec Lassagne) : *La Noce et l'Enterrement*.

1828. *Christine à Fontainebleau*, tragédie en vers. Alexandre Dumas découvre la *Biographie universelle* de Michaud qui sera pour lui un instrument de travail. Alexandre Dumas, qui a rencontré Nodier en 1823, fait la connaissance de Lamartine, Hugo, Vigny, Musset. Il écrit *Henri III et sa Cour*. Reçue à la Comédie-Française, la pièce est un triomphe.

1829. Alexandre Dumas est nommé bibliothécaire adjoint du duc d'Orléans. Il publie des poèmes, écrit *Antony*.

1830. Alexandre Dumas assiste à la première d'*Hernani*. La comédienne Bell Krebsamer devient sa maîtresse.
26-29 juillet : Alexandre Dumas participe à la révolution. Il écrit en huit jours un *Napoléon Bonaparte ou Trente ans de l'histoire de France*, drame en six actes.

1831. Bell Krebsamer donne naissance à une fille Marie-Alexandrine qui sera plus tard Marie Dumas peintre et femme de lettres. Il écrit *Charles VII chez ses grands vassaux*.

1832. *Teresa*. *Le Mari de la Veuve*. *Gaule et France*. Alexandre Dumas récrit *La Tour de Nesle* d'un jeune auteur inconnu, Frédéric Gallardet. La pièce est un triomphe. Alexandre Dumas quitte Paris pour la Suisse. Il rend visite à Chateaubriand à Lucerne.

1833. Première d'*Angèle*, drame en prose, dans lequel jouent Bell Krebsamer et Ida Ferrier.

1834. *Impressions de voyage : En Suisse* (tomes I et II).

1835. Alexandre Dumas fait un voyage en Italie avec Ida Ferrier.

1836. *Isabel de Bavière*, première des *Chroniques de France* projetées par Alexandre Dumas, paraît chez Dumont. Chez Charpentier ont paru, de 1834 à 1836, six volumes de théâtre. Invité par le duc d'Orléans, Alexandre Dumas fait un séjour à Compiègne. Il écrit *Caligula*.

1837. *Piquillo*, opéra-comique en trois actes en collaboration avec Gérard de Nerval.

1838. Deux romans : *La Salle d'armes* et *Le Capitaine Paul*. En collaboration avec Gérard de Nerval, *Léo Burckart*, un des chefs-d'œuvre du théâtre romantique.

1839. *Acté*, roman historique dont s'inspirera Henry Sienkiewicz pour *Quo Vadis*. *La Comtesse de Salisbury*, *Mademoiselle de Belle Isle*, un des grands succès du répertoire de Dumas. *L'Alchimiste*, en collaboration avec Gérard de Nerval.

De 1839 à 1841 paraissent les huit volumes des *Crimes célèbres*.

1840. *Aventures de John Davys*, *Maître Adam le Calabrais*, *Othon l'Archer*, *Le Capitaine Pamphile*, *Les Stuarts*.

Alexandre Dumas épouse Ida Ferrier et part pour Florence où il demeurera deux ans.

1841-1842. *Un mariage sous Louis XV* ; *Jeannic le Breton ou le Gérant responsable* ; *Jehanne la Pucelle* ; *Aventure de Lydéric* ; *Chronique du Roi Pépin* ; *Chronique de Charlemagne* ; *Nouvelles Impressions de voyage : Le Speronare* et *Le Capitaine Arena ; Lorenzino* ; *Le Séducteur et le Mari* ; *Halifax*.

1843. *Albine* (titre définitif : *Le Château d'Eppstein)* ; *Georges* ; *Ascanio* ; *Le Chevalier d'Harmental* ; *Le Corricolo*, suite des *Impressions de voyage*.

1844. *Les Trois Mousquetaires* ; *Amaury* ; *Sylvandire* ; *Cécile* ; *Gabriel Lambert* ; *Fernande*. Début de la publication du *Comte de Monte-Cristo* (dix-huit volumes qui sortiront en 1844-1845) ; *Louis XIV et son siècle*.

1845. *La Reine Margot* paraît en six volumes chez Garnier après avoir été publié en feuilleton dans *La Presse*. *Vingt ans après*. Six volumes de *La Guerre des femmes*. Plusieurs livres de compilation historique dont *Les Médicis*. Deux récits pour enfants : *Histoire d'un casse-noisette*, *La Bouillie de la comtesse Berthe*. Eugène de Mirecourt (Jean-Baptiste Jacquot) publie le pamphlet : *Fabrique de romans : Maison Alexandre Dumas et Cie*. Alexandre Dumas se défend et Mirecourt est condamné.

1846. Quatre romans. *Le Chevalier de Maison Rouge* ; *La Dame de Monsoreau* ; *Le Bâtard de Mauléon* ; *Les Deux Diane*.

Début des *Mémoires d'un médecin : Joseph Balsamo*. Voyage en Algérie et en Espagne.

1847. Liaison d'Alexandre Dumas avec la comédienne Béatrix Person.

Inauguration du Théâtre Historique dont Alexandre Dumas est directeur et administrateur. Première de *La Reine Margot*, drame en cinq actes.

1848. Alexandre Dumas achève la publication de *Joseph Balsamo*. Il publie *Les Quarante-Cinq*, commence la publication du *Vicomte de Bragelonne*.
Liaison avec Céleste Scrivaneck, comédienne et chanteuse.
Alexandre Dumas prend part à diverses manifestations républicaines.

1849. *Le Collier de la reine* ; *La Régence* ; *Louis XV et sa Cour*.

1850. Alexandre Dumas achève la publication du *Vicomte de Bragelonne* et du *Collier de la reine* ; *La Tulipe noire* ; *Le Trou de l'Enfer* ; *Louis XVI* ; *Les Mémoires de Talma* (tirées des notes de l'acteur).
Octobre : Le Théâtre Historique doit fermer ses portes. Alexandre Dumas est déclaré en faillite.

1851. *La Femme au collier de velours* ; *Histoire d'une colombe* ; *Le Drame de Quatre-vingt-treize ; Dieu dispose*.
Décembre : Alexandre Dumas part pour Bruxelles. L'exil d'Alexandre Dumas, malgré la conjoncture historique, n'est pas seulement politique, l'écrivain veut échapper à ses créanciers.

1852. Alexandre Dumas accompagne à Anvers Victor Hugo qui part pour Jersey.

1853. *Le Pasteur d'Ashbourne* ; *Ange Pitou* ; *Isaac Laquedem* ; *La Comtesse de Charny*.
Novembre : Retour définitif d'Alexandre Dumas à Paris.

1856. *Les Grands Hommes en robe de chambre : Henri IV, Louis XIII, Richelieu* ; *La Route de Varennes*.

1858. *Les Forestiers*, au Grand Théâtre à Marseille. Alexandre Dumas quitte Paris pour la Russie via l'Allemagne. Il écrit ses *Impressions de voyage en Russie*.

1860. Il part pour l'Italie avec Émilie Cordier, se met au service de Garibaldi. Il devient conservateur des musées de Naples fonde *L'Indipendente*, rédigé en italien et en français.
Décembre : Naissance de Micaëlla, fille d'Alexandre Dumas et d'Émilie Cordier (dont le parrain est Garibaldi) ; Micaëlla ne sera pas reconnue.

1861. *Les Garibaldiens* ; *Bric-à-brac* ; *Les Morts vont vite* ; *Une nuit à Florence sous Alexandre de Médicis* ; *Le Prisonnier de la Bastille* ; fin des *Mousquetaires*.

1863. *La Dame de Volupté, Mémoires de Mademoiselle de Luynes*. La plupart des œuvres d'Alexandre Dumas sont mises à l'index par l'Église.

1867. *Les Blancs et les Bleus* ; *La Terreur prussienne* ; *Les Hommes de fer*. Liaison avec l'actrice américaine Ada Menken amie de Whitman, Mark Twain, Dickens, Rossetti.

1869. Alexandre Dumas travaille à un *Dictionnaire de cuisine* (inachevé, il sera mis au point par Anatole France).

1870. Lundi 5 décembre, mort d'Alexandre Dumas à Puys près de Dieppe, chez son fils. L'inhumation définitive aura lieu en 1872 à Villers-Cotterêts.

BIOGRAPHIE DES PERSONNAGES

D'ARTAGNAN : Il y a trois d'Artagnan : celui de l'histoire, celui des *Mémoires* apocryphes écrits par Courtilz de Sandras, et celui d'Alexandre Dumas. Les rapports que les deux derniers entretiennent avec le premier intéressent au premier chef le lecteur des *Trois Mousquetaires*, puisque le roman de Dumas est né d'une rencontre avec le livre de Courtilz, et qu'il lui doit beaucoup.

Charles Samaran a étudié la question dans son livre : *D'Artagnan, capitaine des mousquetaires du roi, histoire véridique d'un héros de roman* (Calmann-Lévy, 1912) auquel nous empruntons les détails suivants sur la vie de d'Artagnan.

Charles de Batz-Castelmore, connu dans l'histoire et dans la littérature sous le nom de d'Artagnan, naquit vers 1615 dans le petit château de Castelmore (commune de Lupiac, Gers) qui appartenait à ses parents : Bertrand de Batz et Françoise de Montesquiou, fille du seigneur d'Artagnan en Bigorre. On ne sait quel rang occupait d'Artagnan dans la postérité de son père, mais on sait qu'il eut au moins six frères et sœurs. Vers 1635 il entra dans la compagnie des gardes qui était sous les ordres de M. des Essarts. Il participa en 1640 et 1641 aux sièges d'Arras, d'Aire sur la Lys, de la Bassée et de Bapaume, en 1642 à la campagne du Roussillon. Il fit alors un voyage en Angleterre avec le comte d'Harcourt et revint en France peu après la mort de Louis XIII. Son entrée aux mousquetaires, avec la protection de Mazarin, daterait de 1644. En même temps que lui entrait son ami François de Montlezun, seigneur de Besmaux près d'Auch et futur gouverneur de la Bastille. On ne sait rien de son activité entre 1644 et 1648. La compagnie des mousquetaires fut dissoute par Mazarin en 1646. La correspondance de Mazarin nous apprend qu'il chargea d'Artagnan, pendant la Fronde, d'un certain nombre de missions auprès des chefs d'armée. En 1651 (exil de Mazarin) d'Artagnan fait la liaison entre la résidence allemande du cardinal (Bruhl, près de Cologne) et les autorités françaises, notamment avec Colbert et Fouquet. Il fit ensuite campagne dans les Flandres, sous les ordres de Turenne, et manqua d'être tué à Stenay le 29 juillet 1654. En 1655 et 1656 il est capitaine aux gardes, puis capitaine et concierge de la volière des Tuileries. En 1657 la compagnie des mousquetaires est reformée et d'Artagnan, sous-lieutenant, en assume le véritable commandement, le chef nominatif étant un jeune neveu de Mazarin, Philippe Julien de Mancini, duc de Nevers. D'Artagnan est alors un personnage. Protégé par le maréchal de Gramont et son fils le comte de Guiche, il fréquente Fouquet, Le Tellier, Servien, Lionne — et Mme de Sévigné, qui parle de lui dans ses lettres (voir le tome I de l'édition des *Lettres* par Gérard-Gailly dans la Bibliothèque de la Pléiade). Il continue d'être un des hommes de confiance de Mazarin (en 1663 Colbert écrit de lui « une des créatures de feu Son Éminence »). En 1659, il accompagne le roi qui se rend à Saint-Jean-de-Luz à la rencontre de Marie-Thérèse. La même année il épouse Charlotte Anne de Chanlecy, qui lui donnera en 1660 et 1661 deux fils et dont il se séparera de biens et de corps en 1665. En 1661 c'est lui qui arrête Fouquet à Nantes et qui le surveillera jusqu'à l'exil à Pignerol (1664). En 1666 il obtient la charge de capitaine des petits chiens courant le chevreuil. En 1667 il remplace le duc de Nevers à la tête de la première compagnie des mousquetaires avec le grade de capitaine-lieutenant. En 1671 il conduit à Pignerol le duc de Lauzun. En 1667 il a commandé dans les Flandres avec le grade de brigadier de cavalerie. En 1672 il remplacera, comme gouverneur de Lille, le maréchal d'Humières. En 1673 enfin, il prend part à la tête de sa compagnie à la deuxième campagne des Pays-Bas. Au siège de Maestricht, sous les ordres de Vauban et du roi, il est tué, à la tête de ses mousquetaires, le dimanche 25 juin 1673.

De cette vie qu'il a pu connaître assez bien — car il fut enfermé à la Bastille alors que Besmaux, ex-compagnon de d'Artagnan, en était gouverneur — Courtilz a tiré un récit où le vrai se mêle au faux dans des proportions variables suivant les épisodes. Les débuts de d'Artagnan à Paris vus par l'auteur des *Mémoires* sont de pure invention. Mais certains personnages mis en scène (Tréville, Jussac, Cahusac, etc.) ont existé — comme on le verra en parcourant nos notes pour le roman de Dumas. Milady n'est pas entièrement une invention de Courtilz. Mme de Miramion — dont l'enlèvement servira de « modèle » à celui de Mme Bonacieux — a bien existé. Mais il est improbable que d'Artagnan ait voulu l'épouser et qu'il l'ait tirée des bras de Bussy-Rabutin. Courtilz envoie d'Artagnan à la Bastille : c'est lui, Courtilz, qui a séjourné dans la célèbre prison, non le mousquetaire. Nous pourrions étendre ce parallèle. Mais il est préférable de renvoyer le lecteur curieux au livre de Charles Samaran que nous avons cité. Au fil des chapitres nous aurons l'occasion de revenir sur les déformations ou transformations du récit de Courtilz.

Le d'Artagnan de Dumas arrive à Paris en 1625. Il a donc au moins dix ans d'avance sur le vrai d'Artagnan. Nous le voyons mêlé à l'histoire des ferrets de la reine ; en Angleterre auprès de Buckingham, au siège de La Rochelle et à la poursuite de Milady ; tout cela se passe entre le printemps de 1625 et décembre 1628. Puis *Les Trois Mousquetaires* s'achèvent et nous passons à *Vingt ans après*. L'action commence en 1648. L'épisode d'Angleterre (1649) est une invention de Dumas, de même que le rôle joué par d'Artagnan dans les combats de la Fronde. On retrouve d'Artagnan dans *Le Vicomte de Bragelonne* (dont l'action se situe entre 1660 et 1673). Sa mort correspond à peu près à celle du personnage historique. Elle intervient après celle de Porthos et d'Athos et conclut la trilogie.

ATHOS : Le personnage historique mis en scène par Courtilz dans les *Mémoires* de d'Artagnan — brièvement et dans un éclairage qui se soucie assez peu de la vérité historique [mais s'il s'était soucié de cette vérité à propos d'Athos, Courtilz aurait-il trouvé des documents ou des témoignages ? Il y a près de soixante ans entre la mort du véritable Athos et la rédaction des *Mémoires*...] — ce personnage se nommait Armand de Sillègue d'Athos d'Autevielle, Athos étant un petit village sur le gave d'Oloron, près de Sauveterre de Béarn, et près d'Autevielle. Né vers 1615, il était cousin à la mode de Bretagne de M. de Tréville, dont la protection lui permit d'entrer dans le régiment des mousquetaires en 1640 ou 1641. Il mourut le 21 décembre 1643. On sait donc seulement qu'il était béarnais, lié à M. de Tréville par la famille de sa mère et qu'il disparut de bonne heure. Ajoutons qu'il n'était pas, comme le dit Courtilz, frère de Porthos et d'Aramis, mais seulement leur très lointain cousin.

De ce personnage sans épaisseur, Dumas a fait un homme d'une illustre naissance ; il lui donne des aïeux glorieux, des terres dans le Berry, un château, un passé plein de secrets ; et il le fait mourir une trentaine d'années après la date réelle de sa disparition, en 1672 ou 1673 (dans *Le Vicomte de Bragelonne*). Jeune, le vicomte Olivier de La Fère a rencontré Charlotte Backson. Celle-ci habitait avec un jeune prêtre, Georges, qu'elle disait être son frère — et qui était en réalité son amant — le presbytère de Vitray, proche du château du comte de La Fère, père d'Olivier. À quelle date la rencontre Olivier-Charlotte se situe-t-elle ? Le drame joué en 1849, *La Jeunesse des Mousquetaires*, nous donne une réponse. C'est dans la scène II du Prologue, une réplique d'Athos : « Voici tantôt quatorze mois que vous vîntes vous fixer à Vitray avec votre frère : l'année 1620 commençait... » Quand Athos parle ainsi, nous sommes donc en février ou au début de mars 1621. Lui-même, d'après le chapitre XXVII des *Trois Mousquetaires*, a alors vingt ans. Peu après, Athos épousera Charlotte Backson — alias Milady. Il découvrira sa forfaiture, comme il le racontera à d'Artagnan, la pendra (ou plutôt croira la pendre) puis s'engagera chez M. de Tréville. Il suit alors les aventures communes aux autres mousquetaires entre 1625 et 1628, assiste à l'exécution de Milady et reste sous les ordres de d'Artagnan jusqu'en 1633 ; puis il quitte le service « à la suite d'un voyage qu'il fit en Touraine » (épilogue). Dans *Vingt ans après*, c'est-à-dire en 1648, nous le retrouvons père de Raoul de Bragelonne, né d'une rencontre — qui date de 1633, vraisemblablement donc lors du voyage en Touraine — avec la duchesse de Chevreuse. Il combat d'abord contre Mazarin (et d'Artagnan) puis participe à la tentative (1649) des mousquetaires pour arracher Charles Ier à son destin. À la fin du livre nous le voyons confier Raoul à d'Artagnan et, « bon et brave campagnard », regagner ses terres de Bragelonne. Mais son destin romanesque n'est pas achevé ; on le retrouve dans *Le Vicomte de Bragelonne*. Il ne survit pas à la disparition de Raoul et meurt peu après Porthos.

PORTHOS : Le vrai Porthos, qui appartenait à une famille protestante, s'appelait Isaac de Portau et naquit à Pau en 1617. « Il servait vers 1640 dans la compagnie des gardes du roi commandée par François de Guillon, seigneur des

Essarts, beau-frère de Tréville. On l'y retrouve en 1642 à Perpignan et à Lyon. Vers 1643, il obtint la casaque de mousquetaire. Puis on perd sa trace et on ne sait ni ce qu'il devint par la suite, ni quand il mourut » (Charles Samaran, *op. cit.*, p. 20). Ajoutons qu'une tradition locale le prétend vivant encore en 1670 (Raymond Dumay, préface aux *Mémoires de d'Artagnan*, Club français du Livre, 1955, p. XII).

Dumas a fait de Porthos un compagnon fidèle, simple et droit. Homme rude et bon, mais aussi sans grande délicatesse il quittera le service après La Rochelle et épousera, l'année qui suit la fin des *Trois Mousquetaires* (donc en 1629), la veuve de Me Coquenard, procureur au Châtelet, qui le fera assez vite héritier de sa fortune : huit cent mille livres. Dans *Vingt ans après*, en 1648, nous retrouvons Porthos sur ses terres. Il se nomme M. du Vallon de Bracieux de Pierrefonds. Riche, il s'ennuie un peu — et il voudrait bien être baron. Aussi décide-t-il de suivre d'Artagnan qui l'entraîne dans la guerre civile et en Angleterre. À la fin du roman il reçoit le titre convoité et rentre à Pierrefonds. Mais comme Athos, il n'a pas terminé sa course et on le retrouve dans *Le Vicomte de Bragelonne* où il mourra, écrasé par un rocher. — Il faut noter que Gustave Simon, dans son livre *Histoire d'une collaboration : Alexandre Dumas et Auguste Maquet* (Crès, 1919), donne au personnage littéraire de Porthos un modèle : le grand-père d'Auguste Maquet. Mais le modèle le plus vraisemblable reste le général Dumas, père du romancier.

ARAMIS : Le véritable Aramis se nommait Henri d'Aramitz ; on ignore la date de sa naissance. Comme Isaac de Portau, il appartenait à une famille protestante qui s'était convertie. Son père Charles d'Aramitz était, au début du XVIIe siècle, maréchal des logis à la compagnie des mousquetaires. Une sœur de Charles d'Aramitz épousa M. de Tréville. C'est donc tout naturellement que ce dernier reçut en 1640 son neveu par alliance dans sa compagnie. On ne sait combien de temps Henri d'Aramitz resta au service. Mais on connaît la date de son mariage : le 16 février 1654 ; le nom de sa femme : Jeanne de Béarn-Bonnasse ; on sait aussi qu'il eut deux fils et deux filles. On ignore la date de sa mort. Henri d'Alméras (*Alexandre Dumas et les Trois Mousquetaires*, Malfère, 1929, p. 102) dit : vers 1674, mais comme il ne précise pas l'origine de cette information et que ni Jean de Jaurgain dans *Trois-Villes, d'Artagnan et les Trois Mousque-*

taires (Champion, 1910) ni Charles Samaran ne donnent d'indication, il faut se garder de conclure.

L'Aramis de Dumas ne doit semble-t-il à celui de l'histoire que son nom et l'idée d'une vocation ecclésiastique. Encore faut-il être prudent : Henri d'Aramitz n'a jamais été abbé, et encore moins évêque. Charles Samaran dit qu'il était *abbé laïque*. Chez Courtilz, Aramis n'a pas le caractère et les aventures que lui prête Dumas, mais certains traits qui ont servi au romancier se trouvent chez Jacques de Rotondis de Biscarat, qui apparaît dans les *Mémoires*.

L'Aramis du roman (né en 1605 si l'on en croit le chapitre X de *Vingt ans après*) est, en 1625, un mousquetaire fort préoccupé de plaire à la duchesse de Chevreuse qui est alors (dans le récit de Dumas et non dans la réalité, comme on le verra ; voir *Les Trois Mousquetaires*, t. I. *D'Artagnan*, chap. II, p. 56, n. 2) en exil à Tours et avec laquelle il correspond en se servant de Mme de Bois-Tracy, personnage imaginaire. Mme de Chevreuse c'est Marie Michon « lingère à Tours ». Aramis sera un de ses amants, avant Athos. Il lui écrira, en 1628, depuis La Rochelle, pour lui demander de prévenir Buckingham du danger qu'il va courir : Milady est en route vers l'Angleterre. À la fin du roman, il prend l'habit dans un couvent de Nancy. En 1648, dans *Vingt ans après*, nous le retrouvons dans un couvent de Noisy-le-Sec, sous le nom d'abbé d'Herblay, fort occupé à fronder, et amoureux de Mme de Longueville. Après la mort du roi d'Angleterre et la fin de la Fronde, Aramis annonce à d'Artagnan que « s'il n'y a rien de nouveau » il va, après un petit voyage en Normandie, chez Mme de Longueville, retourner dans son couvent. Nous le retrouvons lui aussi, dans *Le Vicomte de Bragelonne*, évêque de Vannes, puis général des Jésuites. Il sera finalement le seul survivant des mousquetaires : « Des quatre vaillants hommes, dont nous avons raconté l'histoire, il ne restait plus qu'un seul corps : Dieu avait repris les âmes », lit-on aux dernières lignes du *Vicomte de Bragelonne*.

MILADY : Courtilz met en scène une *Miladi* très mal définie. Elle habite, fin 1643, le même hôtel qu'Henriette d'Angleterre, et elle fait visiblement partie de sa suite. Elle a, avec d'Artagnan, une aventure dont Dumas s'est servi pour son roman. Dans cette aventure intervient un marquis de Vardes, personnage historique mais très probablement placé ici dans une situation inventée — que Dumas transformera en Wardes — et une soubrette à laquelle Dumas donnera le prénom de Ketty. Courtilz a-t-il tout imaginé ou s'appuie-t-il sur une donnée précise ? On l'ignore et on risque de l'ignorer toujours. Mais, quand on sait que Vardes a joué un rôle dans l'entourage d'Henriette d'Angleterre et de sa fille (voir notamment l'*Histoire d'Henriette d'Angleterre* de Mme de La Fayette et les *Historiettes* de Tallemant) on peut supposer, simple hypothèse de travail, que le personnage de Milady a été développé par Courtilz en s'appuyant sur la biographie de quelque dame anglaise venue en France avec Henriette.

Dumas s'est donc servi du personnage rencontré dans les *Mémoires*. Mais il a certainement connu l'existence de la comtesse de Carlisle. [Lucie, comtesse de Carlisle, fille du comte Henri de Northumberland, seconde femme de lord Hay, comte de Carlisle. Nous savons que son mari était venu au printemps de 1624 à Paris avec Holland, au titre de second ambassadeur extraordinaire, pour préparer le mariage du prince Charles et d'Henriette de France et qu'elle accompagnait son mari à Paris en mai 1625 pour le mariage ; c'est à cette époque que Richelieu lui a donc vraisemblablement confié la mission qui sera dans le roman celle de Milady : prendre à Buckingham les ferrets de la reine.] La Rochefoucauld parle de la comtesse de Carlisle dans ses *Mémoires* (éd. Pléiade, p. 50-51) : « ... sachant qu'il (Buckingham) avait eu un long attachement, en Angleterre, pour la comtesse de Carlisle, le cardinal sut ménager si adroitement l'esprit fier et jaloux de cette femme, par la conformité de leurs sentiments et de leurs intérêts, qu'elle devint le plus dangereux espion du duc de Buckingham. L'envie de se venger de son infidélité et de se rendre nécessaire au Cardinal la portèrent à tenter toutes sortes de voies pour lui donner des preuves certaines de ce qu'il soupçonnait de la Reine ». Selon La Rochefoucauld, la comtesse, à Londres, au cours d'un bal, coupe les ferrets que porte Buckingham pour les envoyer à Richelieu. Mais Buckingham s'est aperçu de la disparition des bijoux et soupçonne lady Carlisle ; il fait fermer les ports d'Angleterre (Dumas reprendra le détail), commande d'autres ferrets qu'il envoie à Anne d'Autriche « en lui rendant compte de ce qui était arrivé » (La Rochefoucauld, Pléiade, p. 51). « La Reine évita de cette sorte la vengeance de cette femme irritée [lady Carlisle] et le cardinal perdit un moyen assuré de convaincre la Reine et d'éclaircir le Roi de tous ses doutes, puisque les ferrets venaient de lui et qu'il les avait donnés à la Reine. » *(Id.)*

Tout le scénario de Dumas est là, moins, naturellement, l'intervention de d'Artagnan et des mousquetaires. Mais le romancier étoffe singulièrement le personnage de Milady. Nous avons vu (voir la biographie d'Athos) que Charlotte Backson arrive en 1620 — elle a seize ans d'après ce que dit Athos au chapitre XXVII des *Trois Mousquetaires* — à Vitray, avec un jeune prêtre (dont le prologue de *La Jeunesse des Mousquetaires* nous donne le prénom, Georges) qui passe pour son frère mais est en réalité son amant. Elle se prétend (dans la pièce) née de William Backson, mort en 1612, gentilhomme du pays de Galles, et d'Anne de Breuil, morte en 1615. [Dans le roman Athos lui dira (chapitre XLV) : « Le nom de Milady Clarick avait caché Anne de Breuil » ; Breuil deviendra Bueil dans *Vingt ans après*, les contradictions sont nombreuses dans la biographie de Milady.] Le chapitre LXV du roman nous apprend, par la bouche du bourreau de Béthune, que Charlotte Backson a été bénédictine à Templemar et que c'est là qu'elle a séduit Georges, appelé par son ministère dans le couvent. Les deux amants décident de fuir, et il leur faut de l'argent. Georges vole les vases sacrés et les vend. Il est arrêté, ainsi que Charlotte. Celle-ci séduit le fils du geôlier de la prison de Lille et s'évade. Georges est condamné à dix ans de fers et à la flétrissure — que doit lui appliquer son propre frère, qui est précisément le bourreau de Béthune. Celui-ci retrouve Charlotte — il ne dit pas où — et la flétrit à son tour. [Dumas a pris dans *Les Mémoires de M.L.C.D.R.* — Monsieur le comte de Rochefort — un autre apocryphe attribué à Courtilz — voir la notice suivante — l'idée de la fleur de lys marquant l'épaule gauche de Milady. Le père de Rochefort aurait épousé, en secondes noces, la fille d'un meunier, Madeleine de Caumont, auparavant condamnée aux galères et portant la flétrissure royale.] Mais Georges s'évade de la prison de Lille et rejoint Charlotte. Ils s'installent dans le Berry où Georges a obtenu une petite cure. [Là, le drame diffère légèrement du roman. Dans le prologue de *La Jeunesse des Mousquetaires* Charlotte est seule depuis six mois, Georges ayant été arrêté à Vitray sans la dénoncer comme complice ; elle a accepté d'épouser Olivier de La Fère, futur Athos, quand arrive Georges, qui vient de s'évader et lui demande de le suivre au Canada. Elle refuse, il se tue sous ses fenêtres, le bourreau arrive, marque Charlotte de la fleur de lys et disparaît.] Mais — nous revenons au roman — le vicomte de La Fère propose à la jeune fille de l'épouser et elle quitte Georges. Celui-ci se constitue prisonnier à Lille et se pend dans sa cellule. Le mari de la future Milady découvre par hasard, au cours d'une chevauchée, sa flétrissure. Il pend la malheureuse à un arbre de la forêt. Mais elle ne meurt pas — par quelque miracle que Dumas nous cache. Et nous la retrouvons à Meung-sur-Loire, au premier chapitre du roman, en avril 1625. Elle doit être âgée de vingt et un ans environ, puisqu'elle avait seize ans en 1620 si nous en croyons le prologue du drame et le chapitre LXV du roman. Qu'a-t-elle fait entre 1621, année indiquée pour son mariage (dans le drame), et 1625 ? Elle est devenue un agent de Richelieu et surveille Buckingham. Mais auparavant, ayant épousé l'aîné des Winter, elle a eu un fils, Mordaunt (que *Vingt ans après* nous montrera occupé à venger sa mère). Enfin, elle a, selon lord de Winter son beau-frère (qui ne découvre la vraie nature de Milady qu'assez tard) empoisonné son mari. À Paris, elle loge dans le quartier à la mode, place Royale, et se fait appeler lady Clarick [nom qui, dans *Louis XIV et son siècle*, est celui de la maîtresse de Buckingham passée au service de Richelieu : lady Carlisle chez La Rochefoucauld. *Clarick* et *Carlisle* se ressemblent : Dumas a peut-être mal noté le nom lu dans La Rochefoucauld, à moins qu'il ne l'ait volontairement transformé]. Elle rencontre d'Artagnan (c'est là seulement que Courtilz intervient) est aimée et dupée par lui. Elle essaie de le faire assassiner par des hommes de main. On la retrouve à La Rochelle, où elle reçoit les ordres de Richelieu (faire assassiner Buckingham) et rencontre Athos en qui elle reconnaît son premier mari. Elle passe en Angleterre, surveillée par lord de Winter qui la fait prisonnière à son arrivée. Elle séduit son geôlier Felton. Celui-ci l'ayant fait évader, avant d'aller tuer Buckingham, elle l'abandonne à son sort et revient en France où elle va attendre, au couvent des Carmélites de Béthune, les ordres de Richelieu que Rochefort doit lui apporter. Elle trouve là Mme Bonacieux, qu'elle sait être aimée de d'Artagnan et elle l'empoisonne. Mais lord de Winter et les mousquetaires la rejoignent. Avec le bourreau de Béthune à leurs côtés, ils la condamnent à mort ; elle est décapitée et son corps jeté dans la Lys.

ROCHEFORT : Ce personnage pose un problème intéressant. On admet avec Charles Samaran (édition critique des

Trois Mousquetaires, Garnier, 1956, p. 39, note 1) que l'idée de substituer Rochefort au Rosny, qui apparaît dans les *Mémoires* de d'Artagnan dès les premières pages, est venue à Dumas de la lecture des *Mémoires de M.L.C.D.R.* — M. le comte de Rochefort, apocryphe attribué à Courtilz. Publiés en 1687 à Cologne, réimprimés une dizaine de fois entre cette date et 1742, réédités en 1897 sous le titre : *Un agent secret de Richelieu ou les aventures du comte de Rochefort*, ces pseudo-mémoires furent un des plus grands succès de leur auteur. Mais de quel comte de Rochefort s'agit-il ? Gérard-Gailly (*Lettres de Madame de Sévigné*, éd. Pléiade, tome I, p. 987) et Louis André (cité par Charles Samaran dans la note indiquée plus haut) reconnaissent — le second « timidement », dit Charles Samaran — Henri Louis d'Aloigny, marquis de Rochefort. Né en 1636, celui-ci servit Condé pendant la guerre de Trente Ans, passa en Hongrie après la paix des Pyrénées (1659) et rentra au service de la France en 1665. Maréchal de camp en 1668, il combattit en Flandre sous Turenne, devint lieutenant général en 1672, maréchal de France et gouverneur de Lorraine, des Trois Évêchés et du Barrois en 1675. Il mourut en 1676.

Charles Samaran remarque que, dans les pseudo-Mémoires, Rochefort est envoyé à Bruxelles, déguisé en capucin, pour surveiller Mme de Chevreuse. Or les séjours de cette dernière en Belgique sont forcément de beaucoup antérieurs à l'époque où Rochefort pouvait être un agent — non de Richelieu, mais de Mazarin. Car on admettra qu'il n'ait pu jouer ce rôle avant sa vingtième année, soit en 1656. À cette date, la duchesse ne conspirait plus et vivait à Paris. Dumas, dans *Louis XIV et son siècle*, parle d'un comte de Rochefort à propos de la conspiration de Chalais (1626) — et dans *Vingt ans après*, au chapitre III, Rochefort fait allusion, dans une conversation avec Mazarin, au voyage à Bruxelles, accompli au moment de la conspiration de Chalais « pour le service du feu cardinal », — voyage qui est évoqué dans *Louis XIV et son siècle*. Enfin signalons que l'anecdote du Pont-Neuf racontée par Rochefort à d'Artagnan dans le même chapitre est également prise aux *Mémoires de Vingt ans après de M.L.C.D.R.*

On voit que la question est embrouillée. Elle restera évidemment sans solution tant que l'on n'aura pas mis la main — à titre posthume — sur un véritable agent de Richelieu nommé Rochefort. Mais peu importe, assurément. On devine assez bien comment Dumas a composé son personnage : il a pris au Rosny des *Mémoires de d'Artagnan* sa haine du mousquetaire et ses nombreuses réapparitions. Il a emprunté au Rochefort de Courtilz quelques traits qu'il a utilisés suivant les besoins de son récit. Et pour le reste il a inventé ce « démon » — qui, dans *Vingt ans après*, deviendra un ami de d'Artagnan.

M. DE TRÉVILLE : M. de Tréville se trouve naturellement dans les *Mémoires de d'Artagnan*. Mais Dumas l'a également rencontré dans les Mémoires de l'époque et dans les *Historiettes* de Tallemant des Réaux. Il n'a pas inventé ses démêlés avec Richelieu et avec Mazarin (pour ce dernier, voir le livre de Jean de Jaurgain, *Trois-Villes, d'Artagnan et les Trois Mousquetaires*, Champion, 1910, p. 47 et 89) ni, nous l'avons vu, sa protection donnée aux mousquetaires originaires du Béarn, les bien réels Athos, Porthos, Aramis et d'Artagnan.

Arnaud Jean du Peyrer, comte de Troisvilles (son nom se prononçait et s'écrivait aussi, souvent, Tréville) était né à Oloron en 1598. Entré aux Gardes françaises en 1616, il devint enseigne en 1622, sous-lieutenant des mousquetaires en 1625 et capitaine-lieutenant de la compagnie des mousquetaires le 30 octobre 1634. Le 25 décembre 1636 il reçut le brevet de maréchal de camp. Il fut exilé en 1642 par Richelieu malgré l'opposition du roi. La compagnie des mousquetaires ayant été dissoute par Mazarin en 1646, il devint gouverneur et lieutenant de Foix. Il mourut en 1672. « Fameux, écrivit alors le *Mercure Galant*, non seulement par son courage mais encore par les bonnes grâces de Louis XIII qui l'honorait d'une estime toute particulière et par la fermeté qu'il a fait paraître en des occasions où il est souvent beaucoup plus difficile d'en avoir qu'au milieu des dangers les plus formidables. » Dumas a vieilli Tréville comme il a vieilli les mousquetaires : il lui a fait commander la compagnie dès 1625, alors que c'est seulement en 1634 qu'il fut nommé lieutenant-capitaine. Ce décalage admis, il semble que Tréville soit, parmi les personnages historiques de second plan du roman, un des plus fidèlement peints. — Notons encore qu'il était le beau-frère de François de Guillon, seigneur des Essarts, capitaine des gardes, dont il avait épousé la sœur, Anne de Guillon.

NOTES

CHAPITRE XXX

Page 9.

1. On sait que le personnage de Milady vient de Courtilz et de La Rochefoucauld (voir *Les Trois Mousquetaires*, t. I. *D'Artagnan*, chap. XII, p. 208, n. 1 et la biographie du personnage en tête de nos notes). Mais, chez Courtilz elle n'intervient qu'en fin 1643 ou début 1644. D'Artagnan, qui revient d'Angleterre où il a assisté à la bataille de Newbury, rend visite, avec son capitaine, à la reine d'Angleterre réfugiée en France. (La scène se retrouvera dans *Vingt ans après.*) Il s'exprime avec vivacité sur le compte de certains Anglais. Un nommé Cox le provoque en duel ; la rencontre, pour laquelle Aramis est aux côtés de d'Artagnan, a lieu derrière les Chartreux, près du Luxembourg. D'Artagnan blesse son adversaire, Aramis voit le sien lui tendre son épée. Mais d'Artagnan avant le duel a reçu un billet signé Milady*** : « J'étais chez la Reine lorsque vous avez dit des choses si désobligeantes sur ma nation. Après avoir rêvé comment j'en tirerais vengeance, je n'ai point trouvé meilleur moyen que de vous prier de venir chez moi. Celui qui vous rendra la présente vous dira où vous me trouverez. Nous verrons là si vous aimeriez mieux demeurer avec des ours que de vivre avec des personnes de mon pays [allusion à une phrase prononcée par d'Artagnan devant la reine]. » Après le duel, d'Artagnan va chez Milady, qui séjourne « dans l'hôtel même où est logée la reine d'Angleterre ». Mais elle ne peut le recevoir : elle s'apprête à monter en carrosse pour rendre visite à son frère blessé. D'Artagnan soupçonne que c'est un des deux Anglais du duel et il en acquiert bientôt la certitude. Trois

jours plus tard, nouveau billet de Milady. D'Artagnan va se jeter à ses genoux et lui parle mariage. Mal accueilli, il s'en va, écrit une lettre suppliante, se fait moquer de lui. Il sauve le frère de Milady d'une méchante affaire et espère rentrer en grâce. Inutilement. Mais il fait amitié avec la soubrette et apprend que Milady est éperdument amoureuse du marquis de Vardes. Il se substitue à ce dernier et fait de Milady sa maîtresse. Il est brillant une première nuit, reste coi la seconde (pour avoir honoré préalablement la servante) et s'excuse pour une troisième par un billet railleur : « Il faut que chacune ait son tour – écrit-il à la fin – et tout ce que je puis faire pour vous est de vous embrasser tout au plus trois ou quatre fois par an ». Là-dessus Milady demande à d'Artagnan de tuer Vardes. Il promet et se fait payer d'avance, en nature. Mais il a tort, peu après, de lui avouer la vérité. Milady entre en fureur contre lui et la soubrette, qu'elle chasse. Puis, sans avouer qu'elle a été sa maîtresse mais en l'accusant d'avoir séduit sa soubrette, elle dessert d'Artagnan auprès de la reine d'Angleterre. M. des Essarts punit le mousquetaire de deux mois de prison. À sa sortie, d'Artagnan a plusieurs fois l'occasion, ayant été attaqué sans raison apparente, de craindre une vengeance de Milady. Mais l'histoire tourne court et Milady disparaît.

Comme on le voit, le récit de Dumas – dans ce chapitre et nombre des suivants – suit d'assez près celui de Courtilz. Le frère, Vardes, la soubrette qui sont chez ce dernier, se retrouvent chez Dumas, avec quelques changements : lord de Winter est en vérité le beau-frère de Milady, non son frère ; Vardes est devenu Wardes et de marquis est passé comte (voir t. I, chap. XX, p. 327, n. 1) ; la soubrette enfin reçoit un prénom : Ketty. Quant à Milady elle-même, toujours aussi mystérieuse, elle reçoit ici un nouveau nom : lady Clarick (voir sa biographie). On notera enfin que Dumas a trouvé chez Courtilz une indication importante. Courtilz écrit en effet : « Milady se flatta que son frère pourrait mourir et que son bien et sa beauté lui feraient obtenir un cœur [celui de Vardes] sans lequel elle ne pouvait vivre. Mais son frère étant retourné en Angleterre et s'y étant marié fort richement, ses espérances s'en allèrent en fumée, par les nouvelles qui lui vinrent que sa belle-sœur était déjà grosse, dont elle pensa mourir de douleur. » Dumas utilisera ce thème en le transformant.

Milady a-t-elle existé ? Et son frère ? La question de lady Carlisle mise à part (voir la biographie de Milady, p. 511) nous n'en savons rien mais nous en doutons fort. Pourtant le récit de Courtilz n'est pas sans quelque vraisemblance sur un point au moins : le marquis de Vardes fut bien connu pour ses intrigues à la cour d'Henriette d'Angleterre. Mme de La Fayette les a racontées dans son *Histoire d'Henriette d'Angleterre* – œuvre que nous retrouverons dans le commentaire de *Vingt ans après*. On remarquera enfin que le marquis de Vardes, né en 1620, est en situation chez Courtilz dont le récit est, au moment où le personnage apparaît, daté avec précision (1644). Dumas n'avait évidemment aucune raison de tenir compte de cette chronologie, puisqu'il ne tenait pas compte de celle qui concerne la vie de d'Artagnan, des mousquetaires, de M. de Tréville, etc.

Page 12.

1. Louis XIV étant né à Saint-Germain le 5 septembre 1638, nous sommes donc bien en 1628 dans l'esprit de Dumas. Ce qui n'empêchera pas le romancier de revenir en arrière un peu plus tard (voir chap. XLI, p. 142, n. 1).

Page 18.

1. Nom courant en Angleterre, Charles Samaran (édition critique des *Trois Mousquetaires*, Garnier, 1956, p. 405) remarque qu'un Sheffield fut duc de Buckingham après le fils de Georges Villiers, et que s'il n'y a pas, au XVIIe siècle, en Angleterre de barons ou comtes de Sheffield d'une maison de Winter, il y eut des Sheffield, comtes de Mulgrave. Il est ici bien évident que Dumas n'est pas allé chercher loin une « justification » qui n'aurait pu être que pseudo-historique, son personnage était vraisemblablement imaginaire.

CHAPITRE XXXI

Page 20.

1. Comme nous l'avons noté en résumant l'épisode de Milady chez Courtilz, Dumas utilise ici les *Mémoires* (voir chap. XXX, p. 9, n. 1).

Page 23.

1. Sur ce nouveau nom de Milady, voir sa biographie p. 511.

Page 25.

1. La place Royale (place des Vosges depuis 1800) fut inaugurée en avril 1612. Des nobles et des magistrats s'installèrent bientôt dans ses environs immédiats et on construisit de nombreux hôtels, dont un certain nombre sur l'emplacement de l'ancien hôtel royal de Saint-Pol (construit au XIVe siècle et vendu à la criée sur l'ordre de François Ier en 1543) en bordure de voies nouvellement tracées. Richelieu, Mme de Sévigné, Corneille, Molière, Cinq-Mars, Marion de Lorme (peut-être) et Ninon de Lenclos habitèrent place Royale. On remarquera que le n° 6 correspondait à la situation de l'hôtel de Rohan-Guéménée. Dumas a pu faire ici un clin d'œil à son ami Victor Hugo qui, on le sait, habita au 6 de 1833 à 1848.

Page 29.

1. Cadet de famille ? Il y a contradiction avec le chapitre L (p. 276) où lord de Winter parle de son frère aîné. Quant au fils de Milady, c'est Mordaunt, qu'on retrouvera dans *Vingt ans après*.

CHAPITRE XXXII

Page 31.

1. On peut légitimement rapprocher ce chapitre de deux textes connus : la Satire IV de Furetière : *Le déjeuner d'un procureur* (1655) et la Satire III de Boileau : *Description d'un repas ridicule* (1665). On se rappellera aussi que Dumas, dans sa jeunesse, fut clerc chez des hommes de loi ; il a pu garder de ce temps quelques souvenirs dont il fait profiter son récit.

Page 32.

1. Le Grand-Châtelet, qui datait pour l'essentiel de 1130 et avait été restauré sous Louis XII, était le siège de la juridiction de la prévôté de Paris. Me Coquenard étant procu-

reur au Châtelet, on peut supposer par exemple que Dumas a choisi le nom par analogie avec le mot *Coquemars* qui désignait les pots servant au supplice de l'eau, couramment pratiqué au Châtelet. Charles Samaran, lui, évoque la rue Coquenard (aujourd'hui rue Lamartine). Mais si Dumas revenait, il dirait sans doute que le nom du procureur a été choisi par lui pour sa valeur évocatrice, que toutes nos suppositions sont entièrement gratuites, et que nous coupons les cheveux en quatre...

Page 40.

1. Festin de festin.

Page 43.

1. On sait que la comédie de Molière est de 1668.

CHAPITRE XXXIII

Page 45.

1. Mêmes remarques que pour le chapitre XXXI : Dumas utilise ici à sa façon les pages consacrées par Courtilz à l'aventure de d'Artagnan et de Milady (voir chap. XXX, p. 9, n. 1).

Page 48.

1. Plusieurs personnes ont été « Mme de Guise ». Mais étant donné la date de 1628 nous pensons, comme Charles Samaran, qu'on peut évoquer ici Henriette-Catherine de Joyeuse, 1585-1656, qui fut la femme d'Henri de Bourbon, duc de Montpensier, de 1599 à 1608 et, à partir de 1611, la femme de Charles de Lorraine, duc de Guise, fils d'Henry, dit le Balafré. Mais, dans ce cas comme dans d'autres semblables (c'est-à-dire quand le personnage n'a pas un rôle important à jouer) il est bien certain que Dumas peut avoir choisi un nom de famille simplement vraisemblable sans penser à une individualité précise.

CHAPITRE XXXIV

Page 59.

1. Dumas rappelle dans ce chapitre l'exil de la duchesse de Chevreuse à Tours – car c'est évidemment elle qui écrit à Aramis. Mais la duchesse, en 1628 (nous sommes avant mai – voir t. I, chap. XXVIII, p. 469, n. 1) n'était pas à Tours, mais en Lorraine. Elle ne reviendra à Paris qu'à la fin de l'année 1628. Et son exil en Touraine est de 1633 (voir t. I, chap. II, p. 56, n. 2).

Page 70.

1. Honoré d'Albert, maréchal de Cadenet, comte, puis duc de Chaulnes. Mort en 1649. Il était le frère du connétable de Luynes, 1578-1621, le favori de Louis XIII. En 1620 il avait été envoyé en Angleterre pour sonder le roi Jacques Ier dont Louis XIII redoutait qu'il donnât une aide aux huguenots. C'est au retour de cette ambassade que Louis XIII érigera le comté de Chaulnes en duché-pairie.

CHAPITRE XXXV

Page 71.

1. Mêmes remarques que pour les chapitres XXXI et XXXII (voir chap. XXX, p. 9, n. 1).

Page 78.

1. Un peu plus loin (p. 108) Dumas se contredira en écrivant que la bague a été donnée à la mère d'Athos non par sa propre mère, mais par son mari, au moment des noces.

CHAPITRE XXXVI

Page 82.

1. Mêmes remarques que pour le chapitre précédent (voir chap. XXX, p. 9, n. 1).

Page 90.

1. C'est de 1652 que date *Don Japhet d'Arménie*, la comédie la plus célèbre de Scarron. C'est une pièce qui, comme beaucoup d'œuvres dramatiques de Scarron, doit à un modèle espagnol. Ici, c'est à *El Marqués de Cigarral*, de Castillo Sorlózano.

CHAPITRE XXXVII

Page 93.

1. Mêmes remarques que pour le chapitre précédent (voir chap. XXX, p. 9, n. 1). Rappelons que l'épisode de la fleur de lys a été emprunté par Dumas aux *Mémoires de M.L.C.D.R.* (M. le comte de Rochefort), attribués à Courtilz (voir la biographie de Milady en tête de nos notes).

CHAPITRE XXXVIII

Page 103.

1. Chapitre sans élément historique et qui ne doit rien à Courtilz, contrairement aux précédents. Ketty grâce à Aramis passera au service de la duchesse de Chevreuse – et Athos aura l'occasion de l'entrevoir, quelques années plus tard, lors de la nuit du presbytère (voir *Vingt ans après*, chapitre XXII).

Page 105.

1. Voir le chapitre XXVII, « La femme d'Athos ».

Page 108.

1. Voir chap. XXXV, p. 78, n. 1.

Page 109.

1. Tyran de Samos au VIe siècle avant J.-C., Polycrate, selon la légende, jeta à la mer, pour conjurer le destin, un anneau qui lui servait de sceau ; quelques jours plus tard un pêcheur lui offrit un poisson dans l'estomac duquel se trouvait le bijou.

Page 112.

1. Dumas oublie que dans le chapitre XXXIII (p. 54) d'Artagnan a déjà questionné Ketty sur Mme Bonacieux.

CHAPITRE XXXIX

Page 117.

1. Aucun élément historique dans ce chapitre. On sait que l'enlèvement de Mme de Miramion par Bussy-Rabutin est rapporté par Courtilz, et que Dumas a pu le lire aussi chez Tallemant des Réaux (voir t. I, chap. XXIV, p. 374, n. 1). Mais il n'y a dans le présent chapitre aucun détail commun aux deux histoires. Mme Bonacieux, nous l'apprendrons plus tard (chap. LXI), est envoyée par les soins d'Anne d'Autriche au couvent des Carmélites de Béthune.

Page 119.

1. Voir t. I, chap. XXV, p. 394, n. 2.

2. Charles Samaran note que M. de La Houdinière, capitaine des gardes de Richelieu, est effectivement cité dans les *Mémoires* de La Porte, et dans les *Mémoires de M.L.C.D.R.* (M. le comte de Rochefort) attribués à Courtilz (édition critique du roman, Garnier, p. 486).

Page 122.

1. Il y eut effectivement à Paris des hôtels et casernes de Mousquetaires, rue du Bac, rue de Charenton, notamment. Mais leur construction est largement postérieure à l'époque qui est celle du roman (voir t. I, chap. VII, p. 142, n. 1).

Page 129.

2. *Mirame* fut joué le 14 janvier 1641. Cette tragédie n'est donc pas en situation ici. La pièce est de Des Marets de Saint-Sorlin et non de Richelieu. Mais on sait que le cardinal aimait les vers et était passionné de théâtre. A. Adam écrit : « On ne saura jamais sans doute la part exacte que prenait Richelieu à ces pièces [celles de Des Marets, écrites entre 1636 et 1642]. Il semble bien qu'elles appartiennent à Des Marets, non seulement pour les vers mais pour le canevas. Mais Richelieu, avec son génie minutieux, intervenait sans doute jusque dans le détail de la disposition et de la rédaction, imposait un détail, corrigeait un vers et peut-être introduisait dans l'œuvre de Des Marets quelque partie de sa composition. » (*Histoire de la littérature française au xviie siècle*, 1948, tome I, p. 220). Tallemant, dans son historiette sur le cardinal (éd. Pléiade I, p. 237) et l'abbé Arnauld parlent des allusions que la pièce contenait à l'histoire de Buckingham et d'Anne d'Autriche. Certains passages, cités par A. Adam, dans les notes de l'historiette (Pléiade I, p. 907), prêtent selon cet auteur « à des applications inévitables ». Dans le *Courrier littéraire* d'Émile Henriot (*XVII*e *siècle*, tome I, p. 43 et suivantes, Albin Michel, 1958), on trouvera une intéressante consultation sur *Mirame*, à laquelle ont participé en 1926 plusieurs spécialistes de Richelieu, Gabriel Hanotaux, Louis Battifol et Abel Lefranc entre autres. Leurs conclusions sont sensiblement moins fermes que celles d'A. Adam.

CHAPITRE XL

Page 130.

1. Louis XIII quitta La Rochelle le 10 février 1628 et y revint le 19 avril. Il s'était rendu à Paris pour des raisons de santé ; il avait été vivement affecté par la mort, à La Rochelle, de son valet de chambre-médecin Héroard (8 février) dont, on le sait, le *Journal* suit, pendant vingt-six ans, jour après jour, la vie du roi, sur laquelle il constitue un document précieux. Le départ du roi annoncé dans ce chapitre est donc parfaitement vraisemblable. Mais nous verrons plus loin (voir chap. XLII, p. 160, n. 1) qu'il est dif-

ficile de rechercher dans le roman de Dumas une continuité chronologique.

CHAPITRE XLI

Page 142.

1. En 1627, la guerre civile allait renaître, Buckingham ayant décidé de venir au secours des protestants. Richelieu fait fortifier l'île de Ré (construction des forts Saint-Martin et La Prée), ce qui, dans l'autre camp, augmente la détermination de Soubise et des Rochelois. Le 27 juin, une flotte de cent navires, qui portent cinq mille hommes et cent chevaux, quitte Portsmouth, conduite par Buckingham. 22 juillet : débarquement dans l'île de Ré, dont le défenseur le comte de Toiras, doit s'enfermer dans le fort Saint-Martin. La flotte anglaise mouille près des côtes. Le 5 août, Louis XIII proclame les huguenots, « rebelles traîtres, déchus de leur patrie, criminels de lèse-majesté ». Le 10 septembre, ils canonnent l'armée du roi. Un convoi réussit à ravitailler les forts de Saint-Martin et La Prée que Buckingham voulait réduire en affamant les défenseurs. En octobre le roi s'installe à Aytré, à quatre kilomètres au sud-est de La Rochelle ; Richelieu loge au Pont-de-la-Pierre, à deux kilomètres au sud (voir chap. XLIII, p. 171, n. 1). Les Rochelois font le projet d'enlever le cardinal mais la tentative est éventée. Au début de novembre, Toiras et Schomberg repoussent les Anglais qui perdent quinze cents hommes et lèvent l'ancre le 17 (voir chap. XLIII, p. 171, n. 1). Richelieu bloque La Rochelle par terre et par mer : la digue est commencée le 28 novembre 1627. À l'intérieur de la ville, mille soldats, deux cents Anglais laissés par Buckingham et une milice de quatre mille bourgeois. Du côté des assiégeants, dix-sept régiments d'infanterie et vingt-deux compagnies de cavalerie. Le roi est absent de La Rochelle du 10 février 1628 au 19 avril (voir chap. XL, p. 130, n. 1). Le 30 avril, Guiton, un armateur qui incarne la résistance à outrance, est élu maire de La Rochelle. Il espère un secours des Anglais, car des émissaires protestants sont partis pour Londres. Mais la digue interdit, en mai, une tentative conduite par lord Denbigh. À la fin août, Charles Ier et son

premier ministre ont organisé une nouvelle expédition : cent cinquante navires sont prêts à partir de Portsmouth sous le commandement de Buckingham. Celui-ci est assassiné le 23 août (et non le 2 septembre comme on l'imprime parfois) par John Felton. C'est seulement le 29 septembre que la flotte anglaise, commandée par le comte de Lindsey, arrive en vue de La Rochelle. Elle est accueillie par des canonnades auxquelles elle répond ; on commence à vouloir parlementer. Mais La Rochelle capitule le 28 octobre. Richelieu fait le 30 son entrée dans la ville. Le 1er novembre, c'est le roi ; le 10 la flotte anglaise commence à lever l'ancre. Le roi part le 18 pour Paris, suivi le jour d'après par Richelieu. Il fera le 23 décembre une entrée triomphale.

Il est inutile d'insister sur le double fait que le vrai d'Artagnan ne participa pas au siège de La Rochelle (voir sa biographie p. 506) et que Dumas ici ne doit donc rien à Courtilz.

Le manuscrit de Maquet, très incomplet au demeurant, conservé à la Bibliothèque nationale, permet de comparer sur certains points la version de Dumas avec celle de son collaborateur. Pourtant, quels que soient la bonne volonté du lecteur et son désir de rendre justice à Maquet, il doit reconnaître le fossé qui, sur le plan littéraire, sépare les deux états. Maquet était certainement un historien solide, et il avait sans doute des idées excellentes. [On peut lui attribuer, sur le vu de son manuscrit, une part de mérite dans le scénario ; mais il a pu le mettre au point avec Dumas avant d'écrire son premier jet.] Pourtant les textes parlent : alors que le récit de Dumas vole, court, que son dialogue est vrai, drôle, d'une intelligente allégresse et d'une aisance constante, celui de Maquet reste plat.

Le manuscrit de Maquet commence par « Le siège de La Rochelle », chapitre qui couvre en gros les chapitres XLI à LXIII de Dumas : ce dernier amplifie considérablement le texte de son collaborateur.

On notera une surprise « chronologique » : dans le chapitre XXVIII (voir t. I, p. 469, n. 1) Tréville parle du 1er mai pour le début de la campagne. On pouvait légitimement penser qu'il s'agissait alors du 1er mai 1628 et nous avons expliqué pourquoi. Mais Dumas, dans le présent chapitre, nous ramène au 10 septembre 1627. Or le meurtre de Buckingham a lieu le 23 août 1628 : il est évident qu'il ne se passe pas près d'un an entre le présent chapitre et le chapitre LIX, qui est celui de la mort du duc. Il faut donc redire une fois de plus qu'il y a chez Dumas deux désaccords d'ordre chronologique, également nécessaires au créateur de fiction : désaccord avec l'histoire et désaccord interne, propre au roman dont le rythme prend appui sur la durée mais en la réduisant selon sa propre loi.

Page 143.

1. Allusion à la prise de Calais (1558) [par François de Lorraine, duc de Guise, 1519-1563, dit, comme plus tard son fils Henri, le Balafré], qui permit le traité de Cateau-Cambrésis (1559).

2. Bassompierre, en 1627, avait refusé d'être associé au duc d'Angoulême dans le commandement des troupes qui assiégeaient La Rochelle. Il n'en sera pas de même l'année suivante : il partagera avec le duc, et Schomberg, le commandement des dix-sept régiments d'infanterie et des vingt-deux compagnies de cavalerie. Rappelons que c'est à La Rochelle qu'il se fit catholique.

Page 145.

1. Jean du Caylar de Saint-Bonnet, comte de Toiras, 1585-1636.

Gouverneur de l'île de Ré depuis 1625, il défendit en 1627 Saint-Martin-de-Ré contre Buckingham. Rappelons que le débarquement anglais dans l'île de Ré est du 22 juillet 1627 (voir t. I, chap. XIV, p. 235, n. 1 ; voir aussi chap. XLI, p. 142, n. 1).

2. Le baron Celse de Rabutin-Chantal, qui fut tué le 22 juillet 1627 dans l'attaque de l'île de Ré par les premières troupes anglaises, était en effet le père de la future Mme de Sévigné, née le 5 février 1626 et qui avait donc bien dix-huit mois à l'époque.

3. La citadelle Saint-Martin était en dehors de la petite ville de Saint-Martin-de-Ré. Le fort de La Prée se trouvait sur la côte nord de l'île de Ré. Tous deux avaient été construits par Toiras sur l'ordre de Richelieu.

Page 146.

1. Charles de Valois, duc d'Angoulême, fils naturel de Charles IX et de Marie Touchet. Il avait passé dix ans à la Bastille, pour avoir aidé aux intrigues de sa sœur la marquise de Verneuil. Louis XIII l'avait gracié en 1616. On lui doit d'intéressants *Mémoires*.

2. Charles Samaran (édition critique, Garnier, p. 507, note 2) remarque que le couvent des Minimes a été construit sur la pointe des Minimes (sud de la rade de La Rochelle) plusieurs années après le siège. Mais les gardes pouvaient être logés ailleurs que dans un couvent.

Page 147.

1. Pour Angoulins, village de l'arrondissement de La Rochelle.

CHAPITRE XLII

Page 160.

1. L'allusion à Villeroy qui figure au début de ce chapitre donne quelque cohérence à la chronologie de Dumas, du moins entre le chapitre précédent et celui-ci. Le 6 juillet 1627, Louis XIII était tombé malade au château de Villeroy [dans la vallée de l'Essonne, à quelques kilomètres au sud de Corbeil, près du bourg de Mennecy, sur la route de Fontainebleau et Paris]. Le 19 août il quitta Villeroy pour Saint-Germain-en-Laye, où il arriva six jours plus tard. Le 15 septembre il était complètement guéri, et le 21 en route vers La Rochelle. On peut donc supposer que le départ du roi annoncé p. 138 est celui de septembre 1627. Cela dit, on répétera que nos observations sur la chronologie de Dumas ne doivent pas être considérées comme des critiques, mais simplement comme des moyens d'éclairer, toutes les fois qu'il se peut, les rapports du roman et de l'histoire. Notons que les noms de Godeau (qui ne reparaîtra pas) et Brisemont (dont la mort sera rappelée par d'Artagnan dans le chapitre LXV, « L'exécution ») sont sans support historique.

Le manuscrit de Maquet tel que nous le connaissons ne comprend que quelques lignes pour ce chapitre, par suite d'une lacune.

2. Henri, comte de Schomberg. 1575-1632. Maréchal de France depuis 1625. Il avait déjà lutté contre les protestants en 1621-1622 et combattu les Anglais dans l'île de Ré. En 1629 il forcera le Pas de Suze. En 1632 il battra Gaston d'Orléans et Montmorency à Castelnaudary.

Page 161.

1. Où se trouvait Louis XIII en juillet et août 1627 (voir p. 160, n. 1).

Page 162.

1. À l'ouest de La Rochelle, près de La Motte-Saint-Michel.

2. Légère erreur de Dumas. Il s'agit du fort de Port-Neuf.

CHAPITRE XLIII

Page 171.

1. De nombreux villages des environs de La Rochelle sont cités par Dumas avec une orthographe pas toujours exacte (mais faut-il rappeler que les noms de lieux ont souvent plusieurs orthographes à une même époque ?). Il s'agit de Laleu, Dompierre-sur-Mer, Angoulins (et non Angoutin, nous avons déjà noté la correction), La Jarrie, Aytré – où le roi s'installa (voir chap. XLI, p. 142, n. 1) ; Pont-la-Pierre, près d'Angoulins, où résidait le cardinal et d'où les Rochelois tentèrent de l'enlever (même référence). La maison qu'il occupait semble en effet, comme l'écrit Dumas, avoir été « sans aucun retranchement », du moins à l'origine. Après la découverte du projet d'enlèvement, on fortifia la résidence. La pointe de l'Aiguillon est au nord de la ville, et ferme l'anse de l'Aiguillon, où aboutit le Pertuis breton, passage entre l'île de Ré et la côte. La pointe de Loix, dans l'île de Ré, est à l'ouest de Saint-Martin. Au XVIIe siècle, il y avait une petite île de Loix, qui n'était pas comme aujourd'hui jointe à la terre. Lors de sa retraite, en novembre 1627, Buckingham voulut se retirer jusqu'à cette île et s'embarquer de cet endroit. Un pont de bois avait été construit pour permettre aux soldats anglais de passer. Mais du côté de l'île de Ré, le pont ne fut pas sérieusement gardé par les Anglais, qui se laissèrent surprendre par les troupes de Schomberg. Il y eut un véritable massacre et ce ne fut qu'après de longs efforts que les Britanniques purent embarquer. Les chiffres donnés par Dumas semblent exces-

sifs. La plupart des historiens donnent quinze cents Britanniques tués et quarante-deux drapeaux pris. Le village du Colombier-Rouge se trouve à l'ouest de La Rochelle, sur la route de Paris.

Le manuscrit de Maquet ne comprend qu'une quarantaine de lignes qui correspondent à la fin du chapitre.

Page 173.

1. On se souvient que lord Ralph Montaigu, gentilhomme de la Chambre du roi d'Angleterre, ami de Buckingham et de Holland, fut l'amant de Mme de Chevreuse avec laquelle il conspira (voir t. I, chap. II, p. 56, n. 2). Rappelons qu'il fut enlevé, alors qu'il se trouvait près de Bar-le-Duc par des agents du cardinal, et conduit à la Bastille.

2. Charles Samaran (édition critique, Garnier, p. 530, note 4) confirme que ce passage se trouve dans les *Mémoires* de Richelieu (tome VII, p. 2, de l'édition de 1927).

CHAPITRE XLIV

Page 183.

1. Ce chapitre existe dans le manuscrit de Maquet. On ne peut que redire ce qui a été déjà dit : aucune commune mesure entre le récit de Maquet et celui de Dumas.

Page 184.

1. À l'embouchure de la Charente, sur la rive droite.

Page 185.

1. François Le Metel de Boisrobert, poète, 1592-1662. Au service de Marie de Médicis, il fit la connaissance de Richelieu alors que celui-ci n'était qu'évêque de Luçon. Il partagea la disgrâce de ses protecteurs, rentra en faveur avec eux, fut employé aux divertissements de la Cour, accompagna Henriette de France en Angleterre (1625). Secrétaire littéraire de Richelieu, il accumula les bénéfices. On sait qu'il fut un des responsables de la fondation de l'Académie française. Le rapport évoqué ici par Dumas est cité et attribué par le romancier à la « police particulière » du cardinal,

dans le chapitre X des *Grands Hommes en robe de chambre : Henri IV, Louis XIII et Richelieu* (Cadot, 1856).

2. Guillaume Bautru, comte de Serrant, appelé communément M. de Bautru. 1588-1665. Diplomate et écrivain, dévoué, comme Boisrobert, au cardinal, il fut également bien vu de Mazarin. Médiocre écrivain, il fut pourtant de l'Académie française. Il fit son *Onosandre* (1618) contre Hercule de Rohan, duc de Montbazon dont le peu d'esprit, pour ne pas dire la sottise, était bien connu (voir t. I, chap. XVI, p. 264, n. 3).

Page 186.

1. Dans le livre cité note 3, Dumas donne, avant de reprendre l'anecdote du Grand-Mogol, une ligne de Tallemant qui se trouve dans l'historiette de ce dernier consacrée au chevalier de Guise. Dumas désigne ainsi son personnage : François Alexandre Paris de Lorraine. Mais celui-ci est mort en 1614. Or l'histoire du Grand-Mogol [un déguisement échangé entre Buckingham et Guise lors d'un bal chez la duchesse de Chevreuse] est de 1625. On la trouve brièvement contée dans le chapitre II de *Louis XIV et son siècle*.

2. La légende de la Dame blanche, fantôme annonciateur de la mort d'un grand personnage (ou du chef de famille) se retrouve en Allemagne, en Écosse, dans les pays scandinaves. Elle est bien antérieure au XVIIe siècle. Dumas a signalé dans son *Louis XIV et son siècle* (chapitre II) que la croyance populaire faisait apparaître au Louvre la Dame blanche.

Page 188.

1. Quand il fut assassiné, on sait qu'Henri IV se préparait à intervenir au secours des protestants allemands pour empêcher l'Empereur de s'emparer de Clèves et de Juliers.

2. La politique de Buckingham avait poussé l'Angleterre à une alliance avec les puissances catholiques pour le mariage du prince – puis du roi – Charles qui, rappelons-le, essaya d'épouser l'infante d'Espagne (1623) avant de s'unir à Henriette de France (1625). L'aide apportée par Buckingham aux protestants français n'avait pas désarmé l'opposition des puritains, qui d'autre part pouvaient nourrir leur haine au spectacle des gaspillages et des inconséquences du premier ministre.

Page 189.

1. Rappelons que le moine dominicain Jacques Clément assassina Henri III en 1589.

2. L'incendie du Palais de Justice éclata dans la nuit du 5 au 6 mars 1618. Il consuma la Grande Salle, une chapelle, un corps de bâtiments contigus. Salomon de Brosse reconstruisit la Grande Salle en 1622.

3. Il s'agit de la Grande Mademoiselle. Elle n'est pas en situation ici puisqu'elle est née en 1627.

CHAPITRE XLV

Page 195.

1. Une partie du chapitre se retrouve dans le manuscrit de Maquet. Remarque semblable à celle faite précédemment : la scène entre Athos et Milady, tragique chez Dumas, n'a chez Maquet aucune couleur. Celui-ci, en particulier, est ici incapable de faire vivre ses personnages, de les animer ; ses indications sont de ce style : « Milady d'une pâleur de cadavre voulut crier, mais sa langue fut glacée. »

On remarquera que c'est, au sens strict, la première fois qu'Athos est désigné comme étant le comte de La Fère. Mais il n'est pas un lecteur qui puisse être surpris par cette révélation, les indications indirectes nous ayant, au cours de chapitres précédents, fréquemment mis en éveil. Dans *La Jeunesse des Mousquetaires*, le drame créé en 1849, un prologue met en scène la façon dont Milady [après le suicide de son premier amant, Georges, frère du bourreau de Béthune et la flétrissure de la fleur de lys infligée par ce dernier] accepte de devenir la femme du vicomte Olivier de La Fère, futur Athos. Dumas, au théâtre, n'a donc pas craint de « désamorcer » son récit en montrant dès le départ Milady sous son vrai jour.

Page 201.

1. La date du billet changera dans l'édition originale : il portera plus loin : 5 décembre 1627 puis 5 août 1628 [« aveu » indirect de Dumas qui confirme nos considérations chronologiques : voir t. I, la note 1, p. 469 du chapitre XXVIII ; voir aussi la note 1, p. 12 du chapitre XXX, les notes 1, p. 130,

p. 160, des chapitres XL et XLII]. Dans le premier cas il doit s'agir d'une faute typographique, le 3 et le 5 étant souvent pris l'un pour l'autre dans des copies manuscrites. Les trois dates ont été unifiées dans les éditions postérieures à l'édition originale, qui portent, les trois fois : 3 décembre.

CHAPITRE XLVI

Page 204.

1. C'est semble-t-il dans l'*Histoire de l'ancienne infanterie française* de Louis Susane que l'on découvre le fait ayant inspiré à Dumas le pari d'Athos. Le livre de Susane a été publié après *Les Trois Mousquetaires*, en 1849-1853 : il ne s'agit évidemment pas d'une source directe. Mais étant donné la date de l'action réelle (le siège de Casal en 1630) et le nom du personnage principal, M. de Baradas, il est légitime de penser que Dumas a connu l'affaire par un livre que nous n'avons pas encore découvert, mais qu'on connaîtra un jour. La citation de Susane a été faite par Hippolyte Parigot dans son livre sur Alexandre Dumas (Hachette, 1902, p. 139). « Un grand nombre d'officiers de la garnison soupant un jour ensemble, M. de Baradas propose d'aller danser sur une demi-lune, d'y boire à la santé de tous les princes chrétiens et de terminer par celle de Spinola. L'invitation est reçue avec enthousiasme par les convives et l'on part. Un trompette et un aveugle avec sa vielle servent d'orchestre et l'on danse. Or cette demi-lune était minée et les Espagnols y mettent le feu. »

Le chapitre XLVI se trouve en partie dans le manuscrit de Maquet.

Page 207.

1. Dumas ne maintiendra pas les chiffres donnés ici. Page 212 on lit en effet : « Huit ou dix Français de tués et autant de Rochelois » ; page 214 : « Une douzaine de morts tant Français que Rochelois ».

Page 211.

1. *On les remarque dans les endroits les plus déserts*. Phrase (ou membre de phrase) dont nous n'avons pas découvert l'origine.

CHAPITRE XLVII

Page 214.

1. Ce chapitre se trouve également esquissé en partie dans le manuscrit de Maquet. Mais le travail de Dumas, comme précédemment, transforme complètement la matière préparée.

Page 230.

1. Le couvent des Madelonnettes était installé depuis 1620 rue des Fontaines-du-Temple sous la direction de la sœur du cardinal François de Condé, oncle de Retz. Le couvent des Filles-Repenties (emplacement actuel de la Bourse du Commerce) avait été un hôtel appartenant à la famille royale depuis 1232 (il s'appela hôtel de Nesle, puis hôtel d'Orléans) jusqu'à 1494, date à laquelle Louis II, duc d'Orléans, futur Louis XII, y installa la communauté des Filles-Repenties. Après 1572 Catherine de Médicis fit construire par Philibert Delorme, puis Bullant, le somptueux hôtel de la Reine. En 1660 il devint l'hôtel de Soissons, son nouveau propriétaire étant Charles de Bourbon, comte de Soissons. En 1572 les Filles-Repenties avaient été transférées au couvent Saint-Magloire, rue Saint-Denis (voir t. I, chap. XXIX, p. 495, n. 1).

Page 236.

1. Voir t. I, chap. III, p. 73, n. 1.

CHAPITRE XLVIII

Page 238.

1. Chapitre préparé par Maquet, dans le manuscrit de qui on trouve notamment les deux lettres, à lord de Winter et à Marie Michon, dont Dumas a repris le texte, en le modifiant un peu.

Page 239.

1. Non pas Boulogne, mais Calais. Voir le chapitre XX.

Page 242.

1. Voir t. I, chap. IV, p. 80, n. 1.

Page 244.

1. Séguier. Nous avons déjà noté qu'en 1628 il n'était pas chancelier.

Page 247.

1. Marie Michon deviendra, dans l'édition originale, Aglaé (p. 252) puis redeviendra Marie (p. 294). Aglaé est évidemment une erreur. On retrouvera ce pseudonyme de la duchesse de Chevreuse dans *Vingt ans après* (chapitre XXII).

2. Félix Peretti, le pape Sixte-Quint (1520-1590), était en effet le fils d'un paysan pauvre.

CHAPITRE XLIX

Page 258.

1. Un court fragment de ce chapitre se trouve dans le manuscrit de Maquet.

On notera une nouvelle fantaisie chronologique de Dumas. Il écrit au début du chapitre : « C'était une de ces belles et rares journées d'hiver » (p. 259) – ce qui, au demeurant, s'accorde avec le 3 décembre qui date le billet signé Richelieu. Mais, entre cette arrivée de Milady à Portsmouth en hiver et l'assassinat de Buckingham, il se passe au plus, dans le roman, huit jours. Or Buckingham a été assassiné le 23 août 1628 – ce que Dumas n'ignore pas.

Page 260.

1. Voir le Livre de Judith dans l'Ancien Testament.

Page 269.

1. Personnage historique (voir chap. LIX, p. 386, n. 1).

CHAPITRE L

Page 270.

1. Il n'y a pas de pages correspondant à ce chapitre dans le manuscrit de Maquet, très incomplet comme on le sait.

Page 277.

1. Quartier de Londres qui fut jusqu'en 1783 le lieu des exécutions capitales.

CHAPITRE LI

Page 281.

1. On trouve une esquisse de ce chapitre dans le manuscrit de Maquet. Dumas l'a utilisée assez largement, tout en la modifiant. L'analyse de la situation en particulier (au début du chapitre) est un apport de Maquet. La « flotte magnifique » annoncée par Buckingham était, nous le savons, une réalité.

2. Jean Guiton, armateur, 1585-1654. Il incarnait la résistance à outrance. Maire le 30 avril 1628. Banni après la reddition, il se ralliera quelques années plus tard au roi et au cardinal.

Page 284.

1. Tristan : Tristan l'Hermite, grand prévôt des maréchaux de France sous Charles VII et sous Louis XI – à qui Dumas attribue la maxime. Mais elle a été portée au crédit d'autres monarques.

Page 291.

1. Nous avons déjà rencontré la future duchesse d'Aiguillon, qui en 1628 n'est que Mme de Combalet (voir t. I, chap. II, p. 51, n. 1) ; Marion de Lorme, elle aussi, passa pour avoir été la maîtresse du cardinal. Il est difficile, à ce sujet, de mettre tout à fait en doute les nombreux témoignages des contemporains. Antoine Adam en cite quelques-uns dans ses notes des *Historiettes* de Tallemant

des Réaux (éd. Pléiade, tome II, p. 940). Mais Marion de Lorme étant née en 1613, il est peu vraisemblable qu'elle ait appartenu à Richelieu avant 1628...

Page 293.

1. L'édition originale porte ici Stenay, remplacé par Béthune au cours des chapitres suivants. Nous avons jugé bon d'unifier. Vraisemblablement Dumas s'est aperçu assez vite que Stenay, en 1628, n'appartenait pas au roi de France mais au duc de Lorraine. C'est seulement en 1641 que cette ville du pays Messin sera cédée à la couronne. Peut-être Dumas avait-il choisi Stenay en se souvenant que le vrai d'Artagnan avait failli être tué au siège de cette ville, le 29 juillet 1654, alors qu'il combattait sous les ordres de Turenne ? (Voir la biographie de d'Artagnan p. 506.)

CHAPITRE LII

Page 297.

1. Seule la fin du chapitre (à partir de « En effet Milady... ») se trouve dans le manuscrit de Maquet.

Page 298.

1. Baie de la côte est de l'Australie (Nouvelle-Galles du Sud). Mais elle ne fut découverte par Cook qu'en 1770. En 1787 elle deviendra un lieu de déportation pour les condamnés anglais.

CHAPITRE LIII

Page 307.

1. Fragment dans le manuscrit de Maquet.

Page 310.

1. Jacques Ier, 1566-1625, auquel succéda Charles Ier.

Page 314.

1. Charles Samaran suppose que ces vers sont, comme ceux qui seront cités plus loin, de Dumas. Il remarque à l'appui de sa thèse que le manuscrit Maquet porte, au feuillet 29, trois vers, les trois premiers de la deuxième citation de la p. 315, écrits de la main de Dumas. Ajoutons que Dumas n'a pu emprunter ces vers au recueil des psaumes protestants qui ne comprennent jamais d'alexandrins.

Page 316.

1. Allusion au chapitre III du Livre de Daniel où il est conté comment trois jeunes Hébreux, jetés dans une fournaise sur l'ordre de Nabuchodonosor, sont réconfortés par un ange qui change en Paradis leur lieu de supplice.

CHAPITRE LIV

Page 318.

1. Fragment dans le manuscrit de Maquet. Même remarque que pour le chapitre précédent.

Page 327.

1. Voir la biographie de Milady, p. 511.

CHAPITRE LV

Page 331.

1. Fragment dans le manuscrit de Maquet.

Page 335.

1. Les quatre vers se trouvent dans le manuscrit de Maquet. Si c'est la traduction d'un psaume anglais, elle est vraisemblablement de lui.

CHAPITRE LVI

Page 343.

1. Fragment dans le manuscrit de Maquet.

Page 361.

1. Allusion au viol de Lucrèce par Sextus et au suicide de Lucrèce.

CHAPITRE LVII

Page 364.

1. Fragment dans le manuscrit de Maquet.

On peut noter que plusieurs historiens ou témoins contemporains de Buckingham lui ont attribué des aventures où il ne se montre pas sous les traits d'un séducteur, mais d'une créature « vicieuse et sexuelle » comme l'écrit un de ses derniers biographes, Gibb (*Buckingham*, 1936, p. 32), qui s'efforce d'atténuer sinon de réfuter complètement la sévérité de ce jugement. Milady ment probablement, dans l'esprit de Dumas, mais elle ment donc vraisemblablement puisque Buckingham a mauvaise réputation. Et, en bonne psychologue, elle a choisi l'aspect de Buckingham qui pouvait provoquer le plus de dégoût et de haine chez le puritain Felton.

Page 368.

1. Buckingham fit un voyage en Espagne avec le futur roi Charles, en 1623. Ils arrivèrent à Madrid fin février et rentrèrent en Angleterre au début d'octobre. Le but du voyage était le mariage du prince avec la sœur cadette d'Anne d'Autriche, l'infante Dona Maria. L'entreprise se solda par un échec, qui du reste est moins imputable à Buckingham qu'à la complexité des problèmes soulevés par ce projet d'union. C'est au cours de ce voyage, vraisemblablement le 22 février 1623, qu'ils furent reçus à la Cour de France. Ils assistèrent à un ballet. Les biographes anglais de Buckingham [voir notamment Gibb, *op. cit.*, p. 69-70, qui tient

compte des travaux antérieurs] semblent penser que cette apparition à la cour eut lieu sous le voile de l'incognito. Un biographe français de Louis XIII, Louis Vaunois, écrit : « Toutes les femmes sont amoureuses de lui [Buckingham]. Anne d'Autriche ne fait pas exception à la règle. Louis XIII est-il jaloux ?... [Il] annonce qu'il s'opposera à ce que l'Anglais repasse par Paris. » (*Vie de Louis XIII*, nouvelle édition, 1961, p. 327.) Nous avons déjà parlé de ce séjour de Buckingham (voir t. I, chap. XII, p. 208, n. 1).

CHAPITRE LVIII

Page 374.

1. Fragment dans le manuscrit de Maquet.

Page 384.

1. Le nom de Chichester, qui se trouvait dans le feuilleton du *Siècle*, disparut dans l'édition originale et fut remplacé par plusieurs points. Mais il a été rétabli dans les éditions suivantes, Chichester est effectivement proche de Portsmouth.

CHAPITRE LIX

Page 386.

1. Le 17 août Buckingham partit de Londres pour Portsmouth où il devait prendre la tête de la nouvelle expédition maritime destinée à secourir La Rochelle. Avant de quitter la capitale il fit son testament. John Felton quitta Londres le 19 août – à pied. Il avait pris sa décision et l'avait motivée dans un papier cousu dans la doublure de son chapeau ; quelques lignes obscures où il est question de sacrifice pour l'honneur de Dieu. John Felton était dominé par une passion religieuse profonde, et nous savons qu'il était loin d'être le seul puritain à haïr Buckingham. On doit ajouter qu'il avait servi sous le premier ministre à l'île de Ré et qu'il s'était vu refuser le grade de lieutenant. Il arriva à Ports-

mouth le 23 août, s'introduisit dans la maison où logeait Buckingham. Il croisa Soubise et des officiers huguenots venus pour demander le prompt départ des secours destinés à La Rochelle (détail repris par Dumas). Il se cacha derrière un rideau, dans un hall qui précédait la salle à manger. C'est là qu'il attendit Buckingham. Celui-ci, sortant de table, passa devant Felton, qui lui enfonça son poignard dans l'épaule gauche, transperçant du même coup le cœur. Buckingham mourut quelques secondes plus tard. Felton aurait pu, paraît-il, se sauver, mais il fit un pas en avant et dit « Me voici ». On l'arrêta et on l'emprisonna. Il fut décapité quelques jours après. Dumas, comme on le voit, a utilisé peu d'éléments historiques dans ce chapitre. On en trouve une première rédaction, presque complète, mais beaucoup plus sèche, dans le manuscrit de Maquet. On notera en passant que le comte de Winter est provisoirement devenu baron (voir p. 311).

Page 388.

1. Benjamin de Rohan, duc de Frontenay, baron de Soubise (1583-1642), fut avec son frère Henri, duc de Rohan (1579-1638), un des chefs du parti huguenot. Mais si Henri se rallia en 1632 – non sans arrière-pensées – à la politique de Richelieu, Benjamin revint à Londres, où il avait vécu depuis 1622 et où il mourut.

CHAPITRE LX

Page 401.

1. Fragment de ce chapitre dans le manuscrit de Maquet.
2. Charles Samaran (édition critique, Garnier, p. 709, note 1) indique que le passage des *Mémoires* de Richelieu se trouve au tome VIII, p. 192-193 de l'édition procurée pour la Société de l'Histoire de France par R. Lavollée.
3. Nous n'avons pas trouvé trace de cet ordre dans les biographies de Charles Ier.

Page 402.

1. Louis XIII a-t-il vraiment quitté La Rochelle à la fin d'août ? (Saint-Louis, 24 août). Il était allé à Paris, on le

sait, du 10 février au 17 avril. Nous savons aussi que fin septembre, quand la flotte anglaise tenta une dernière fois de secourir La Rochelle, le roi était présent. Il est vrai que Dumas le fait rentrer le 6 septembre (chap. LXVII).

Page 404.

1. Surgères est dans l'arrondissement de Rochefort (Charente-Maritime) ; Mauzé dans celui de Niort (Deux-Sèvres).

2. Le duc de Luynes déjà cité, dont la veuve est devenue la duchesse de Chevreuse (voir t. I, chap. II, p. 56, n. 2).

Page 408.

1. Aujourd'hui dans l'arrondissement de Lille, département du Nord.

CHAPITRE LXI

Page 409.

1. Fragment dans la rédaction de Maquet.

Page 412.

1. Voir chap. LI, p. 291, n. 1.

Page 420.

1. Voir t. I, chap. IX, p. 159, n. 1.

2. François de Rochechouart, chevalier puis commandeur de Jars, fut en effet exilé en Angleterre. Il avait participé à la conspiration de Chalais et, condamné à mort, fut gracié au dernier moment. Adversaire résolu de Richelieu, celui-ci le mit ensuite à la Bastille, d'où il sortit en 1638. Il mourut en 1676.

Page 421.

1. Noms sans correspondances historiques.

Page 423.

1. Contradiction de Dumas : dans le chapitre XXIV la maison se trouve, on s'en souvient, à Saint-Cloud.

CHAPITRE LXII

Page 428.

1. Très bref fragment correspondant dans le manuscrit de Maquet, que Dumas modifie profondément.

Le village de la page 431 n'est pas *Lilliers* mais Lillers, entre Saint-Omer et Armentières.

CHAPITRE LXIII

Page 436.

1. Fragment correspondant dans le manuscrit de Maquet. Même remarque que pour le chapitre précédent.

CHAPITRE LXIV

Page 456.

1. Le chapitre existe dans le manuscrit de Maquet, avec le titre « Armentières ». Mais le texte de Dumas est très différent.

CHAPITRE LXV

Page 465.

1. Même remarque que pour le chapitre précédent ; la rédaction de Dumas, pourtant, est ici plus proche de celle de Maquet.

Les noms de villages et de lieux-dits correspondent à des réalités géographiques. L'édition originale imprimait *Herlies* pour *Herlier* (p. 465), ce qui a été corrigé par la suite. Goskal (p. 466) n'existe, remarque Charles Samaran (édition critique, Garnier, p. 761 en note), que sur la carte de Cassini (XVIIIe siècle). Dumas ou Maquet l'ont-ils consultée ? C. S. ne le croit pas, mais suppose que Dumas a noté le nom en se promenant dans la région de Béthune. Enfin l'édition originale porte non pas Erquinghem mais Enguinghem (p. 467).

Page 473.

1. Templemars est un village à 8 km de Lille. Le couvent semble une invention de Dumas. Comme on l'a vu dans la biographie de Milady qui figure en tête des notes, le récit du bourreau de Béthune est un peu différent dans le prologue du drame de Dumas *La Jeunesse des Mousquetaires* (1849). Dans le roman il n'est nulle part ailleurs question des bénédictines de Templemars, et d'un séjour qu'y aurait fait Milady.

CHAPITRE LXVI

Page 476.

1. Ce chapitre existe, sous le même titre, « L'exécution », dans le manuscrit de Maquet. Gustave Simon (*Histoire d'une collaboration*, Crès, 1919, p. 34 et suivantes) et Henri d'Alméras (*Alexandre Dumas et les Trois Mousquetaires*, Malfère, 1929, p. 81 et suivantes) ont publié, en les mettant face à face, la rédaction de Dumas et celle de son collaborateur. Contrairement à ce que pensait Gustave Simon, cette comparaison ne permet assurément pas de conclure que Maquet a « conçu et écrit » *Les Trois Mousquetaires*. On trouve, dans l'édition illustrée de 1846 des *Trois Mousquetaires* (J.-B. Fellens et L.P. Dufour), une phrase qui ne se trouve ni dans l'édition originale de 1844, ni dans la réédition de 1845 [où le début de *Vingt ans après* remplace, au tome VIII, les trois récits ajoutés en 1844 pour compléter ce tome]. Cette phrase se place après : *Et il jeta l'argent dans la rivière*. En voici le texte : *Voyez, dit Athos, cette femme a un enfant et cependant elle n'a pas dit un mot de son enfant*.

Pourquoi Dumas a-t-il introduit cette « amorce » de *Vingt ans après* – le fils de Milady est Mordaunt – dans une seule édition ? Avait-il oublié que le lecteur doit savoir que Milady a un fils, puisque le chapitre XXXI du roman (voir p. 29, n. 1) le renseigne ?

Cette curiosité est signalée, d'une façon partiellement inexacte, par Reed (*A Bibliography of Alexandre Dumas père*, Londres, 1933, p. 169).

Page 478.

1. Le bourreau. Textuellement : *celui qui vient après le juge*.

Page 480.

1. *Je suis perdue. Il va falloir que je meure*. Une coquille de l'édition originale transformait *lost* en *host*.

CHAPITRE LXVII

Page 483.

1. Ce chapitre existe dans le manuscrit de Maquet, sous le titre « Le cardinal ». Mais Dumas l'a entièrement récrit.

Page 485.

1. À la fin du chapitre LXI, on se souvient que Rochefort était comte.

Page 490.

1. Erreur de date dans l'édition originale. C'est le 3 décembre 1627 que Richelieu a signé son ordre (voir chap. XLV, p. 201, n. 1).

Page 494.

1. Anachronisme : la fondation des Lazaristes par Urbain VIII est de 1632.

ÉPILOGUE

Page 496.

1. Les dates données par Dumas (28 octobre et 23 décembre) sont exactes. Louis XIII entra dans Paris par la porte Saint-Jacques.

Page 497.

1. Voir *Vingt ans après*, chap. III.

LES TROIS MOUSQUETAIRES

II. Milady

COLLECTION
FOLIO CLASSIQUE

Éditions révisées

1151 E.T.A. HOFFMANN : *Le Magnétiseur et autres contes*. Traduction de l'allemand d'Olivier Bournac, Henri Egmont, André Espiau de La Maëstre, Alzir Hella et Madeleine Laval. Édition d'Albert Béguin. Préface de Claude Roy.

1024 HONORÉ DE BALZAC : *La Vieille Fille*. Édition de Robert Kopp. Nouvelle mise en page.

1437 ÉMILE ZOLA : *L'Œuvre*. Édition d'Henri Mitterand. Préface de Bruno Foucart. Nouvelle mise en page.

2658 MARCEL PROUST : *Le Côté de Guermantes*. Édition de Thierry Laget et Brian G. Rogers. Nouvelle mise en page.

693 JEAN DE LA BRUYÈRE : *Les Caractères*. Nouvelle préface de Pascal Quignard. Édition d'Antoine Adam.

728 FRANÇOIS DE LA ROCHEFOUCAULD : *Maximes et Réflexions diverses*. Édition de Jean Lafond.

1356 SÉBASTIEN-ROCH-NICOLAS CHAMFORT : *Maximes et pensées*. Caractères et anecdotes. Préface d'Albert Camus. Édition de Geneviève Renaux.

2736 ÉMILE ZOLA : *Lourdes*. Édition de Jacques Noiray.

3296 ÉMILE ZOLA : *Rome*. Édition de Jacques Noiray.

3735 ÉMILE ZOLA : *Paris*. Édition de Jacques Noiray.

3319 CHARLES BAUDELAIRE : *Les Fleurs du mal*. Édition collector illustrée. Photographies de Mathieu Trautmann.

3512 GUSTAVE FLAUBERT : *Madame Bovary*. Édition collector. Préface d'Elena Ferrante.

2599 HANS CHRISTIAN ANDERSEN. *La Petite Sirène et autres contes*. Édition et traduction de Régis Boyer.

2047 MARCEL PROUST : *Sodome et Gomorrhe*. Édition révisée et augmentée par Antoine Compagnon. Nouvelle mise en page.

380 HONORÉ DE BALZAC : *Le Cousin Pons*. Nouvelle édition annotée par Isabelle Mimouni. Nouvelle préface d'Adrien Goetz. Postface d'André Lorant.

Dernières parutions

5881 PROSPER MÉRIMÉE : *Carmen*. Édition d'Adrien Goetz.

5882 FRANZ KAFKA : *La Métamorphose*. Traduction de l'allemand et édition de Claude David.

5895 VIRGINIA WOOLF : *Essais choisis*. Traduction nouvelle de l'anglais et édition de Catherine Bernard.

5920 *Waterloo. Acteurs, historiens, écrivains*. Édition de Loris Chavanette. Préface de Patrice Gueniffey.

5936 VICTOR HUGO : *Claude Gueux*. Édition d'Arnaud Laster.

5949 VOLTAIRE : *Le Siècle de Louis XIV*. Édition de René Pomeau. Préface de Nicholas Cronk.

5978 THÉRÈSE D'AVILA : *Livre de la vie*. Traduction de l'espagnol et édition de Jean Canavaggio.

6003 ALEXANDRE DUMAS : *Le Château d'Eppstein*. Édition d'Anne-Marie Callet-Bianco.

6004 GUY DE MAUPASSANT : *Les Prostituées. Onze nouvelles*. Édition de Daniel Grojnowski.

6005 SOPHOCLE : *Œdipe roi*. Traduction du grec ancien de Jean Grosjean. Édition de Jean-Louis Backès.

6025 AMBROISE PARÉ : *Des monstres et prodiges*. Édition de Michel Jeanneret.

6040 JANE AUSTEN : *Emma*. Traduction de l'anglais et édition de Pierre Goubert. Préface de Dominique Barbéris.

6041 DENIS DIDEROT : *Articles de l'Encyclopédie*. Choix et édition de Myrtille Méricam-Bourdet et Catherine Volpilhac-Auger.

6063 HENRY JAMES : *Carnets*. Traduction de l'anglais de Louise Servicen, révisée par Annick Duperray. Édition d'Annick Duperray.

6064 VOLTAIRE : *L'Affaire Sirven*. Édition de Jacques Van den Heuvel.

6065 VOLTAIRE : *La Princesse de Babylone*. Édition de Frédéric Deloffre, avec la collaboration de Jacqueline Hellegouarc'h.

6066 WILLIAM SHAKESPEARE : *Roméo et Juliette*. Traduction de l'anglais et édition d'Yves Bonnefoy.

6067 WILLIAM SHAKESPEARE : *Macbeth*. Traduction de l'anglais et édition d'Yves Bonnefoy.

6068 WILLIAM SHAKESPEARE : *Hamlet*. Traduction de l'anglais et édition d'Yves Bonnefoy.

6069 WILLIAM SHAKESPEARE : *Le Roi Lear*. Traduction de l'anglais et édition d'Yves Bonnefoy.

6092 CHARLES BAUDELAIRE : *Fusées, Mon cœur mis à nu et autres fragments posthumes*. Édition d'André Guyaux.

6106 WALTER SCOTT : *Ivanhoé*. Traduction de l'anglais et édition d'Henri Suhamy.

6125 JULES MICHELET : *La Sorcière*. Édition de Katrina Kalda. Préface de Richard Millet.

6140 HONORÉ DE BALZAC : *Eugénie Grandet*. Édition de Jacques Noiray.

6164 *Les Quinze Joies du mariage*. Traduction nouvelle de l'ancien français et édition de Nelly Labère.

6197 JACK LONDON : *Martin Eden*. Traduction de l'anglais et édition de Philippe Jaworski.

6205 HONORÉ DE BALZAC : *La Femme de trente ans*. Édition de Jean-Yves Tadié.

6206 CHARLES DICKENS : *Histoires de fantômes*. Traduction de l'anglais et édition d'Isabelle Gadoin.

6228 MADAME DE SÉVIGNÉ : *Lettres choisies*. Édition de Nathalie Freidel.

6244 VIRGINIA WOOLF : *Nuit et jour*. Traduction de l'anglais et édition de Françoise Pellan.

6247 VICTOR HUGO : *Le Dernier Jour d'un Condamné*. Édition de Roger Borderie.

6248 VICTOR HUGO : *Claude Gueux*. Édition d'Arnaud Laster.

6249 VICTOR HUGO : *Bug-Jargal*. Édition de Roger Borderie.

6250 VICTOR HUGO : *Mangeront-ils ?* Édition d'Arnaud Laster.

6251 VICTOR HUGO : *Les Misérables*. *Une anthologie*. Édition d'Yves Gohin. Préface de Mario Vargas Llosa.

6252 VICTOR HUGO : *Notre-Dame de Paris*. *Une anthologie*. Édition de Benedikte Andersson. Préface d'Adrien Goetz.

6268 VOLTAIRE : *Lettres choisies*. Édition de Nicholas Cronk.

6287 ALEXANDRE DUMAS : *Le Capitaine Paul*. Édition d'Anne-Marie Callet-Bianco.

6288 KHALIL GIBRAN : *Le Prophète*. Traduction de l'anglais et édition d'Anne Wade Minkowski. Préface d'Adonis.

6302 JULES MICHELET : *Journal*. Choix et édition de Perrine Simon-Nahum. Texte établi par Paul Viallaneix et Claude Digeon.

6325 MADAME DE STAËL : *Delphine*. Édition d'Aurélie Foglia.

6340 ANTHONY TROLLOPE : *Les Tours de Barchester*. Traduction de l'anglais de Christian Bérubé, révisée par Alain Jumeau. Édition d'Alain Jumeau.

6363 LÉON TOLSTOÏ : *Les Insurgés*. *Cinq récits sur le tsar et la révolution*. Traduction nouvelle du russe et édition de Michel Aucouturier.

6368 VICTOR HUGO : *Les Misérables*. Édition d'Yves Gohin. Édition en un volume, série « XL ».

6382 Benjamin Constant : *Journaux intimes*. Édition de Jean-Marie Roulin.

6397 Joris-Karl Huysmans : *La Cathédrale*. Édition de Dominique Millet-Gérard. Illustrations de Charles Jouas.

6405 Jack London : *Croc-Blanc*. Traduction de l'anglais, postface et notes de Marc Amfreville et Antoine Cazé. Préface de Philippe Jaworski.

6419 Honoré de Balzac : *La Femme abandonnée*. Édition de Madeleine Ambrière-Fargeaud.

6420 Jules Barbey d'Aurevilly : *Le Rideau cramoisi*. Édition de Jacques Petit.

6421 Charles Baudelaire : *La Fanfarlo*. Édition de Claude Pichois.

6422 Pierre Loti : *Les Désenchantées*. Édition de Sophie Basch. Illustrations de Manuel Orazi.

6423 Stendhal : *Mina de Vanghel*. Édition de Philippe Berthier.

6424 Virginia Woolf : *Rêves de femmes. Six nouvelles*. Précédé de l'essai de Woolf « Les femmes et le roman » traduit par Catherine Bernard. Traduction de l'anglais et édition de Michèle Rivoire.

6425 Charles Dickens : *Bleak House*. Traduction de l'anglais et édition de Sylvère Monod. Préface d'Aurélien Bellanger.

6439 Marcel Proust : *Un amour de Swann*. Édition de Jean-Yves Tadié.

6440 Stefan Zweig : *Lettre d'une inconnue*. Traduction de l'allemand de Mathilde Lefebvre. Édition de Jean-Pierre Lefebvre.

6472 Jaroslav Hašek : *Les Aventures du brave soldat Švejk pendant la Grande Guerre*. Traduction du tchèque de Benoît Meunier. Édition de Jean Boutan.

6510 Virginia Woolf : *Orlando*. Traduction de l'anglais et édition de Jacques Aubert.

6533 Anthony Trollope : *Le Directeur*. Traduction de l'anglais de Richard Crevier, révisée par Isabelle Gadoin. Édition d'Isabelle Gadoin.

6547 René Descartes : *Correspondance avec Élisabeth de Bohême et Christine de Suède*. Édition de Jean-Robert Armogathe.

6556 Denis Diderot : *Histoire de Mme de La Pommeraye* précédé de *Sur les femmes*. Édition d'Yvon Belaval.

6584 Mikhaïl Boulgakov : *Le Maître et Marguerite*. Traduction du russe et édition de Françoise Flamant.

6585 Georges Bernanos : *Sous le soleil de Satan*. Édition de Pierre Gille. Préface de Michel Crépu.

6586 Stefan Zweig : *Nouvelle du jeu d'échecs*. Traduction de l'allemand de Bernard Lortholary. Édition de Jean-Pierre Lefebvre.

6587 Fédor Dostoïevski : *Le Joueur*. Traduction du russe de Sylvie Luneau. Préface de Dominique Fernandez.

6588 Alexandre Pouchkine : *La Dame de Pique*. Traduction du russe d'André Gide et Jacques Schiffrin. Édition de Gustave Aucouturier.

6589 Edgar Allan Poe : *Le Joueur d'échecs de Maelzel*. Traduction de l'anglais de Charles Baudelaire. Chronologie et notes de Germaine Landré.

6590 Jules Barbey d'Aurevilly : *Le Dessous de cartes d'une partie de whist*. Suivi d'une petite anthologie du jeu de whist dans la littérature. Édition de Jacques Petit. Préface de Johan Huizinga.

6604 Edgar Allan Poe : *Eureka*. Traduction de l'anglais de Charles Baudelaire. Édition de Jean-Pierre Bertrand et Michel Delville.

6616 HONORÉ DE BALZAC : *Gobseck et autres récits d'argent* (*Gobseck, L'Illustre Gaudissart, Gaudissart II, Un homme d'affaires, Le Député d'Arcis*). Édition d'Alexandre Péraud.

6636 *Voyageurs de la Renaissance. Léon l'Africain, Christophe Colomb, Jean de Léry et les autres*. Édition de Grégoire Holtz, Jean-Claude Laborie et Frank Lestringant, publiée sous la direction de Frank Lestringant.

6637 FRANÇOIS-RENÉ DE CHATEAUBRIAND : *Voyage en Amérique*. Édition de Sébastien Baudoin.

6654 ANTOINE HAMILTON : *Mémoires du comte de Gramont*. Édition de Michel Delon.

6668 ALEXANDRE DUMAS : *Les Quarante-Cinq*. Édition de Marie Palewska.

6696 ÉSOPE : *Fables*, précédées de la *Vie d'Ésope*. Traduction du grec ancien de Julien Bardot. Édition d'Antoine Biscéré.

6697 JACK LONDON : *L'Appel de la forêt*. Traduction de l'anglais, postface et notes de Marc Amfreville et Antoine Cazé. Préface de Philippe Jaworski.

6729 *Scènes de lecture. De saint Augustin à Proust*. Textes choisis et présentés par Aude Volpilhac.

6747 JULES VERNE : *Cinq semaines en ballon*. Édition de William Butcher. Illustrations de Montaut et Riou.

6748 HENRY JAMES : *La Princesse Casamassima*. Traduction de François-René Daillie, révisée par Annick Duperray. Édition d'Annick Duperray.

6764 VIRGINIA WOOLF : *Un lieu à soi*. Traduction de l'anglais et préface de Marie Darrieussecq. Édition de Christine Reynier.

6780 COLLECTIF : *Notre-Dame des écrivains. Raconter et rêver la cathédrale du Moyen Âge à demain*. Préface de Michel Crépu.

6795 FAMILLE BRONTË : *Lettres choisies*. Préface de Laura El Makki. Traduction de l'anglais et édition de Constance Lacroix.

6797 GUY DE MAUPASSANT : *Les Dimanches d'un bourgeois de Paris et autres nouvelles*. Édition de Catherine Botterel.

6817 GEORGE ELIOT : *Felix Holt, le radical*. Préface de Mona Ozouf. Traduction inédite de l'anglais et édition d'Alain Jumeau.

6818 GOETHE : *Les Années de voyage de Wilhelm Meister*. Traduction de l'allemand de Blaise Briod, revue et complétée par Marc de Launay. Édition de Marc de Launay.

6820 MIGUEL DE UNAMUNO : *Contes*. Traduction de l'espagnol de Raymond Lantier, revue par Albert Bensoussan. Édition d'Albert Bensoussan.

6831 ALEXANDRE DUMAS : *Le Comte de Monte Cristo*. Édition de Gilbert Sigaux. Préface de Jean-Yves Tadié. Nouvelle édition en un volume, série « XL ».

6832 FRANÇOIS VILLON : *Œuvres complètes*. Traduction de l'ancien français et édition de Jacqueline Cerquiglini-Toulet. Édition bilingue.

6855 ALEXANDRE DUMAS : *Les Compagnons de Jéhu*. Édition d'Anne-Marie Callet-Bianco.

6864 COLLECTIF : *Anthologie de la littérature grecque. De Troie à Byzance. VIIIe siècle avant J.-C. - XVe siècle après J.-C*. Traduction nouvelle du grec ancien d'Emmanuèle Blanc. Édition de Laurence Plazenet.

6866 AUGUSTE DE VILLIERS DE L'ISLE-ADAM : *Histoires insolites*. Édition de Jacques Noiray.

6891 GEORGE ORWELL : *Mil neuf cent quatre-vingt-quatre*. Édition et traduction nouvelle de l'anglais de Philippe Jaworski.

6892 JACQUES CASANOVA : *Histoire de ma vie*. Édition de Michel Delon.

6920 COLLECTIF : *La Commune des écrivains. Paris, 1871 : vivre et écrire l'insurrection*. Textes choisis et présentés par Alice de Charentenay et Jordi Brahamcha-Marin.

6932 MARCEL PROUST : *Le Mystérieux Correspondant et autres nouvelles retrouvées*. Édition de Luc Fraisse.

6947 JEAN DE LA FONTAINE : *Les Amours de Psyché et de Cupidon* précédé d'*Adonis* et du *Songe de Vaux*. Édition de Céline Bohnert, Patrick Dandrey et Boris Donné.

6959 JAMES FENIMORE COOPER : *Le Corsaire Rouge*. Traduction de l'anglais de Defauconpret. Édition et traduction révisée par Philippe Jaworski.

6969 MAURICE LEBLANC : *Arsène Lupin, gentleman-cambrioleur*. Édition d'Adrien Goetz.

6981 MAURICE LEBLANC : *Arsène Lupin contre Herlock Sholmès*. Édition d'Adrien Goetz.

6982 GEORGE ORWELL : *La Ferme des animaux*. Traduction de l'anglais de Jean Queval. Édition de Philippe Jaworski. Préface d'Hervé Le Tellier.

7001 COLLECTIF : *Contes du Chat noir*. Choix et édition de Marine Degli. Édition illustrée.

7002 EDMOND et JULES DE GONCOURT : *Journal*. Choix et édition de Jean-Louis Cabanès.

7028 HENRY CÉARD : *Une belle journée*. Édition de Thierry Poyet.

7042 FRANÇOISE DE GRAFFIGNY : *Lettres d'une Péruvienne*. Édition de Martine Reid.

7056 LAURENCE STERNE : *Voyage sentimental en France et en Italie*. Traduction de l'anglais d'Alfred Hédouin. Édition et traduction révisée par Alexis Tadié.

7090 H. G. WELLS : *L'Homme invisible*. Édition et traduction de Philippe Jaworski. Préface d'Hervé Le Tellier.

7102 CHARLES DICKENS : *L'Ami commun*. Traduction de l'anglais de Lucien Carrive et Sylvère Monod. Annotation de Lucien Carrive. Préface de Philippe Roger.

Tous les papiers utilisés pour les ouvrages des collections Folio sont certifiés et proviennent de forêts gérées durablement.

Composition Nord Compo
Impression Grafica Veneta
à Trebaseleghe, le 29 octobre 2023
Dépôt légal : octobre 2023

ISBN 978-2-07-301616-4 / Imprimé en Italie

559416